リーチ先生

原田マハ

集英社

目次

プロローグ　春がきた　5
第一章　僕の先生　60
第二章　白樺の梢、炎の土　121
第三章　太陽と月のはざまで　191
第四章　どこかに、どこにでも　289
第五章　大きな手　363
エピローグ　名もなき花　444

リーチ先生

プロローグ　春がきた

一九五四年（昭和二十九年）四月

太陽が、幾多の羊雲を従えて、青空の真ん中でさんさんと輝いている。その光を正面から受けて、高市《こういち》は、黙々と鍬《くわ》を土中にくぐらせている。鍬を高く振り上げて、思い切り落とす。ざくっと乾いた土の音がする。時折、目が覚めるような緑色のアマガエルが飛び出し、ミミズがのた打ちながら逃げ出していく。高市は、そのつど、小さな命の上に鍬の刃を落とさぬようにと、手を休める。ついでに、額の汗をぬぐって、大きく息をつく。

裏山で、ウグイスが鳴いている。そのさえずりにつられて振り向くと、芽吹き始めた森のところどころをふわりと白く彩って、山桜が見える。集落の桜も、七分咲きで、まもなく満開になるだろう。

「リーチ先生《しぇんしぇー》が来らるる頃にゃ、村も山も、全部《じぇんぶ》の桜が満開になるばい。先生のお越しを、村も山も、全部喜んで、お迎えするばい」

高市の師匠、坂上一郎《さかがみいちろう》の妻、直江《なおえ》が、そんなふうに言って、今日、朝食の後、縁側でせっせと大きなあんころもちをこしらえていた。

「お前《めえ》、そげな大きいあんころもちこしらえち、どげーすると？　先生《しえんしえー》んお食事は、役所から言われた通りにせにゃならんばい」

一郎が、そのかたわらに腰掛けて、あきれた調子で言った。直江が、忙しく手を動かしながら、反論する。

「けんど、うちも、なにか準備せな、落ち着かんばい。なんぞ、先生《しえんしえー》に召し上がっちもらわなき。うちの家のおごっそうを」

「おごっそうち、あんころもちがかい？　西洋んお人にゃ、泥団子んごつ、見ゆりゃせんかい？」

師匠とおかみさんは、あんころもちが西洋人にとってごちそうかどうか、延々と問答していた。

高市は、ふと、しゃがみこんで、土くれを手に取ってみた。

小鹿田《おんた》の土である。畑の土と、陶器を作り出す「陶土《とうど》」は、もちろん違う。それでも、この土地の土は、いずれも豊かだ。滋養に富み、命を育む土。色載りよく、風合いのある陶器を生み出す土なのだ。

高市は、気まぐれにすくい上げた土を、両手で固めて玉にしてみた。

少し湿り気のある土は、黒に近いような深い色をしている。ほろほろと土のかけらがこぼれ落ちる玉を持ち上げて、しげしげと眺めると、

「あんころもちんごたる」

つぶやいて、大口を開け、食べるふりをした。

リーチ先生。師匠も、おかみさんも、近隣の陶工たちも、皆、会ったこともないその人物を、そ

う呼んでいた。

バーナード・リーチ――という名の、それはそれは偉い先生が、春になったら、小鹿田にやって来る。

何ヶ月か前、大分県の役人・首藤稲三《しゅとういなぞう》が村に現れて、集会所に陶工たちが集められ、重大発表をした。

師匠に連れられて、高市も出席したのだが、外国人がやって来るというだけでにわかに緊張した。ところが、リーチ先生はぶらりと遊びに来るわけではないと言うので、さらに緊張が高まった。

首藤の説明によれば、先生は、昔、イギリスから日本へやって来て、陶芸の道を志し、大成したという。いまはイギリスに暮らしているのだが、このたび日本へ舞い戻り、全国の窯元《かまもと》を訪ね歩いている。そして、春になったら、小鹿田に来て、皆と一緒に陶芸をやりたいと言っている――そうなのだ。

「リーチ先生《しぇんしぇー》や、村のどこかん家に、ひと月ほど滞在したいち言うておられるばい。誰ぞ、先生ん面倒をみちゃってくれんかい？」

役人の説明を聞いて、陶工たちはどよめいた。

「こげな田舎ん器に、何故《なし》興味を持っとるとかい？　イギリスんお人が好むもんじゃなかろうもん」

「そうばい、そうばい。せっかく先生《しぇんしぇー》が来られてん、俺《おり》ゃ、なんも、立派なもんは作れなき」

口々に言い合って、まったく収拾がつかない状態になってしまった。

が、集会所の片隅で、最初から最後まで、両腕を組んだまま、ひと言も発しない人物がただひとりいた。それが高市の師匠、坂上一郎であった。

陶工たちの騒ぎが最高潮に達したところで、一郎はおもむろに挙手をした。そして、言ったのだった。

「俺《おり》ん家にお泊まりいただいてん、よか。けんど、上等な部屋も、おごっそうも、何もねえっちゃ。そんでも、うちんとこにゃ、とってん元気なもんがおっちょる。そいつに先生《しえんしえー》の身の回りん世話、させるき」

その「元気なもん」とは、高市のことだった。

高市は、ぽかんと口を開けて、動けなくなってしまった。

「おお、そりゃええ考えばい」首藤がすぐに応えて言った。

「若いもんなら、すぐに英語もしゃべれるようになるじゃろう。先生《しえんしえー》もきっと喜びんさる。ほんなら、坂上さん、よろしゅう頼んだき」

拍手喝采、満場一致で、坂上家はリーチ先生の御宿、高市はお世話役――になってしまった。高市には、ただの一度も意見を求められなかった。

「いやいやいやいやいや、無理っちゃ、無理。俺《おり》、外国語やら、しゃべれんき、じぇんっじぇん。そげなこと……」

あわてて反論するも、時すでに遅し――であった。

それから、一ヶ月。小鹿田では、リーチ先生を迎える興奮と緊張が、日に日に高まっていた。

大分県の役人が、ほぼ毎日、集落へ通って来て、先生一行を迎えるにあたっての段取りの打ち合わせが繰り返された。

県の教育委員会からは、英語の女性教師が派遣されて、出張授業も行われた。これには、リーチ先生から直接言い付けを承るであろう高市も、無理矢理出席させられた。

リーチ先生を受け入れることとなった坂上家には、県から送り込まれた職工が何人か来て、家の中に様々な改良が加えられた。

田舎の風呂と便所は、西洋人には使えないだろうということで、タイル貼りの風呂が造られ、西洋式の便器が持ち込まれた。高市は、輝くばかりに光を放つタイル風呂に目を見張った。それに、西洋式の便器の形には度肝を抜かれた。

どうやって用を足すのか、不思議に思って、隅々まで観察していると、師匠が、その上に座ってみろと言う。座ってどうするのかと訊くと、西洋人は便器に座って大便をするのだと教えられ、にわかには信じられなかった。

先生が滞在する客間には、ベッドも運び込まれた。畳の上にはじゅうたんが敷かれ、その上にテーブルと椅子が置かれた。どの家具も、立派で、格好よく、高市には生まれて初めて見るものばかりだった。

先生には西洋風の食事を出したほうがよかろうと、料理係までが派遣されることも決まった。

そして、リーチ先生がやって来る一週間前になって、県の役人から新しい情報が入った。

今回の先生の訪問には、二人の日本人の陶芸家も同行する。彼らの名は、濱田庄司《はまだしょうじ》と河井寛次郎《かわいかんじろう》という。

二人とも日本が世界に誇る陶芸家で、リーチ先生とは昔から深い親交がある。特に濱田先生は、リーチ先生がイギリスに開窯《かいよう》するにあたって、渡英して協力したという。

リーチ先生は三週間余り滞在するのだが、濱田、河井両先生は、三日間の滞在だということだ。滞在中はリーチ先生と一緒に泊まるのがよいだろうと、やはり坂上家が日本人陶芸家の宿にもなることが決まった。

リーチ先生の世話係という大役に緊張を高めていた高市は、たとえ最初の三日間とはいえ、日本人陶芸家が同行すると聞いて、胸をなで下ろした。

そもそも、何故こんな田舎へ来る気になったのか、高市には、そこのところがどうもわからなかった。一郎に訊いてみると、戦前にここへひょっこりと訪れたある人物の勧めがあって、是非にも行ってみたいということになったらしい、その人物が来たとき自分も会った、と答えが返ってきた。その人の名は、柳宗悦《やなぎむねよし》といった。

一郎は、その人のことをよく覚えていて、高市に思い出話を聞かせてくれた。

何の前触れもなしに村へやって来て、各窯元を一戸一戸訪ね歩き、焼き物を見せてくれと頼んで回った。上質の紬《つむぎ》の着物に黒マントを羽織って、ソフト帽を被り、ステッキを手にした様子は、一目で都会から来た裕福な人であるとわかったが、どこかしら風変わりな感じで、きらきらと鋭い目をしていた。まるで、獲物を狙う鷹の目のような。

坂上家にもやって来たが、その時分は一郎の父親である先代がまだ元気で、一郎は二十代後半、結婚五年目にして長女が生まれたばかりの頃だった。

柳は、縁側に腰掛けると、できるだけたくさんの種類の焼き物を持って来て欲しいと頼んだ。素性もわからぬ人物で、一郎はいぶかしく思ったが、先代は一郎にあるものすべて持って来い、と言った。縁側に、壺、大小の皿、水差し、飯碗、茶碗、急須、徳利、杯《さかずき》、植木鉢までもが、ずらりと並べられた。

柳は、立ち上がって、着物の袖に両手を入れ、少し離れたり、近寄ったりして、つくづくと眺めた。そして、あごに手をやり、心地よい音楽に陶酔しているかのような表情で、頭をゆらゆらと揺らし、好《い》い、と一言、発した。再び腕を組み、しばらく経って、また一言、好い。ため息をついて、好い、好い、実に好い。合計五回も、「好い」と言った。

先代と一郎とは、縁側に並べた雑器の後ろで正座をして、無言で柳の様子をうかがっていた。そのふたりに向かって、柳は、喜色満面で言ったのだった。

「ここに出してもらったもの、一つ残らず、全部いただこう。ついては、東京へ送る手はずをしたいのだが……。おっと、その前に、代金はいくらかね？」

気前よく代金を払って、村落の入り口に待たせておいた馬引きの荷車に乗り、意気揚々と帰っていった。そして、戦後、あらためて再訪も果たした。

よくよく聞けば、その人物もまた、高名な哲学者だか何だかで、リーチ先生の古い友人であるという。柳宗悦の強い勧めにより、リーチ先生一行は、念願かなって小鹿田へやって来るのだと。

一郎の話を聞いて、高市は、へええ、と思わず感心の声を漏らした。

小鹿田の近隣にある陶芸の里、小石原《こいしわら》出身の高市にしてみれば、生まれた時から焼き物が身近にあり、小石原焼も小鹿田焼もよく似た感じだったので、どこがいいとか悪いとか、まったく判断もできなかったし、また、そんなふうに考えもしなかった。

それなのに、その柳某《なにがし》とかいう先生も、その先生の勧めもあってイギリスからやって来るというリーチ先生も、この地域の陶器に深い関心を抱いている。

ひょっとすると、地元の者にはわからない何かすごい力がここの焼き物にはあるのだろうかと、生まれて初めて高市は「陶器」というものを強く意識したのだった。

そうして、いよいよ明日、先生が来る——という日の夜になった。

寝床に入っても、高市はなかなか寝付かれず、弱々しく点《とも》った電気スタンドを引き寄せて、むっくりと起き上がった。

書き物机の下に小さな木箱がある。それを枕元に寄せて、ふたを開け、古ぼけた帳面を取り出した。パラパラとめくってみる。

びっしりと横書きで書かれた文字。数式のようなものが混ざり、ところどころに横文字——たぶん英語——も見える。小石原で陶工をしていた父が遺したノートだった。

横浜生まれの父には、どこかしらハイカラなところがあった。実は英語の読み書きもできて、何の本かはわからないが、英語の本を何冊か、後生大事にしていた。

高市が子供の頃、真夜中にふと目覚めると、薄暗い明かりのもとで、何やら懸命にノートに書き込んでいる父の後ろ姿をみつけることがあった。ノートの横には英語の本を広げていた。いったい何を書いているんだろう、と不思議に思ったが、いまならわかる。このノートは父の研究帳だったのだ。土の種類、釉薬《ゆうやく》の調合、薪《まき》の種類、火加減と焼成時間、意匠など、陶芸にまつわるさまざまなことがらが書き付けてあった。

父が他界して、小鹿田の坂上家に高市の弟子入りが決まったとき、何かの役に立つかもしれないからと、母が持たせてくれた。唯一の父の形見だった。

十六歳の高市は、小鹿田から歩いて四時間あまりのところにある、福岡県朝倉郡の陶工、沖亀乃《おきかめの》介《すけ》の家に生まれた。小石原焼の里である。

父は、四十代で小石原村に来るまでは、益子《ましこ》や鳥取など、あちこちで修業をし、窯元を渡り歩いてきた、いわば「渡りの陶工」であった。

ほんとうは小鹿田でも働きたかったらしいのだが、他所者《よそもの》の侵入を嫌われたため、かなわなかった――と、高市は、父の他界後に母から聞かされた。

小鹿田の源流をたどってみると、小石原焼に行き着いた。その素朴さに魅かれ、父は小石原村に定住することを決めた。そして、ようやく自らの窯を開いた、ということだった。

小石原焼は、筑前地方最古の焼き物であり、開窯は十七世紀にさかのぼる。筑前国福岡藩第三代藩主黒田光之《くろだみつゆき》が、伊万里《いまり》から陶工を招いて窯を開いたのが始まりである。素焼きを行わず、釉薬を流しかける手法で、刷毛目《はけめ》、飛び金《とがね》（飛び鉋《かんな》）、櫛描き《くしが》など、独特の幾何学模様が特徴である。この手法は、小鹿田焼にも共通していて、現代に伝わっている。従って、小石原焼と小鹿田焼は姉妹関係にあるといってよい。小石原の窯元と小鹿田の窯元には交流があり、父は、のちに高市の師匠となる坂上一郎の知己《ちき》となった。

小鹿田は、大分県日田《ひた》郡の山間《やまあい》の小村、大鶴村にあり、江戸時代中期、十八世紀初頭に、天領日田の代官により、生活雑器を生産する場所として、小石原の分流となる窯が開かれた。二百年余りの歴史と伝統を受け継ぐ陶器の里である。現在も、十余りの窯元が伝統の器の制作にあたっている。

小鹿田焼の窯元は一子相伝《いっしそうでん》で技術を伝授し続けており、父から子へ、子から孫へと受け継がれてきた。従って、十余りの窯元は、すべて代々開窯時から続く家々の子孫である。基本的には弟子を取らず、主たる陶工はすべて集落の親類縁者のみである。

そんな中で、高市は、坂上窯に弟子入りした。集落の窯元たちは、少年とはいえ、小鹿田の技術を伝授する弟子として他所者を受け入れた一郎を訝《いぶか》しんだ。

しかし、他ならぬ小石原の出自であること、一郎のところに息子がいなかったことなどを鑑みて、いずれ養子にとって跡を継がせるつもりなのだろうと、一応の納得をした。

高市のほうは、実は是非にも行きたくて坂上家に弟子入りをしたわけではない。成り行きでそうなった、というのが本当のところである。

高市が十四歳の時、父が結核を患い、間もなく佐賀にある療養所に入った。

一年後、父の危篤を電報で知らされた母が、村の人々に電車賃を工面してもらって駆けつけ、臨終にはどうにか間に合った。

白い布で包まれた箱を抱えて帰ってきた母は、台所の土間に立ち尽くしたまま、高市に告げた。

——高市は小鹿田へ行って陶工になれち、お父《と》っちゃんが最後に言うちょったばい。一人前ん陶工んなって、お母ちゃんを助けちょってくれち……。

療養所に入ることになった父は、その直前に、坂上一郎に手紙を書き送っていたようだ。自分に万一のことがあったら、どうか息子を頼みます、と。

父がもはやこの世にいない、ということを実感する間もなく、高市は坂上家に「見習い」として住み込み、働くようになった。

自分の意思とはまるで関係なく、陶工になる道が勝手に整備されてしまった。

高市は、父をほんのり恨めしく思ったが、母が近隣の窯元の手伝いをして糊口《ここう》をしのぐ生活は、もはや限界に達していた。

一人分の食い扶持《ぶち》が減るだけでも、母を助けることになる。小鹿田へ行く以外、選択肢がなかった。

そうはいっても、父がまだ元気な頃には、ろくろを回したり模様を付けたりするのを、子供ながらに観察していたから、一度も触ったことはないものの、高市は、坂上家ですぐにでもろくろを回すようなつもりでいた。

ところが、高市が最初に教えられたことは、裏山の畑を耕すことだった。種をまき、苗を植えて、イモやカボチャを作ることが、坂上家における高市の主たる仕事となった。

小鹿田では、半農半陶の生活が当たり前だった。小鹿田で作られる焼き物は、茶碗、湯呑み、水差し、湯たんぽなど、日常生活で使われる雑器である。単価は非常に安く、焼き物だけを作って暮らしていくには不十分だった。ゆえに、出荷こそしないものの、自分たちで食べる野菜やコメは自分たちで作る――というのが、小鹿田のやり方だった。

――何故《なし》、俺《おり》ゃイモやらカボチャやら作っちょるんかい？

土の中からイモを掘り出しながら、何度も何度も、高市は自問した。

――親父さんは、ろくろを俺《おり》にさわらすこともなか。さわらすどころか、ろくろを回していると ころも、見せちくれんばい。こげして俺が畑んほじくり返しちょる昼間に、親父さんは、ろくろん回しちょる。俺ゃ、畑におったら、いつまで経ってもどげして器が作られちょるか、全然《じえんじえん》覚えられんが。俺ゃ、百姓んなるためん、ここへ来たとかい？ おっ父《とう》や、俺を百姓にしたかったとかい？

ざくり、ざくりと土に鍬を落としながら、師匠への、また亡き父への恨みつらみを、土に混ぜ込んではかき回した。

農閑期には、窯で焼かれる前の器の数々を板に並べる作業を手伝った。ようやく焼き物の原型に触れられて、高市の心は落ち着きを見出したが、ただ器を並べるだけの作業は、やはり面白みがない。

父の作業を近くで見ていた時には、焼き物作りはもう少し面白そうなものに思われた。ろくろがしゃんしゃんと回って、ぺたりと座った土くれから、見る見るうちに、にゅるうっと立ち上がる器の形——茶碗になったり皿になったり、その瞬間は魔法のように、子供の高市を魅了したものだ。

——やっぱり、ろくろばい。ろくろん触れんかったら、つまらんき。

登り窯に火を入れて、完成品を取り出す時も、高市は、包装紙となる古新聞のしわを伸ばしたりして、器には触れられず、ちっとも面白くないのだった。

ふてくされた気持ちで一日を終えることはしょっちゅうだった。それでも、ときどき父が遺したノートを広げては、懸命に何かを書き付ける父の後ろ姿をぼんやりと思い出して、眠りにつくのだった。


「ただいま帰りました」

いつものように畑から戻った高市は、家の中へ声をかけてから裏手へ回った。勝手口近くにある井戸のポンプを押して、泥だらけの手を洗う。よく見ると、シャツも、ズボンも、土で汚れている。あわわ、どげんするっちゃ、とあわてて腰に下げていた手ぬぐいでこすったが、余計に汚れが広がってしまった。

「何《なん》しちょるんよ。あんたが着ちょるもんや、汚れちょるて。早《は》よ、着替えんといかんばい」

勝手口から直江が顔をのぞかせて、口早に言った。

「これが、俺《おり》ん持っとる服ん中で、一番上等なもんやけんど……」

恐る恐る高市が言うと、

「何言《なんゆ》うとるっちゃ。あんたのためにも、おっ父《とう》が、ちゃんとした服を用意してくれたっちゃ。さ、早《は》よう、中に入って着替えんしゃい」

直江に手招きされて、勝手口から家の中に入った。自室へ行くと、鴨居に引っ掛けたハンガーに、きちんとアイロンがかかった背広とズボンが一組、下がっている。糊の利いたシャツまで準備されているのを見た高市は、心底驚いた。

——まさか、親父さんが、俺《おり》んために洋服まで新調してくれるとは……。

そんなことは今日まで一言も、一郎から聞かされていなかった。高市は、感激のあまりいっそう落ち着きがなくなってしまった。

ぴんと張ったシャツの袖に腕を通し、きっちり折り目のついたズボンに足を入れる。背広を着込んで、少々気恥ずかしい心持ちで部屋を出た。

客間では、やはり珍しく背広を着込んだ一郎が、立ったり座ったり、両腕を組んであっちへ行ったりこっちへ来たり、落ち着かなかった。

高市は、一郎の前に歩み出ると、正座をして、畳に両手をつき、ぺこりと頭を下げた。

「親父さん、おおきん、ありがとうございました」

礼を述べると、

「おお。なかなか、似合っちょる」

一郎は、満足そうな顔になった。

「そりゃ、俺《おり》ん若いときん背広ばい。簞笥《たんす》ん奥に突っ込んどったもんやけんど、思い出してな。お前《めえ》に、ちょうどええかて、思うたんばい」

わざわざ新調してくれたと思ったのだが、一郎の古着《セコハン》と知って、ほんの少しだけがっかりした。それでも自分のために用意してくれたことには違いない、と思い直し、

「こげな上等な背広、生まれて初めてです」

と、お世辞ではなく本気で言った。

まだ十六歳の陶工見習いである。背広を着る機会など、今までに一度たりともなかったのだ。

一郎が、柱時計を見上げて、「さあて」と息をついた。

「そろそろ、表へ出てお迎えの準備せにゃならんばい。準備はええか」

「はい」と答えて、高市は、にわかに緊張が高まるのを感じた。

「う、ウェルカム・ツー・オンタ。ミスター・リーチ」

一郎の後に続きながら、何日もかかって覚えた一言を口の中でくり返した。

村の中心を貫いている道へ出ると、各窯元の人々が、村の入り口あたりにずらりと並んでいる。正装こそしてはいないが、誰もがおそらく「うちで一番まともな服」を着込んで、かしこまっている。

小鹿田側の世話係として、昨夜から集落の長老の家に泊まり込んでいる首藤は、背広にネクタイをきっちり締めて、緊張の面持ちである。リーチ先生の訪問のために何ヶ月も前から準備をし、集落を盛り上げてきたのだ。この日を迎えた感激はひとしおだろう。

いつもは無精髭をさらしている向かいの親父も、陶土で汚れた顔や手のままでいる陶工たちも、今日ばかりは髭を剃り、さっぱりと顔も手も洗って、妙にこぎれいな様子だ。おかみさんたちは、普段は頭を覆っている手ぬぐいの姉《あね》さんかぶりを外し、うっすら口紅を引いている。うひゃあ、完全に新聞屋を意識しちょる、と高市はおかしくなった。

「おお、坂上さん。こっちぃ来なさい。あんた、先生《しえんしえー》方をお迎えする主人やけん。一番前におらんといかんばい」

坂上一家を見つけた首藤が、あわてて手招きをした。一郎とともに、高市も、列の一番前に引っ張り出された。

「間もなく正午やけん。もうすぐ、来らるるばい。さあさあ、皆、整列して」

沿道に一列に並ぶと、皆、自然と黙りこくった。

ホー、ホケキョ。

遠くで、ウグイスのさえずりがこだまする。

ぎいい、ごっとん。

ぎいい、ごっとん。

さっきまで、人々のざわめきでかき消されていた陶土を搗《つ》く唐臼《からうす》の音が、のどかに響き渡る。

高市は、緊張でかちんこちんになりながらも、ふと、その音に耳を傾けた。

小鹿田には、はるか昔から、集落のところどころに唐臼で陶土を搗く場所がある。

受け皿のようにくり抜かれた、大きな木製の竿に、集落を流れる清流の水を分流させて流し込む。その重みで竿が持ち上がり、水が抜けたところで、先端に取り付けられた杵《きね》が勢いよく地面のくぼみ――臼に刺さり、土を搗く。大きなししおどしのような感じだ。

この唐臼が小鹿田らしさであり、唐臼の音こそが、小鹿田の音なのであった。

昔ばなしをするお婆《ばば》のような、囲炉裏で静かに燃える薪火のような。どこまでものどかで、ほのぼのとうたたねを誘う心地よい音。小鹿田の里にいる限り、いつも遠くに聞こえているこの音が、高市の気持ちを落ち着けてくれるのだ。

ところが、約束の時間を一時間近く過ぎても、先生方の一行は現れなかった。

「それにしても、遅《おせ》えなあ。先生方《しえんしえー》ん乗った馬、山道ん途中で動かねえようになっちょるんかな」

しびれを切らして、誰かがつぶやいた。それを耳にした一郎が、あきれたようにつぶやき返した。

「何を言《ゆ》うとるんかい。馬じゃねえけん。先生《しえんしえー》方や、車で来なさるに決まっとるき」

そう言う一郎も、じっとしていられない様子だ。

と、その時。

ブロロロ、ブロロロロロロ。

――あ。

高市は、はっとして顔を上げた。今、確かに、エンジンの音がした。

「あ……来た」

「来た、来た」

「車ばい。車が来たばい」

黒塗りの車が二台、山道の向こうに現れた。どんどん、近付いてくる。

――来た来た来た来たっ。リーチ先生《しえんしえー》が来た。

えーと、えーと、何やったかい。う、ウェルカム、ツー、ミスター・リーチ。ウェルカム・ツー、ツー、スリー、フォー。……じゃねえっちゃろ。

頭の中を、しっかり覚えたはずの英語の決まり文句が飛びかっている。高市は、両手をぐっと握りしめ、大きく息を吸って、吐いた。

見る見る近付いて来た黒塗りの二台の車は、やがて集落の入り口に到着した。

運転席のドアが開いて、まずは運転手が出て来た。それだけで、沿道の人々がどよめいた。

運転手が後部座席のドアを開ける。人々の注目が、一気に集まる。

最初に登場したのは、県の役人らしき人物だった。「プリーズ」と、車内に向かって声をかける。

すらりと長い足が出て来て、よく磨かれた革靴が、小鹿田の地面を踏んだ。

「う、わ……」

高市は、思わず小さく声を上げた。周辺から、わっと歓声が上がった。

バーナード・リーチが、小鹿田の人々の前に、とうとう現れた。

白髪にソフト帽を被り、背広にネクタイを締めた上品な姿。びっくりするほど背丈がある。高市は、口をぽかんと開けてしまった。

――で……でかっ。こ……この巨人んごたるお人が……リーチ先生《しぇんしぇー》かい？

リーチは、丸眼鏡の奥の、鳶《とび》色の目を細めて集まった人々を見回した。そして、誰にともなく、にこっと笑いかけた。人々の間から、ため息のようなどよめきが起こる。

二台目の車のドアが開いて、後部座席から老年の日本人男性が二人、出て来た。

一人は、恰幅のいい体型で、ウールの三つ揃いを着、丸眼鏡をかけている。もう一人は、対照的にやせ形で、ネクタイを締め、銀縁眼鏡をかけている。

首藤が近付いて行って、リーチに向かって一礼すると、言った。

「このたびは、ようこそ、小鹿田の里へいらっしゃいました。私は、県の物産振興を担当しております首藤です。村人たちに代わりまして、先生のお越しを歓迎いたします」

完璧な標準語だった。その標準語を、同行してきた英語教師が通訳する。リーチは、にこやかな表情で、「サンキュー」と応えた。それでまた、高市は、胸が高鳴った。

――うわあ、めっぽう英語やうまいぃ。……って、当たり前っちゃ。

それから、村の長老や各窯元の主《あるじ》が、次々に先生に紹介された。皆、緊張で固まりつつ、頭を下げて「ようこそ……」と日本語で挨拶している。せっかく英語を習ったのに、全然活かされていない。が、リーチは、終始にこやかに、「サンキュー、サンキュー」と繰り返している。なめらかな発音は、英語教師に教えられたものとはまったく別物である。

首藤は、坂上家の人々のところへリーチを連れて来た。一郎は、背筋を伸ばして前を向いた。直江は、その横で恥ずかしそうにうつむいた。高市も、師匠にならって、思い切って背筋を伸ばした。

「先生、こちらが、先生がお泊まりになる窯元、主人の坂上一郎さんです」

首藤が紹介するのを、英語教師が通訳した。一郎は頭を深々と下げて、言った。

「何《なん》も、大したおもてなしやできねえですが、ゆっくり過ごしてください」

リーチはやはりにこやかに、「サンキュー」と返して、辞儀をした。それを見て、高市は、うわ、先生、ちゃんと日本式の挨拶しちょる、と心中でたまげた。

首藤が、一郎の隣に直立している高市の肩に手を置いて、紹介した。

「こちらが、先生のお世話係をいたします、坂上家の弟子、高市君です」

リーチが、高市の目の前に立った。

高市の心臓が、再びポンプを力一杯動かしている。緊張のあまり、目を合わせられない。が、リーチは、高市が挨拶するのを待っているかのようである。

高市は、思い切って顔を上げると、リーチの目を見て、言った。

「ヘロウ、ミスター・リーチ。ウェルカム・ツー・オンタ。アイ・アム・ベリー・ハッピー・ツー・シー・ユー！」

リーチの鳶色の目が、まっすぐに高市を見つめている。高市は、ちゃんと英語で言えたのかどうかもよくわからず、頬を紅潮させてうつむいた。

「驚きました。君は、英語が上手なんですね」

はっとした。

――流暢《りゅうちょう》な日本語。

目の前に、右手が差し出された。高市は、その手を見つめた。

長い指。幾多の皺が刻み込まれた手のひら。皺には、陶土の細かい粒子がこびりつき、真昼の光にさらされて輝いているように見えた。

それは、紛れもない陶工の手だった。

土を形づくり、模様を描き、釉薬をかけ、炎の中で焼かれた器を、窯の中からひとつひとつ取り出す。何年も、何十年も、こつこつと、ただ陶器を作るためだけに、一生懸命働いてきた手。

父の手のような、大きな手。

高市は、顔を上げて、リーチを見た。リーチは、なぜだか、なつかしい友と再会したようなまなざしを向けていた。そして、人懐っこい笑顔になると、

「しばらく、お世話になります。よろしく頼みます」

きれいな日本語で、そう言った。

高市は、恐る恐る、目の前に差し出されたリーチの右手を握った。すると、その手が、高市の手を、きゅっと握り返した。

少し離れたところで、リーチに同行してきた二人が陶工たちに囲まれていた。リーチは、彼らに向かって、「カワイ、ハマダ。こっちこっち」と、声を掛けた。

「サカガミさん、私の友人を紹介します。カワイ・カンジロウと、ハマダ・ショウジです。今日と明日、一緒に泊めてもらいます」

二人は、リーチの両隣へやって来ると、

「河井と申します。よろしくお願いします」

「濱田です。小鹿田は、これで二度目です。お世話になります」

ていねいに頭を下げて、挨拶をした。

「付け加えておきますと、ふたりとも、日本を代表する陶芸家です。私は、このふたりの陶芸家に、本当に多くのことを学びました」

両大家の肩に手を添えて、リーチが言った。


出迎えた陶工たちと一通り挨拶を交わした後、リーチ先生一行は、坂上家へとやって来た。襖《ふすま》を外して、二つの座敷を繋ぎ、座卓を四つ並べた。上座の中心にリーチ、その両脇に濱田と河井が座り、周辺を大分県の役人が固めた。そのまた周辺を各窯元の代表が囲む。

一方、高市は、末席に座る余裕もなく、台所にかり出されていた。

総勢二十余名の客人をもてなすために、猫の手も借りたいほどの大忙しである。集落の女たちに交じって、高市も、湯を沸かし、茶を淹《い》れ、あんころもちを運んだ。

鉢に盛られて卓上に出されたあんころもちは、すぐになくなった。リーチも、河井も、濱田も、うまいうまいと言って、二つも三つも口にしたので、周囲の男たちもそれに合わせて食べるうちに、あっという間になくなってしまった。

――あんころもちは、リーチ先生《しえんしえー》ん、おごっそうばい。

高市は、愉快な気分で、再び山盛りのあんころもちを座敷へ運んだ。

リーチの目の前に鉢を置いて、一礼してから台所へ戻ろうとすると、「ちょっと待って」と、呼び止められた。

「コウイチさん。君は私の世話をしてくれるのだと、さっきシュトウさんに聞きました。それで、いいですか。合っていますか?」

「はい、合っています」

高市が、生真面目に答えると、

「だったら、君も、ここへ座って、このおいしいアンコを食べなさい」

そう言って、「ほら」と、鉢のあんころもちを勧めた。

どういうわけだか、高市も、リーチの隣に割り込んで、あんころもちを相伴《しょうばん》することになってしまった。

いったい、この先生たちが、どんな焼き物を創るのか、高市はまったく知らないし、どのくらい偉い人なのか、実際のところはわからない。

けれども、大人の世界の面倒くさい上下関係とか、どっちが上座でどっちが下座だとか、日本語だとか英語だとか、そういうことの全部を一気に飛び越えて、リーチが自分を近くに呼び寄せてくれたのが、無性に嬉しかった。

卓上には、鉢、平皿、小皿、湯呑みなど、小鹿田の器がずらりと並んだ。その中のひとつ、小鉢を手に取って、濱田が言った。

「面白い模様をしているだろう。これが、小鹿田特有の『飛び金』模様だ」

乳白色の小鉢には、内側一面にリズミカルに付けられた焦げ茶色の破線模様があった。生乾きの素地《きじ》に白い化粧土をかけ、表面を歪んだ鉄片——鉋《かんな》と呼ばれる——で掻いて模様を付けるのだ。

「確かに。……この技法は、この里だけのものなのでしょうか」

濱田の言を受けて、河井が一郎に尋ねた。

「ここからそう遠くない小石原村でも、やられちょるもんです」

一郎が答えた。

「小鹿田焼は、小石原焼から派生したもんで、模様や技法は共通しちょるもんが多いです。けんど、飛び金は、大正くらいに始まった、まだ新しいもんちゅうことです」

「コイシワラ……」

リーチが、記憶をたどるかのようにつぶやいた。その表情を見て、高市の胸が、かすかに震えた。

リーチは、飛び金模様の小鉢を目の高さに持ち上げ、上下左右、全方向から、注意深く眺めた。そして、ふむ、と息をついた。そして一言、つぶやいた。

「好い」

前のめりになって、リーチの様子を注視していた一郎が、「あ」と声を上げた。

「同じばい。柳先生と」

「柳と？」

河井と濱田が顔を上げて、同時に訊き返した。一郎は、うなずいた。

「もう二十五年近く前んことやけんど、柳宗悦先生《しぇんしぇー》が、ここに来られて、やっぱり飛び金の器を見なさって、おんなじこと言《ゆ》うちょったです。『好い』ちゅうて」

「ほう」濱田が、興味深そうな声を出した。

「それ以外には、何か言ったのかね？　彼は」

「いや、何《なん》も。ただ、『好い』とだけ、五回も六回も、言《ゆ》うちょりました。ほんで、戦後にもう一度来なさって、『やっぱり好い』ちゅうて」

「彼らしいな」河井が言った。

「本当だ。彼らしい」河井の言葉に濱田が呼応した。

ふたりで、さもおもしろそうに笑っている。リーチは、微笑んで言った。

「好いものは、好いのです。理屈はいりません」

リーチは、手を伸ばして、あんころもちが盛られた大鉢を自分の方へ引き寄せた。それを色々な方向から眺めて、また「好い」と言った。

「実に好い。この模様。素朴だが美しい」

「刷毛目、と言います」一郎が、説明を添えた。白土を塗り付けた素地の上に刷毛を当てて、大輪の菊の花のように、中心部から外側に向かって、模様にしたものだ。

「ダイナミックだな」濱田が言うと、

「躍動感がある」河井も言った。

先生方があまりにも雑器に興味津々なのが、高市には不思議でならなかった。いつもご飯をよそっている碗や漬け物をいれている鉢なのに……。

こんなどこにでもある器に、いったい、どんな魅力があるというのだろうか。

和気あいあいとした昼食を終え、先生たちは集落を視察するために、外へ出た。

高市は、台所で皿洗いを手伝った方がいいだろうと思ったのだが、

「君はリーチ先生《しぇんしぇー》んお世話係ばい。先生が行くとこにゃ、君も付いて行かねばいかんばい」

首藤に言われて、一緒に行くことになった。

集落の中心を貫く一本道は、渓流沿いのゆるやかな坂道である。沿道には各窯元が軒を連ね、あちこちの軒先や庭先に制作途中の陶器が天日干しされている。午後の日差しが、焼かれる前の器の黄色がかった素地を、柔らかく照らし出している。

ぎいい、ごっとん。

ぎいい、ごっとん。

唐臼の音がそよ風に乗って運ばれて来る。リーチは顔を上げて、周囲を眺め渡した。

「不思議な音がする。ここに着いた時から、気になっていました」

誰にともなく言うと、

「唐臼です。ご覧に入れましょう」と一郎が誘った。

一行は、ぞろぞろと連なって土搗き場へ行った。

屋根が架けられただけの、吹きさらしの小屋の中に、大きな木竿が三本、並んでいる。竿は一方の端がくり抜かれ、そこに渓流から引いた水流を受ける。その重みでもう一方の端に取り付けられた杵が持ち上がり、水が抜けたところで、それが地面の「臼」に、ごっとんと音を立てて突き刺さる。

臼の中には陶土が入れられており、水流の作り出す動力を利用して、人の手間をかけることなく、一日中陶土を搗けるというわけだ。

唐臼を間近に見た三人の陶芸家たちは、その動きに釘付けになった。

「これは……すごいな」河井が感嘆の声を漏らすと、

「この唐臼が、何よりすごいんだよ。どうだ、豪快だろう」

これを見るのは二度目だという濱田が、我がことのように自慢した。

リーチは、「おお」とため息のような声を発して、なかなか言葉にならないようだ。しばらく眺めてから、臼に近付くと、しゃがんで、陶土を手に取った。

陶土は黄味がかった色で、さらさらとしている。日光に当てると、細かな粒子が反射して輝いて見える。

「どうだ。素直な土だろう」

リーチの隣で、自身も陶土を手に取った濱田が、それに見入りながら語り掛けた。

「以前来たときも、唐臼と、この土の素直さに、まず驚かされたものだ。しかし、ひとたび練り始めると、意外にも癖のある土なんだ」

「粘りは、どのくらいありますか」

背後にかしこまって立っている一郎の方を振り向いて、リーチが尋ねた。

「腰が強うて、粘っこいです。けんど、伸ばしにくいばい。濱田先生《しぇんしぇー》が、癖があるちゅうんは、そん通りです」

「土は、どこから採ってくるのですか」

今度は、河井が訊いた。

「そこん、皿山《さらやま》から……周りん山は、全部《じぇんぶ》、陶土ちゅうてんいいばい」

一郎は、陶土を採集してから作業場に持ち込まれるまでの過程を、一通り説明した。

採集した陶土は各窯元の小屋へ運び、十日前後乾燥させる。それから唐臼で搗いてさらさらにする。唐臼で搗くのも、大体十日前後だ。

粉砕された陶土は、精製用の水槽に移して、水によく混ぜる。沈殿物と上部に浮かんだゴミは取り除き、中間の泥水になった部分だけを移し、水分を抜いて、ようやく陶器を作る粘土となる。

粘土は、その後、乾燥用の素焼き鉢や乾燥窯に入れ、形を作るのに適した硬さになるまで置かれる。適度に「熟成」するのを待つようなものである。

長い時間をかけてのち、ようやく陶土は器の形に生まれ変わるために、作業場に持ち込まれるのである。

「なるほど。すべて、ていねいな手作業なのですね」

リーチが感心したように言った。

そこからは、さらに土練り、挽《ひ》き作り、紐《ひも》作りなどの作業を経て成形され、一日から三日程度、天日干しや陰干しで乾燥させる。この間、半乾きの状態の時に、器の底部を削って高台《こうだい》を作り、水差しには把手《とって》を付ける。

一郎の説明に、ほう、とリーチが、興味深そうな声を出した。

「水差しに把手を付ける……と言いましたね。ここでは、ジャグを作っているのですか？」

「ジャグ？」

一郎が訊き返すと、

「水差しのことです」

すかさず、河井が言い添えた。

「はあ。昔っから、水差しやら、作っちょります。なんでも、九州のほかかんとこは、そげなもんは、作っちょらんと聞いとりますけんど」

「そうそう、それなんだ。ジャグは、小鹿田特有のものなんだ」

濱田が、急に思い出したように言った。

「なあリーチ、ジャグなんて、君の国じゃどうってことないものだろうけど、日本ではここだけらしい。しかも、江戸時代から作られてきたというから、驚きじゃないか」

それは是非見てみたい、ということになり、リーチ先生一行は、役人やら陶工やら記者やらを引き連れて、坂上家の作業場へと移動した。

高市は、リーチの真後ろにくっついて、一緒に歩いて行った。

それにしても、リーチは見上げるばかりの長身だ。背の低い高市にしてみれば、大木と一緒に歩いているような心持ちである。くっついて行く自分が、まるで木の枝に止まりたがっているスズメのようだ。

坂上家の作業場の前には、板が置かれて、その上には窯入れ前の器が並んでいた。

大小の水差しが並んだ列を見つけたリーチが、その形を、真上から感慨深げに眺めた。

「なるほど。確かに、これはジャグですね。しかも、とてもクラシックな、いい形だ」

「君、完成したものを見せてくれるかね」

濱田が、リーチの隣にどうにか割り込んで顔を出した高市に言った。はいっと元気よく応えて、高市は、完成品が並んでいる縁側へすっ飛んで行った。

――こん水差しは、英語でジャグち言《ゆ》うんかあ。

新しい英単語を一つ覚えて、高市は、水差しを持ってリーチの元へ戻った。

「ジャグ、持って来ました」

そう言って差し出すと、リーチは「ありがとう」と礼を述べた。

それから、おもむろに水差しを目の高さに両手で持ち上げ、眺めて言った。

「とても、好い」

それから、真上から眺め、真横からも眺めた。濱田と河井は、リーチの両側に立ち、リーチが腕を上げれば上を見、腕を下げれば一緒に覗き込んで、ためつすがめつして、水差しを検分した。

その様子を見守りながら、高市は、そういえば、自分の父も水差し作りに余念がなかったな、と、ふいに思い出した。

売り物にはしなかったが、父は、どういうわけだか、時々水差しを作っていた。

いつだったか、父から聞かされたことがある。自分は、若い時分からあちこちさすらって、日本各地の窯元を訪ね、さまざまな陶器作りに挑戦してきたのだと。

だから、小石原で伝統的に作られてきた器ばかりではなく、ここでは作られていない器も含めて、色々なもの、今まで各地で学んできたものを、これからも作っていきたいのだと。遠い日の記憶を追いかけるように、なつかしそうな表情を浮かべて、父はそんなことを言っていた。

きっと、水差しは、その一つだったのだろう。

水差し作りは工程が面白かったので、子供の高市は、父が水差しを作り始めると、遊ぶのを止めて、しばらく見入ったものだ。

蹴《け》ろくろで水差し本体の成形をする様子は、粘土の塊から優雅な立ち姿の婦人が現れるようで、目を見張るものがあった。

そして何より、高市の関心を引きつけたのは、把手だった。

粘土を長く引き伸ばして、それを握る。すると、まるで生き物のように、するする、するっと、父の手の中から、柔らかな形の把手が現れる。まるで、息継ぎをするために水面に浮かび上がるドジョウのようだ。

父が握るまでは、それはただの土くれに過ぎない。けれど、いったん父の手にかかると、その土くれは、瞬く間に命を得るのだ。

命を得た「ドジョウ」のような把手を、父は、成形した水差し本体の、注ぎ口と反対側、縁からほんの数ミリ下がったところにていねいに添え、指先を小さなこてのように器用に使って固定させる。

ほんの数分で、把手は水差しの胴に密着し、優美な曲線を描いて、最初からそこにくっついていたかのような顔をして、きちんと収まるのであった。

高市は、小鹿田へ修業に来た時に、父が作ったような水差しがたくさんあることに驚いた。小石原では水差しは制作されておらず、父だけがごくたまに個人的な楽しみとして作っているに過ぎなかった。それなのに、この集落では、当たり前のように水差しが生産されていたのだ。

もしかして、父は、小石原に来る前に小鹿田に立ち寄って、水差しの制作を習得したのだろうか。

いや、一子相伝の小鹿田であるから、水差しの作り方だけを他所者に教えるなど、あり得ない。

それに、よくよく小鹿田の水差しを見てみると、父が作っていたそれとは、形というか立ち姿というか、どことなく、何かが違っている気がした。

父は、きっと、広い日本のいずれかの窯元で、誰かに学んできたのだろう。

それがどこだったのか、誰だったのかを教えてもらう前に、帰らぬ人となってしまったけれど――。

「江戸時代から作っていたというが、いったいどういう経緯で作るようになったのですか?」

リーチから水差しを受け取って、河井が神妙な顔つきで尋ねた。

「さあ、何故《なし》そうなったんかまでは、私らにゃわからんち……」

一郎が言葉を濁すと、

「かつて、日田は幕府ん直轄地でした。日田ん西国郡代は、長崎奉行と交流があったでしょうから、そっから南蛮文化が入って来た、ちゅうことも考えられます」

首藤が披露した説に濱田が得心してうなずいた。

三人の陶芸家たちは、水差し以外の器も、一つ一つ、ていねいに手に取って検分し、感想を言い合ったり、何やら意見を出し合ったりしていた。

先生たちはれっきとした日本語で話していたが、釉薬がどうだとか鉄分がどうだとか、はたまた、民藝運動がどうのとか民陶がどうのとか、難しい言葉が次々と繰り出されて、高市は話の内容の半分もわからなかった。それでもいくつかの言葉は、高市の心によく響いた。

「それにしても、好いな」

「味わい深いね」

「どうだい、この発色は」

「はっとするね」

「何と面白い模様なんだ」

先生たちの奇をてらわない感想の数々。高市は、まるで自分が褒められているかのように、照れくさいような、くすぐったいような気持ちになって、思わず笑みがこぼれてしまうのだった。

それから、先生たちは蹴ろくろの前へ移動した。是非ろくろを挽いてほしい、と役人の首藤に頼まれて、一郎が実演することになった。

——うわあ、親父さんがろくろ挽くとこ、見られるっちゃ。

先生たちの後にくっついて作業場に入っていた高市は、うれしさのあまり、躍り上がりそうになった。

一郎は、土練りの終わった陶土の大きな塊を、ろくろの盤上に載せ、両手で叩いて、しっかりと固定した。それから、ろくろの前の椅子に座り、山の形に陶土を整え、足で蹴ってろくろを回し、徐々に形を作っていく。

「ほう、挽き作りなのか」

河井がつぶやいた。

挽き作りとは、ろくろに据えた陶土を上げ下げしながら、上部から形を作っていく手法である。

「小鹿田の土はきめが細かいから、挽き作りにすると、土を締めにくい底部が割れてしまうんじゃないか」

河井の疑問に、「はあ、そん通りです」と、手を動かしながら一郎が答えた。

「割れんように挽いていくんは、難しいもんです。長年の勘が頼りばい」

湯呑みの形をひとつ、作り出して、また次を作る。手早く、確実な動きに、高市の目は釘付けになった。

リーチは、黙ったままで、一連の作業を一心に見つめていた。それから、ふと、

「ジャグを作ってもらえませんか」

と言った。一郎は、「はい」と答えて、別の陶土の塊を盤上に載せた。

土くれは、回転するろくろの上で、一郎の手に撫でられ、上部の方から少しずつ優美な形へと変わっていった。首の辺りの微妙なくびれ、胴体のふくらみ……最後に、注ぎ口のくぼみを指で押し付けて、水差し本体の成形が完成した。

高市は、瞬きもせずに、水差しが盤上に現れるのを見守った。

父が水差しを作っていた姿が蘇る。やはり、あんなふうに、ぽてんとした土くれから、世にも優美な水差しが生まれ出たのだ。

その日の夜は、先生方を囲んで、大分県の役人たち、各窯元の代表が坂上家に再び集まり、にぎやかな夕食会となった。

　夕食の前に、まずはお疲れの先生たちに湯浴《ゆあ》みをしていただこう、ということになった。高市は、風呂焚き用のかまどに薪をくべ、火吹き竹で一生懸命に風を送って、風呂の支度をした。

最初に、リーチが風呂場に入った。途端に、「オオ！」と叫ぶ声がしたので、かまどのそばにしゃがんでいた高市は、びっくりして、

「先生《しえんしえー》、どげんかしましたか！」

　磨りガラスの小窓に向かって、大声で訊いた。

すると、小窓が開いて、リーチの困惑顔が現れた。

「この風呂は、どうしたのですか。まさか、私が来るからといって、新しく造ったのでしょうか」

「はい、そうです。けんど、なんか、いけんこと、あったでしょうか」

高市の問いに、リーチは言った。

「私が来るからといって、何も新しく造ったり、特別な準備をしたりすることはなかったのです。私は、そんなことで、皆さんを困らせたくはなかったのですから……」

　高市は、リーチの顔を見上げていたが、

「そげなこと、ねえです。困ったなんちゅうことは……俺《おり》ゃ、リーチ先生《しえんしえー》が来らっしゃるちゅうんで、うれしいことばっかりばい。うれしいちゅう気持ちを、みんな、表したくて、風呂も便所も、料理も、喜んで準備したとです」

　何と言ったらいいのかと戸惑ったが、自分の思った通りのことを、しどろもどろに口にした。先生にわかってもらえるよう、出来る限りの標準語を使って。

　リーチは、高市の顔を見つめていたが、やがて、

「その気持ちは、本当に、皆さんの気持ちですか」

そう訊いた。高市は、うなずいて、

「そうです。皆の、本当の、気持ちです」

完璧な標準語で、ちゃんと答えた。リーチは、ようやく安心したようだった。

リーチ先生一行を歓迎する夕食会では、村の女たちが総出で準備をした鶏料理、煮付け、焼き物、天ぷら、旬の野菜、赤飯、ありとあらゆるご馳走が、小鹿田の大皿や大鉢に盛られて、座卓の上に並べられた。

各人の手元に、小鹿田焼の杯が配られた。直江と窯元のおかみさんや娘たちは、それぞれの杯に徳利で地酒を注いで回った。全員に酒が行き渡ったところで、首藤が立ち上がり、杯を掲げて言った。

「それでは、リーチ先生、濱田先生、河井先生の小鹿田ご訪問を記念して、僭越《せんえつ》ながら、わたくしが、乾杯の音頭をとらせていただきます。先生方、遠方からのご足労、真に、まことにありがとうございました。陶工一同、先生方のご指導を仰げますことを、心待ちにしちょりま……しております。どうか、ご指導、ご鞭撻《べんたつ》のほど、よろしく御《おんたてまつ》奉り候《そうろう》……」

完璧な標準語を意識するあまりか、最後のほうはおかしな言い回しになってきた。高市は、座敷の出入り口に正座して、水入りの湯吞みを掲げていたのだが、首藤の言葉遣いがおかしくて、つい噴き出しそうになってしまった。

エヘンエヘン、と首藤は咳払いをして、「まあ、とにかく」と言葉を継いだ。

「先生方のご多幸と、一層のご発展、世界の平和と安泰を祈念いたしまして……ご唱和下さりませ。いざ、乾杯！」

乾杯！　と全員、声を合わせ、カチン、カチンと杯を合わせた。リーチは、周囲の人々と杯を合わせてから、ふと振り向いて、高市が座敷の出入り口にいるのを確かめると、にこっと笑って、杯を高く掲げて見せた。

　カンパイ。

　リーチの口が動くのが見えた。高市は、うれしくなって、水入りの湯呑みを高く掲げ返した。

「皆さん、このたびは、私たちのために、素晴らしい食事と、おもてなしをして下さって、本当にありがとうございます。とても感激しています」

　宴卓を囲む人々に乞われて、リーチが立ち上がり、あいさつをした。

「私がここへ来たのは、私自身が、勉強したいからなのです。小鹿田の焼き物とは、どういうものか、知りたかったからなのです。だから、皆さんに、色々と教えてもらいたいのです。そのお返しに、私が、皆さんのために何か役に立てるのでしたら、喜んでしたいと思います。よろしくお願いします」

　そう結んでから、長身を折り曲げて、ていねいに頭を下げた。

　一同、拍手喝采となった。出入り口に座していた高市も、もちろん、夢中で手を叩いた。

　リーチは、照れくさそうな顔をして、方々へ何度も頭を下げた。その様子は、何よりも礼儀を重んじ、周囲の人々や仲間に気を配る、日本人の陶工そのもののように、高市の目には映った。

　翌日、小鹿田の若い陶工たちは、濱田庄司と河井寛次郎に、器作りの手ほどきを受けた。

　と言っても、当然、小鹿田には小鹿田の伝統があり、手法がある。両陶芸家は、それを十分に尊重し、そこに「少し手を加えれば、もっと表情が豊かになるかもしれない」と思われる知恵と技術を伝授したのである。

リーチは、この先三週間近く滞在して、陶工たちとさらに緊密に接する機会があるからと、滞在三日間の濱田・河井の二人が、若い陶工たちに何をどう教えるのかを、まずは見守っていた。

リーチのお世話係となった高市も、リーチとともに、濱田・河井両先生が伝授する場に立ち会う機会を得た。

どの陶工も熱心な様子だった。が、先生たちは、教えるのに慎重だった。

それは、ひとえに、今まで小鹿田が守り継いで来た独特の技術や意匠を、いたずらに壊したくはないと思っているからのようであった。

三人の陶芸家は、美学者である柳宗悦とともに、「民藝運動」という活動を行っている、ということだった。

その活動がどういうものか、歓迎の宴席で、濱田と河井が中心になって、しきりに各窯元の長に向かって説いていたが、高市は、座敷に出たり入ったりで、まともに聞くことができなかった。

面白そうな気がしたので、ちゃんと聞いてみたかったが、何やら立派で高尚な活動なのだということだけは感じることができた。

その「民藝運動」の考え方に即すれば、小鹿田の陶芸は、尊い「民陶」であり、下手に手を加えるべきではないし、むしろ今のままの姿で、これからも伝えられるべきなのだというのが、三人の先生方の一致した考えであった。

「非個人性、ということです。それが大事なんだ。誰それという芸術家が創った、だからいいものなんだ、という考え方は、民藝運動では通りません」

河井寛次郎は、宴席で、陶工たちにそう説明した。「有名」だからいい、というわけじゃない。むしろ「無名」であることに誇りを持ちなさい、と。

しかし、そう力説する河井先生は有名なのだ。有名な人が無名であることの素晴らしさを説く、というのは、何だか奇妙な気がするのだが。

濱田は湯呑みを成形する際の形作りについて教え、河井は、いつも自分が付けているような高台を皿に付けるアイデアを披露した。ところがその様子を見守っていたリーチの表情に、次第に雲がかかり始めた。

しかし、リーチは、何を言うでもなく、ただ黙って「授業」の様子を見つめるだけだった。

濱田と河井は、教えるばかりではなく、各窯元で作られる陶器の数々を、細かく検分して、いくつかの器を買い求め、自分たちが持参した陶器を集落へ寄贈もして、帰途に就いた。

二人が帰って行く時も、各窯元は総出で見送った。リーチは、ズボンに足袋《たび》を履き、一郎に借りた下駄をつっかけて、見送りに出た。

「すっかりなじんでいるな。小鹿田の陶工に見えるよ」

彼の姿を見て、面白そうに濱田が言った。リーチは、うれしそうな顔をして、

「その通り。私は、しばらくの間、ここの陶工だ」

そう応えていた。

黒塗りの車が道の彼方に消えて行くまで、陶工たちは手を振って見送った。

「行ってしもうたなあ」

誰かが言うと、

「来なさるときゃ、まだか、まだか、ちゅうて、そわそわして待っとったもんやけんど。帰って行きなさるときゃ、何ともあっけねえもんばい」

別の誰かが応えた。

その言葉に、高市の胸が、きゅんと寂しい音を立てた。

濱田先生と河井先生が行ってしまって、急に静かになったから、寂しく感じられたのだろうか。

いいや、違う。

リーチ先生が、自分たちのところに残ってくれた。そして、もうしばらくの間、一緒にいてくれる。

それが、うれしい。けれど、寂しい。

あと二十日足らずで、リーチ先生もまた、帰ってしまうのだ。

まだか、まだかと待ち焦がれたリーチ先生。先生もまた、やがて、あっけなく帰ってしまうのだ。

そんな思いが、高市の胸を、ふいに塞いだ。

リーチが、ふと、高市の方を振り返った。そして、目を細めて、元気よく声をかけた。

「さあ、コウちゃん。私たちの仕事をしましょう！」


コケコッコー。

朝の到来を告げる雄鶏の声で、高市は、毎朝目が覚める。

いつもならば、布団から抜け出してすぐ、着古したシャツとズボンに着替え、便所へ行き、顔を洗い、朝食前に畑へ出て、一仕事するところだ。

春がきたとはいえ、日の出直後はまだまだ肌寒い。鍬を握る手もかじかんで、思うように動かないことも多い。

なまけたい気持ちをぐっと堪えて、高市は、いつも思い切って外へ出て行く。一仕事終えたら、ご飯をお腹いっぱい食べさせてもらえるんだからと、自分に言い聞かせて。

しかし、リーチ先生とともに過ごす二十日間は、ありがたいことに、畑仕事はお役御免なのだ。

それでも、いつもの癖で、雄鶏の声とともに目を覚ました高市は、布団から抜け出し、シャツとズボンに着替えて、便所へ行き、洗面所で顔を洗って、勝手口から外へ出た。

朝の空気は、凛と冷えて、清々《すがすが》しい。コケコッコー、とまた、雄鶏の声が響き渡る。

藁袋《かます》に入っている木炭を炭箱に取り、居間へと運ぶ。居間には掘りごたつがあって、一段下がった床にトタンで四角く囲んだ穴がある。中には灰があり、そこに炭火を入れて暖めるのだ。

こたつの準備をしていると、襖が開いて、浴衣《ゆかた》の上に綿入りの丹前《たんぜん》を着込んだリーチが現れた。高市は、あわててその場に正座をして、

「おはようございます！」

畳に両手をつき、頭を下げた。

「おはようございます」

ぼさぼさの白髪頭をひょこんと下げて、リーチもあいさつした。

「早起きなのですね、コウちゃん。こたつに入ってもいいですか？」

リーチが訊いた。高市は、「はい」と答えた。

リーチは、いつしか、高市のことを「コウちゃん」と呼ぶようになっていた。親にも友だちにも、そんなふうに呼ばれたことがなかったので、高市は何だか照れくさかったが、親しみが込められているのが無性にうれしくもあった。

「オオ、こたつ。私は、これが大好きなのです」

そう言って、リーチは、こたつ布団の中に長い足を入れた。

「君も入りなさい、コウちゃん。寒いでしょう」

「いいえ、俺《おり》ゃ……寒うねえです」

高市は遠慮したが、

「いいから、いいから。入りなさい。話をしましょう」

しきりに勧められたので、それじゃあ、と、足をこっそり入れた。

「君は、サカガミ家の息子ではないのですね。どこから来たのですか」

肩まで布団の中に入れようと、大きな体を小さく縮こめながら、リーチが尋ねた。高市は、はい、と答えて、

「この近くん小石原ちゅうとこから、来ました」

「コイシワラ……オンタの『姉妹』ですね」

リーチが、初日の一郎の説明を思い出したようにつぶやいた。

「どうして、故郷で焼き物の勉強をしないで、オンタへ来たのですか」

「はい。父ちゃんが死んで、生活が苦しゅうなったけん、母ちゃんを助けるために、ここへ来ました」

高市は、正直に言った。

「小石原の窯元は、どっこも、全部《じえんぶ》、苦しいです。母ちゃんも世話になっちょるし、俺《おり》まで面倒見てもらうんは、難しいけん……ここん家は、父ちゃんが生きちょるときに行き来があった、ちゅうことです。ほんで、ここん家の親父さんが、俺ん面倒見てやろうちいうことになったとです」

何故だかわからない。けれど、リーチ先生に対しては正直でいたい、という気持ちが、いつもは無口な高市の口を滑らかにしたようだった。

「けんど、小鹿田に来て一年経っても、畑仕事ばっかりで、ろくろにはちょっとも近寄れんです」

濱田、河井両先生が若い陶工たちに指導するのを間近に見て、高市は、いよいよ自分もろくろを使ってみたくなった。

濱田と河井が帰って、今日からはリーチの指導がいよいよ始まる。自分もその指導を受けられるのではないか。

なかなか高市を仕事場に入れてくれなかった一郎も、リーチのお世話係となった彼を締め出すわけにはいかない。リーチと四六時中いれば、自然と指導を受けることになるはずだ。

リーチは、穏やかなまなざしを高市に向けていたが、やがて言った。

「ろくろを使うことが陶芸のすべてではありません。畑仕事も大事な作業のひとつだと、私は思います」

高市は、胸の中でぱんぱんに膨らんでいた期待が、急速にしぼむのを感じた。

ええ、そんなあ。ろくろ使うんが、焼き物作りのいちばん大事なことじゃねーですかあ？

思わず文句を言いそうになった。リーチは、高市のいかにも不満そうな顔に向かって言った。

「君の先生が畑仕事をさせるのは、それが小鹿田の陶芸の歴史だからです」

二百何十年もの間、半農半陶の生活を営んできた小鹿田の流儀を、まずは身につける必要があるのだ、と。

小石原出身の高市が、小鹿田の焼き物を学ぶには、まずその生活の基本を、身をもって知ること。ろくろを蹴るリズムも、器を成形することも、小鹿田の伝統の技を自分のものにしたいのなら、その土台になっている「暮らし」そのものを、しっかりと学ばなければいけない。

農業を営みながら陶器を作り続けたからこそ、小鹿田の器には生活に密着した味わいがある。

ゆっくりと、正確な日本語で、リーチはそんなことを話した。

「だから私は、ここで、余計なことを教えたくはないのです。何も教えたりしなくても、ここには素晴らしい伝統と技術があるのですから」

先日、河井寛次郎が、若い陶工たちを指導した際、器の底に高台を付けることを教えていたのを見て、やり過ぎではないかと思った、とも言った。

「今まで通りのやり方でいいと思うのです。私たちの流儀を細かく教えて、それを是非にも取り入れてもらう必要はないのです」

「でも」と、高市は、思わず反論した。

「せっかく先生方《しぇんしぇー》に来てもろうちょるんやし、俺《おり》は、できるだけ新しいこと、自分らが知らんことを、教えてもらうんは、いいことち、思います」

むしろ新しいことを教えてもらうことによって、より面白い器ができるのはいいことなのではないかと、生意気にも意見してしまった。

リーチは、十六歳のろくろも触れない若造の意見を黙って聞いてくれた。

「君の意見はもっともだと思います」

受け止めつつも、リーチは言った。

「しかし、もしも本気で新しいことを始めよう、新しい何かを創り出そうと思ったら、今まであったこと、誰かがやってきたことを、全部、越えるくらいの気持ちが必要だと、私は思います」

陶芸の世界で、それをやってきた人物がいる。それは、たとえば、濱田庄司なのだと、リーチは教えてくれた。

濱田庄司は、陶芸家の家庭に生まれたわけではない。芝西久保明舟町《あけふねちょう》で文房具屋を営む比較的裕福な家に生まれ、少年時代には画家になることを夢見ていた。やがて陶芸家、板谷波山《いたやはざん》に学び、陶芸の道を志すようになる。窯業を科学的側面から研究し、釉薬についても深い見識を持つ。京都、沖縄、益子と、さまざまな地で作陶し、自らが求める新しい陶芸の手法を模索し続けた。そして、探究心と好奇心とが赴くままに、遠くイギリスにまで出向きもした。

「ハマダは、私がイギリスへ帰る時に、私の弟子とともに一緒に来てくれました。そして、私が窯を開くのを、手伝ってくれました。新しい道を探し続けていた彼は、その道がイギリスにあるかもしれないと思ったようです」

リーチは、濱田と一緒に渡英した時のことを思い出したのか、懐かしそうな表情になった。

高市は、心底感嘆した。「イギリスへ一緒に来た」と、リーチはさらりと言っているが、並大抵のことではないはずだ。そんなところへ、濱田庄司は行ったのだ。

いや、それ以前に、リーチは、はるか彼方のイギリスから日本へやって来たのだ。考えてみると、それこそ想像を絶する冒険ではないか。

リーチと濱田の、冒険することを恐れない大胆さ。陶芸に対する情熱と、大いなる挑戦。本当にすごい人たちなのだ、と高市は感じ入った。

「河井先生は、どげんですか。やっぱり、一緒にイギリスへ行かれたんですか」

高市は、もっと知りたい気持ちになって尋ねた。

「カワイは、もともとハマダの学校の先輩でした。しかし彼は、私と一緒にはイギリスへ行きませんでした」

リーチが答えた。

河井には師と仰ぐ人物は特になかったが、彼は京都に根を張って、やはり新しい時代の陶芸を模索し続けてきた。十分に称賛に値する数々の新たな表現を見出してきたが、終始一貫、賞や名声に背を向けてきた。あくまでも一陶工であり続けたい、という気持ちの表れであった。

無名であることの尊さを常に意識してきた陶芸家だという。それでも、彼の個性の輝きが、どうしても彼を有名にしてしまった。矛盾しているのだが、有名になればなるほど、彼は無名を重んじるようになった。河井の作品は、一目見ればそれとわかるほど独創的なのだが、すべての作品は無記名だった。「無名」へのこだわりが、そんなところにも表れている、とリーチは語った。

「ハマダも、カワイも、日本各地の窯元の特色を、よく勉強してきました。『民藝』を知り尽くして、それを学び、愛し、自分のものとしながら、それを越えて、個性的な焼き物を創ってきました。新しい道を切り拓きました。新しいものを創る、というのは、そういうことなのです」

高市は、先生たちと一緒に長い旅に出ていたような思いに浸っていたが、ふいに問いかけた。

「先生《しえんしえー》。ミンゲー、って何ですか」

リーチは、鳶色の目を細めて、微笑んだ。

「おや、君は、民藝に興味があるのですか？　コウちゃん」

「はい。先生方《しえんしえー》がここに来られて、話をされておる時に、ミンゲー、ミンゲー、言《ゆ》うちょったんで……気になっちょったです」

高市は、三人の先生たちが盛んに口にしていた「民藝」という言葉が、いつしか気になって仕方がなくなっていた。

三人の先生たちが、この小鹿田の地にやってきたのも、どうやらその「民藝」を求めてのことらしい。「民藝」の意味を知れば、先生たちが求め続け、今なお求めてやまないものに、自分もほんのちょっとだけ近付けるような気がする。

この先は、リーチ先生とゆっくり話をすることなどなかなかできないかもしれない。とすれば、この朝のひとときは、「民藝」について教えてもらえる絶好のチャンスではないか。

高市は、自然とこたつで前のめりになった。ところが、リーチはあっさりと言った。

「そうですね。それは、とても大切なことなので、また今度話しましょう」

聞く気満々だった高市は、肩透かしをくらってしまった。「きっと話すと約束しますよ」と、リーチは愉快そうに言った。

「ところで、コウちゃん。君のお父さんも、小石原で陶工をしていたのですか？」

リーチの問いに、「はい、そうです」と高市は答えた。

「もともとは横浜の出身で、いろんなとこの窯元で修業や積んだちいうことです。小石原に来たんは、年ぃとってからんこつで……一年ちょっとまえに、病気で死んだとです」

「そうですか……」リーチは、静かな声で言った。

「お父さんは、君に何か遺してくれましたか。自分で創った作品とか、絵とか……」

「いや、そんなもんは、なんもねえです。先生《しぇんしぇー》方みたいな偉い陶芸家じゃねえし」

高市はそう答えてから、

「あ、でも……なんだか難しいことがいっぱい書いてあるノートが残ってます。文字ばっかりじゃなくて、足し算とか引き算とか、その、英語みたいなもんも書いてあって……母ちゃんが、父ちゃんの形見だから持っていけち、ここへ来るとき、持たされました」

「ノート……」リーチがつぶやいた。

「そうですか。それは、君の宝物なのですね」

高市は、「いや、そんなもんじゃ……」と照れ笑いをしたが、確かにそれは宝物だった。陶芸の道をひたむきに歩んだ父の、人生の記録のノートなのだから。

リーチは、優しい父親のようなまなざしになって、言った。

「大切にしてください。そのノートこそが、君の先生ですよ」

その日から、リーチによる小鹿田の陶工たちへの指導が始まった。

とはいえ、リーチは、やはり教えることに消極的だった。自分でろくろを挽くでもなく、土を練ったり成形したりするでもなく過ごしていた。

その代わりに、陶工たちが成形したり模様を付けたりする過程を、じっくりと観察していた。瞬きするのも忘れたんじゃないかと思えるほど、熱心に見つめていた。

また、リーチはたくさんのスケッチをした。持参したスケッチブックに、身の回りのものを次々に写していく。高市は、リーチから少し離れた場所に陣取り、鉛筆が滑らかに紙の上を滑っていくのをひたすら見守った。

実にさまざまなものを描き写す。水差し、瓶《かめ》、碗などの陶器はもちろんのこと、濱田たちが大絶賛していた「便器《おまる》」まで、真剣に見つめながら描いている。その様子が面白くて、高市は、笑いを我慢するのに苦労した。

天日に干している器がずらりと並んだ板のあいだを、ニワトリが走り回る。その後を、小さな子供たちが追いかけ回す。その様子を眺めながら、リーチは盛んに手を動かした。そして、高市の方を振り向き、

「すごいですね、コウちゃん。ニワトリも、子供たちも、皆、器を壊さないように、ちゃんと避けて走り回っていますよ。さすが、オンタの子供だ。オンタのニワトリだ」

そう言って、楽しそうに笑った。

リーチは、成形された器に、小鹿田独自の模様を施すのにも挑戦した。

飛び金や刷毛目の模様の付け方は、一郎がまず手本を見せて、それからリーチがやってみた。ゆっくりと回転するろくろ台の上に鉢を載せ、その素地の表面に湾曲して先の尖った「金《かね》」を近付ける。金の先がす、す、す、す、すと飛び飛びに素地を削り、リズミカルに、一定の間隔で削った跡が残る。これが飛び金模様だ。

「オオ、これは面白い」

一郎が示した手本をよくよく観察してから、自分も模様を付けてみたリーチは、初めての挑戦にもかかわらず、実に滑らかにやってのけた。そして、たちまち小鹿田の技術を「自分のもの」にしてしまった。

リーチは、小鹿田ではほとんど作られていない、絵入りの焼き物作りも手掛けた。たくさんの素描は、器に絵を入れるための下準備でもあった。

成形された大皿を前にして、リーチは、一瞬、何かを思い浮かべるような表情になる。それから、尖った木べらの先をそっと素地の表面に近付けると、迷いなく線を描き込んでいく。すうっ、すうっ、ツバメが空を飛ぶようにへらが軽やかに動き、ほんの数分で絵が出来上がる。

——すごい。

高市は、リーチの手の動きを一瞬たりとも見逃すまいと、息を詰め、むさぼるように見入った。

——先生《しぇんしぇー》の描きなさる鳥、カエル、ニワトリ、全部《じぇんぶ》、生きちょるごたる。どげーしたら、あんなふうに描けるんじゃろうか？

もしも父が今も元気で、この場に立ち会うことが出来たら、どんなに喜んだだろう。高市は、リーチと一緒にいると、何故か父のことばかりが思い出されてならないのだった。

自分を取り囲む陶工たちに、リーチは何ひとつ教えようとはせず、ただ自らの仕事に没頭していた。自分のしていることをとことん見て、そこから学んでほしい、とでも言うように。

そして、絵皿の次に、いよいよ水差しに取り掛かることになった。

リーチは、ここを訪れた最初の日から、水差しにすっかり魅入られたようだった。「古典的な形で、美しく、しっかりと実用的である」と、称賛を惜しまなかった。

陶工たちが普段から作っている水差しを手に取って、リーチは、隅々までじっくりと眺めた。それから、おもむろに言った。

「把手を付けてみましょう」

リーチが初めて形作りに手を出した。陶工たちは、身を乗り出して、その手さばきを見守った。もちろん、高市も、見逃してはならじと、この時ばかりはリーチのすぐ脇に陣取って、息をするのも忘れるほど、集中した。

水差しの把手は、胴体が仕上がってから付ける。すでに天日干しで半乾きにした胴体に、平たく長く伸ばした把手を、リーチは付けた。

くいっ、くいっと器用に手を曲げ、濡れた陶土を握り、長く伸ばしていく。手の中からは、ドジョウがにゅるっと出てくるように、把手が現れる。

――あ、おっ父《とう》がしとったんとおんなじばい。

高市は、父の水差し作りの様子をリーチの所作に重ね合わせた。

把手の端を、上部の注ぎ口の反対側に付けて、すうっと優美な曲線を作りながら、胴体の中央あたりに接着させる。胴体と把手の間には、ちょうど手で握る分だけの空間が出来ている。

把手の下端は、胴体に埋め込まずに、付けてかすかに撥ね上げる。そうすることによって、把手に躍動感が生まれる。収まりもよく、立体感が出て、見事なバランスを作り出す。

ほんとうに、ほんのちょっとのことなのだ。それなのに、小鹿田で今まで作られてきた水差しとは、明らかに違う。野暮ったくない。優美なのだ。ちょっとしたことで、不思議なくらい輝いて見えるのだ。

——うわあ、きれいな形ばい。

高市は、瞠目《どうもく》した。

陶工たちも、高市と同じように感動したのだろう、皆、いっせいに拍手をした。ただ把手を付けただけなのだが、拍手をせずにはいられない熱気がふくれ上がっていた。

把手が付けられた水差しを取り囲んで、陶工たちが熱心に検分する。

「先生《しぇんしぇー》。こん把手の先っちょを、何故《なし》て、ぴたっと胴体にくっつけんのですか」

ある若い陶工が質問した。

「ちょっと反り返らせるとは、何か意味があるとでしょうか」

「いいえ、意味はありません。ただ……私はこういうふうにした方が、面白いと思うだけです。しかし、あなた方が、これを真似する必要はありません」

リーチは、苦笑して答えた。

ところが、先生の真似は決してしない、と心に決めた陶工は一人もいなかった。全員、「リーチ先生の把手」を見た瞬間から、真似したくて仕方がなくなっていたのだ。

陶工たちは、瞬く間に、「リーチ風把手」を習得し、次々に水差しを生まれ変わらせていった。

これに対して、リーチは別段文句も言わなかったが、ただ苦笑するほかないようだった。

また、リーチは、自らろくろを使って、水差し本体の成形も試みた。

リーチの作る水差しの形は、上部がきゅっと締まり、下部はふわりとやわらかく膨らんで、実に優美な形だった。イギリスの貴婦人の体型はこんな感じなのだろうか、と想像させるような。かと思えば、末広がりの長細い形も作った。これもまた、スマートな婦人のスカートの裾が華やかに広がっているのを想起させた。

さらには、下に重心がある、骨太な形も。ふくよかな下半身のおかみさん形だ。どれもこれも、手に取ってみたくなる形ばかりだった。

リーチが作る水差しですばらしいのは、何といっても注ぎ口の形であった。

水差しの上部は正確な円に開いているのだが、その一ヶ所をやわらかく尖らせて、注ぎ口を作る。指先を使って形をこしらえるのだが、ごく自然に、そこに口があるのが当たり前というふうに作られている。その尖り方が絶妙で、まるでひゅっと口笛を吹く唇のようだ。

優雅な胴体、躍動感のある把手、口笛を鳴らすかのような注ぎ口。リーチの水差しをじっと見つめていると、動き出しそうな、しゃべり出しそうな、面白い生き物を見つけたような気持ちになってくる。

――こんなすごい器、見たことねえばい。

高市は、リーチが次々に水差しを作り、皿に絵を描き、壺に彩色するのを間近に見て、どうしようもなく胸が高鳴るのを感じた。

――作ってみたい。俺《おり》も、リーチ先生《しぇんしぇー》が作りなさるみたいに、器、作ってみたい。ただの器じゃねえ。生きちょる器を。

お茶を淹れたり、食事のしたくを手伝ったり、風呂を沸かしたり、鉛筆を削ったり……。高市がリーチのために出来ることは、そんな些細なことでしかない。

けれど、高市は、自分がリーチと過ごす一瞬一瞬が、リーチの創り出す器のひとつひとつが、えも言われぬ輝きをまとい、自分に迫ってくるのを、日々、感じていた。

そうして、いよいよ「窯焚き」の日がやって来た。

小鹿田には、各窯元が共同で使っている登り窯がある。急斜面を利用して造られた細長いレンガ造りの窯には、屋根がかけられ、一番奥に煙突がにょきっと突き出ている。レンガの壁の中には、やはりレンガの仕切りが設けられ、窯元ごとの「房《ぼう》」となっている。各房の中に、天日干しが完了した「生掛《なまが》け」の器が並べられる。これを「窯詰め」というが、うまく火が回るように器同士の間隔を見計らいながら、ていねいに詰めていくので、この作業だけでも二日はかかる。

そうやって器がいっぱいに詰められた窯に、「火入れ」をする時がくる。

陶工たちにとって、火入れの作業は神聖な儀式のようなものである。清めの塩を「火口《ひぐち》」に置き、うまく焼き上がりますようにと、神様に祈る。

まず一番手前の焚き口に薪をくべ、次々に房の横にある焚き口にも薪をくべて、全体に火を入れていく。徐々に窯の内部は熱せられ、千二百五十度に達する。これが小鹿田焼を焼き上げるのに最適の温度だ。

この温度を保ち、焼成するために、陶工たちは丸二日、交代で寝ずの番をする。

焼き上がったのちも、二、三日かけて徐々に冷やし、ようやく「窯出し」となる。

うまく出来上がれば喜び、期待したように仕上がらなければがっかりもする。特に大きな瓶や壺は、思ったように仕上がらないことも多い。そんなこともあって、大物に挑戦するのはちょっとした冒険でもある。

いずれにしても、長い時間をかけて作り上げた皿や鉢がどう仕上がったか、結果がわかる瞬間である。ゆえに、窯出しの時が、陶工たちにとって、最も心が弾み、同時に、最も緊張する瞬間なのである。

高市は、生まれ故郷の小石原でも、窯焚きの間は窯に近付いてはならないと厳しく言われていたので、どんな作業が行われているのか、詳しくは知らずにいた。

それでも、大人たちがそわそわし、忙しく立ち回っているのを眺めて、窯焚きはお祭りのような、神事のような、特別なことなのだとわかっていた。

小鹿田に修業に来てからも、高市が窯焚きにかかわれないことに変わりはなかった。

窯詰めにも窯出しにも、一切手出しが許されない。ろくろにすら触らせてもらえないのだ、最も重要な窯周辺の作業に自分がかかわろうなどとは、高市自身も考えてはいなかった。

ところが、リーチのお世話係となって、状況は一変した。

窯焚きに手出しできないことは相変わらずであったが、リーチのそばにいることが許されたのだ。つまり、リーチを通して、窯焚きの一連の作業を見ることができる。

ただ見るだけであっても、高市は、自分も職人の端くれとして仲間入りしたような高揚感を味わうことができた。

リーチは、陶工たちと一緒に、自分が絵付《えつけ》をした皿、模様を付けた壺、成形した水差しなどを、五番目の房に詰めることになった。そして、高市は、これから詰める器をリーチに手渡すという大役を仰せつかったのである。

「では、大きなものから詰めていきます。コウちゃん、そこの瓶を渡してください」

リーチは、板の上に並べられた器の横に膝をついている高市に声を掛けた。

「は……はいっ」

高市は緊張して、手が震えてしまう。右手の震えを左手で押さえようとして、両手がぶるぶるする始末だ。近くで窯詰めをしている一郎が、

「おい、高市。お前《めえ》、大丈夫か」

しきりに心配している。リーチ先生の「作品」を手渡すのだ、もしも落としたりしたら取り返しがつかなくなる。

「大丈夫ですよ。コウちゃんは、焼き物の里に生まれて、焼き物と一緒に育ったのです。その瓶がどんなふうに重たいか、どこを持ったらいいか、全部、体が知っているはずです」

リーチのその一言が高市の手の震えを止めた。

壺、大皿、水差し。流れるように高市からリーチへ、一つ一つ、器が手渡されていく。リーチは、器同士の間隔を目で計りながら、ていねいに房の中に詰めていく。

リーチ作の器を一つも損じることなく手渡すことができて、高市は、ほっと胸を撫で下ろした。

「とても助かりました。君は、とてもいい助手でしたよ、コウちゃん」

そう言って、リーチがねぎらってくれた。ささやかなことではあったが、自分もほんの少しだけお役に立てたと、高市は飛び跳ねたくなるほど嬉しくなった。

房は焚き口を残してレンガと泥で塞ぎ、火入れの準備が整った。


闇の中に、窯の焚き口の炎が赤々と燃え上がっている。炎は生き物のように揺らめき、薪のはぜる音が、しんとした夜の静寂に響いている。

春とはいえ、山里の夜はぐっと冷え込む。

「先生《しぇんしぇー》、これ着てください」

高市は、綿入りの丹前を持って来て、五番目の房の焚き口の前にしゃがみ込んでいるリーチに差し出した。リーチは、にっこりと笑って、

「ありがとう。しかし、こうして火のそばにいれば、暖かいです。ちょっと、暑いくらいだよ。ほら、君もこっちに来て、座ってごらんなさい」

そう言って、手招きをした。

高市は、リーチの隣へ歩み寄ると、同じようにしゃがんだ。なるほど、燃え上がる炎の近くにいれば、ちっとも寒くはない。

パチパチと勢いよくはぜる薪の音を聞きながら、高市は、隣にしゃがみ込んでいるリーチの横顔を、そっと盗み見た。

炎のオレンジ色を頬に映して、何事かに思いをはせているような表情をしていた。小鹿田で過ごした日々を思い返しているのだろうか。それとも、イギリスの小さな港町にあるという、自分の工房のことを考えているのだろうか。

あるいは、そこでリーチの帰りを待ちわびる家族や、陶工たちのことを？

そういえば、と高市は、ありし日の父のことを思い起こした。

小石原でも、やはり火入れ・窯焚きは、集落総出の作業だった。当然、危険だからと、子供たちは窯のそばに近付いてはならなかったが、お祭りのような高揚した空気が村全体にみなぎっているのを、高市はいつも感じていた。

火入れの日は、父は朝からはりきっていた。おっ父《とう》はこの日が一番楽しみなんだ、と言って。そして、窯出しの日は、少し緊張していた。

うまくできたかなあ、どうかなあ。焼き物を始めてからもう何十年にもなるのに、なんだかいつもお腹が痛くなっちゃうんだ……と、照れ笑いをして教えてくれた。

横浜からやってきて、見知らぬ土地に居着いたからか、いつも周囲に気をつかい、他所者扱いされぬように、村人たちの中に溶け込む努力をしていた父。集落総出の作業では、少年の高市の目にも人一倍頑張っているように映っていた。

いつだったか、窯出しをした直後に、父が大皿を地面に叩き付けて割っているのを、高市は、偶然見てしまったことがある。

それは、刷毛目でも飛び金でもない、小石原の伝統的な模様とはまったく違う、何か動物の絵が描いてあるものだった。

何が気に入らなかったのか、わからない。けれど父は、人目につかない家の裏手で、無言で大皿を叩き割っていた。

丹誠込めて、自分で作り上げたものを、あっさりと壊してしまうなんて……高市は、子供心にも、何か残念な気持ちがしたが、どうして？　と父に問えるはずもなかった。

雑器のたぐいは、失敗してもこなごなに壊すことなどなかった。おそらく、父は、自分が「創作」したものだけ、作っては壊していたのだろう。

そのとき、父の心の中に、何が浮かんでいたのか。どんな思いで、自分の作ったものを壊していたのか。

そんなことに思いを巡らせても、もう父はいない。

「コウちゃん。私は君に、ひとつ、質問があります。訊いてもいいですか」

ふと、隣でリーチの声がした。

炎のゆらめきをじっと見つめていた高市は、はっとして顔を上げた。そして、あわててリーチのほうへ向き直った。

「は、はい。何でしょうか」

何を尋ねられるのかと、高市の胸の鼓動がたちまち速くなった。

鮮やかな炎を映した目で、リーチは、しばらくの間、高市をじっと見つめた。それから、思いがけないことを言った。

「君のお父さんは、オキ・カメノスケ、という名前ではありませんか」

高市は、一瞬、息を止めて、リーチを見つめ返した。なかなか言葉が出てこなかった。

沖亀乃介——それは、まさしく、高市の父の名前だった。

「ど……どうして、知っちょるとですか……?」

震える声で、高市は訊き返した。リーチの瞳に、親しみの色が溢れた。

「やっぱり」と、リーチは、懐かしそうに言った。情感のこもった、あたたかな声で。

「やっぱり、君は、カメちゃんの息子でしたか」

リーチと高市は、互いに、炎を映した瞳で見つめ合った。

パチパチと薪のはぜる心地よい音が、漆黒の闇の中に響いていた。

第一章　僕の先生

一九〇九年（明治四十二年）四月

竹垣に囲まれた一軒家の庭先で、早朝、沖亀乃介は盛んに竹ぼうきを動かしている。

ホー、ホケキョ。すぐ頭上の桜の枝から、ウグイスのさえずりが聞こえてきて、亀乃介は、誘われるように顔を上げた。

十日ほど前から桜の花がほころび始め、この週末には満開になるはずだ。上野の恩賜《おんし》公園も、大勢の花見客でにぎわうことだろう。

スプリング・ハズ・カム。

つい先日習ったばかりの英語の一節が、なんとはなしに脳裡《のうり》をよぎる。春がきた、という意味だ。英語の文法には、時制というのがあって、現在形、現在進行形、過去形、過去進行形、現在完了形と、使い分けなければならない。「春がきた」というのは、完了形で表すのだそうだ。

どうして過去形じゃないのですかと、より深く突っ込んで訊きたい気持ちもあったが、書生の身分で、授業料もなしで特別に教えてもらっているのだから、言われるままに覚えて、疑問点は本を読んで、どうにか自分なりに解決するほかはない。

十七歳の亀乃介が住み込みで書生をしている家は、彫刻家・高村光雲《たかむらこううん》邸であり、週に二日、英語を教えてくれているのは、光雲の三男、豊周《とよちか》であった。

高村豊周は亀乃介より二歳年上で、父が教授を務めている東京美術学校に、この春、入学したばかりだった。豊周は彫刻よりも彫金に興味があるようで、工芸作家の津田信夫《つだしのぶ》に学ぶつもりだと亀乃介に教えてくれた。兄の光太郎《こうたろう》も同じく東京美術学校を卒業したが、三年ほど前からニューヨーク、ロンドン、パリと遊学中である。

亀乃介は、文法はからきしわからないものの、もともと少しだけ英語を話すことができた。豊周のほうは学校で英語を学んでいるところだったが、復習も兼ねて文法を亀乃介に教え、英語の発音を亀乃介に教えてもらう、という交換授業をしていた。天涯孤独の身の上である亀乃介は、兄に教えてもらっているようで、短い授業のひとときを楽しみにしていた。


亀乃介は横浜で生まれ、母ひとりに育てられた。母は食堂で女給をしていたのだが、父親は店の常連客で、亀乃介を自分の息子とは認めなかった。

母は幼子とともに店の二階に住み込みで働いていた。そして、亀乃介が八歳のときに病気で亡くなった。

ひとりになってしまった少年を不憫《ふびん》に思った食堂の主に引き取られ、十歳の頃からそこで働くようになった。そばを二銭で出すような大衆食堂であるが、なかなか繁盛していた。

場所柄、多くの外国人がひっきりなしに食堂にやってきた。亀乃介は幼い頃から母におぶさって終日店ですごし、子供時代には食堂の中と外を行ったり来たりして、外国人にふつうに接し、普段から英語を聞いて成長した。そんなこともあって、十歳になる頃には、なんとなく外国人がしゃべっていることを理解できるようにまでなっていた。

尋常小学校に通いながら、店を手伝って給仕をしたのだが、英語であいさつをし、常に笑顔を絶やさず、くるくるとめまぐるしく店を切り盛りする少年を、外国人たちは、「カメちゃん」と呼んで親しみ、目をかけてくれた。

彼らは手みやげにと、亀乃介に外国製の絵はがきをくれたり、西洋画の挿し絵が載っている雑誌を置いていったりしてくれた。亀乃介は、これらの絵入りの印刷物を眺めるのが何より楽しみで、仕事が終われば、床につくまでそれらを飽きずに眺め、また、半紙に筆で描き写したりした。

やがて、給仕として店主からもらっている小遣いで、スケッチブックと木炭を買い、仕事の合間に時間をみつけては、港を出ていく大型船や、セーラー服を着た外国人の水兵をスケッチするようになった。結構うまく描けたじゃないか、と思う出来のものを、食堂の壁に米粒の糊で貼り出したりもした。外国からやって来た芸術家の目に留まらないか、などと、ほのかな期待が胸にあったのだ。

店主は半分呆れているようだったが、一方では「この子は本気で絵を描きたいと思っているのだ」とわかったようで、特にとがめるでもなく、黙って好きなようにさせてくれた。

ある時、ひとりの日本人青年が、食堂へやって来た。これから船で外国へ渡航するのだろう、大きな旅行かばんを提げて、洋服に身を包んでいた。

「へえ、ライスカレーがあるのか。それをもらおうかな」

注文を取りにきた亀乃介に、壁に貼り出してある品書きを眺めながら、青年はそう言った。

出来上がったライスカレーを運んでいくと、青年が、唐突に尋ねた。

「君は、外国で生活したことがあるのかい？」

どうやら、亀乃介が外国人客に英語で品書きを説明しているのを耳にしたようだ。亀乃介は、顔を真っ赤にして、首を横に振った。

「いいえ、まさか。外国なんて……東京にも行ったこと、ないです」

ふうん、と青年はつぶやいたが、興味深そうに亀乃介を見つめながら、なおも尋ねた。

「ずいぶんきれいな英語を話していたから、てっきり洋行したことがあるのかと思ったよ」

亀乃介は、照れ笑いをした。そして、訊き返した。

「お客さんは、これから洋行するのですか」

「僕かい？　ああ、僕はこれから、アメリカのニューヨークという街へ行くんだ。僕も英語は今まで一生懸命に勉強してきて、一応しゃべれるつもりだけれど……さて、君のようにきれいな発音ができるかしらん」

さりげなくほめられて、亀乃介は、いっそう顔が上気するのを感じた。ひとつ、辞儀をして、青年の卓を離れた。

ライスカレーを食べ終わってから、青年が、君、ちょっと、と亀乃介を呼んだ。飛んでいくと、また質問をされた。

「壁に貼ってある絵を描いたのは、誰だい？」

亀乃介は、どきりと胸を鳴らした。そして、消え入りそうな声で、「自分です」と答えた。

青年は、目を瞬《しばたた》かせた。

「ええ、君が？　へえ、すごいな。……君、いくつだい？」

「十四歳です」

「十四歳？　ほんとうかい？」

青年は訊き返して、いかにも感心したように頭をゆっくりと左右に振った。

「君は、なかなか画才があるね。たいしたものだ。この外国人の水兵の絵なんか……よく特徴をとらえているよ。僕が君くらいの時には、こうまで描けなかったね」

そう言って、壁に貼り出されているスケッチを興味深げに眺めた。

亀乃介はこれから洋行するという、ただ者ではなさそうな青年に、英語の発音ばかりか自己流で描いた絵までほめられて、すっかり舞い上がってしまった。

「あのう、お客さんも……絵を描いてるんですか」

顔を真っ赤に上気させながら訊いてみると、青年は、「ああ、そうだよ」と答えた。

「僕は、画家を目指して勉強中なんだ。今度のアメリカ行きも、あちらでちょっとばかり腕試しをしてこようと思ってね」

亀乃介は、はあ、と惚《ほう》けたような顔になった。

ちょっとばかりの腕試しのためにアメリカへ行くだなんて……この人は、かなり裕福な人物に違いない。

「ヘイ、カメチャン！」と奥のテーブルに陣取っていた常連の外国人から声がかかった。「カメチャン、テイク・マイ・オーダー（注文頼むよ）！」

「イエス、ジャスト・ア・モーメント、プリーズ（はい、ただいま）！」と、亀乃介はとっさに英語で応えた。そして、青年に向かって頭を下げ、

「お気をつけて、いってらっしゃいませ」

あいさつをして、立ち去ろうとした。

と、その瞬間、「ちょっと待って」と青年が呼び止めた。そして、ポケットから紙片と万年筆を取り出し、何か書き留めると、亀乃介に向かって差し出した。そして、言った。

「僕の名前は、高村光太郎。これは、僕の家の住所だ」

亀乃介は、差し出された紙片を受け取ると、それに視線を落とした。

東京市本郷区駒込千駄木林町一五五
高村光雲　光太郎

「光雲というのは、僕の父だ。東京美術学校で彫刻を教えている。僕は、いまからアメリカへ行ってしばらく家には帰らないけど、君より二つ上の僕の弟も、芸術の道へ進みたがって盛んに勉強しているところだし、人の出入りも多くて、何かと多忙な家だから、書生がひとりくらいいてもいいと、僕は思っていたんだ。外国人の来客もときたまあるしね。もし、君が、この先、英語を勉強したいとか、芸術を学びたいとか、本気で思っているのだったら、僕の家を訪ねてみたまえ。父には、英語がしゃべれて絵描きの素養がある少年が行くかもしれないから、その時は面倒をみてやってくれと、手紙を出しておくよ」

亀乃介は、あっけにとられてしまった。いったい、何を言われたのか、よく理解できない。

書生？　英語の勉強？　芸術を学びたい？

め……面倒みてやってくれって……？

青年は、ライスカレーの代金を卓上に置くと、「それじゃあまた」と立ち上がった。

「帰ってきたら、まっ先にこの店に立ち寄るよ。君にもう一度会うのは、ここでかな。それとも、僕の家でかな。楽しみにしておくよ」

ふふ、と笑って、かばんを提げ、出ていった。

それが、亀乃介が芸術家への道を志すきっかけとなった、高村光太郎との出会いだった。

その後、亀乃介は、まるでお守りのように光太郎に手渡された住所を大切にして、どうにかして芸術家になりたいと思い詰め、絶対に芸術家になろう、とやがて心を定めた。

父も母もおらず、進学もままならずに食堂で働いている自分が、唯一、何もかも忘れて没頭できるとき——それは絵を描いているときだった。もっともっと、思う存分、絵を描き、芸術に触れる生活がしたい。そのためにこの店を出よう、と決心した。

母を失った亀乃介の面倒をみてくれた食堂の店主夫婦には恩義を感じていた。だから、亀乃介は、ふたりの前で両手をつき、畳に額をこすりつけて懇願した。——この店を出て芸術家になるための修業をしたいのです、どうか行かせてやってください、と。

亀乃介がずっとこの店で働いてくれるものと信じていた店主夫婦は戸惑ったが、やがて首を縦に振った。

「お前に画才があることは誰よりわしらが知っているよ。やってみればいい。ただし、もうだめだと思ったら、いつでも帰ってくるんだよ」

そう言って、送り出してくれた。

そうして、千駄木の高村邸へやって来たのが十六歳の春のことだった。

高村光太郎は、あの時の約束通り、アメリカから父に宛てて手紙を書き送ってくれていた。画家を志す少年が訪ねてきたら、書生にしてやってほしいと。

ゆえに、ほっぺたの赤い少年が、高村の住所氏名が書かれた紙片を握りしめて、恐る恐る門を叩いたとて、家長の光雲は微塵《みじん》も驚かなかった。

高村光雲は、もじゃもじゃの長い髭をたくわえた、芸術家然とした風貌の人物だった。なんだか後光が差しているような、一見、近寄り難い雰囲気を醸し出していた。亀乃介と対面すると、腕を組んで両手を着物の袖に入れ、ただ黙って彼の様子を見つめた。

亀乃介は、光雲の前で正座し、低頭して、体が震えて仕方がなかった。しばらくすると、押し殺した笑い声が聞こえた。そして、「そんなにおびえなくてもいい、何も捕って食うつもりはないから」と、穏やかな口調で言われた。

「光太郎の手紙によれば、君は、英語をよくするそうだね。そして、絵も。何か、描いたものを持ってきたのか」

「は、はい。お見せするのも恥ずかしいようなものですが……」

「いいから、ここへ出しなさい」

光雲に促されて、亀乃介は、風呂敷に包んで持ってきたスケッチの束を出し、畳の上に震える手で広げた。

光雲は、腕組みをしたまま、錦鯉が泳ぐ池を見渡すかのように、広げられたスケッチを眺めた。そして、おもむろに尋ねた。

「英語はどの程度話せるんだね」

「いや、その……話せる、なんてほどではありません。ただ、母が横浜港の近くの食堂で働いていて、子供の頃からそこにおりましたので、外国人の話し言葉を耳にして大きくなりました。英語は、聞くには聞けるのですが、しゃべるのは、そんなに得意ではありません」

正直に答えた。

光雲は、「おい豊周」と家の奥に向かって誰かを呼んだ。

はい、と返事がして、亀乃介より二つ三つ年長の少年が居間へ入ってきた。亀乃介はすぐに、その少年が光太郎の言っていた「君より二つ上の弟」であるとわかった。

「お前は今、英語を学んでいるな。一番難しいことは、何だ」

光雲の問いに、豊周と呼ばれた少年は、発音です、と即座に答えた。

「日本語にはない発音が多いので、難儀しています」

「そうか。では逆に、一番得意なことは、何だ」

「文法《グラマー》です。これも日本語とは組み立てが違うのですが、規則がはっきりしているので、なかなか面白いものです」

光雲は、口元に笑みを浮かべると、豊周と亀乃介、両方の顔を見て言った。

「今日から、この沖亀乃介君がうちの書生となった。彼は英語のヒアリングが得意だということだから、お前たちふたりで、お互いに得意なところを教え合って、英語の勉強をしなさい」

と、いうことになった。

自分の描いたスケッチを、高村光雲がどう思ったか、結局亀乃介は聞かずじまいだったが、とにかく、芸術家の書生になることができた。夢の扉が少しだけ開いたのだ。

光雲は、東京美術学校の教授であり、日本を代表する彫刻家であった。その作品は、アメリカやフランスで開催された万国博覧会にも出品され、海外でも大変な評判を博した、ということだった。

光雲の長男の光太郎は、東京美術学校の彫刻科を卒業後、研究科に進み、彫刻ではなく西洋画に転向した。そして、世界をこの目で見てみたいと、日本を飛び出し、最初はニューヨークへ、その一年後にはロンドンへと渡った。亀乃介が高村家の世話になり始めた頃には、ロンドンの美術学校に通っており、いつ日本に帰ってくるともわからないような状況だった。

三男の豊周は、中学校を卒業して、父のいる東京美術学校への進学を希望していた。「僕は、絵よりも手で触れられるもののほうに、いっそう興味があるんだ」と、やはり彫刻か、あるいは工芸のほうへ進みたいと、亀乃介に語って聞かせた。

高村家にはほかに、光雲の妻――つまり、光太郎たちの母、わかと、女中のミツがいた。わかは、控えめで物静かな女性であり、なにくれとなく夫と息子の世話を焼いた。光太郎の洋行に対しては、表立っては何も意見しなかったようだが、よほど寂しかったと見え、光太郎の代わりに亀ちゃんが来てくれてよかったわと、亀乃介は感謝すらされた。


そんなこんなで、高村家の書生となってから、一年。

再び春が巡りきて、亀乃介は、こうして庭で黙々と竹ぼうきを動かしている。

この一年、盆と正月の二度、横浜の食堂へ帰った。店では、亀乃介が出たのと同時に、十五歳の少年を給仕として雇っていた。英語こそ話せないものの、少年はよく働いて、店主は助かっているようだった。あいつはいい料理人になりそうだ、と店主が言うのを耳にした。苦酸っぱい気持ちが、亀乃介の中で頭をもたげた。

――一年経っても、光雲先生は、なあんにも教えてくれないんだよなあ。

ほうきの細かい筋を地面につけながら、亀乃介は、ぼんやりと思った。

――先生に見てもらいたいから、ちょっとの時間をみつけては必死に写生したり、晩酌のときに芸術とは何かと質問してみたり、したんだけど……。

この前、「何か描いたのだったら、ここへ出してごらん」って、先生に言われたから、そらきた！　ついにきた！　と思って、描きためていた画帳を五冊、出したけど……。

先生は、ぱらぱらっと見ただけで、別に、なんにも言ってはくれなかった。

豊周さんとの英語の授業は、それはまあ、面白いけど。……豊周さんはいいよなあ、美術学校にも行けて、毎日絵が描けるし、いつも何か作っていて、楽しそうなんだもの。

僕は、あと、どのくらいの間、こうして庭の掃き掃除だとか、廊下の雑巾がけだとか、やり続けなけりゃならないんだろ。

はーあ、と大きなため息をつく。亀乃介は、ほうきを動かす手を止めて、空を仰いだ。

霞《かすみ》がかった水色の空に、桜の枝がぐんと伸びている。開いた花がいくつかあるのをみつけて、これを描いてみようかと、自室に画帳を取りにいこうとしたとき、

「ウホン、オホン」

垣根の向こうで、男性の咳払いが聞こえた。亀乃介は、はっとして、ほうきを動かし始めた。

近所の人だか美術学校の生徒だかが、外から庭の様子をこっそりとのぞき見して、自分が掃除をさぼっているのをみつけて、合図を送ってきたのかもしれない。

――いかん、いかん。余計なことは考えずに、掃除も修業のうちと思って、身を入れてやらにゃあ、いかん。

と、門前の小僧のようなことを考えて、亀乃介は、ほうきの柄を握る手に力を込めて、勢いよく地面を掃いた。すると、

「ウホン、オホン、オホン」

また、へんちくりんな咳払いが聞こえる。

亀乃介は垣根に近づくと、つま先立って向こう側を見ようとした。

玄関の手前に、黒い山高帽のてっぺんがちらりと見えた。来客だ、と気がついて、亀乃介は、急いで家の中へ入っていった。

「ミツさん、お客さんが見えたようだよ。ミツさん」

来客の対応は、いつも女中のミツがしている。亀乃介はミツを探したが、買い物にでも出ているのだろうか、姿が見えない。光雲は、その日は授業がないため、アトリエにこもりきりだ。豊周は自室にいるようだが、出てくる気配はない。

仕方がないので、亀乃介が玄関へ出た。高村家の玄関は、磨《す》りガラスに木の桟《さん》が組み合わさった引き戸である。ガラスの向こうに、黒い影が佇《たたず》んでいるのが、うっすらと見える。

――うわ……なんか、めちゃくちゃでかい人だな。

戸を開けるのをためらっていると、

「ウホンウホン、オホッ、オホッ、ごほっ、がはっ」

戸の向こう側の人物が、ひどく咳き込み始めた。

亀乃介は、驚いて、勢いよく引き戸を開けた。

引き戸の向こうに立っていたのは、ひとりの青年だった。

が、ただの青年ではない。外国人だ。そして、見上げるほど背が高い。

黒い山高帽を被り、三つ揃いのウールのスーツをきちんと着て、左手にコートを持ち、右側の足元には大きな革のスーツケースが置いてある。濃い栗色の髪、すっきり整った顔立ち。亀乃介と目が合うと、丸眼鏡の奥の、鳶色の瞳をはっとさせた。

もちろん、亀乃介のほうもはっとした。まさか、外国人が訪ねてくるとは想像もしなかったので、体が硬直してしまった。しかし、不思議なことに口からはすんなりと英語の言葉が流れ出た。

「アー・ユー・オーライ（大丈夫ですか）？」

鳶色の瞳に、驚きが走った。それから、すぐに、顔いっぱいに微笑みを広げた。そして、キングズ・イングリッシュで答えたのだった。

「ああ、よかった。君は、英語が話せるのですね」

亀乃介はしばらく使っていなかった英語で、どうにか応えた。

「え……と、あの、せ……咳をしていましたが、水を飲みたいですか？」

青年はすかさず答えた。

「ご親切に、ありがとう。是非、いただきたいです」

亀乃介は、あわてて台所へ行き、手桶に汲んであった水を柄杓《ひしゃく》で湯呑みに注ぎ、盆に載せて、大急ぎで、しかも少しもこぼすことなく、玄関まで運んだ。

青年は、玄関先の三和土《たたき》に佇んでいた。そして、亀乃介から湯呑みを受け取ると、一気に水を飲み干した。それから、大きく息をついて、

「ありがとう。生き返りました」

と、言った。亀乃介は、強《こわ》ばった笑顔を作って、空になった湯呑みを受け取った。

青年は、ひとつ咳払いをしてから、

「こちらは、タカムラ・コウウン先生のお宅ですか」

そう訊いた。

水を飲んだらすぐに帰るだろうと予想していた亀乃介は、この青年が先生の来客と知って、たちまち恐縮してしまった。

「は……はい、そうです」

頬を紅潮させて答えると、

「そうですか。ああ、よかった。やっぱり、日本の警官は親切なんだな」

独り言のように、青年がつぶやいた。

「実は、私、東京へ来たのはこれが初めてなんです。こちらの住所を持っていたんですが、どこをどう行ったらいいのか、ちっともわからなくて……困り果てて、たまたま近くにいた警官に訊いてみたんです」

住所を見せると、警官は、口を結んだまま、ついてこい、というような仕草をした。おっかなびっくりついていくと、警官は路面電車に乗り込み、青年に手招きをした。ふたりとも黙りこくったままで、しばらく電車に乗り、とある停留場で降りて、どんどん歩いて、ここまでたどり着いた。

その間、警官は、ひと言も発しなかった。もしも彼が警官ではなくて、とんでもない悪人だったらどうしよう、見知らぬところに連れていかれて、縄で縛られて放置されたりしたら、自分の命運は日本で尽きるかもしれぬと、不安でしかたがなかったが、やはりここは高村光雲邸だった、しかも君のような英語が話せる少年がいるなんて、日本人はやはりすばらしい――というようなことを、口早にまくしたてた。

ここにいたるまでの経緯を興奮気味に話したのち、青年は、大きく息をついた。そして、言った。

「失礼しました。私は、バーナード・リーチといいます。イギリスからやってきました。私の友人が、日本へ行ったらここを訪ねるようにと、住所を教えてくれたのです」

亀乃介に向かって、小さな紙片を差し出した。亀乃介は、それを受け取った。

長らく握りしめてきたのだろう、紙片はくしゃくしゃになっていた。そこには、見覚えのある日本語の文字が書かれてあった。

東京市本郷区駒込千駄木林町一五五
高村光雲　光太郎

──あ。

自分がこの家を訪ねたとき、握りしめてきた紙片に書かれてあったのと、まったく同じだ。と、いうことは……。

「あなたは、高村光太郎さんの友だちですか」

思い切って、訊いてみた。自分でもびっくりするくらい、なめらかな英語が飛び出した。

リーチと名乗った青年は、笑みを浮かべて答えた。

「はい、その通りです。コウタロウのお父上のコウウン先生はいらっしゃいますか」

はいっ、少々お待ちを、と答えると、亀乃介は、奥の間にある光雲のアトリエへと、勢いよく走っていった。

──うわあ、こりゃあ、面白いことになったぞ。

僕とおんなじように、光太郎さんの紹介で、英国人が光雲先生を訪ねてくるとは！

「先生、先生。失礼します、先生！」

アトリエのドアをせわしなくノックして、亀乃介はいつになく高揚した声で呼びかけた。ややあって、

「何か用か、取り込み中だが」

ドアの向こうから、鷹揚《おうよう》な返事が聞こえてきた。

「はい、先生。光太郎さんのご友人で、えーと、えーと、ミスター・バーナード・リーチとおっしゃる方がお見えです。光太郎さんにご紹介を受けたとのことで、先生に面会をご希望です。お上がりいただいてもよろしいでしょうか」

高村邸の客間、紫檀《したん》の座卓の前に、バーナード・リーチという名のイギリス人青年が、緊張の面持ちで正座をしている。

座卓を挟んで向かい合っているのは、高村光雲。着物の両腕を組んで、黙りこくっている。もじゃもじゃ髭に縁取られた顔には、やはり緊張がみなぎっている。

光雲の左隣には、高村家三男の豊周が、袴《はかま》姿で座している。やはり、顔が強張っている。

女中のミツが不在のため、亀乃介が、お茶をいれた湯呑みを三つ、盆に載せて運んだ。

客間の襖を開けると、なんともいえぬ緊張した空気が、立ちこめているのがわかった。亀乃介は、座敷に入る前に廊下に正座し、両手をつき、きちんと頭を下げて、「失礼いたします」と挨拶をした。押し黙った三人が醸し出す異様な空気に、湯呑みを差し出す亀乃介の手も震えてしまいそうだった。

もう一度頭を下げ、その場を辞そうとすると、

「ちょっと待て」

光雲が声をかけた。はい、と座り直すと、

「お前たちは、いったい何を勉強していたのだ」

不満そうな声で光雲が問い質《ただ》した。亀乃介は、目をぱちくりさせて、はあ、と気の抜けた返事をした。

「確か、豊周とは英語の練習を週に二度、していたはずだな。それなのに、せがれの英語は、まったく使いものになりゃあせんぞ」

父に文句を言われて、豊周は頭を掻いた。

「何を言っているのか、早口すぎてわからないよ……すまん、亀ちゃん、ちょっと手伝ってくれないか」

はあ、と亀乃介は、もう一度、返事をした。そして、リーチに向かって、言った。

「メイ・アイ・ヘルプ・ユー（お手伝いいたしましょうか）？」

いい具合に、英語が出た。とたんに、リーチの顔がほころんだ。

「よかった、君が通訳してくれるのですね。大変、助かります。ありがとう」

「いや、そんなに、いい英語ではないですが……」

と言いながら、ちょっと自慢げな気分だった。少なくとも、豊周の英語よりは役に立つかもしれない。

「私は、コウタロウと、ロンドンの美術学校で会いました。彼は、とても優秀な、そして、ミステリアスな学生でした」

リーチは、通訳を引き受けた亀乃介がわかりやすいようにと、ゆっくりとした英語で話してくれた。おかげで、大体、言っていることは理解できた。亀乃介は、ひと言も聞き逃すまいと、全身を耳にしてリーチの言葉に聴き入り、それから、光雲のほうを向いて、日本語に訳した。

「リーチさんは、光太郎さんと、ロンドンの美術学校で会ったそうです。光太郎さんは、それはそれは、たいそうご立派な人で、そして、えーと、えーと、怪奇的な性質を兼ね備えた、学生さんだそうです」

ふむふむ、と聞いていた光雲が、

「なに、怪奇的？」

と、身を乗り出した。亀乃介は、あわてて訂正した。

「あ、いいえ、その……不思議な雰囲気を持った、というか、おそらく西洋人が東洋人を見ると、そんなふうに感じるのではないでしょうか」

「ミステリアス、という単語だろう。神秘的、と訳せばいいんじゃないか」

豊周が助け舟を出してくれた。

「そうです、それ。神秘的」

と、亀乃介は膝を打った。うーむ、と光雲が唸《うな》った。

「光太郎のどこを見て、神秘的などと言っておるのだろうか……どっちかというと、トウヘンボクとでも言うべきじゃないのか、あいつは」

豊周が、笑い声を立てた。

「ま、細かいところはいいじゃないですか、お父さん。続きを話してもらってくれよ、亀ちゃん」

亀乃介は、内心、豊周に感謝しつつ、リーチに向かって「それで？」と続きを促した。

「私がコウタロウと仲良くなったのは、私が日本人に対して特別に興味があったからです」

と、リーチは言った。

「実は、私は幼い頃に日本に住んでいたことがあるのです」

意外な生い立ちを話し始めた。

リーチは、香港生まれで、現在二十二歳。生まれて間もなく、京都で英語教師をしていた祖父の元に預けられ、しばらく日本で暮らした経験を持っていた。

「なぜ、お祖父様《じい》に預けられることになったんですかな？」

光雲が尋ねると、

「私を産んですぐ、母が亡くなってしまったのです。ですので、私は母の顔を知りません」

声の調子を少し落として、リーチが答えた。亀乃介は、リーチが生まれてすぐに悲しい運命を負ってしまっていたことを知って、ふと、自分も悲しい気持ちを覚えたが、そのまま、日本語に直して光雲に伝えた。

「なんと……そうだったのですか。お気の毒に」

光雲も、同情のこもった声で言った。

「アイ・アム・ソーリー（お気の毒に）」

と、亀乃介が訳すと、

「優しいお気持ち、ありがとうございます」

にっこり笑って、リーチが応えた。

リーチの父は名うての弁護士で、大英帝国支配下の香港で仕事をしていたが、その後はシンガポールへと移住した。その間に再婚し、三歳になったリーチは、父のもとへ戻ることになる。

「幼い頃の体験でしたが、日本での思い出は、いくつか、強く印象に残っています」

なつかしそうな表情を浮かべて、リーチが言った。

木桶の中で大きな黒い魚が泳いでいたこと、春になればいっぱいに咲く桜の花、そして大好きだったタクアンの味……。

「ほう、タクアンがお好きなのですか。西洋人なのに、珍しいですな」

光雲が興味深そうに言うと、

「ええ、大好きです。私は、タクアンをしゃぶって、こんなに大きくなったのです」

リーチの答えに、光雲と豊周は、声を合わせて笑った。

「それから、桜の花も……あんなに美しい花は、後にも先にも見たことはありません。花が咲くと、ピクニックに出かける風習も、賑やかで大好きでした」

結局、言葉を覚える前に日本を離れてしまったので、日本語をまったく話せないし、聞くこともできないのが残念だ、とリーチは言った。

「しかし、コウタロウのように、熱心に英語を勉強する日本人がいる、ということに励まされます。今度は、私が日本語を勉強する番だと思って、こうしてやって来ました」

「では、このたびの来日は、日本語を学ぶための留学、ということですか」

光雲が訊くと、

「いいえ、語学研修のための留学というのではありませんが……もっとさまざまなこと……日本の文化や言葉を学び、そのお返しに、イギリスの文化や言葉を教えられればと思っています。日本人とイギリス人とで、東洋と西洋の、それぞれの文化を交換して、お互いに学び合う、というようなことができればいいな、と」

リーチは、そう答えた。

日本は、幼い自分の感性を豊かに育んでくれた。その後、香港、シンガポールと移り住んで、十歳の頃に本国・イギリスの寄宿舎付きの学校に行くことになるのだが、東洋の文化は自分の体の一部のようになって、成人してからもずっと残っていた。美術学校に入学したのも、東洋の国々で日常的に絵や焼き物などに接する機会があり、何よりも興味があったからだ、と話をつないだ。

「光太郎とは、ロンドンの美術学校で会われたとおっしゃいましたね」

光雲の言葉に、「そうです」と、リーチはうなずいた。

「私は、最初は、スレード美術学校というところに入学しました。十代の頃に、ジョン・ラスキンの評論に影響を受けまして……」

ジョン・ラスキンというのが何者なのか、亀乃介にはわからなかったが、そのまま訳すと、

「おお、ジョン・ラスキン！」

光雲が、突然喜色を浮かべた。リーチは、通訳を待たずして、嬉しそうに言った。

「オオ、コウウン先生は、ラスキンをご存じなのですね。さすがだ」

「ジョン・ラスキンとは、自然をありのままに伝えてこそ芸術だ、と提唱している美術評論家だ。彼の芸術論は、日本の古典的な芸術観に通じるものがある。注目すべき評論家なのだ」

光雲は、亀乃介に簡単に説明してくれた。外国の芸術が急接近してきたように感じられ、亀乃介の胸はときめいた。

「ラスキンの思想に影響を受け、私は、風景画など、絵を描くことに熱中しました。美術学校に進学すると決めた時は、ずいぶん父の反対を受けました。父は、私が、弁護士とか銀行員とか、もっと手堅い職業に就くための勉強をすることを望んだのです。継母《ままはは》も、まったく同じでした」

それでも、なんとしても芸術家になりたいと、十六歳のリーチは両親を説得して、ついに美術学校に入学を果たした、ということだった。

リーチの身の上話に、亀乃介は自分自身を重ね合わせた。自分には身寄りもなく、美術学校に行くことなど到底かなわなかったが、それでもなんとか芸術の道に進みたいと、思い詰めた。そして、高村光太郎が書いてくれた住所の紙片を握りしめて、右も左もわからぬ東京へ出てきて、どうにかこうにかこの家までやってきた。――そんなところまで、なんとなく、自分とこの人は似ていると

感じずにはいられなかった。

ようよう入った美術学校で、画家になるという夢を果たそうと、美術理論の探究に実践にと励んだリーチだったが、入学後一年経って、思いがけないことが起きてしまった。

父が病魔に冒され、余命いくばくもない、と医師から宣告されたのだ。

父は、たったひとりの子供であり、跡取りであるリーチの未来を案じていた。そして、自分亡き後は、芸術家などにならず、やはり銀行員になって、一家を支えてほしいと望んだのだ。

「それが父の、人生の最後の望みだったのです。……どうして逆らうことができるでしょうか」

リーチは、重苦しい声で、つぶやくように言った。訳しながら、亀乃介も、胸が詰まりそうになった。

結局、リーチは亡き父の願い通りに美術学校を退学し、ロンドンで銀行員となった。慣れない仕事をこなすため、毎晩十一時まで働き詰めの日々。息つくひまもなかった。

「そんな生活を一年ほども続けて、美術への思いはより強いものになりました。やはり私には、美術しかないのだと」

と、リーチは語った。まるで決意表明のように。

たくさんの芸術家たちが住んでいる、チェルシーという地区に下宿し、休みの日には彼らと交流したり、自分でも絵を描いたりして、なんとか憂さを晴らしていたが、とうとう我慢の限界が訪れた。

ある日、リーチは唐突に銀行を辞め、北ウェールズ地方に向かって放浪の旅に出る。

「仕事で得たお金が尽きるまで、ロンドンへは帰らないつもりでした。本を一冊、携えて、行くあてのない旅。ほんとうに、いま思い出しても、あのときほど気持ちがすっきりとしたことはありません」

　清々しい表情になって、リーチが言った。

「それはまた、思い切ったことをなさりましたな」

　光雲が言うと、

「ええ、私は、ときどき、とても思い切った行動に出ることがあります。その結果、こうして、先生と向かい合うことができたわけです」

　リーチが応えたので、一同、声を合わせて笑った。

「放浪の旅に、本を一冊、持っていったとおっしゃいましたが……どんな本でしょうか」

　豊周が尋ねた。亀乃介も、それがとても気になった。

「ラフカディオ・ハーンの本です」

　リーチの答えに、光雲は感心したようだった。

「あなたは、ラフカディオ・ハーン……小泉八雲《こいずみやくも》に影響を受けて、日本へ来る決意をなさったのですかな？」

　と、尋ねた。

「はい。そうです」とリーチは答えた。

「しかし、そればかりではありません。幼い頃の日本での記憶と……コウタロウとの出会いが、決定的でした」

　小泉八雲の本を携えて、放浪の旅からロンドンへ帰ってきたリーチは、やはり美術への思いを絶ち難く、ロンドン美術学校へ入学した。そこで出会ったのが、光雲の長男、高村光太郎だった。

「彼は日本人だけど、ずば抜けて才能があったし、絵を描く技術も、イギリス人にちっとも負けてはいませんでした。そして、とてもユニークで、ミステリアスだったのです」

亀乃介は、リーチが評する光太郎像が、たった一度しか会ったことがないのに自分の運命を変えてしまったあの青年と、ぴったり合う気がした。確かに、外国人にも負けていない堂々とした様子、そして個性的で、何となく神秘的な雰囲気もまとっていた。

「私は、思い切ってコウタロウに話しかけました。幼い頃に日本で暮らしたことがあるんだと言って……私たちは、すぐに仲良くなりました」

お互いの下宿を行き来するようになったふたりだったが、あるとき、リーチが光太郎の下宿に出掛けていくと、彼はなかなか部屋から出てこない。半刻《はんとき》も外で待たされて、何をしていたんだと訊くと、瞑想《めいそう》していたんだと言われ、ますます神秘的に感じた、とリーチは語った。

「瞑想……あいつ、ここではそんなこと一度もしたことがなかったじゃないか。英国へ行って、禅にでも目覚めたのだろうか」

光雲がいぶかしげに言うと、豊周が、「まさか」と、くすくす笑った。

「きっと兄さんは、わざとそういうふうに自分を作ってるんですよ。神秘的に見せかけようとしてるんだ。東洋人らしくね」

英国で瞑想とやらをすれば神秘的に見えるものなのだろうか、と亀乃介は不思議に思ったが、実際、リーチが光太郎の印象を「神秘的」と表現したのには、そんな演出も効いているようだった。

「コウタロウは、日本のさまざまなことを私に教えてくれました。四季折々の行事や、郊外の山や川の美しさ……それに、彼が住んでいる東京がどんどん発展していること。交通も発達して、色々な国の人が訪れるようになり、さまざまな文化が入ってきていること。まるで、目の前に日本の様子を写した絵を広げるように、彼は話してくれました」

さらに光太郎は、こんなふうにも言ったという。日本は、芸術に関して、もっともっと西洋に学ぶべきだ、と。

というのも、日本にはすぐれた独自の芸術があるが、西洋人はそれをほとんど知らない。自分は、日本の芸術も、また芸術家も、西洋に負けないほどすごいのだ、ということを、外国人にも知らしめたい。

そのためには、まず、西洋の芸術について、詳しく知らなければならない。相手のことをよく知った上で、こちらのことも知ってもらう。それが、フェアだと自分は思う。

「ええと……『フェア』とは、どういう意味でしょうか」

途中まで訳しながら、亀乃介が豊周に助けを求めると、

「確か、『平等』という意味ではなかったかな」

と、答えが返ってきた。

「平等」とは、亀乃介の耳には聞き慣れない言葉だった。しかし、光太郎の考え方——日本人も西洋人も、お互いのことを学んだ上で、自分たちのことを相手に知ってもらうのが「フェア」である、というのは、しっくりと胸になじんだ。

「私は、コウタロウとさまざまな話をするうちに、だんだん、日本へ行きたい、という思いが強くなってきたのです」

と、リーチは、熱っぽく語った。

日本の文化や芸術をもっと学びたい、そしてできることなら、イギリスの文化や芸術を日本の人々にもっと知ってもらいたい。——自分にしかできない方法で。

水彩画や油絵を、日本で教えている外国人教師はいなくはないだろう。では、銅版画《エッチング》はどうだろ

うか。

自分はエッチングが得意で、エッチング印刷機も持っている。これを持って、日本へ行き、エッチング教室を開いてはどうだろう――？

光太郎は、いいアイデアだ、と言ってくれた。エッチングは、確かに、日本ではまだそんなに知られていないし、ちゃんとした印刷機もないように思う。印刷機があれば、簡単にできるだろうし、何より日本には浮世絵の伝統がある。版画に対して興味を持つ人はたくさんいるはずだ、と。

「コウタロウは、また、こうも言ってくれました。――エッチングの技術を伝えるアイデアもすばらしいけれど、何よりすばらしいのは、君が本気で日本に行こうと考えていることだ、と」

日本には、君のように、日本と西洋、双方の芸術を理解し、高め合おうとする人物の到来が必要なんだ。

光太郎のそのひと言で、ついに日本行きを決意した、とリーチは語った。

「私は、政治家でも外交官でもありません。けれど、東西の交流のために、私にしかできないことがあるのではないかと、こうしてここまでやって来ました」

そう言って話を結ぶと、リーチは、ずっと握りしめてくしゃくしゃになってしまった紙片を、座卓の上に差し出した。この家の住所と、「高村光雲　光太郎」と書かれてある紙片。光雲は、それを手に取ると微笑んだ。

「まったく、困ったやつだ。無責任に、誰や彼やとこの家に送り込んできよって……」

そして、愉《たの》しげなまなざしを、亀乃介に向けた。亀乃介は、赤くなって、小さく身を縮めた。

昼過ぎ、銀座の百貨店へ買い物に出掛けていた光雲の妻、わかと、女中のミツが帰ってきた。玄関に見覚えのない大きな革靴がきちんと揃えてあるのをみつけて、いったいどんな来客があったのかと、ふたりは客間へ急いだ。

客間では、大柄な外国人が、正座して、あるじに向きあっていた。わかとミツは、驚いて声も出せなかったが、リーチは、「コンニチハ、ハジメマシテ」とたどたどしい日本語で語りかけ、立ち上がろうとして、よろめいた。そして、そのまま、近くに座っていた亀乃介の上に倒れ込んでしまった。

家の中は、突如として大騒ぎになった。「医者を呼べ！」と光雲が叫んだので、あわてて亀乃介が立ち上がろうとすると、

「亀、お前はここにいろ、お前がいなくなると言葉が通じなくなる」

と制され、代わりに豊周がすっ飛んでいった。

ミツは台所から水の入ったたらいとふきんを持ってきて、濡れたふきんを固く絞り、リーチの額に載せた。わかは座布団を二つ折りにしてリーチの頭の下に入れ、失礼いたします、と言ってから、襟元の蝶ネクタイをゆるめた。亀乃介は三畳間の自室へ走り、去年の夏からずっと出しっ放しだったうちわを取ってきて、半分気を失ったようになっているリーチの顔に向かって、パタパタとあおいだ。

リーチは、アウ、オオ、と、瀕死の動物のような声を出して苦しんでいる。

「どうしたのですか、どこが苦しいのですか」亀乃介が訊くと、

「あ、足が、足が……」と答えた。

どうやら、長時間、慣れない正座をしていたために、足がすっかりしびれてしまったようだった。まったく初めての体験だったので、すっかり気が動転してしまったらしい。豊周が医者を連れて帰ってきた時には、何ごともなかったかのように、元通りになっていた。

リーチは、その夜、とりあえず、高村光雲宅に泊まることとなった。

東京にはこれといった知り合いもおらず、右も左もわからぬ上に、どうやって生活をするのか、エッチング教室を開くという希望はあっても、どうやって実現させるのか——今後のことは、何ひとつ、確たるものがない。

しかし、それでも、友の書いた住所を握りしめ、東西の文化交流を夢見て、はるばるイギリスから日本までやってきたのだ。その強く確かな思いにこそ、光雲は動かされたようだった。

夜には歓迎の酒宴となった。その席には、光雲の同僚で、東京美術学校で英語を教えている岩村《いわむら》透《とおる》男爵も急きょ招かれた。岩村男爵は、彼の助手でやはり英語を教えている青年を連れてきた。英語の専門家がふたりもやって来たことによって、亀乃介はお役御免となった。彼は、わかとミツを手伝って、台所と客間を忙しく行き来した。給仕をやっていたから、客人にサービスするのはお手のものである。

亀乃介は、昼間はリーチに付きっきりで通訳をしたので、彼の人となりや、大きな希望を抱いて日本へやって来たことなどを知ることができた。そして、リーチが胸の中であたためてきた希望の灯火《ともしび》が、自分の胸にも燃え移ったような気がしていた。

——私は、政治家でも外交官でもありません。けれど、東西の交流のために、私にしかできないことがあるのではないかと、こうしてここまでやって来ました。

亀乃介は、リーチの言葉を思い出していた。

——大きな人だなあ。

言葉も通じない、知り合いが誰もいない日本へ、こうしてひとりで渡ってくるなんて。

体も大きいけれど、志も、度胸も、すっごく大きな人なんだ。

見習いたいものだと、亀乃介は思った。僕もこうしちゃいられないぞ、と。

リーチは、光雲に酒を勧められて、猪口《ちょこ》で二杯、三杯とあおるうちに、すっかり顔が赤くなった。

この人はあまりお酒を飲めないのだなと、亀乃介は悟り、こっそりとお銚子にお湯を入れて運ぶと、リーチの手元に置いた。そして、「テジャクで飲みます、と言ってください」と、囁《ささや》いた。

「どういう意味ですか」と、リーチが囁き返したので、

「サービスは無用です、自分で飲みますから、という意味です。この瓶の中には、お湯が入っています」

そう答えた。リーチは、「ありがとう。助かりました」と、小声で言った。そして、光雲たちのほうを向くと、

「テジャクデ、ノミマス」

日本語で言って、お銚子から猪口に湯を注ぎ、一気に飲み干して見せた。おお、いい飲みっぷりだと、一同、大喜びになった。

酒宴は、夜の九時頃にお開きとなった。人力車が玄関前に到着した。岩村たちが乗り込むのを、リーチは興味深そうに眺め、アリガトウゴザイマシタ、と覚えたばかりの感謝の言葉を何度も口にして、高村家の人々とともに見送った。

リーチさんは二、三日ほどここに滞在するから、その間、身辺のお世話をするようにと、光雲から仰せつかった亀乃介は、リーチを客間へと案内した。

リーチから上着を預かり、衣紋《えもん》掛《か》けにそれを掛けると、亀乃介は畳に正座して、英語で尋ねた。

「お風呂のしたくをしてあるのですが、入りますか」

リーチは、ちょっと困ったように、肩をすくめた。

「私が風呂に入るとなると、君も一緒に入るのでしょうか」

思いがけない質問に、亀乃介は返事に窮したが、

「もしもあなたがお望みであれば、ご一緒して、背中を洗いますが……」

と、答えた。すると、リーチは、きっぱりと返した。

「いいえ。私はそう望みません。できることなら、風呂にはひとりで入りたいのです。けれど、皆で入るのが日本のならわしならば、それに従います」

おかしなことを言った。

よくよく聞いてみると、リーチは、東京に来る前に、横浜港にほど近いホテルに投宿し、その時にホテル付属の浴場に行ったようだった。「番頭」が「三助」にリーチを引き渡し、硬い毛のブラシですさまじい勢いで背中をこすられた後、肘で首の付け根をぐりぐりと押しまくられ、大きな木桶の風呂に入れられた。湯気の向こうには、なんと、女性の顔がいくつもあった。彼女たちは、興味津々で、白くて大きな西洋人の体を、まったく遠慮もなく眺める。どうにもたまらなくなって、部屋へ逃げ帰った——という逸話を、リーチは、身振り手振りを交えて話してくれた。

亀乃介は、最初はどうにか笑いをこらえていたが、たまらなくなって、しまいには腹を抱えて笑ってしまった。亀乃介があんまり笑うので、リーチも笑い出した。ふたりは、声を合わせて、大いに笑った。

「それは、大変でしたね。しかし、日本では、田舎の公衆浴場に行けば、男も女も、一緒に風呂に入っていますよ」

笑い過ぎで目に涙を浮かべながら亀乃介が言うと、

「いやあ、ほんとうに驚いたよ。まさか、そんなことがあろうとは……」

と、リーチも目をこすりながら応えた。

「でも、なぜだろう、男女が一緒に裸になっていても、ちっともいやらしくないんだ。おおらかで、健康的な感じだね。風呂の文化は、日本の芸術に通じるものがあると、私は思ったよ」

日本の芸術は、おおらかで、健やかな感じがする、とリーチは言った。

西洋の芸術は、どこかしら理屈っぽくて、ひねりを加えたり、わざと複雑にするのがよいとされる。つんとすまして、上品ぶって、社交界のマダムのようなところがある。

その点、日本の芸術は、絵でも、版画でも、器でも、すなおで、わかりやすく、おかしなひねりがない。誰の心にもまっすぐに届く。そこが、いい。

建築もそうだ。畳と床の間と柱の、直線的な美しさ。庭の垣根の、単純だが風景になじむ感じ。庭に置かれた石、池の鯉。すべてがすなおで調和に満ちている。

リーチは、日本人のおおらかさ、日本の芸術が有する調和のすばらしさ、日本の暮らしのそここにある日常的な美について、ひとしきり語った。

ところどころ、わからない単語はあったものの、その日いちにちリーチに付き合って、亀乃介は、不思議なくらい、リーチの英語が「自分のもの」のように聞こえてくるのを感じていた。

それはまるで日本語のようにも聞こえたし、また、通訳していると、自分自身が話しているような錯覚に陥りそうだった。

「そういえば、私はまだ、君のことをよく知りません。教えてもらえますか、カメちゃん？」

いつしか、ふたりは客間の畳の上に座り込んで話していたが、ふいに思い出したように、リーチが尋ねた。

「なぜ、君はそんなに英語が話せるのですか？　外国へ留学していたのかい？」

亀乃介は、いいえ、と首を横に振った。

「僕は、横浜港の近くの食堂で世話になっていました。母が、生前、そこで働いていて、子供の頃からずっと食堂で育って、手伝ってもいたので……母が亡くなってからも、その店で働いていました。外国人のお客さんが大勢やって来て、毎日英語を聞いているうちに、なんとなく、わかるようになったんです」

「なるほど。それは、とてもいいね」

リーチが言った。

「君は、頭で考えて英語を習得したのではなく、耳で聞いて覚えたんだね。それは、本物だ。語学は、頭で考え始めたとたん、急に難しくなって、わからなくなってしまうものだと、私は思うよ」

リーチに褒められて、亀乃介は照れくさくなった。

「それで、どうしてここに住んでいるの？　君は、コウウン先生の助手なのかい？」

続けて訊かれたので、亀乃介は、ここへ来ることになった経緯を、かいつまんで話した。

亀乃介の話を、リーチはたいそう興味深そうに聞いてくれた。

亀乃介が芸術家を志し、この家の書生になったきっかけが、やはり高村光太郎からもたらされたものだと知ると、たまらないように笑い出した。

「ああ、コウタロウ！　君ってやつは……なんという男なんだ！」

まるで目の前に友がいるかのように、愉快そうに言って、ため息をついた。

「カメちゃん。私と君は、まるで、同じ運命のボートに乗った仲間のようだ。そう思わないかい？」

同じ運命のボート。――思いがけない言葉だった。

が、それは、まさしく、その日いちにちリーチとともに過ごした亀乃介が、リーチの身の上に自分自身を重ね合わせて、この人と自分はどこかしら似ていると、胸に浮かんでいた思いを表現するのに、ぴったりなひと言のようにも感じられた。

「それで、君は、ここでコウウン先生の助手をして、将来は、コウウン先生のような彫刻家になりたいと思っているのかい？」

リーチの問いに、亀乃介は、すぐには答えられなかった。

光雲のアトリエで見る彫刻の数々は、生きているかのような迫力があり、圧倒される。けれど、自分がそういうものを創れるとは思えない。

何かもっと違う表現の道があるのではないかと、亀乃介は思い始めていた。

この家の人は皆優しいし、光雲の妻のわかが自分を重宝がってくれるのは嬉しい。決して居心地は悪くない。

けれど、いつまで書生を続けたらいいのか、いつまでもいてはいけないのではないか、という、漠然とした焦りが霧のように心にかかってもいた。


その夜、亀乃介は、床に就いてからもなかなか寝付けなかった。

思いがけず訪ねてきた英国人、バーナード・リーチは、まだ二十二歳の若さながら、日英の架け橋となるという希望を胸に、はるばるイギリスからやってきた。

日本で版画を教えるつもりだ、と言ってはいたが、実のところ、何をどうするのか、まったく決めてはいないようだった。

ロンドンの美術学校で友人になった高村光太郎の後押しを受けて、彼の書いた住所を握りしめ、船に乗り、電車を乗り継いで、ここまでたどり着いたというのだから、その度胸たるや、半端なものではない。

一家の主、高村光雲も、リーチの向こう見ずともいえる勇気と熱意に動かされ、しばらくこの家にいることを許諾した。

さて、このあと、リーチはどうするのか——おそらく、悪いようにはならないだろうが。ひょっとして、光雲の口利きで、東京美術学校の教師に抜擢《ばってき》、なんてことになるのかもしれない。

亀乃介は、起き上がると、手探りで、天井から下がっている裸電球のつまみをひねって、ぱちりと電気をつけた。

そして、枕のすぐそこにある文机《ふづくえ》の上にきちんと揃えて置いてあったわら半紙と筆を手にして、布団の上に腹這いになった。

湯呑みの底に残っていた水滴を、筆の毛先に垂らす。わずかに残っていた墨を溶かして、亀乃介は、わら半紙の上に、リーチの顔を描いてみた。長身の姿、大きな靴、ほころんだ桜の花……けれど墨はすぐになくなって、擦《かす》れた線になってしまった。


翌日、高村光雲は、勤務先の東京美術学校にリーチを連れ出すことにした。そして通訳として、亀乃介も同行することになった。

光雲は、リーチを、同僚の教師や自分の生徒たちに紹介した。亀乃介は必死になって通訳に励んだ。

誰もが興味津々で、矢継ぎ早にどんどん質問をぶつけてくる。亀乃介は追いつくのに一生懸命で、しまいには、何を聞いたか、何をしゃべっているか、何がなんだかよくわからなくなってしまった。

昼食は学校の近くの食堂で取り、午後は光雲の受け持ちの教室をリーチとともに視察した。そこで、亀乃介は初めて、本格的な美術の実習――木彫の授業だった――が、どのようにして行われているのかを知った。

――すごい。

光雲の指導を受けながら、一心不乱に木《もく》を刻む生徒たちの様子を見て、亀乃介は、知らず知らずのうちに握りしめた手の内側に、じっとりと汗がにじみ出るのを覚えた。

――やっぱり、光雲先生は、すごい先生なんだ。……そして、ここで学んでいる生徒さんたちも。

見渡してみると、自分とそう年代の変わらない生徒が何人かいた。

が、ここにいる生徒と自分とのあいだには、大河のごとき隔たりがある――と亀乃介は痛感した。

この教室にいる生徒たちは、全員、選ばれた人であり、恵まれた人だ。

難関の美術学校の試験に合格して、多額の授業料を納めて……難しい本を読み、教授の高尚な話を理解し、高度な技術を身につけて、さらには芸術的感性を高めるべく、いま、この教室で作業に励んでいる。

あまりにも、違うのだ。――自分とは。

リーチとともに美術学校で一日を過ごした亀乃介は、かえって意気消沈してしまった。

芸術家になりたい、などと言って横浜の家を飛び出しはしたものの、それでほんとうによかったのか。

描きたい、創りたいという思いは募れど、なかなかかたちにすることができない。どうすれば突破できるのだろうか。

「オオ、なんという桜の花の美しさだ。日本の春は、なんというすばらしい季節なのだ」

美術学校からの帰り道、上野の恩賜公園で咲き始めた桜を眺めながら、リーチと亀乃介は並んで歩いていた。

光雲は一緒には帰らなかった。教授会なるものがあって遅くなるから、しっかり家までリーチさんを連れて帰るようにと、亀乃介は仰せつかった。そして、桜を是非にも見てみたい、とリーチが言ったので、遠回りをして、恩賜公園で夕桜を見物しながら帰ることにした。

リーチは、頭上いっぱいに薄い雲のように広がる桜を眺めながら、しきりに感嘆している。亀乃介のほうは、通訳疲れもあって、ぐったりとうつむいて、下駄のつま先ばかりを眺めていた。

「どうしたんだい、カメちゃん。こんなに美しい桜を見ないで、君は日本式のサンダルばかり見ているね」

リーチが言った。日本式のサンダル、というのが、ちょっとおかしくて、亀乃介は笑顔になった。

「これは、『下駄』といいます。日本式のサンダルには、ほかに、草で作った『草履《ぞうり》』というのがあります。……もし、これから、日本語で何というのか知りたかったら、こう訊いて下さい。『これは、なんですか？』」

リーチは、ふいに立ち止まった。そして、亀乃介の履いている下駄を指差して、

「コレハ、ナンデスカ？」と、口にした。

「これは、下駄です」と、亀乃介は日本語で答えた。

リーチは、今度は、頭上の桜を指差して、

「コレハ、ナンデスカ？」とまた訊いた。

「それは、桜です。サ、ク、ラ」とまた、日本語で答える。

そうして、桜の道を回遊しながら一時間ちょっと、リーチは瞬く間にいくつかの日本語を覚えた。

その飲み込みの早さに、亀乃介は舌を巻いた。

「どうしてそんなに覚えるのが早いのですか」

英語で尋ねると、

「君と一緒です。耳で聞くこと。頭で理解しようとしないこと。……誰かと会話を成立させたいと、強く願うこと」

そう答えが返ってきた。

少々歩き疲れたので、ふたりは茶屋に立ち寄ることにした。赤い毛氈《もうせん》が敷かれた縁台が店の前に出ていたので、そこに並んで腰掛けた。

すっかり暮れてしまった空を仰ぐと、漆黒の中にやせ細った月が浮かんでいるのが見えた。

それを眺めながら、しみじみとリーチが言った。

「私は、日本に来てよかった」

横浜港に到着してから、まだほんの一週間。けれど自分は、すっかりこの国に魅了されたと、情感のこもった声でリーチは語った。

「しかし、何よりよかったと思うのは……コウウン先生がすばらしい人物であったこと。そして、君と会えたことです」

亀乃介は、うつむいていた顔を上げた。そして、真横のリーチを見た。

鳶色の瞳にこの上なくやさしい色を浮かべて、リーチは亀乃介をみつめていた。

「そんな……自分は……自分は、下手な通訳をするだけで、なんのお役にも立っていません。芸術のことなど何もわからない、無粋な人間です」

顔を赤くして、亀乃介は言った。

「そんなことはない」

亀乃介の謙遜を、リーチはやわらかく否定した。

「だって、君はほら、たったいま、『無粋《ティストレス》』と言った。ごく自然に。その言葉は、私と会話を始めてから学んだんだろう？」

そう言って微笑した。

「君は、すばらしい能力の持ち主だ。そして、私と同じように、誰かと会話を成立させたい、心の交流をしたいと強く願っている。だから、この二日間で、あっという間に英語が上達したんだよ」

日本人でもイギリス人でも、世界中どんな国の人でも、これからの芸術家は共通の言葉を持つ必要があると、自分は思う。なぜなら、芸術品は自国の中だけで流通したり、自国の人々だけが楽しんだりすればいい、という時代では、もはやなくなってきているから。

そう。芸術は、海を越える時代になったのだ。芸術とともに、芸術家も海を越えて、さまざまな国へ行き、その国の人々と交流をする時代に。

自分には、各国の芸術家たちが、海を渡り、国境を越えて交流する未来が見える。だからこうして日本へとやってきたのだと、リーチは語った。

「だから君にも、芸術家になれる素質が十分にある。そして、君にも、きっといつか海を渡る日がくる」

リーチの言葉を聞いて、亀乃介の胸の中に一陣の風が吹き込んだ。

芸術家になれる素質がある。——いつか海を渡る日がくる。

ほんのひと言、だった。けれど、大きな大きなひと言だった。

亀乃介は、目の前で、固く閉ざされていた芸術の世界への扉が、音もなく、けれど思い切って開くのを見た気がした。

「……先生」

ふと、日本語が口からこぼれた。リーチは、不思議そうな瞳を向けた。亀乃介は、英語で言葉を続けた。

「リーチ先生。……僕は、先生のそばで、これからもずっと、先生のお世話をしたいです」


日暮里《にっぽり》の裏通りを吹き抜ける風に、かすかに秋の気配が感じられるようになった。

上野の桜並木は、夏の盛りを過ぎて、力強い緑の繁りが少しずつ色あせはじめていた。

三畳ばかりの小さな部屋の片隅、文机の上にわら半紙を広げて、亀乃介は鉛筆を走らせていた。

目の前には、茶碗がふたつ、並んでいる。文机に上半身を寄せたり離したりしながら、亀乃介は、一心不乱に茶碗を紙に写し取っているところだった。

と、その時。遠くのほうから、かすかに声が近付いてきた。

――パン、パン！　ハイカラパン！　ロシアのパン！

亀乃介は鉛筆を置いて立ち上がると、下駄をつっかけて、大急ぎで玄関から外へ出た。

「おーい、おじさん、頼むよ。ここ、ここ！」

門前で両手を振り上げ、大声で叫んだ。往来をのんびり車を引いていた行商人の親父が、「はいよ、ただいま！」と応えて、やって来た。荷台には平たい箱が五段ほど積んであった。

「丸パンを四つと、角パンを四つね」

「はい、はい、ただいま」

親父は、よっこらせ、と箱を下ろし、上から二段目に並んでいる丸いパン、三段目の四角いパンを菜箸でつまんで、わら半紙の袋に入れた。

「リーチ先生は、最近いかがです？」

パンでいっぱいにふくらんだ紙袋をふたつ、手渡しながら、親父が尋ねた。

「ああ、とてもお元気だよ。おじさんのところのパンを食べるようになってから、お腹の調子もいいようだし……」

「そうですか、そりゃあよかった。西洋人の口には、日本のおまんまは合わないのかもしれないねえ。もう、こっちには長らくいらっしゃるんでしょ？」

「千駄木から日暮里へ越してきてからは、もう四ヶ月ぐらいになるかなあ。まもなく、上野桜木町に、先生の新居も完成するんだよ」


亀乃介は、イギリスからやってきた「自称」芸術家、バーナード・リーチの助手として、上野にほど近い日暮里という場所にある、二間きりの小さな家に暮らしていた。

その家は、高村光雲の勤務先である東京美術学校の英語教師、森田亀之助《もりたかめのすけ》の家の敷地内にある離れであった。

リーチは、光雲を通して森田と出会った。そして、日本とイギリスの芸術交流を深めたいというリーチの熱意に押され、森田は、当面の住居として、離れの提供を申し出てくれた。さらには、版画について日本の美術雑誌に寄稿することや、英語とともに素描を教える美術教室を開くことなど、せっかくやってきた日本で無為な時間を過ごすことのないよう、仕事のあっせんまでしてくれた。

リーチにとっては、願ってもないことだった。二つ返事で、この提案を受け入れた。

そして、亀乃介は、リーチとともに、日暮里へ移り住むことになった。

リーチ先生についていきたい、お世話をさせてください、と申し出たのは、亀乃介自身である。

——君にも、きっといつか海を渡る日がくる。

出会ってまもない春の宵に、リーチに言われたひと言。あの言葉が、亀乃介の背中を押した。

自分には身寄りもお金もない。けれど、どういうわけだか英語を操れるようになり、どういう巡り合わせか、来日したばかりのリーチの通訳をすることになった。

その偶然を、奇跡を、信じてみたくなった。そう、そして自分も持っているかもしれない可能性を。

亀乃介の決心を、リーチはもちろん喜んでくれた。

しかし、亀乃介は高村家の書生だ。突然やってきた外国人と一緒に家を出ていくことが許されるのかどうか。まるで、自分が亀乃介をさらってしまうようで気が引ける。それに、そんなことになったら、高村家の人々に迷惑をかけるのではないか。リーチは、その一点を心配していた。

亀乃介は、とにかくまずは光雲にきちんと話をしようと、機会を窺った。そして、リーチが高村家を出て森田家の離れに落ち着いた後、思い切って話を切り出した。

——自分は、リーチ先生のお世話をこれからもしたいと思います。

光雲先生と、光太郎さんと、このお宅には、ずいぶんお世話になりました。とても居心地がよく、皆さんには優しくしていただいて、僕は、もしかすると、このままずっとこちらでご厄介になり続けるんじゃないかな、と思っていました。

自分は、芸術家になるなんて生意気なことを考えたけれども、やはり無理なんじゃないかと、僕はここのところ思っていました。

けれど、リーチ先生は、僕の拙《つたな》い英語を褒めてくださいました。そして、これからの芸術家は、海を渡ってお互いに交流する必要がある、君もいつか海を渡る日がくると、おっしゃってくださいました。

その日が本当にくるのかどうか、わかりません。けれど、僕は、その日まで、リーチ先生のおそばにいて、色々なことを学びたい、と思ったのです。

思いの丈を一気に話してしまってから、亀乃介は、畳に両手をつき、光雲の目をまっすぐに見て言った。

——どうか、お願いいたします。僕を、リーチ先生と一緒に、行かせてください！

光雲は、いつも通り、腕を組んで両手を着物の袖に入れて、亀乃介の話を、黙って聞いていた。

——よく、わかった。

ややあって、光雲のおごそかな声がした。

——リーチさんが、お前に言ったことは正しい。そして、それを受け止めて、彼についていこうと決心した、お前もまた正しい。

正直、私は、リーチさんが、どれほどの芸術的才能を持っているのか、わからん。彼の作品をよくよく見たわけではないからな。

ただ、あの人の話していることには、真実の響きがある。彼は、ひょっとすると、本当に、日本とイギリス、両国の文化の架け橋となる御仁《ごじん》かもしれん。

加えて、私は、お前に芸術的天分があるのかどうか、それもまたわからん。しかしながら、あの人がやろうとしていることを支えようと、お前が真剣に考えていることは感じられる。

しかるに、彼とお前とは、よく響き合っている。それだけは、よくわかる。

行きなさい。リーチさんとともに。

そして、いつか、私や光太郎を、ふたりして、あっと驚かせてくれ。

眼鏡の奥の瞳を細めて、光雲は、そう言ってくれた。

そうして、亀乃介は、リーチにくっついて、森田家の離れへと、引っ越した。

小さな家は、四畳半と三畳の二間に、ささやかな台所と厠《かわや》がついていた。風呂はなかったので、リーチは森田家の風呂を借りることにし、亀乃介は近所の銭湯へ通うことにした。

亀乃介は三畳の部屋で寝起きして、掃除、洗濯、来客の取り次ぎ、そしてもっとも大事な役割であるリーチの通訳を担った。食事は、森田家の女中がふたりの分もまかなってくれたので、その手伝いもした。

リーチは、日本食をとても好み、特に、子供の頃に日本で暮らしたとき、それをしゃぶって大きくなったというタクアンが大好物だった。タクアン以外にも、大根の煮物、大根おろし、大根の味噌汁などを喜んで食べた。「日本人はこれが主食のようですね」と、大根が様々に料理されるのを楽しんでいた。

リーチはまた、毎食、ご飯やおかずがさまざまな陶器や塗り椀に入れられてこまごまと出てくるのを、興味深く見入っていた。食事の時間には、亀乃介が森田家の台所へ出向き、大きな長方形の盆に、主菜、副菜、汁椀、ご飯を載せて、離れへ運ぶ。リーチが使っている四畳半の部屋の、小さなガラスの傘がついた電球の下の、丸い卓袱台《ちゃぶだい》に食事を並べる。その都度、リーチは、オオ、と小さく感嘆の声を漏らし、ひとつひとつの小皿や椀を検分して、「美しい色の焼き物だ」とか「今日はホウレンソウのオヒタシだね」などと、うれしそうにつぶやくのだった。

亀乃介は、あくまでも書生の身分なので、リーチの食事が終わるのを待ち、それを片付けてから、森田家の女中たちとともに、かまどの前の板の間で、ご飯とタクアンばかりの質素な食事を済ませる。リーチはそれを気に病んで、「君も一緒に食事をしましょう」としきりに誘ったが、森田家の手前、それは許されない。亀乃介は、お気持ちはありがたいけれど、森田様に自分もお世話になっている以上、そうはできません、ご一緒に食事ができるくらいに自分もいつか出世しますので、それまで待っててください、と固辞した。それで、ようやく、リーチも納得してくれたのだった。

ところが、そのうちに、リーチは胃の痛みを訴えるようになった。悪い病気だったらいけないから、すぐにお医者様に診ていただきましょう、と、亀乃介は医者を呼んだ。診察を終えた医者は、あなたは日本食ばかり食べているのではないですか、と問うた。ええその通りです、とリーチが答えると、それじゃいかん、あなたは西洋人なのだから、パンを主食にしなさい、そうすれば治る、と言われた。

そんなわけで、町中へやってくるパン売りの親父とは、すっかりなじみになった。

そして、秋が巡り来た。

リーチは、このところ、ずっとそわそわし通しだった。

それもそのはず、婚約者のミュリエルが日本へやってくる日が近づきつつあるからだ。

父が他界したのち、リーチは、いっとき叔父の家に下宿していた時期がある。そのときに恋した相手が、四歳年上の従姉《いとこ》のミュリエルだった。

ミュリエルとのいきさつを、リーチは亀乃介に語って聞かせた。

結婚したいとの思いを、ふたりはミュリエルの両親に打ち明けたが、血縁関係があることと、若過ぎることとから、叔父と叔母はなかなか許してくれなかった。

結婚話はいったん消えかけたが、日本へ行って彼《か》の地に根を下ろし、ミュリエルを迎える準備をする、という決意を、リーチは叔父と叔母に伝えていた。

それは立派な計画だ、やれるものならやってみなさい、と、叔父は返事をしたのだという。若気の至りで夢を語っているだけだろう、と考えていたに違いない。

しかし、リーチはほんとうに実行してしまった。

日本へ渡り、芸術家として活動する基盤を作って、小さいながらも新居を建てて、ミュリエルを迎えるためにすっかり準備を整えた。これには、叔父も叔母も面食らったようだった。

リーチは熱心に叔父に手紙を書き送った。日本の物価の安さと暮らしやすさはイギリスとは比較にならないほどだ。日本人は大変勤勉で、やさしくて、ていねいで、好感がもてる。東京は世界的な大都市に成長しつつある。英語が話せる友人も何人かできたし、なかでも自分の助手をしてくれているカメノスケという少年が通訳をしてくれるのでなんら心配はいらない。加えて、自分には亡父が残した遺産という経済的な後ろ盾もあるので、ミュリエルに苦労をかけることは一切ない――。

リーチは、見果てぬ夢を語っていたのではなかった。夢を夢で終わらせない彼の行動力と、ミュリエルへの愛情の深さに納得した叔父と叔母は、ふたりが結婚することに、ようやく首を縦に振った。

上野の丘に完成した新しい家は、リーチの希望で、伝統的な日本式と西洋式、両方を採り入れた建物となった。

妻となる人がやってくる前、九月下旬に、リーチと亀乃介は、森田家の離れから新居へ引っ越しをした。

玄関には三和土も上《あ》がり框《がまち》もあり、一番広い客間には掘りごたつがしつらえられていた。やや広い部屋が二室、小さな部屋が二室、台所と浴室。そして、自分の来日時に持参していたエッチングの機械を置く予定の、かなり広さがある工房。

初めて家の中に足を踏み入れたとき、亀乃介は、うわあ、と思わず声を上げた。

「すごく広いですね。まるで御殿だ」

「それは言い過ぎだよ、カメちゃん。いままで、うんと狭いところにいたから広く感じるだけだろう」

リーチはそう言って笑ったが、

「でも、まあ、悪くはないな。ここは、私とミュリエルの『御殿』というわけだ」

まんざらでもなさそうに、頭《こうべ》を巡らせて室内を眺めていた。

亀乃介にも、窓がついた一室が与えられた。小さいけれども森田家の離れの三畳間よりは広く、高村光雲邸の書生部屋に戻った感じだ。

日本で結婚するために、イギリスから婚約者がやってくるとリーチに聞かされたとき、亀乃介は、おめでとうございます、と祝意を伝えるのと同時に、ひょっとすると自分はもうお役御免だろうかと、急に不安を覚えた。夢いっぱいの新婚家庭に、自分はいかにも邪魔な存在ではないか。

ところがリーチは、亀乃介の心中を見てとったかのように、新居には君の部屋もちゃんと用意してあるんだよ、と言った。

――英語をしゃべれる少年が私たちの新生活を助けてくれる、だから何も心配はいらないと、私はミュリエルに言ったんだ。それで彼女は、日本へやってくる決心をしてくれた。もうしばらくは、私たちと一緒にいておくれ。頼りにしているよ、カメちゃん。


そして、十一月上旬のある日。

神戸港に到着するミュリエルを迎えにいくため、リーチは、二週間ほどまえに関西へと旅立っていった。

神戸港で再会を果たしたリーチとミュリエルは、リーチが幼児時代を過ごした京都へと移動し、彼の祖父が一時期英語を教えていた同志社のチャペルで結婚式を挙げた。そして、とうとう、一緒に帰ってくるのだ。

――リーチ先生の奥様は、どんな人だろうか。

亀乃介は、胸をときめかせながら、ふたりの到着を待っていた。とても謙虚で、辛抱強く、優しい女性であると、リーチから聞かされていた。愛らしくて、気品があって、それはもう、スミレの花のように美しいんだと、これ以上はないくらいに、賛美の言葉を並べていた。

いつもイギリス紳士然として、何をするにも誰と接するにも折り目正しいリーチが、ミュリエルのことになると、すっかり夢中になってしまう様子が、亀乃介には不思議でもあり、何となくおかしくもあった。

恋をする、というのは、そういうことなのだろうか。

未だ女性に恋慕の情を寄せたことがない亀乃介には、よくわからない感情だったが、どこかほんのりとした甘い思いが、彼の胸にも伝わってきた。

夕方近くになって、がらがらと勢いよく玄関の引き戸が開く音がした。

亀乃介は、大急ぎで玄関へ向かった。――と、現れたのは、高村光太郎だった。

「よう、亀ちゃん。リーチと奥さんは、帰ってきたかい？」

被っていたソフト帽を手に取って、そう訊いた。

光太郎は、五ヶ月ほど前に、遊学先から帰国したばかりだった。洋行前に横浜の食堂で出会った亀乃介が、自分の渡した書きつけをたよりに高村家でしばらく書生をしたこと、そしてやはり実家の住所を握りしめてリーチが高村家を訪ねてきたことなど、すべて弟の豊周から手紙で知らされ、それは面白いことになった、と喜んで帰ってきたのだった。

きのう、亀乃介は高村家に出向き、リーチが妻を連れて帰ってくるという一報を、光雲と光太郎に伝えた。光太郎は、それじゃあひやかしにいくよと、夕食の席に出向く約束をした。

亀乃介が高村家を出てリーチの助手になったことを、光太郎は喜んでくれた。そして励ましてくれた。僕とか彼とか、君はいろんな人物に見込まれる、それも一種の芸術的素質だよ——と。

リーチ邸の玄関先で、ソフト帽と外套《がいとう》を亀乃介に渡しながら、光太郎は、鼻を動かした。

「うん、いい匂いがする。この家の料理人は、今日は何を作るんだい？」

「今日は、牛鍋ですよ。今は、パンを焼いているところです」

「牛鍋にパンか。そいつは、面白いな。意外に食い合わせがいいかもしれん」

笑いながら、光太郎が家の中へ上がろうとした瞬間、もう一度、玄関の引き戸が開いた。

「タダイマ、カエリマシタ」

不思議な抑揚の日本語が聞こえ、リーチが入ってきた。

光太郎と亀乃介は、びっくりして、同時に「うわっ！」と声を上げた。

ふたりとも、もちろんリーチが尋常でなく背が高いとわかっているのだが、ひさしぶりに見ると、巨人が現れたかのように驚いてしまうのだった。

リーチは、満面に笑みを浮かべて、

「やあ、コウタロウ。来てくれたんだね、ありがとう」

光太郎と握手を交わした。それから、亀乃介に向かって言った。

「やあ、カメちゃん。留守中、何か変わったことはなかったかい？」

亀乃介は、すぐさま、上がり框に正座をすると、両手を揃えて頭を下げ、

「おかえりなさいませ。お留守のあいだは、何事もありませんでした」

弾んだ声で言った。

「そうかい。ありがとう」

リーチは、満足そうにうなずき、咳払いをしてから言った。

「それでは、私の妻を紹介しよう。……ミュリエル、こちらへお入りなさい」

磨りガラスの向こうに佇んでいた影が動いて、春風が舞い込むように、きらびやかな女性が現れた。

——わ……あ。

その瞬間、亀乃介は口を開けて見とれてしまった。

見たこともないような優美な外国人女性が、リーチのすぐ脇に立った。

濃い栗色の髪をゆったりと結い上げ、羽根飾りのついた小さな帽子をその上につけている。薄紫色のたっぷりとした絹のドレス、レースの黒い手袋。抜けるように白い肌。青い瞳が、亀乃介に向かって微笑みかけた。

「はじめまして。ミュリエルです」

きれいな英国式の英語で、語りかけた。亀乃介は、緊張のあまりなかなか英語が出てこない。

「はじめまして、日本へようこそ。高村光太郎です。あなたのお話は、いつもリーチから伺っていました」

光太郎は、流暢な英語で挨拶すると、すかさずミュリエルの手を取って、手の甲に接吻《せっぷん》をした。

外国人女性の扱いは、手慣れたものである。亀乃介は、その様子を見ただけで、顔が熱くなってしまった。

ミュリエルは、亀乃介に向かって、

「あなたが『カメちゃん』ですか？」

そう訊いた。亀乃介は、板の間に両手をつくと、

「はいっ、そうです、亀乃介です、よろしくお願いいたします！」

日本語で叫んで、頭を下げた。

「カメちゃん、ミュリエルはまだ日本に着いたばかりだから、日本語がまったくわからないんだ。英語で頼むよ」

茶目っ気たっぷりにリーチが言った。

「はい、すみません！」

と、亀乃介はまた、日本語で応えてしまった。


こうして、リーチとミュリエルの幸せな新婚生活が始まった。

ミュリエルは、明るく、おだやかで、やさしい女性だった。

長いあいだお互いに思いを通わせて、愛する人とようやく一緒になることができたリーチは、新妻をとても大切にした。

一方で、日本の文化や習慣に一刻も早くなじんでもらいたいとも思っていたので、積極的に彼女を外へ連れ出し、色々な人に会わせた。

ミュリエルは、最初のうちこそ、イギリスとまったく違う日本の文化や習慣に戸惑っていたが、

やがて打ち解けて、さまざまな事物に興味を持ち、自分から話しかけたり、試したりするようになった。

そして、リーチが来日した直後と同じように、「コレハ、ナンデスカ？」と、亀乃介に頻繁に質問して、日本語を習得するべく努めもした。

ミュリエルは、家事や料理はからきしだめだったが、時にはイギリスから持ってきた料理本とくびっ引きで、何やらよくわからないものを作ったりもした。そんなときは亀乃介を食卓へ呼んで、「サア、コレヲタベテクダサイ」と、たどたどしい日本語でうれしそうに言うのだった。

新築まもない上野のリーチ邸へ吹き込んだ春風がミュリエルだとすれば、彼女がやってくるのとほぼ同じ時期にアトリエに到着したエッチングの印刷機は、まさに台風の目であった。

それまで横浜港の倉庫に留め置いていた印刷機は、馬車の荷台に載せて運ばれ、人夫が四人がかりで綱をかけ、箱から出されて、どうにかアトリエの床に設置された。

鉄のテーブルに、大きなハンドルがついた胴《ドラム》が載っている。防食処理を施した銅板の表面を針《ニードル》で削り、腐食液に浸すと、削った部分だけが腐食して、凹《へこ》んだ腐刻線となる。そこにインクを刷り込み、テーブルの上に載せる。テーブルとドラムの間に紙を仕込んで、ハンドルを回し、紙を銅板に密着させ、圧をかける。銅板の削った「凹」の部分にしみ込んだインクが紙に写し取られ、エッチングができ上がるのだという。

さっそく、リーチが試し刷りをした。入り江に帆船が浮かぶ風景画を銅板に彫り、日本橋で仕入れてきた和紙に刷り上げた。やわらかな風合いの和紙にくっきりと黒い線が浮かび上がり、何とも言えぬ風合いの風景版画が完成した。こんな大きな機械から繊細な版画が生み出されることに、亀乃介は目を見張った。

亀乃介は、最初から、刷りの要《かなめ》であるハンドルを回す大役を仰せつかった。緊張したが、「大丈夫、大丈夫。ゆっくり回せばいいから」と、リーチに声をかけられ、ゆっくり、ゆっくり、ていねいに回した。結果はとてもいい仕上がりだった。

リーチは出来映えにすっかり気をよくして、次々に新しい風景版画を刷った。エッチングという新しい手法に魅了された亀乃介の胸には、自分の絵で印刷したいという気持ちが湧き上がってきた。しかし、銅板や紙やインクなどの高価な材料を無駄にはしたくなかったので、やらせてくださいとは言えずにいた。

ところが、数日後、唐突にリーチが言った。

「カメちゃん。君も、エッチングを一枚、自分で創ってみたまえ」

亀乃介は驚いた。

エッチングの材料は、貴重なものであり、先生の作品を創るためのものだから、たった一枚でも、自分は無駄にすることはできない。先生のお手伝いをさせていただくだけでも十分です。そう言って、亀乃介は、リーチの申し出を辞退した。

リーチは、しばし考え込む様子になったが、やがて顔を上げると、亀乃介の目を見て言った。

「そういうところが、君のよくないところだ」

君たち日本人は、何につけても相手を思いやり、相手を立てようとする。それは日本人の美徳であるのだと、自分はいつも感激する。

けれど、一方で、自分のことを卑下し、何でも遠慮して、こちらの好意を受け取ろうとしない。そうすることが美徳であると、子供の頃からしつけられているのかもしれない。でも、それは大きな間違いだ。

もしも君が、本気で芸術家になろうと考えているのだったら、まず、自分を卑下することをやめなさい。芸術家とは、誇り高き存在だ。お金も家も、何にもなくても、誇りだけはある。それが芸術家というものだ。

君がエッチングであれ、何であれ、私がやることにいつも興味を持って接してくれていることは、わかっている。ハンドルを回す君の目は輝いていたじゃないか。だから私は、いつも待っていたんだよ。僕にもやらせてください、と君が言い出すのを。

リーチの言葉に、亀乃介は、平手打ちをされたような気持ちになった。

——そうだ。先生の言う通りだ。

自分はいつも、自分の中でどんどん大きくなる気持ちに……やってみたい、描いてみたい、創ってみたいという思いに、一生懸命ふたをしてきた。

先生がやっていることを真似て、僕もやってみたいと申し出るなんて、とんでもない、と戒めていた。

でもそれは、自分に自信がないことの裏返しだったんじゃないか。先生のことを、ただただ、うらやましく思って、いじけていただけかもしれない。

亀乃介は、いままで自分の心があまりにも小さく縮こまっていたことに、ようやく気づいた。上気した顔を上げて、リーチの目を見ると、思い切って言った。

「先生。僕は、ほんとうは、エッチングを創ってみたいと思っていました」

先生の作品ができ上がるのを見て、とてもうれしかったし、感心したのもほんとうです。

黒のインク一色なのに、海の風景には青を感じるし、山を描いたものには緑を感じました。そのどちらにも風が吹いていていました。先生の描かれるものは、全部生き生きして見える。すごいなあ、と。

もしも自分が描いたら、どんなふうになるだろうか。先生のようには描けないに決まってるけど、それでも、描いてみたい、やってみたい。

そんな気持ちで、なんだか、うずうずしていました——と、亀乃介は、思いの丈を正直に語った。

「もし、できることなら、僕にも一枚、創らせてください」

お願いします、と頭を下げた。

リーチは、笑顔になって、

「そう。それでいいんだよ、カメちゃん」

と、やさしく言った。

「画家で詩人のウィリアム・ブレイクというイギリス人がいる。彼が、とても興味深いことを言っているよ。それはね、こういう言葉だ。——『欲望が、創造を生む』。わかるかい？」

リーチの言葉、いや、初めてその名を聞いたブレイクという芸術家の言葉が、亀乃介の心に触れた。両手で包み込むようにして。

——欲望が、創造を生む。

リーチは、続けて言った。

「この世界じゅうの美しい風景を描いてみたい、愛する人の姿を絵に残したい、新しい表現をみつけたい。そんなふうに、『やってみたい』と欲する心こそが、私たちを創造に向かわせるんだ。芸術家が何かを創り出す原動力は、『欲望』なんだよ」

亀乃介は、リーチの手ほどきを受け、エッチングを創ることになった。

素描ならばこれまでに何百枚と描きためてきたが、銅板にニードルで描くのは初めてなので、さすがに緊張する。

何枚も下絵を描いて、リーチに見てもらい、机の上の静物の絵にすることに決めた。さほど込み入った構図ではないのでこれがいいだろうと、リーチが助言してくれたのだ。

最初はあまり力まずに削っていった。それじゃ線が弱過ぎてインクがのらないよ、とリーチに言われ、思い切って削ってみた。すると、進めるうちに、どんどん面白くなってきて、止まらなくなってしまった。あんまり削るとインクがのりすぎて真っ黒になってしまうよ、と今度は笑われた。

でき上がった銅板を印刷機のテーブルの上に置き、紙をセットする。「よし、回して」とリーチが声をかける。ゆっくり、ゆっくりハンドルを回す。ドラムの回転に合わせて、黒のインクで静物が描かれた紙が、するするとテーブルの上に現れた。

「うわあ、できたあっ」

亀乃介は、思わず日本語で叫んだ。リーチは微笑んで、

「デキマシタネ、カメチャン」

と、日本語で呼応してくれた。

初めて創ったエッチング。机の上に、皿と湯呑みとリンゴがふたつ。単純な構図だが、「素直で、とてもいいね」とリーチがほめてくれた。

亀乃介が初めてエッチングを制作し、創作の喜びを見出したことをきっかけに、リーチは、エッチングを日本の若者たちに教えたい、と決意を固めたようだった。

エッチング教室を開くことになったのはいいが、さて、どうやって生徒を集めたらよいのか。

とにかく、まず初めに、西洋の芸術に何らかの興味を持っている人々に呼びかけなければならな

い。そして、エッチングとはどういうものかを知ってもらわなければならない。

そこでリーチは、自宅の工房で、小さな展覧会を開くことにした。

いままで創ってきたエッチングの中から選りすぐったものを額に入れて、工房の壁に飾る。そして、展覧会を観にきた人々の前で、亀乃介とともに、実際にエッチングを創って見せる。そうすれば、人々は「自分もやってみたい」という気持ちになるはずである。――亀乃介がそうだったように。

三日間の展覧会と実技披露を開催するにあたり、森田亀之助の口利きで、新聞に告知を出すことにもなった。

英国芸術家　バーナード・リーチ氏
銅版画　展覧会ならびに実技披露　開催
来る○月×日　同氏自宅工房にて　入場無料

「観に来てくれるだろうか」リーチは、さすがに落ち着かないようだった。

「エッチングに興味をもってもらえるだろうか」

亀乃介は、リーチがミュリエルを連れて帰ってきたときと同じくらい、いや、それ以上に、その日がくるのを待ちわびた。

亀乃介にとっては、生まれて初めて体験する「展覧会」である。観るのも初めてなのに、その「主催者」の助手として、作品の展示まで手伝うのだ。落ち着けと言われても無理である。

上野の美術学校近くにある画材屋が訪ねてきて、額装の検討をした。もちろん、亀乃介は通訳として立ち会った。凝った意匠の額を作るには時間がかかるので、ガラス付きの素朴な木枠のものが選ばれた。

展覧会の告知には、日本の友人たちも一役買ってくれた。

高村光雲は、是非ともこの機会にリーチさんのところを訪ねるように、と生徒たちに伝えた。高村光太郎は、芸術家仲間を熱心に誘った。リーチが寄稿する雑誌社の人々も、雑誌の片隅に告知を載せてくれた。


そうして迎えた展覧会の初日。

コケコッコー。

近所で飼っている雄鶏が、夜明けの到来を告げる声を放った。

亀乃介は、それを待ち構えていたかのように起き上がった。まだ暗いうちに起きたところで、何もすることはないのだが、とてもじゃないが寝ていられなかった。

素早く身支度をすると、部屋を抜け出し、足音を忍ばせて廊下を進んでゆく。工房は、家の北側にあった。音をさせないように気をつけながらドアを開けて入る。手探りで工房の中央に下がっている電球の真下まで行き、スイッチをひねった。

明かりが点って、室内が明るく照らし出された。中央に、印刷機がどっしりと置かれている。まるで、この工房の主のようだ。

四方の壁にはエッチングの作品が額に収まって飾ってある。昨夜遅くまで、リーチとふたりで展示したのだ。

入り口の近くに、まず、一番気に入っている船の作品を飾ろう。そのまま、海の風景画、切り立った崖の風景画ときて、テムズ河の風景、ロンドンの街並み、教会、家々――と。田舎の風景から、だんだん、都会の風景へと移っていく。そして、最後は日本の風景。私が日本にきてから創ったもの。箱根、上野、横浜の風景画。

どうだい？　最後に日本の風景を持ってきたほうが、親しみが湧くだろう？

展示をしながら、リーチは、実に楽しそうだった。

リーチのエッチングに囲まれると、亀乃介は、なんともいえぬ幸せな気分に浸るのだった。

珍しい外国の風景が克明に刻まれた風景画もすばらしいが、やはり、日本の風景のほうが親しみを覚える。

上野の桜や、公園の中にある茶屋、さりげない日常の風景の数々――そして、なんと、亀乃介の肖像画が、その中に交じって展示されていた。

亀乃介は、自分の肖像画が展示されることになって、気恥ずかしい思いもあったが、今度は「遠慮します」とは言わなかった。「飾ってほしい」という思いのほうが強かったからだ。「欲望が、創造を生む」のだ。飾ってほしいと思ったのなら、そうしてもらおう。

――いい絵だなあ。

工房の真ん中に立って、壁に並んだ絵を眺めながら、亀乃介は思った。

――いい展覧会だなあ。

自分もいつか、こんなふうに、自分の作品で展覧会を開いてみたいな。

今日、そう思ったことを忘れずにおこう。この「欲望」を、大切にしよう。

それが「創造」に繋がっていくのだから――。

そうして、日本で初めての「バーナード・リーチ展」が始まった。

初日は、工房の前に人だかりができるほど大盛況だった。大勢の人が列を作り、中に入る人数を制限しなければならないほどであった。

庭から直接入れるようになっている出入り口と工房内の整理係は、高村光雲の生徒たちが担当した。

「はい、並んで、並んで。こっちへ一列に並んでください」

「押さないでください、順番に入ってもらいますので」

人々は一列になって、工房の中へ入っていき、物珍しそうにエッチングを眺めた。

「すごいね、こりゃあ」「うまいもんだね」「どうやって創るんだろう」「浮世絵とは違うのかい？」

口々に語り、興味津々の様子だった。

工房の中央では、リーチと亀乃介が、印刷機の傍らに立ち、実演をしてみせた。

「このように、特殊な薬品をかけた銅板があります。これを、針で引っ掻いて、下絵を作ります」

銅板を掲げながらリーチが英語で説明し、それを亀乃介が日本語に訳す。ハンドルを回す役も、もちろん亀乃介である。ゆっくりとドラムが回り、エッチングが一枚でき上がると、おおーっと歓声が上がって、拍手が起こる。リーチは胸に手を当てて、「アリガトウゴザイマス」と日本語で礼を述べる。するとまた、拍手が起こる。

人々は、日本の地に根を下ろし、新しい芸術を広めようとしているこのイギリス人芸術家を、好意をもって大いに歓迎してくれた。

しかし――。

展覧会三日目、まもなく終了のときを迎えようとしていた夕方。客足は次第にまばらになり、やがて誰もいなくなった。

何度も何度もエッチング制作の工程を説明し、ドラムを回して実演し続けたリーチと亀乃介は、印刷機の傍らに立ち尽くしていた。

リーチは疲れ果てているように見えた。ずっと立ちっぱなしだったこともあっただろうが、望んだ結果が得られなかったことに対して落胆しているようだ。

展覧会は大盛況だった。が、「自分もやってみたい」と言い出す人が、ついにひとりも現れなかったのだ。それはつまり、「ぜひエッチング教室で学んでみたい」という人がひとりもいなかった、ということになる。

もともと展覧会を仕掛けたのは、エッチング教室の生徒を募集するためだったのに——。

「やはり、エッチング教室をやろうなどと考えるのは、時期尚早だったのかな」

印刷機のテーブルにもたれながら、リーチは独り言のようにつぶやいた。

「ひとりも生徒が集まらなかったとは……この展覧会と実演は、失敗だね」

「そんなことはありません」

亀乃介は、思わず大きな声で反論した。

「きっと、皆、やってみたい気持ちがあっても、なかなか言い出せなかったのだと思います。失礼ながら、先生は、外国人だし、日本人にしてみれば、話しかけるのにも勇気がいるのです。僕が通訳としてお側にいながら、お役に立てずに……申し訳なく思います」

一気に言ってしまって、亀乃介は頭を下げた。

リーチは、「いや、いや。謝ることなどないよ、カメちゃん」と、亀乃介の肩を叩いた。

「君の言う通り、皆、声をかけづらかったのかもしれないね。やり方にもうひと工夫必要だったな。これに懲りずに、またやってみよう。また手伝ってくれるかな?」

亀乃介は、「はい！」と元気よく返事をした。

――そうだ、一度くらいではきっと先生のやろうとしていることの素晴らしさは伝わらない。何度だって、やればいいじゃないか――。

と、そのとき。

「あのう……まだ、入ってもいいでしょうか」

工房の入り口から、ひょっこりと、若者が顔をのぞかせた。おや、と亀乃介は気がついた。確か、きのう、ここへ来た学生さんだ。ずいぶん熱心に実演を見ていたから、よく覚えている。

「ドウゾ、ドウゾ。ハイッテクダサイ」

リーチが日本語で返した。

すると、続いてぞろぞろと若者たちが入ってきた。皆、学生帽を被り、袴と下駄をはいている。画板を抱えた者もいる。どうやら、美術学校の生徒たちのようだ。

「僕ら、きのう、こちらへ来て、大変感銘を受けました。……展覧会にも、実演にも」

ひとりの生徒が、思い切ったように、リーチに向かって言った。

「一晩寝て、考えてきました。――僕らに、エッチングを教えていただけませんか」

その学生の名前は、岸田劉生《きしだりゅうせい》と言った。

彼の傍らにいたのは、児島喜久雄《こじまきくお》、山内英夫《やまのうちひでお》（里見弴《さとみとん》）、武者小路実篤《むしゃのこうじさねあつ》、志賀直哉《しがなおや》、そのほか、画家の卵と、文士の卵たち。のちに「白樺派」と呼ばれるようになる若き芸術家たちであることを、亀乃介が知るはずもなかった。

第二章　白樺の梢、炎の土

一九一〇年（明治四十三年）六月

　上野周辺の桜並木の新緑がみずみずしく輝き、梅雨を迎える直前の青空が冴え渡ったさわやかな日。

　バーナード・リーチ家の庭先に植えられた紫陽花《あじさい》の若木も、たくさんの花をつけて、日一日と紫色を濃くしている。

「じゃあ、そろそろ行ってきます」

　亀乃介は、書斎にいるリーチのところへ行き、あいさつをした。

「ああ、よろしく頼んだよ。ターヴィーは、背が高くて、眼鏡をかけていて、髪はブロンドで……けっこう美男子なんだ。そんな外国人は、そうそう歩いていないだろうから、きっとすぐにわかると思うけど」

　リーチは、わくわくした様子でそう言った。

　その日、ロンドンの美術学校時代のリーチの親友、レジナルド・ターヴィーが、リーチを訪ねてやってくるのであった。

青春時代をともに過ごし、芸術論をたたかわせ、一緒に絵を描き、切磋琢磨した友人。イギリス領南アフリカで生まれたターヴィーは、ロンドンで教育を受け、卒業後もずっとロンドンにいたのだが、いったん故郷の南アフリカへ帰ることになった。リーチが日本に来てからは、手紙のやり取りが続いていたが、故郷へ帰ると決めた、との親友の便りを読んだリーチが、「だったら日本回りの船で帰ったらどうか」と、熱心に誘った。

イギリスから日本経由で南アフリカへ行くなど、どう考えてもとてつもない遠回りになるのだが、ターヴィーは、リーチに負けず劣らず強い好奇心の持ち主であった。友の手紙を読む限りでは、日本とは、見るもの聞くものすべてが興味深く素晴らしい国のようだ。せっかくならば友人が滞在しているあいだに未知の国を訪問してみようじゃないか、と来日を決意したらしい。

ターヴィーは、昼頃に上野桜木町のリーチ家に近い上野広小路の電停に着くはずであった。二日まえに横浜から電報が届いたので、間違いはないだろうが、何時に到着するのかわからない。昼というからには、正午まえから待っていれば大丈夫であろう、ということで、亀乃介が迎えにいくことになった。

馬車や人力車、自転車、荷車、ときおり自動車が、大通りを通り過ぎてゆく。道路の真ん中の停留場に立って、亀乃介は電車が到着するたびに、車内から出てくる人の中に外国人はいないか、確かめた。そうこうして二時間近く、待っていた。

まだかなあ、といいかげん待ちくたびれていると、目の前に到着した電車の中から、いかにもイギリス人らしい、眼鏡をかけた金髪の青年が降りてきた。

はっとして、亀乃介は、すぐさま近寄ろうとしたが、足を止めた。その外国人青年は、日本人の青年と一緒にいて、英語で談笑していたからだ。

——あの人じゃないのかな。

ターヴィーに連れがいるとは聞いていない。ひとりで来て不案内だから迎えにいってほしい、とリーチに言われたのだ。とすれば、あの青年は違うのだろうか……それにしても、リーチが説明してくれた容姿と合致する。日本人と一緒にいること以外は。

「エクスキューズ・ミー、ミスター・ターヴィー！」

亀乃介は、道路を渡ろうとするふたりの背中に向かって、思い切って声をかけた。

と、外国人と日本人、両方の青年の顔が、こちらを振り向いた。

外国人は、亀乃介に向かって尋ねた。

「いま、私の名前を呼んだのは、君かい？」

やっぱりと思いつつ、亀乃介はふたりに近づいた。

「はじめまして、私は、沖亀乃介です。バーナード・リーチ先生の助手をしています。あなたをお迎えに上がりました」

「ああ、そうだったのか。わざわざ、どうも」

ふたりは握手を交わした。

「おひとりでいらっしゃると聞いていたのですが、お友達がご一緒だったのですね」

亀乃介は、日本人青年の顔をちらりと見て言った。

ターヴィーの少し後ろに立っていたやせっぽちの日本人青年は、亀乃介と目を合わせると、日本語で話しかけてきた。

「やあ、はじめまして。僕、ターヴィーさんとは、イギリスからこっちへ帰ってくるときに会って、友達になったんだ」

青年の名前は、富本憲吉《とみもとけんきち》といった。

もともと東京美術学校で内装と建築を勉強していたのだが、外国で学んでみたいという思いが募り、二年まえにロンドンに留学したという。

帰国船に乗り込む際に、見送りの友人たちに囲まれて談笑するターヴィーと、偶然、港の待合室で居合わせた。そして、彼の話がなんとなく耳に入ってきた。

自分には、日本の東京という街で暮らす芸術家の友人がいる。その友人の話によれば、日本はたいそう面白いところで、人々は礼儀正しく、勤勉で、よく働き、とても親切である。文化や慣習の違いは多々あるが、そこがまた面白い。是非遊びにきてほしい、と言われたので、自分はこれからその友人を訪ねて日本へ行くのだ――。

話を聞くうちに、富本の好奇心が次第に膨れ上がり、思い切って声をかけてみた。

――私は日本人で、東京の美術学校の生徒でした。イギリス留学を終えて、これから日本へ帰るところです。もしよかったら、あなたを東京のご友人の家までご案内しましょうか？

「ターヴィーさんの友人のバーナード・リーチさんの家の住所を見せてもらったら、僕が通っていた学校がある上野だった。それならよく知っているということで、こうして案内してきたというわけなんだ」

亀乃介、ターヴィーと並んでにぎわう通りを歩きながら、富本は、自分がここへ来ることになったいきさつを話してくれた。

「なるほど、そういうことだったんですね」

亀乃介は得心して言った。

「リーチは君のことも手紙に書いていたよ。英語のうまい日本人の助手がいて、助かっているって」

そう言って、ターヴィーが亀乃介の肩を叩いた。

「やあ、とうとう来たな！　待ってたぞ！」

リーチは、母国からはるばるやって来た旧友と、玄関先で抱き合い、再会を喜び合った。それから、ターヴィーは富本憲吉を紹介した。

「はじめまして。お目にかかれてうれしいです」

富本は、輝く瞳でリーチをみつめて、さっと右手を差し出した。その自然な感じが、彼が外国で生活してきたことを物語っていて、亀乃介の目にはまぶしく映った。

リーチは、差し出された彼の手をしっかりと握って、

「ようこそ。私の友人を案内してくれて助かりました。感謝します」

ていねいに礼を述べた。

居間ではミュリエルが夫の旧友を出迎えた。実は、ターヴィーがミュリエルに会うのは初めてだった。

「あなたの話は、いつも彼から聞かされていましたよ。とてもすてきなレディなんだ、ってね」

ターヴィーの言葉に、まあ、とミュリエルはうれしそうな笑顔になった。

「日本の生活はいかがですか？」

ターヴィーが尋ねると、

「ええ、まあ……そうですわね、こちらへ来てまだ半年ちょっとですので……」

ミュリエルは言葉を濁して、ちょっと困ったような笑顔に変わった。

「文化の違いが色々あるからね、まだ戸惑うことも多いだろう」

リーチが横から口を挟んだ。

「しかし、私はすっかり慣れたよ。こうして家も建てたし、展覧会も開催したし、銅版画《エッチング》教室も開いたし……」

「まったくだ。いやはや、すごいやつだな、君は」

いかにも感心した口調で、ターヴィーがあいづちを打った。

「日本へ来て一年ちょっとで、イギリスから婚約者を呼び寄せて、結婚して、仕事もして、英語が堪能な助手までみつけたとはね！」

通訳の必要がなかったので、亀乃介はその場を辞そうとしたが、一緒に話そう、とリーチに言われ、そのまま同席することになった。

「君も、東京美術学校に通っているのかい？」

富本が、こっそりと日本語で訊いた。亀乃介は、いいえ、と首を横に振った。

「僕は、こちらの書生です。学校には通っていません」

やはり日本語で答えると、

「どうしてそんなに英語がうまいんだい？　君も留学経験があるの？」

重ねて訊かれた。

「いえ、留学なんて……」

しばらく引っ込んでいたいじけた心が、また目を覚ましそうだったが、

「僕は、芸術の勉強をしたくて、そのために独学で英語を学びました。もしも芸術家になることを

本気で目指すのならば、これからの時代は、外国人の芸術家と交流することも大切ではないか、と思ったので」

以前、リーチに気づかされたことを口にしてみた。すると、富本は目を見開いて、

「君、すばらしいね。その考え方！」

急に英語になって言った。

「ほんとうに、その通りだよ。僕も、そう思ったんだ。芸術も、芸術家も、これからは海を渡って交流するようになるはずだ。だったら、まずは自分からそうするべきじゃないか。だから僕は、イギリスへ渡ったんだ」

その言葉を耳にしたリーチが、富本のほうを向いた。そして、尋ねた。

「君は、どうして留学先をイギリスに決めたんだい？」

「ウィリアム・モリスの本を読んで、感銘を受けたからです」

間髪容れずに、富本が答えた。

富本憲吉が心酔したというウィリアム・モリスは、イギリスで「アーツ・アンド・クラフツ」運動を広めた美術家であり、詩人であり、思想家である。亀乃介も、リーチに薦められた本で、モリスを知っていた。

産業革命以後、イギリスでは、工業製品が大量生産されるようになり、廉価で手頃ではあるものの、粗悪な商品が市場に出回るようにもなった。モリスはこれを憂い、職人による手仕事を称賛し、美術と工芸が一体化したていねいで美しいもの作りへの再評価を推し進めた。

モリス自身、「モリス商会」という会社を創設し、植物を意匠に取り込んだステンドグラスや、壁紙、布などを制作して、生活の中に美しい手仕事の製品を取り入れ、生活と芸術の一致を進める

べきだと提唱した。

彼の仕事や思想は、多くの芸術家、工芸家に影響を与えた。

富本は、東京美術学校時代にモリスの著作を読んで、衝撃を受けたという。そして、これはもうイギリスに行くしかない、モリスが提唱した生活と芸術の一致が、彼の国でどんなふうに実践されているのか、この目で確かめなければと、決意を固めた。

「それで、東京美術学校を卒業するまえに、私費留学したのです。ロンドンにいたのは二年間で、もっと滞在したかったのですが、いいかげんに帰ってこい、と親に呼び戻されてしまいました。実家の支援を得て実現した留学だったので、仕方なく……」

イギリス留学の顚末《てんまつ》を、富本は語った。

富本の実家は、奈良県生駒《いこま》郡にあって、はっきりとは言わないが、裕福な生まれのようだった。

「ロンドンでは、どこの学校に通っていたんだい？」

リーチの質問に、富本は笑顔になって、

「僕の学校は、ヴィクトリア・アンド・アルバート美術館でした」

そう答えた。

ヴィクトリア・アンド・アルバート美術館。亀乃介が初めて聞く名前だった。

「『美術館』という名前の学校なのですか」

不思議に思って訊いてみると、

「いいや。イギリスが誇る、すばらしい美術館だよ」

リーチが、富本の代わりに答えた。

イギリスの首都・ロンドンには、大英博物館やナショナル・ギャラリー、テート・ギャラリーなど、世界に誇る美術館がある。大規模で、収蔵作品も充実しており、全部見て回るのには一日あっても足りないほどだ。ヴィクトリア・アンド・アルバート美術館は、その中のひとつなのだと、リーチは説明してくれた。

「まあしかし、V&A《ヴイ・アンド・エー》はほかの美術館とは趣きが違って、とても個性的だけれどね」

リーチが美術館について話す横から、ターヴィーが口を挟んだ。

「そう、とても個性的なんだ。V&Aは、芸術的な工芸品を集めて見せているんだよ」

家具、食器、織物、衣服、様々な道具類。イギリス王室や貴族たちが寄贈したすばらしい工芸品の数々が展示室に陳列してある。建築の設計図のようなものまでが収蔵品のひとつとして並べられていたのだと、富本は興奮気味に語った。

ロンドンで日本人建築家の新家孝正《にいのみたかまさ》と出会い、設計に興味をもった富本は、彼の助手をしつつ、V&Aに日参した。

当初は建築の設計図目当てで通っていたが、ガラスケースの向こう側で鈍い光を放っている工芸品の数々をくる日もくる日もみつめるうちに、はるかな古代の昔から現在まで、途切れることなく続いている壮大な美術の歴史の最先端に自分が佇んでいることに気がついて、たまらなく動悸がしてきたのだった。

自分はいま、何気なくV&Aにいて、こうしてさまざまなものと向き合っているけれど、これはひょっとすると、とてつもなくすごいことなんじゃないか。

遠く日本から離れて、憧れのイギリスで、美の迷宮のごとき美術館にいる——ということを考えてみただけでも、尋常ではない体験をしている。

さらには、いま、ここで見ているのは、ちょっとまえまでは「美術品」とは見なされなかったものたちだ。美しい装飾や凝った意匠はあるものの……そして、そのほとんどは王侯貴族が使っていた贅沢品ではあるが、これらはあくまでも「工芸品」で、実際に「使われていた」ものだ。その「工芸品」を美術品と見なして、美術館で展示するということ自体、すごいことじゃないか。まさしくウィリアム・モリスが推進していた「アーツ・アンド・クラフツ」運動の一端を目の当たりにしているような気がして、知らず知らず、足元から震えが上がってくるのを感じた——と、富本は語った。

亀乃介は、富本の話に聴き入るうちに、自分もいつしかV&A美術館の一室のガラスケースの前に佇んでいるような気持ちになった。

もちろん、西洋の美術館というのがどういうものなのか、まったく見当がつかない。でも、ガラスケースの中でかすかな光を放っている陶器や銀器のかたちは、うっすらと思い浮かぶ。この家にある西洋の食器を豪華にしたようなものを思い描いて、亀乃介は、V&Aの展示室で、心ゆくまで「美術品としての工芸品」を楽しむ自分を夢想した。

「そうか。では君は、V&Aへ設計図を見るつもりでいったのに、ほかのものに気を奪われてしまったわけだね」

愉快そうな口調で、リーチが富本に言った。

その日、リーチは、ターヴィーと、富本とともに、大いに語り合った。

日本の話、イギリスの話、芸術の話、それぞれの生い立ちの話……まったく話は尽きなかった。

亀乃介は、茶をいれたり、酒をついだり、ときおり話に加わったりして、三人がにぎやかに談笑するのを眺めていた。そして、胸の中にほのぼのと明るい灯火が揺らめくのを感じていた。

三人はすっかり打ち解けていた。リーチと富本は、その日出会ったばかりなのに、もはやなんでも話し合える友人同士に見えた。

　こんなふうに、この人たちを結びつけているものは、いったいなんだろう。

　それは、たったひとつの、強固で美しい共通の言葉かもしれない。

　三人が共有する言葉――それは「芸術」だ。

「芸術」の話をしている最中の三人は、目を輝かせ、身振り手振りも大きくなって、とても楽しそうに、また生き生きとして見える。

　ぶつかり合いも、反発もない。芸術について論じているときの三人には、響き合う音が流れ、ハーモニーが湧き出るようだ。

　美しい言葉で編まれた詩のような、心豊かな音楽のような、やさしい絵の具の色合いのような。

　この春に出会った青年学者、柳宗悦とはちょっと違う。あのときは、火花が散るような反発が起こったのだ――と、亀乃介は思い出していた。


　ターヴィーが来日する二ヶ月まえ、亀乃介は、リーチとともに、とある画廊へ出かけていった。

　前年の秋、リーチは、自分のアトリエで自作のエッチングの展覧会を開き、イギリスから持ち込んだ印刷機で実演をして見せた。アトリエでエッチング教室を開こうと計画していたので、生徒を募集するためには、エッチングとは何か、実際に見てもらうのがいちばんよいだろうと考えたのだ。

　大勢の人々が押しかけ、展覧会は大盛況だったが、それに反して、エッチングを学びたいと言ってきた人は、さほど多くはなかった。

　それでも、リーチはとにかく教室を開くことにした。

　集まってきた生徒たちの中に、東京美術学校の生徒や、東京帝国大学の中退生、目白にある学習院の卒業生たちがいた。

東京美術学校は、言うまでもなく、芸術の分野では日本随一の官立学校である。学習院は、皇族や華族の子息が通う学《まな》び舎《や》として開校された。帝大は日本一の学府である。どの生徒も、もともと芸術に対する知識も素養も備えていた。加えて、英語も勉強していたので、リーチとの意思の疎通は、さほど難しくはないようだった。

生徒のひとり、岸田劉生は、卓越した技術を持った画学生だった。加えて、作風には強い個性があると亀乃介は見て取った。リーチの指導をたちまちのみ込み、エッチングを自分のものとするのに時間はかからなかった。岸田は、風景画や人物画など、完成度の高い作品を生み出して、リーチと亀乃介を驚かせた。

帝大を中退した里見弴は文士を、帝大生の児島喜久雄は文士と画家の両方を目指しているということだった。そして、彼らは、新しい時代の文士たるもの、文章力の向上を目指すだけでは足りない、と考えていた。豊かな文学を生み出すためには、それ以外の芸術に親しむ必要がある。たとえば、昨今の西洋美術の中には、文学に通じる深い思想性を持ったものがある。自分たちは、そういうものを学んでいきたいのだと、リーチと亀乃介に熱く語った。

亀乃介は、リーチの助手を務めながら、自分とさほど年齢の違わない若者たちが、貪欲《どんよく》に西洋の芸術やその思想を学び取ろうとしている姿に励まされる思いがした。

新しいものをどんどん学んでいこうという気概をもった若者たち。彼らこそは、日本の将来を変えていく力を秘めているに違いない。そして、海外の芸術家と交流するために、日本の外へ飛び出していくはずだ。さらに、海外で学んだことを日本に持ち帰り、広めるために尽力するだろう。

この小さなアトリエが、彼らを通じて世界とつながっていくのだ。

あるとき、児島喜久雄が、一通の招待状をリーチのもとへと持ってきた。そこには「白樺派　展覧会開催」と記してあった。

日本語が読めないリーチのために、児島は「シラカバハ、エキシビション」と、声に出して招待状の内容を読み上げた。

「シラカバハ？　なんのことだい？」

招待状を手にしてリーチが尋ねると、

「僕ら、思想を同じくする文士や芸術家が集まって結成した『派《エコール》』で、同人誌を出しています。言ってみれば、分野や思想は異なりますが、イギリスの『ラファエル前派』のような……」

児島が答えた。

ラファエル前派とは、イギリスで、権威主義に陥った画壇に対して、中世の頃のような――つまり、ルネッサンスの巨匠・ラファエッロ登場以前のような絵画の原点に立ち返り、新しい表現を模索しようと結成された、ロセッティやミレーら画家たちの一派である。十九世紀中頃に活動を始め、精力的に作品を発表してきた。当初は批判もあったが、次第にその芸術性が認められ、日本でも紹介されていた。

児島がこの一派のことをたとえに出したので、リーチは、「白樺派」が、何か新しいことを始めようとしている芸術一派であるのだと、すぐに理解したようだった。

「ラファエル前派が中世美術を手本としたように、君たちシラカバハにも何か手本にしている時代や芸術家があるのかい？」

リーチの質問に、児島は、はい、とうなずいた。

「西洋の芸術の中で、いまは特に、ここ三十年くらいのドイツの画家たちや流派に注目しています」

ほう、とリーチは目を輝かせた。

「ドイツの画家か……私はあまり詳しくないのだが、おもしろそうだね」

「ええ、とても。ほとばしる潮流のような画風の画家たちが何人かいます。今回の展覧会は、僕らの思想の発表会ではありますが、ドイツの画家たちについても紹介しようと考えています」

是非来てください、と児島はリーチと亀乃介を誘い、展覧会の招待状とともに、同人誌「白樺」創刊号を手渡した。

粗い紙に印刷してある冊子の表紙に、白樺の木の素描があった。小高い山と森を背景に、すっくと佇むしなやかな若木。児島が描いたものだった。

「新しい文学や西洋の美術に関心のある仲間が集まって作りました。まだできたばかりなのですが、いままでにはなかったものに仕上がったと自負しています」

児島は、胸を張ってそう言った。

日本語が読めないリーチのために、児島は「白樺」の内容について、かいつまんで説明してくれた。

「白樺」は、学習院高等科出身の若き文士と画家たちがそれぞれに同人誌を作って活動していたのを、合流させて生まれた雑誌である。

小説、詩、文学評論、美術評論などを発表する場とし、西洋の美術も取り上げて紹介していくつもりである。仲間たちの中には海外渡航の体験者もいるし、西洋美術に深い関心をもっている者も多い。まだ日本で紹介されていない西洋美術を、どんどん紹介していこうじゃないか、そして世の若者たちを啓発していこうじゃないかと、皆考えている。

同人のひとりである武者小路実篤が、常日頃語っていることが、自分たちの考え方を代弁していると思う。

――個性ある人というのは、自己全体を有機体的に表現してゆく人をいうのだ。個性ある人にして初めて「自然」「人類」の意思を暗示し、個人の存在の権威を暗示することができる。

また、武者小路はこうも言っている。「和して同ぜず」。

「白樺」は、個性をもった若き芸術家たちの集合体だ。「烏合《うごう》の衆」になってしまうのではなく、それぞれが違った色をもち、けれど調和がとれているのが、いちばんなのだ。

この「白樺」の信念については、同人それぞれが、今後誌上で発表していくことになるはずだ。児島喜久雄がていねいに説明してくれたおかげで、亀乃介も、この新しく始まった「エコール」に、大いに興味を持った。

――いったい、どんな展覧会なんだろう。

西洋の美術もどんどん紹介する、ということだったから、見たことがないような絵も飾っているのかもしれないな。

そんなふうに思って、リーチとともに、桜が満開となったのどかな日、「白樺社主催」の展覧会を見るために、上野にある竹之台陳列館へ出かけていった。

展覧会は、同人である画家の南薫造《みなみくんぞう》と有島壬生馬《ありしまみぶま》の「滞欧記念絵画展覧会」と銘打たれていた。海外留学を終えて帰朝したふたりの作品や、ヨーロッパの美術館を訪れて描いた模写の数々、現地で撮影した写真などを展示し、来場者に最先端のヨーロッパ美術に触れてもらおうというのが、企画の趣旨だった。

竹之台陳列館は、三年まえに東京勧業博覧会が行われたときに、文物の陳列会場として造られたものであるという。亀乃介は、その建物を見知ってはいたが、中に入ったことはなかった。リーチとともに入り口に佇んで、何かしら、胸に不思議な兆しの訪れを感じた。

この建物の中で待ち受けているものが、自分の命運を大きく左右するような――。

「ああ、リーチさん、亀ちゃん。ようこそ、いらっしゃいました」

出入り口付近で、児島喜久雄がふたりの到来を待ちかねていた。

さあこちらへどうぞ、と誘われて到着した陳列室に一歩足を踏み入れたとたん、亀乃介は目を見張った。

暗い背景に浮かび上がる絹の衣装を身に着けた王侯貴族風の人物画や肖像画の油彩。画面全体に光が差し、浮かび上がるように軽やかな彩りの風景画。繊細な線描が流麗なエッチング。そして、不思議なタッチで描かれた人物画や風景画の写真の数々。

大勢の人々でごった返す室内は、リーチのアトリエの何倍もある広さで、四方の壁に額に入れられた油彩画や水彩画、写真が展示されていた。

亀乃介は、リーチと一緒にいることも忘れて、吸い込まれるように会場内へと入っていった。

――なんだ、こりゃあ。

見たこともないような絵だ。……これ、全部、「白樺」の同人が描いたものなんだろうか。

リーチ先生が描く素描やエッチングとは、全然違う。……いや、先生のものだって、もちろんすばらしい。どっちがどうというのではないけれど、それにしても、こんな不思議な絵は、いままでに見たことがないぞ。

「ふむ。これは、ファン・アイクの模写だね。……こっちは、ベラスケスだ。なかなか、うまくできているね」

すぐ後ろでリーチの声がした。

「ええ、そうです。さすが、よくご存じですね」

児島がそれに応えた。

「ファン・アイクはロンドンの美術館でも見られるからね。……こっちのエッチングの作者は、誰だろう。見たことがないな」

「ああ、それはハインリヒ・フォーゲラーですね。ドイツの画家です。彼のエッチングは、すばらしいですよ。『白樺』同人の柳宗悦が、彼の作品を高く評価しているんです」

会場を眺め渡していた亀乃介は、思わず振り向いた。児島が口にした名前、「柳宗悦」に覚えがあったからだ。

昨年、リーチのアトリエでエッチングの展示と実演を行ったとき、エッチング教室に参加を希望する人たちに記帳してもらった。漢字とローマ字で氏名を書いてもらったのだが、その中に、「柳宗悦　Soetsu Yanagi」という名前があった。とてもきれいな英語の署名だったのと、結局、その人物は教室に入門しなかったから、よけい記憶に残っていた。

リーチは腕組みをして、フォーゲラーのエッチングをみつめた。そして、「美しい絵だね」と、感心したように言った。

「勉強不足だったな。まったく知らなかったよ。日本で紹介されるのは初めてなんだろうか」

リーチの問いに、児島は、ええ、と答えた。

「フォーゲラーばかりではありません。模写ではありますが、ファン・アイクやベラスケスの作品も初めてのことだと思います。さらには、写真ですが、『印象派』の絵も……」

「印象派」というのも、亀乃介にとっては初めて耳にする名前だった。どの画家のことだろう？

「『印象派』って、どれのことですか？」

亀乃介が問うと、

「この写真に写っている絵だ。色がないから、よくわからないかもしれないけど、すばらしい色彩の絵を描くフランス人画家たちの一派だよ」

リーチが、額に入れられた写真を指差して言った。亀乃介は、額に顔を近づけて、そこに写っている絵に目を凝らした。

それは、不思議な絵だった。

畑にわらがうずたかく積んである。円錐形の積みわらが、ふたつ、三つ。白っぽい背景の中に、ふわりと浮かび上がっているように見える。

ただそれだけの風景画だった。

そう、ただそれだけ。──なのに、奇妙に引っかかる。

──なんだ？　このおかしな感じは。

亀乃介は、自分の中で不思議な変化が起こっているのに気がついた。

──なんの変哲もない、ひねりもない絵だ。

だって、この絵の中には、お城があるわけじゃなし、勇ましい騎士がいるわけじゃなし……美人がいるわけじゃなし、ましてや裸体像があるわけじゃなし。

それなのに、このつっかかってくる感じはなんだろう。いつまでもみつめていたい、そんな気持ちになるのはなぜなんだろう。

亀乃介が、夢中で額の中の一枚の写真に見入っているのに気がついて、リーチが声をかけた。

「それは、クロード・モネという画家の絵だ。『印象派』を代表する画家だよ」

そして、印象派について説明してくれた。

いまから四十年ほどまえに、パリで画期的な展覧会が開催された。フランス美術アカデミーが主催する「官展《サロン》」の権威主義に辟易《へきえき》していた画家たちが集って、独自の展覧会を開催しよう、ということになり、実現したのだ。そこに出展された絵の数々は、それまでよしとされていた表現手法から逸脱したものだった。

未完成のように見えるほどの軽いタッチ、あふれ出るような光と色彩、都市の風俗や身辺にありふれた風景――。アカデミズムの世界では、綿密な構図、なめらかな絵肌《マチエール》、実物に肉迫する色彩、歴史や神話などに取材した堂々たる絵こそが、卓越した名画であると言われ続けてきたのに。

展示室にならべられた見たこともないような絵の数々を眺めて、ある評論家が言った。――どだこの絵の乱暴にして粗雑なこと！　まるで画家が自分の印象だけで、適当に描いたようなものじゃないか！

「ああ、なるほど。それで『印象派』と呼ばれているわけですね」

亀乃介が得心して言うと、

「その通り」と、リーチがうなずいた。

「初めは、どんなにがんばっても『サロン』に受け入れられない、出来の悪い画家たちを皮肉ってつけられたあだ名のようなものだった。けれど、時が経つにつれ、美術の世界に革新的な変化をもたらした新しい画家たちの『エコール』として、社会に受け入れられるようになったんだ」

権威主義におもねって、ほかのどの画家もやろうとしないことを、印象派の画家たちはあえてやってのけた。

それは、彼らが、これからの時代、芸術家は「個性的」であるべきだということに気づき、批判を恐れず、自分に忠実であろうとしたからだった。

印象派について、リーチが亀乃介に説明するのを横で聞いていた児島喜久雄が、「そう、そう。その通りです」と口を挟んだ。

「個性的であること。それこそが、新しい時代の芸術家たちに課された命題であると、私たちも考えているんです。それが、『白樺』が掲げるひとつの理想でもあります」

「個性的……」亀乃介がつぶやくと、

「誰にも似ていない、ということだよ。そして、自分自身の表現に自信を持つことだ。……そうだな、言い換えるなら、誰にも似ていないことにこそ、誇りを持つということだ」

リーチが言って、微笑んだ。

亀乃介は、もう一度、額の中にあるモネの作品「積みわら」の写真を見た。

確かに、独特だ。この陳列室の中に展示してある、どの作品にも似ていない。

いままで見たことのある西洋画の、どんな分野にも入れることができないようにも思う。

この絵が名画なのかどうか、亀乃介にはわからなかった。しかし、とてつもなく新鮮な「印象」を受けたことは間違いない。

それにしても、このモネという画家は、いったいどうやって、誰にも似ていない表現を見出すことができたのだろうか。

と、そのとき。

ひとりの青年が、こちらに向かって近づいてきた。

ゆるやかに波打つ黒髪を撫でつけ、小柄な体にツイードの背広を着込んで、ネクタイを締めている。さっそうと歩くさまは、羽織や着物姿が多い群衆の中で、ひときわ目立っている。

亀乃介は、その青年が、去年アトリエで開催したエッチングの展覧会に来た人物であると、すぐに思い出した。会話を交わしたわけではなかったが、長い時間をかけて展示作品を見ていたので、その姿をよく覚えていた。

青年は、リーチの前に立つと、滑らかな英語で語りかけた。

「やあ、来てくださったんですね。ありがとう」

声をかけられて、リーチは、はっとしたように青年のほうを向いた。

「あなたは、確か……私のエッチング展に来てくださいましたか？」

リーチも彼のことを覚えていたようだ。青年は笑顔になった。

「ええ、伺いました。とてもいい展覧会でしたね。エッチング教室には、結局、私は参加せずじまいでしたが……」

そう言ってから、右手を差し出した。

「私は、柳宗悦と言います。『白樺』の同人で、編集にかかわっています」

まっすぐな目をみつめ返して、リーチは柳の手を握った。

「バーナード・リーチです。『シラカバ』のことは、コジマから聞いています」

握手を交わしたあと、すぐにリーチは亀乃介の肩に手を置いて、柳に紹介した。

「私の助手のカメノスケです。英語がよくできるので、私が来日した直後から、ずっと助けてもらっています。もともとは、コウウン・タカムラの助手をしていました」

この人が柳宗悦であったか、と思いながら、亀乃介は頭を下げて、日本語であいさつをした。

「沖亀乃介と申します。せんだっては、リーチ先生のアトリエへいらしていただき、ありがとうございました」

「やあ、君。そういえば、エッチングを創るときに、リーチさんを手伝っていたね。エッチング印刷機のハンドルを操作するのが、なかなかうまかった」

柳もまた、亀乃介を覚えており、日本語で返した。それから、またリーチのほうを向いて、英語で語りかけた。

「児島喜久雄は、あなたの教室に通っているんですよね。創刊号では、表紙の絵を描いてくれました。ご覧になりましたか？」

「ああ、もうすでにお渡ししたよ。内容についても、簡単に話しておいた。君が編集を担当していることは、まだ話していなかったけど」

そばにいた児島が、やはり英語で言った。

同人誌「白樺」は、まだ創刊されたばかりだが、同人たちの創作を発表するほか、今後は毎号特集を組んでいくつもりだ、と柳は語った。

特に、文芸ばかりではなく、広く美術についても言及していこうと決めている。まだ日本では知られていない西洋美術を積極的に紹介していくのも、この雑誌の大きな使命であると自覚している、と。その口調は熱を帯びていた。

「しかし、雑誌に印刷された絵を眺めるばかりではだめだ。美術とは、実際に自分の目で見て確かめなければ、その真価ははかりがたい、と思うんです」

だから、同人誌の内容や「白樺」の志をこうして展覧会に翻訳し直して見せるのも、自分たちの大切な役割なのだ。柳は、「白樺」が展覧会を主催した理由について、そう説明した。

雑誌と展覧会。一方は紙で、一方は実際の展示である。亀乃介には、本質的にまったく違うものに思われた。

が、柳の話に聴き入るうちに、これはとてつもなく新しいことなのではないか、と思えてきた。

——雑誌も展覧会も、広く世に訴えかける力はどちらにもある。どちらか片方だけではなく、どちらもやってしまおう、と考えること自体、とてつもなく新しいじゃないか。

この人は、すごい。ただ者ではないぞ。

亀乃介は、柳の熱弁を聞きながら、次第に胸の鼓動が速くなるのを感じた。

リーチもまた、柳の語りにじっと耳を傾けていたが、やがて口を開いた。

「なるほど。あなたは、ずいぶん西洋の美術に詳しいのですね。いま、いちばん関心があるのは、どの画家ですか」

リーチの質問に、柳は即座に答えた。

「そうですね。やはり、ドイツ系の画家でしょうか。マックス・クリンガー、スイス人だがドイツで活躍したベックリン、フォーゲラーなどです。ドイツの画家たちは、奥深いですからね。人間の心象風景を見事に表出させる力がある。日本人は、もっと彼らの作品について知るべきです」

柳の言葉に、リーチは、「なるほど」と、興味深そうにあいづちを打った。

「ドイツの画家については、日本でもまだあまり紹介されていないのかもしれないが、イギリスでもさほど知られていませんね。あなたがたは、世界の美術の動向を知るのがよほど早いようですが、どうやって情報を集めてくるのですか」

ほんとうにそうだ、と亀乃介は、心の中でリーチに同意した。

誰も知らない画家について、柳や「白樺」の同人たちは、なぜ、そんなに詳しく知っているのだろうか。

「答えは簡単ですよ」と、柳は言った。

「我々の仲間うちに、実際に本物を見た者がいるからです」

「白樺」の同人には、外国へ出ていって帰ってきた者が何人かいる。彼らは、パリやロンドンやニューヨークで、評判になっている展覧会へ出かけ、作品をその目で見てきた、いわば「目撃者」であり「証言者」である。

彼らからもたらされた情報は、「白樺」の血肉となっている。「本物」を見てきた者が、胸にとどめて持ち帰った熱意を「白樺」に反映させる。そして、それを同人全員で共有するのが理想である。

「今回の展覧会は、我々の『熱意』を多くの人々に知ってもらうために計画したものです。ここに作品を出展している南薫造と有島壬生馬は、それぞれにイギリスやフランスで本物の作品を見、展覧会に行って帰ってきたのです。だから、なんといってもリアリティが違う。あっちのほうではこんなにもすごいことが起こっているのだと、彼らを通して、私もあなたも、みんな知ることができる。すごいことだとは思いませんか」

またしても、柳は熱弁をふるった。

リーチのほうも、再び、黙って聞いていたが、

「私は、あなたの意見の一部には賛成します。が、すべてには賛成できません」

やがて、落ち着いた声でそう言った。

どこかしら否定的なリーチの言葉に、柳は、ぴくりと眉を動かして、訊き返した。

「賛成できない？　どの部分にですか？」

「あなたが言っていることを聞いていると、芸術の世界における『すごいこと』は、何もかもすべて日本ではない、よその国で起こっているように聞こえます。日本の芸術はだめなのだというふうにも。……あなたがたは、日本人なのに」

なおも落ち着き払って、リーチが言った。柳は、むっとした表情になった。

「私は、別に、そんなことは言っていない。日本の芸術がだめだなどと、ひと言も言ったつもりはない」

「いや、言っているに等しい。あなたがたは、西洋美術を礼賛しすぎだ。日本にだって、すばらしい美術がある。私は、それを探し出して、それを学ぶために、こうしてわざわざ日本へやって来たというのに……」

「礼賛したっていいじゃないか。好いものは、好いんだ。好いものを好いと言って何が悪い」

それからしばらくのあいだ、思いがけず、激しい口論になってしまった。

そばにいた児島喜久雄は、柳とリーチの顔を交互に眺めながら、すっかり困惑している。

異様に背の高い外国人と、背広姿の日本人青年が、何やら英語で言い合っているのを、会場にいた人々は、これはおもしろいけんかがはじまったぞ、と言わんばかりに、遠巻きに囲んで眺めている。

亀乃介もなすすべなくふたりの舌戦を傍観していた。

――はあ、やっぱりすげえや、この柳って人。めちゃくちゃ英語がうまいぞ。何を言っているのか、もう全然追いつけないや。

ちょうどそのとき、会場に入ってきた背広姿の青年が足早に亀乃介のもとに近づいてきた。高村光太郎だった。

「おいおい、どうした。いったい、何が起こったんだ」

「ああ、光太郎さん！　ちょうどよかった、助けてくださいませんか」

亀乃介は、見知った顔が現れて、助かったとばかりに、光太郎に泣きついた。

「このふたりは、何を言い争っているんだ」

光太郎が、日本語で亀乃介に訊いた。

「それは、あの……たぶん、あれです。なんというか、芸術論、みたいなのだと思います」

亀乃介が、しどろもどろになって答えた。光太郎は、噴き出しそうになった。

「『芸術論みたいなの』って、ずいぶん抽象的な言い争いなんだな」

「いや、その、実は……途中から、このおふたりの英語が早口なのと、内容が難解すぎて、僕にはもうなんだかよくわからなくなってしまったんです」

亀乃介は、赤くなって正直に言った。

光太郎は、「わかった。任せろ」と囁いた。そして、わざとらしく咳払いをして、

「さてさて、紳士諸君。公衆の面前で、ののしり合うのはやめたまえ」

リーチと柳、ふたりの肩を叩いて、英語で言った。

「なんだと。私たちは、別にののしり合ってなんかいないぞ。あとから来ておいて、知ったような口を利くな」

柳が、やはり英語で憤然と言い返した。その態度から、どうやら柳と光太郎は知らぬ仲ではないようだと、亀乃介は察した。

画家として大成することを目指して、渡米・渡欧した高村光太郎は、日本に帰ってきてからは、彫刻家として不動の地位を築き上げた父・高村光雲に背を向けるかのように、彫刻ではなく、絵画制作に励んでいるようだった。

さらには、美術評論も活発に展開しており、皮肉なことに、絵画よりも執筆活動のほうに、より注目が集まっていた。

雑誌「スバル」に発表された光太郎の最新の評論「緑色の太陽」がすばらしかったと、亀乃介は、リーチのエッチング教室に通っている児島喜久雄から聞かされていた。読んでみたいと思いつつ、まだ入手できていなかった。

だから、こうして、目の前で芸術家と評論家——柳宗悦とはいったい何者なのか、まだよくわからないものの——が「芸術論」を戦わせるのは、亀乃介にとっては授業のようなものでもあり、ありがたいことだった。——日本語か、さもなければゆっくりとした平易な英語であればの話だが。

「コウタロウ。君は、この男と知り合いなのか?」

リーチが、柳との口論のあいだに割って入った光太郎に向かって訊いた。

光太郎は「ああ、そうだよ」と、にこやかに答えた。

「何がきっかけで口論が始まったのか、わかる気がするよ。柳は、こうと思ったら突っ走る男だからな。さしずめ、持論を一方的に展開したんだろう」

柳は、すぐに反論した。

「それは違う。私は、ただ、白樺派の展覧会の趣旨について説明しただけだ。西洋では、色々な新しい動きが起こっているから、日本人はそれについてもっと学ぶべきだと。……だから、この展覧会のように、生《なま》の西洋美術に触れる機会をこれからどんどん作っていきたいんだと。そうしたら、この男が、食ってかかってきたんだ」

柳の言葉に、リーチは、猛然と言った。

「君は西洋かぶれだ」

間髪容れずに、柳が言い返した。

「あんたは日本かぶれだ」

「まあまあ、ちょっと待て。ふたりとも落ち着けよ」

荒ぶる馬のくつわを取っていなすように、光太郎がふたりの背中をさすって、言い争いに歯止めをかけた。

「なんとなく、口論の主旨がわかったような気がするが……リーチは日本の芸術を賛美しているし、柳は日本に西洋美術を広めたいと思っている。そういうことだろう？　それは、どちらもすばらしいことじゃないか。だって、西洋人のリーチが日本の美術を認めてくれているわけだし、日本人の柳が西洋美術に学ぼうとしているわけなんだから」

光太郎の言葉に、そばで耳を傾けていた亀乃介は、思わず、「ああ、そうか。ということは、つまり……」と口走った。

光太郎は、うなずいて、

「結局、君らは、お互いにけなし合っているのではなく、お互いに称賛し合っているんだよ。そうだろう？」

そう言って、にっと笑った。

リーチと柳は、互いに、気まずそうな視線を交わしたが、やがて、リーチのほうが、右手を差し出した。

「コウタロウの言う通りだ。私は、日本人からもっと多くのことを学びたいと思っている。……君も含めて」

柳は、照れ笑いのような微笑を浮かべて、リーチの右手を力強く握り返した。

「私も、同じ気持ちだ。もっともっと、西洋から学びたいんだ。……もしよければ、君からも」

リーチは、いつも通りの人なつこい笑顔に戻ってうなずいた。

「ああ、もちろんだとも」

周囲に集まっていた野次馬が、おやまあ、いったいどうやって仲直りさせたんだ、すごいねと、握手するふたりを愉快そうに眺めていた。


出会った瞬間に、いきなり火花を散らしてしまった、リーチと柳宗悦。

むき出しの「個性」対「個性」、純粋に芸術を愛し、希求するがゆえの衝突だった。

そんな出会い方をしたからか、それから、リーチと柳は、またたくまに距離を縮め、ひまさえあれば互いの家を行き来する仲になった。

リーチは、版画を制作しているときや、日々の読書の折りなどに、急に柳のことを思い出すことがしばしばあるようだった。

「ちょっとヤナギに会いにいってくるから、あとは頼むよ」

そんなふうに亀乃介に伝言して、麻布にある柳の家へと出かけてしまう。それっきり、何時間も戻らない。夕食の時間になっても帰ってこないので、ミュリエルが心配して、亀乃介を迎えに出す。するとと、柳の部屋で話し込んでいたリーチが、

「おお、ちょうどよかった。カメちゃん、君も参加していきなさい」

と、輪の中に引き込んで、そのまま亀乃介も夢中になって話に耳を傾け、結局、リーチ家の女中が再び様子を見にやってくる、などということも、一度ならずあった。

かと思えば、ヤナギのところへ行ってくる、と勇んで出かけながら、すぐに戻ってきて、

「今日は、ヤナギは一日不在だって。会えなかったよ。すぐに話したいことがあったんだけどな」

いかにもしょんぼりとした様子で、その後自室に引きこもってしまうこともあった。

もちろん、柳のほうからリーチの家へやってくることもしょっちゅうだった。向こうも、なんの前触れもなくやってくる。

「やあ、リーチ、いるかい？」

ガラガラと引き戸を開けて、いきなり英語で挨拶をしながら現れる。

すると、亀乃介が取り次ぐ間もなく、奥の部屋からリーチが駆け出してきて、

「オオ、ヤナギ、いまちょうど君に話したいと思っていたことがあったんだ」

と、興奮気味に迎え入れる。

リーチと柳は、リーチ家の中央にある居間に陣取って、さっそく話を始める。

ふたりの話が始まると、さあ半日か一日がかりだぞと、亀乃介は身構える。同時に胸を躍らせる。

もちろん、亀乃介は、家にいればあれこれこなさなければいけない日々の用事があった。

それは、たとえば、リーチの書斎の整頓、図書の整理、手紙の整理、リーチの伝言を誰かに伝えるための外出、ちょっとした買い物、エッチング印刷機の手入れ、仕上がったエッチングの整理、作品の目録作り等々、やってもやっても追いつかないほどなのだが、柳がやってくると、用事の途中でもお役御免になる。「いいから君も一緒に話をしよう」とリーチが誘ってくれて、柳との面談に参加させてもらえるのだ。

リーチ家の洋風の居間は南向きで、庭に面しており、大きな細長いガラス窓からは、庭に植えられた草木が眺められた。窓を開け放つと、五月の薫風《くんぷう》がレースのカーテンを揺らしてやさしく吹き込み、庭で咲き乱れる花々の芳香が流れ込んでくる。カーテン越しの陽光は、濡れたようにやわらかく、心地よい日だまりを床の木目の上にこしらえていた。

そんなおだやかな空間で、リーチと柳は、ゆったりと椅子に座り、向かい合う。

紅茶をすすり、煙草の煙をくゆらせ、ときにはウイスキーなどをちびりちびりと舐めながら、とりとめもない話、終わりのない論議を続けた。互いの言葉に耳を傾け、そこからまた話を展開させて、心ゆくまで話し続けた。

リーチと柳、ふたりが囲むマホガニーの木肌が美しいテーブルから少し離れたところに置かれた椅子が、亀乃介の定位置だった。

亀乃介は、ふたりの話に耳を、全神経を傾けた。午後のおだやかな日だまりに満たされた部屋の中は、ともすれば眠気がやわらかくおりてくるような居心地のよさであったが、ふたりの話に聴き入る限り、亀乃介はついぞ眠気を覚えたことはなかった。

ときどき意見が対立することも、当然、あった。

「それはちょっと違うんじゃないか」

と、どちらかが反対意見を口にする。

むろん、いたずらに揚げ足を取っているわけではない。慎重に相手の言うことに聴き入って、どうしても同調できない、と思った瞬間に、鋭く指摘し、口火を切る。

反論を述べるときは、相手もまたやり返してくることは、お互いにわかっている。従って、それなりの覚悟を決めて反対意見を述べるのだ。

議論が過熱すると、リーチも柳も、一歩も譲らない。身振り手振りも激しくなり、しまいには立ち上がって、怒鳴り合いになってしまうこともある。

そうなると、「傍聴者」たる亀乃介は、さあ始まったぞ、と前のめりになるのだった。

「だから君のそういうところが意固地だと言っているんだ!」

柳が大声で言うと、

「意固地はそっちだろう！　ときには自説を曲げる勇気を持ったらどうなんだ！」

リーチがやり返す。

こうなってしまうと、英語が速すぎて、ふたりが何を言っているのか、亀乃介には聞き取れず、もう手も足も出ない。まさしく「カメ」になってしまった気分である。

しかし、ふたりは、思う存分に言い合うと、何かをきっかけに火花を散らすのをやめ、だんだん落ち着きを取り戻して、最後には、

「やはり、君の言っていることに一理あるな。最初からすなおに認めるべきだった」

と柳が言えば、

「いや、いや。やはり君はさすがだ。とても私はかなわないよ」

とリーチが友を讃える。

そこで、亀乃介の登場となる。

「紅茶が冷めてしまったようですが、新しいものをお持ちいたしましょうか、先生がた？」

できるだけていねいな英語で提案すると、

「イエス、プリーズ」

リーチと柳、声を合わせて答えるのだった。

リーチも柳も、たとえときには激しい口論があったとしても、ともに時間を共有することを、かけがえのないものであると感じ、心から楽しんでいる。

そばにいて、亀乃介は、つくづくそう思うのだった。

リーチが日本に来て一年とちょっと。

その間、家を建て、ミュリエルを妻に迎え、職も得て、暮らしの基盤を着々と作ってきたが、先

生は、ようやくいちばん欲しかったもの――真の友だちを手に入れたんだなと、亀乃介は我がことのようにうれしかった。

実際、柳宗悦という人物は、周囲の誰をも瞬間的に引きつけるような、不思議な磁力をもっている。

彼が話を始めると、暗い部屋の窓がさっと開き、気持ちのいい風が吹き込んでくるような感じがある。そして、聞くうちに、この風にいつまでも吹かれていたい、と思ってしまうのだ。

それは、リーチと出会ったときに、亀乃介が覚えた感じに驚くほどよく似ていた。

白樺社主催の展覧会で、リーチと堂々と英語で渡り合ったそのときから、柳宗悦は、ただ者ではない雰囲気を漂わせていた。

亀乃介は、リーチに出会ったときと同じように、柳に対しても最初から深い興味を覚えた。

おそらくは裕福な生まれであり、英語の達人であり、大変な秀才であることは間違いない。そして、半端ではない美意識と、芸術に対する哲学を持ち合わせている。だからこそ、リーチは彼に強く魅かれたに違いなかった。

ほどなくリーチと柳の交流が始まり、幸運なことに、亀乃介はふたりの会話に立ち会うことができた。さまざまな会話が交わされる中で、柳が自分の生い立ちについて話す機会が何度かあった。

柳宗悦は、学習院高等科を卒業したばかりで、二十一歳の若さであった。

父親は、海軍の柳楢悦《ならよし》少将である。軍籍にありながら、非常に博学な人であり、数理、測量、水路、天文等、多方面の分野に精通していたらしい――と柳は他人事のようにリーチに教えた。

なぜなら、父は、自分が二歳になるまえに、肺炎で他界してしまったから、自分は父のことを面影すらも覚えていないのだ、ということだった。

柳は、「自分で言うのもなんだが」と前置きしつつ、かなり早熟の勉強好きな子供だったと打ち明けた。

柳は、実は一度も海外への留学経験がなかった。

それなのに、驚くべき英語力があったのは、学習院初等科のときから英語を学び続け、常日頃から英語の本を読み、また臆せずに英語を話すことを心がけたからだという。それゆえに、まさしく土に雨水がしみ込むように、英語は彼のものとなった。

学習院中等科時代、二年生のときには、キリスト教徒で植物学者の服部他之助《はっとりたのすけ》が学級担任となり、英語教師となった。この服部先生の存在が、英語の上達のみならず、のちに自分の思想の形成に大きな影響を与えたのだと、柳は言っていた。

恩師・服部他之助は、柳宗悦少年に、「浄《きよ》いものの尊さ」を最初に教えてくれた人物であった。

それゆえに、柳は、神や自然、この世の森羅万象の不思議に目を向け、思いを馳せるようになった。

それはやがて、西洋で起こっているさまざまな芸術運動——アーツ・アンド・クラフツ運動やラファエル前派、深い精神性をもったドイツの芸術家たち、印象派、後期印象派の画家たちへの関心へと、かたちを変えていくことになった。

学習院高等科へ進んだ柳は、一年下の朋友、郡虎彦《こおりとらひこ》とともに、回覧雑誌「桃園《ももぞの》」を作った。これは、学習院の先輩である志賀直哉、武者小路実篤らが「十四日会」という文学読み合わせ会を作り、回覧雑誌「暴矢《ぼうや》（のちに『望野』に改題）」を始めたり、里見弴や児島喜久雄らが、やはり回覧雑誌「麦《むぎ》」を出したりしたことに触発されたものであった。

完成した「桃園」第一号を、柳は嬉々として志賀直哉のもとに届ける。百十四ページの雑誌の三分の二は郡が、残りは柳が執筆した。

第二号は、第一号に比べると薄くはなったものの、柳いわく、「内容は一号よりもずっと充実していたんだよ」。

ハーンを憶《おも》ふ（柳）、音楽会（郡）、吾《わ》れは恐る吾れは求む（柳）、小説・人妻（郡）、小説・山恋ひ（柳）、夢語り・灰（郡）。「『山恋ひ』は、私の初小説だったんだ」と柳は、楽しそうに語った。

「でもなあ……郡のやつが、うっかり者でさ。この桃園の第二号、電車に乗っていて、窓から落っことしちゃったんだよ。するするっ、ああーっ！　てね」

そんなわけで第二号は手元に残っていないんだ、美人薄命ってやつだね、と言って笑った。

そして去年、「望野」「麦」「桃園」それぞれの同人たちが集まって話し合いをした。三誌を合わせて、より充実した雑誌を作ろうじゃないか。目指している方向は同じだし、力を合わせたほうが面白いことができるはずだ、と意見が一致した。

同人誌「望野」「麦」「桃園」の同人たちのほとんどは、創作は得意だが編集は苦手だった。

その中で、柳は、編集を買って出た。もとより、人間であれ文章であれ、まとめるのは得意だったからだ。そんなこともあって、年少ではあったが、実質的に柳が編集長となって、新雑誌が創刊されることになった。

そして「望野」を改称して使っていた「白樺」を新雑誌の名前とすることが決まり、仲間うちだけで読み回す回覧雑誌ではなく、出版社の洛陽堂《らくようどう》から正式に発刊された。それが、この春のことである。

「白樺」が創刊される以前に、児島喜久雄や里見弴は、リーチの工房を訪れ、エッチング教室の生徒となっていた。柳は生徒にはならなかったが、やはりリーチの工房を訪れ、エッチング展を見ている。

そして、ついにリーチと柳は、白樺社主催の展覧会で巡り合うことになったのだ。

「ほんとうに、不思議だよなあ」

自分の身の上話をして、また、リーチの人生についても話を聞いて、柳は、つくづくと言うのだった。

「香港で生まれて、幼少のときに少しだけ日本にいて、そのあとロンドンへ行って暮らしていた君が、また日本へやってきて……一度も外国へ行ったことのない私が、どういうわけだか君と出会って……こうして、一緒にお茶を飲んだりして、しゃべっているんだからな。ほんとうに不思議な気がするよ」

「ああ、ほんとうにその通りだ」

リーチも、柳の言葉に同意した。

「本来ならば巡り合うはずもないふたりが、同じ部屋にいて、テーブルを挟んで向かい合って、さあ、これからどうやっておもしろいことをしようか、なんて話している……まるで奇跡のようだと、私は思うよ」

それから、亀乃介のほうを向いて、

「この場に君がいるってこともね、カメちゃん」

と言って、笑ったのだった。


そうして、初夏が巡りきた。

リーチ家の庭の紫陽花が、雨に打たれるたびにあざやかな紫色を深めていく季節。ロンドンの美術学校時代の友人、ターヴィーが、はるばるリーチを訪ねてきた。

やって来たのは、ターヴィーばかりではなかった。彼が、ロンドンの港で出会って、航海中に仲良くなったという、建築を学ぶ日本人、富本憲吉も一緒だった。

富本は、イギリスに私費留学しているあいだに、在籍していた東京美術学校を卒業した、ということだった。

奈良にある実家の支援で留学していたのだが、いい加減に帰ってこい、と呼び戻されてしまった。

「ほんとうはもっと長くいたかったのに、とても残念なんだ」と富本はくやしそうだった。

卒業もして帰国したからには、就職をしなければならない。とりあえず、建築関係の会社に入ろうと思う、とリーチに打ち明けた。

リーチは、旧友ターヴィーと、新しく友だちになった富本憲吉を、柳宗悦に紹介した。

柳とターヴィー、そして富本は、すぐに打ち解けた。それからは、もっぱら四人で話し込むことが増えた。亀乃介は、助手としての仕事と、リーチの妻、ミュリエルの顔色とを気にしながら、四人の会話の輪に参加させてもらっていた。

ターヴィーが来たこともあってか、ミュリエルも、ときおり同席することがあった。しかし、議論が白熱すると、いつもそっと席を外してしまう。やはり、ついていけない、という感じだった。

ひと夏をともに過ごしたのち、ターヴィーは、故郷である南アフリカへ向けて旅立っていった。友が去ったあと、リーチはしばらく抜け殻のようになってしまった。それほどまでに、旧友と過ごした時間が楽しかったのだ。

リーチと同様、ミュリエルもさびしがった。ただでさえ西洋人の知人が少ない東京で、慣れない英会話の教師を続けていたミュリエルは、ターヴィーがいるあいだは気がまぎれていたのだろう。彼がいなくなると、ミュリエルは、「私もイギリスに帰りたい」と、こっそり亀乃介にぼやくようになった。すっかりホームシックになってしまったようだ。

富本憲吉は、清水組という建築の会社に入社した。そこで、設計士として働くという。「会社勤めなんて、性に合わないんだけどなあ」と、彼もまたリーチや柳にぼやいていた。

柳は、東京帝国大学に入学したが、学業以上に「白樺」の編集にのめり込んでいた。そのせいか、「白樺」の内容はより濃く、より豊かになっていった。

柳がリーチと会った当初、けんか腰になってまで宣言した通り、「白樺」は文芸とともに美術に多くの誌面を割き、特に西洋美術に著しく傾倒していった。

リーチは、「ヤナギの思想は西洋に偏り過ぎだ」と、あまりにも柳が西洋美術びいきなことに、やはり不満を隠せずにいた。リーチとしては、もっと日本の文化や美術にも目を向けてほしいと思っていた。

しかし、柳は言うのだった。

「確かに、君には日本の文化や美術が必要だろう。しかし、それと同じくらい、私たちには西洋の文化や美術が必要なんだ」

「白樺」の同人たちは、柳と同じ考えだった。日本人は、すぐれた西洋美術をもっともっと見て、知って、学ばなければならない。そこにこそ、自分たちの進むべき道を見出せるはずだ——と。

リーチは、疑念を口にしていたが、一方で、彼らが取り上げる芸術家や作品は、非常にすぐれたものが多いということは認めていた。

「白樺」で紹介された芸術家は多岐にわたっていた。セザンヌ、ゴッホ、ホイッスラー、マネ、ルノアール、マティス、ムンク、クリムト等々。中でも、柳は、イギリスの作家、オスカー・ワイルドの戯曲「サロメ」の挿し絵となる版画を制作した、オーブリー・ビアズリーに心酔していた。強い線描で黒と白の対比をくっきりと描いた、どこかしら退廃的な絵を絶賛し、いつか彼の画集を出版したい、と言うほど、この画家を高く評価していた。

リーチは、柳ほどビアズリーには魅かれなかったものの、「白樺」に紹介されたセザンヌやゴッホなどの後期印象派の画家たちについては、初めて知った瞬間から、衝撃を隠し切れないようだった。

ある夜、リーチは、亀乃介を伴って、柳のところへ出かけた。

「白樺」の同人を何人か集めて、「すごいもの」を見せる、六時にうちへ来いと、その前日に柳から電報が届いていた。電報は日本語だったので、亀乃介が「I will show you unbelievable things」と英語にして伝えると、リーチは「アンビリーバブル・シングス（すごいもの）？」と、眉毛を上下に動かして、喜色満面になった。

「ヤナギがそこまで言うのなら、ほんとうにすごいものに違いない。カメちゃん、一緒に見にいこう」

そうして、夕食もそこそこに、亀乃介を引っ張るようにして出かけたのだった。

柳の家には、志賀直哉、武者小路実篤、有島壬生馬、児島喜久雄、里見弴、それに、同人ではないが、高村光太郎が集まっていた。リーチと亀乃介が現れると、光太郎が亀乃介に向かって、

「よお、亀ちゃん。君も来たか」

手招きして呼び寄せると、こっそり訊いた。

「リーチのところにも、電報がいったのかい？」

亀乃介は、はい、とうなずいた。

「きのう、柳さんから『すごいものを見せるから明日来い』と電報が届いて、リーチ先生、興奮しちゃって眠れなかったようです。なんで明日なんだ、なんでいますぐじゃだめなんだ、って」

亀乃介がひそひそ声で明かすと、光太郎は、いかにも面白そうに笑った。

「柳のやつ、意地が悪いなあ。もったいぶって……きっと、リーチにドカンと一発、大砲を撃ち込んでやるつもりじゃないのか」

「光太郎さんは、何を見せられるかご存じなんですか？」

亀乃介の問いに、光太郎は、まあね、と涼しい顔で答えた。

「あいつのことだから、きっと複製画か何かだろう。さて、ビアズリーか、セガンティーニか……」

「さあ、これで全員集まったかな。諸君、お待たせしたね」

座卓を囲んで皆が集まっている座敷に、柳宗悦が意気揚々と現れた。小脇に、紙に包んだ板のようなものを抱えている。

「もったいつけずに、早く見せろよ」

武者小路実篤が言うと、そうだそうだ、早くしろ、と声が上がった。

エヘン、とわざとらしく咳払いをすると、柳はおもむろに包みを座卓の上に置いた。

「さて、ここに取りいだしましたるは、当方が外国より取り寄せし、稀代《きたい》の傑作であります。とくとご覧あれ！」

そして、包みを解いた。周りに集まっていた全員が、身を乗り出した。

包みの中から現れたのは、二枚の複製画だった。

一枚は、うっすらと青く切り立った山の絵。もう一枚は、まるで炎が燃え上がるように天上目掛けてすっくと伸びる、二本の糸杉の絵。

亀乃介は、同人たちの輪の少し後ろから顔を出して、座卓の上をのぞき込んだ。

山の絵のほうは、「白樺」の図版で見たことがある。セザンヌだ。しかし、糸杉のほうは、まったく見たことがなかった。

——うわ……なんだ、この絵は。

見たこともないような荒々しい筆致である。描いてあるのは、確かに青空を背景にして佇む二本の糸杉だ。しかし、樹木を描くときには決して用いられないであろう色——赤やオレンジや黄——で彩られたそれは、杉の木というよりも、燃え上がる炎のように亀乃介の目には映った。

いっせいに座卓を囲んで、食い入るように卓上の複製画を眺めていた「白樺」の同人たちのあいだから、ため息と感嘆の声が漏れ聞こえた。亀乃介の向かい側で、長身を折り曲げ、おおい被さるように絵に見入るリーチは、全身全霊で絵に没頭しているように見えた。

「すごいな、これは。山の絵は、セザンヌだな。……で、杉の絵のほうの画家が、君が言っていたヴァン・ゴッホか」

ため息とともに、志賀直哉が柳に向かって言った。柳は、ひとつ、うなずくと、

「その通りだ。どうだ、諸君。どんなふうに見える？」

座卓を囲む顔を見回して、意気揚々と問いかけた。

「いや……すごい。ここまで激しいとは、正直思わなかった」

「驚いたな。これほど新鮮な表現ができる画家がいようとは」

誰もが興奮気味に、セザンヌとゴッホ、両方の斬新さを讃えた。

亀乃介は、驚きのあまり声も出なかった。リーチの様子を見ると、両腕を組んで、じっと沈思黙

考しているのか、やはりひと言も発しない。

「僕は、結構早くからセザンヌとゴッホのすごさには気がついていたけどね」

それまで黙っていた高村光太郎が、口を開いた。

光太郎の言葉に、「『緑色の太陽』のことだな」と、武者小路実篤が反応した。

「『スバル』に君が寄稿した一文……『緑色の太陽』。あの中ではセザンヌのこともゴッホのことも述べてはいなかったが、この絵を見れば、あの文中で君が言いたかったことがわかる気がするよ」

ちょうど「白樺」が創刊された頃、ときを同じくして、高村光太郎が「緑色の太陽」と題した芸術論を発表し、大変な評判を呼んだことを、亀乃介は児島に教えられていた。

その論評は、これからの日本の芸術のあり方を示す「芸術宣言」であったということだ。西洋化を進める日本にあって、日本人の芸術家はどのように創作に向き合えばいいのか。大きな岐路に立っている若き芸術家たちに、個性的であることを恐れるな、と光太郎は鼓舞したのだった。

――人が「緑色の太陽」を画いても僕はこれを非なりと言わないつもりである。僕にもそう見える事があるかも知れないからである。「緑色の太陽」があるばかりでその絵画の全価値を見ないで過す事はできない。絵画としての優劣は太陽の緑色と紅蓮《ぐれん》との差別に関係はないのである。

と、光太郎は「緑色の太陽」の中で述べたのだった。

文中にはセザンヌやゴッホの名前が出てきてはいないが、「緑色の太陽」とは、すなわち、ゴッホのような個性の強い画家が描いたかもしれぬ絵のことであった。つまり、光太郎の芸術論は、セザンヌやゴッホのごとく、個の表出を恐れなかった画家への共鳴を宣言した、画期的な一文だったのだ、と児島は絶賛した。

志賀直哉が、感嘆のままに口を開いた。

「ゴッホは、赤い太陽も黄色い太陽も描かなかった。彼こそが、『緑色の太陽』を描き得た画家だよ。高村が言いたかったのは、そういうことだろう」

亀乃介は、「白樺」の同人たちが口々にゴッホを称賛するのに心中同意しながら、複製画に見入っているリーチの様子をうかがった。

前屈みの姿勢で、両腕を組み、じっと視線を絵に向けたまま、ひと言も発しない。しかし、その顔には、陽光が降り注ぐ樹木を眺めているかのように、まぶしそうな表情が広がっていた。

「どうした、リーチ。感想はないのか？」

亀乃介同様、リーチの様子を観察していた柳が、英語で声をかけた。

リーチは、はっとしたように顔を上げると、

「いや、そうだな……なんと言ったらいいか、言葉がみつからないよ」

と、答えた。

「ゴッホを見るのは初めてなのか？」

武者小路実篤が訊くと、

「ああ、初めてだ。ロンドンにいたときも、複製画すら見たことはなかったよ」

と言った。

「それは意外だな。海は隔てていても、イギリスはフランスの隣国じゃないか。新しい芸術の波が、フランスからどんどん押し寄せてくるんじゃないのか？」

志賀直哉が尋ねると、

「イギリスは保守的だからな。フランスの新芸術の紹介も、積極的ではないよ。イギリスのアカデミーは、フランスの新芸術を受け入れがたいと思っているふしがある。もっとも、フランスでも二、

三十年まえは同様だったけれどね」

海外に留学経験のある有島壬生馬が、リーチの代わりに答えた。

「しかしモネや印象主義の画家たちは、それなりに紹介されているんだろう？」

志賀がさらに重ねて訊くと、

「まあ、そうだね。モネはいまや大家だからな……フランス本国でも、イギリスでも、無視できない存在だろう。しかし、ゴッホなんぞは、まだまだ未知の画家だろうね、イギリス人にとっては」

有島はそう言って、リーチのほうを向いた。

「初めてのゴッホはどんな感じだい、リーチ？」

白樺の同人たちは、唯一の西洋人であるリーチが、初めて見たというゴッホをどう評するのか、知りたがっていた。

しかし、リーチは「いやいや……」とか、「そうだな……」とつぶやくばかりで、はっきりとした感想を口にしなかった。

それから同人たちはセザンヌとゴッホの作品を巡って、熱っぽく議論をした。しまいには、日本人は「緑色の太陽」を描き得るか？　将来の日本の芸術はどうあるべきか？　という大議論に発展し、盛り上がった。

同人たちは、リーチに気をつかって、最初のうちは英語で議論していたが、やがて白熱してくると、日本語でやり合った。亀乃介は、リーチ先生が議論に加われないと気をもんだが、当のリーチは気に留めるようでもなく、日本語に耳を澄ましているかのように、思慮深い表情で、仲間たちが会話するのを見守っていたのだった。

結局、朝まで話し込んで、始発の市電が動き始める時間に、リーチと亀乃介は帰路についた。

市電の停留場へ向かう道は、朝日にしらじらと照らされてまぶしかった。亀乃介は、あくびをかみ殺して、ほとんど一睡もしていない目をこすった。

少し前を歩くリーチの背中が見える。やはり一睡もせずに、同人たちの議論に付き合っていたのだが、背筋を伸ばして歩く様子には疲れが見えなかった。

ふいにリーチが立ち止まった。その拍子に、亀乃介は、大きな背中にぶつかってしまった。

「わっ、すみません」

とっさにあやまったが、リーチは、振り向きもせず佇んだままだった。亀乃介は、不思議に思って、

「先生？　……どうかなさったのですか？」

そう訊いた。すると、しぼり出すような声が聞こえてきた。

「なんてことだ。……私は、私の目は、何も見ていなかったんだ……！」

リーチは、すぐそばに立っている電信柱をいきなり拳で叩き、叫んだ。

「なんてことだ。私は、眠っていたんだ！　……イギリスは眠っていたんだ！」

「……先生！」

亀乃介は、驚いて駆け寄った。電信柱にぐったりともたれかかった大きな背中は、心なしか震えているようだった。

リーチは、呼吸を整えると、振り向いた。そして、電信柱にもたれたままで、亀乃介の目をまっすぐに見た。

「……カメちゃん。私は、……ああ、私は、自分の目がちゃんと開いていなかったと、つくづく思い知らされたよ。……あの絵……ヴァン・ゴッホの絵を見せられて……」

イギリスの美術についてはもちろんのこと、フランスやドイツやオーストリアなど、ヨーロッパ各地で起こっている芸術運動や最新の美術については、自分はほかの誰よりも知っているつもりだった――と、リーチは言った。

けれど、ゴッホの絵を見たのは、昨夜がほんとうに初めてだった。

衝撃だった。そして、気がついた。いかに自分が思い上がっていたかを。

自分はイギリス人で、ロンドンの美術学校に通い、古典的な美術にも、最先端の美術にも、両方に精通していると思っていた。

少なくとも、日本人の誰よりも、西洋美術についてはよく知っているし、わかっていると。そして、当然、そうでなければいけないと。

しかし、違った。

自分などよりも、柳宗悦や高村光太郎のほうが、世界で高まっている芸術の潮流について詳しいし、新しい美術に対してきちんと目を開いていたのだと、昨夜、はっきりと悟った。

新しい芸術を希求する日本人のほうが、自分よりも、はるかに見る目を持っているではないか。

柳宗悦や、彼が中心になって編集している「白樺」の内容に対して、リーチは、「君らの考え方は西洋に傾きすぎているんじゃないか」と、しばしば指摘してきた。

しかし、彼らが西洋に傾倒するのは理由《わけ》あってのことだったのだと、自分はようやくわかった
――と、リーチは亀乃介に語った。

「ヤナギは、日本の芸術を否定していたわけじゃない。西洋から吹いてくる新しい風を受け入れて、変えていかなければならないと思っていたんだ。保守的に固まっていたのでは、先へ進めないとわかっていたんだろう。……まったく、つくづくすごい男だ、彼は」

リーチは、まいった、というように、頭をゆっくりと左右に振った。

「ゴッホの絵を見せられたとき、まるで頭を殴られたようだったよ」

激しい筆づかいと、盛り上がるようなマチエール。複製画ではあったが、画家の筆の跡がはっきりと見てとれた。

まるで、絵の具そのものが呼吸をし、作品の一部となって主張しているかのような、荒々しい個性の表出。

こんな表現があったのか。こんなふうに、自我を思い切りさらけ出す画家がいたのか。

どうして自分は、いままで知らずにきたのか。

早朝の道ばたで、しかも一睡もしていないのに、リーチは「目覚めた人」となっていた。

「西洋と日本をくらべるあまり、私は、少し意固地になりすぎていたようだ」

好いものは、好い。

いつか、柳が言っていた。要するに、そういうことなんだ。

「西洋だろうと、日本だろうと、関係ない。好いものは、好い……。そうだろう、カメちゃん？」

リーチの言葉を聞いて、亀乃介は、胸の中心に清水が流れ落ちるのを感じた。

リーチの目をまっすぐにみつめ返すと、亀乃介は言った。

「はい、リーチ先生。僕も、その通りだと思います。東西に関係なく、好いものは、好いんだと」

リーチの顔に、朝日のような微笑がこぼれた。

ふたりは、市電に乗り込むと、目的の停留場に着くまで、ずっとセザンヌとゴッホの絵について語り合った。

リーチは、セザンヌとゴッホの絵を見たとき、「生きた芸術を発見した」と直感した。あまりにも迫力に満ちた画風に触れ、いったい自分がいままで創作してきたものはなんだったのかと疑問を抱いたほどだった、と亀乃介に語った。

亀乃介は、自分もまた、驚きのあまり言葉をなくした、と打ち明けた。そして、これからの美術はどんなふうになるのか、いままでとはまったく違う表現方法、また価値観が生まれるような気がすると。少し不安な気持ちもあるが、期待のほうが大きい――というようなことを、よどみない英語で話した。

亀乃介は、いまや、リーチと向かい合い、会話し、自分の気持ちを明確に伝えられるようになっていた。もちろん、すべて英語で。

車内の視線が自分たちに集まるのが、照れくさいような、誇らしいような。そんな気持ちでいっぱいだった。


一九一一年五月七日。

リーチの妻、ミュリエルは、長い陣痛に耐え、産婆に助けられて、元気な男の子を出産した。

亀乃介は、その部屋の外で初めて出産というものに立ち会った。

赤ん坊の産声を聞いた瞬間、どっと全身の力が抜けてしまった。こんなことでは、いつか自分の子供が生まれることなどあったら、いてもたってもいられないだろう。

リーチは、すっかり父親の顔で、ふにゃふにゃの新生児を、それはいとおしそうに、そっと抱いていた。

リーチは、長男をデイヴィッドと名づけた。赤ん坊の誕生で、リーチ家は、喜びと活気に満ちあふれた。

デイヴィッドが無事に誕生して、ほんとうによかった——と、亀乃介は、思わずにはいられなかった。

というのも、昨年の秋あたりから、リーチとミュリエルのあいだに、かすかにすきま風が吹き始めているのを感じていたからだ。

柳や白樺派の面々との交流に夢中になっていたリーチは、自分自身の創作には、あまり励まなくなってしまっていた。

エッチング教室も、年末には自然消滅のようなかたちでやめてしまった。

ときおり芸術雑誌への寄稿文をしたためていたが、もっとも力を入れていたのは、「白樺」の挿し絵の制作だった。柳に依頼されれば、リーチは喜んでそれらを描いた。もちろん、家計の足しになるものではなく、リーチ家の家計は、リーチの父の遺産と、英語教師としてのミュリエルの収入で賄われていた。

そうこうするうちに、ミュリエルが妊娠していることがわかり、彼女は英語教師の仕事を続けられなくなってしまった。

妻から妊娠を知らされて、もちろんリーチは喜んだが、同時に、物思いにふけるようにもなっていた。

身重の妻を案じて、柳の家へ出かけるのを控えるようになった。その代わりに、柳のほうがしょっちゅうやってきた。

富本憲吉も、しばしば現れた。彼は、清水組の設計部で仕事を続けていた。

リーチ家を訪ねた富本が、柳と鉢合わせることもあった。リーチと柳と富本、三人で話し込んだあと、富本は、亀乃介にぼやくのだった。やはり自分は、設計の仕事は性に合わない、堅気な仕事なんぞやめてしまって、リーチや柳のように、もっと芸術に寄り添って生きていきたいものだ、云々《うんぬん》。亀乃介は、なんとも言えずに、ただあいづちを打つしかなかった。

ミュリエルは、自分の夫が富本のように安定した仕事をしてくれればいいのにと、亀乃介に漏らすことがあった。そんなとき、亀乃介は、やはりどう応えていいかわからず、黙って受け止めるよりほかしようがなかった。

リーチはリーチで、なんとなく不安なのだ、と亀乃介に打ち明けた。

自分が生まれたとき、母親が死んだ。つまり、自分の命と引き換えに、母の命が奪われた。私の誕生日は、父にとって、どれほど重苦しく悲しい記念日だったことだろう。まもなく自分の子供が生まれる。私は、私の父を、母を思わずにはいられない。自分が父のように、また、ミュリエルが母のようになってしまわないだろうか。私の子供が、私と同じ運命をたどることになりはすまいか――と。

その頃、リーチは、イギリスの詩人で画家のウィリアム・ブレイクについて、柳に詳しく教え始めたところだった。

予言的であり、かつ力と輝きに満ちたブレイクの詩編にすっかり魅了された柳は、本格的にブレイク研究を始めることとなった。

リーチと柳のブレイク談義に付き合っていた亀乃介も、興味を抱くようになった。リーチは、ブレイクの話をしているときは、いかにも機嫌がよかった。だから、柳がいないときには、亀乃介は、意識的にブレイクについて、リーチにどんどん質問をするようにした。

ブレイクの話をしていれば、先生は余計なことを考えずにすむ。赤ん坊の誕生を不安に思わずにいられる。

そう思って、亀乃介は、一生懸命ブレイクの本を読み、勉強し、質問を考えるのだった。

しかし、リーチがなんとなく不安を覚えているのは、ミュリエルの出産に関してだけではなかった。

リーチの心は、日本での暮らしに慣れるにつれ、皮肉にも、むしろ次第に日本から離れていくようだった。

来日した当初は、見るもの聞くもの、すべてが新鮮だったに違いない。

うつくしいもの、珍しいもの、おもしろいものが満ちあふれた国。親切で、勤勉で、まじめな人々。単純だが滋味のある食事。手つかずのみずみずしい自然。物価が安く、暮らしやすい町。

日本とは、そういう国――のはずだった。

ところが、ミュリエルとの関係がなんとはなしにぎくしゃくし始めた頃から、リーチは、日本という国に幻滅を覚え始めたようだった。

一般的に、この国の人々は、新しいものに対して保守的である。そして、外国人に対しては、常に異物に接するような態度で、奇妙な距離感をなくしてくれない。

独特の風習や生活習慣、食事など、いつまでたってもリーチにはなじめないものがたくさんあるのではないかと、亀乃介は気がついた。

ミュリエルとのあいだに吹き始めたすきま風、そして日本に対するうっすらとした幻滅。リーチの中に生まれてしまった否定的な感情は、日を追うごとに色濃いものとなっていくようだった。

しかし、柳や富本、そして「白樺」の同人たちとの交流が、いつもリーチの心を癒してくれるのだと、亀乃介にはよくわかった。

――だけど、できることならば、奥様と過ごす時間をもう少しゆっくり取ってくれれば……。

余計なことには違いないのだが、そう思わずにはいられなかった。

そんな状況の中で、リーチにとっては初めての子供、デイヴィッドが誕生した。

リーチは、無事に子供が生まれ、ミュリエルも無事だったことで、心底安心したようだった。

デイヴィッドの誕生後、リーチはミュリエルと息子とともに過ごす時間が多くなった。息子を腕に抱いてあやし、かわいい笑顔を見せるようになると、「おお、笑った、笑った」と、いかにもうれしそうだった。

——よかった。

リーチ一家が幸せそうに過ごしているのを見るにつけ、亀乃介は心からそう思うのだった。

それにしても……。

一家の身の回りの世話をしながら、また、リーチに貸してもらったウィリアム・ブレイクの本を、辞書を片手にどうにか読み進めながら、亀乃介の胸を、ふと不安がよぎることがあった。

最近のリーチ先生は、創作の喜びを忘れてしまっているのではないか、と。

デイヴィッドを抱くミュリエルの様子などをスケッチするものの、エッチングも創らないし、これといった創作を手がけていない。

当初、リーチは、日本から多くを学ぶ代わりに、自分もイギリスの文化や芸術をこの国の人たちに伝えたい、と願っていた。この国で得た体験や印象を創作に反映させて、発表したいと考えていたはずだ。

それなのに、時が経てば経つほど、リーチは創作から遠ざかる気がする。

子供が生まれ、ミュリエルとのあいだにできてしまった溝は、どうにか埋められた感じがする。

家族を大切にし、よき夫、よき父であろうと努力している様子も伝わってくる。

相変わらず柳宗悦や富本憲吉たちとのあたたかな交流は続いている。

けれど——。

先生が日本にいるほんとうの理由は、意義は、いったいどこへいってしまったんだろう。

幸せそうなリーチ一家を見守りながら、亀乃介は、人知れず不安を募らせていった。


リーチが日本へやってきて、三度目の梅雨が巡りきたある日。

リーチと富本憲吉、そして亀乃介は、とある芸術家の家へ向かっていた。

芸術家の名前は、下村《しもむら》、ということだったが、何を創作しているのか、どんな人物なのか、まったくわからない。富本が知り合いに、「面白い会が開かれるから、君の英国人の友人を誘って来たまえ」と言われたとのことで、行ってみないか、と誘われたのだ。

「君は芸術家仲間のあいだでは、すっかり有名人だからね。君が出てきてくれると、どんな会でも盛り上がるんだよ」

そんなふうに富本に言われて、リーチはまんざらでもなさそうだった。

実際、リーチは、東京ではちょっとした有名人だった。道を歩けば「リーチさん、こんにちは」「リーチ先生、ごきげんよう」と声をかけられることもあったし、開店休業状態になっているエッチング教室の戸を叩いて、「エッチングの創り方を教えてください」と訪ねてくる学生もいた。柳宗悦の紹介で、言論雑誌や美術雑誌に寄稿することも増え、バーナード・リーチの名前は次第に知られるようになっていた。

ただし、その正体は——はっきりとは知れないが、とにかく「芸術家」であり、イギリスと日本、そしてヨーロッパの最新の芸術事情に詳しいイギリス人、ということで、漠然としたものであった。

亀乃介にしてみれば「バーナード・リーチとは、なんだかわからないけれども、とにかく芸術家」という印象が人々のあいだに広がっているのが、はなはだ不本意であった。

リーチ先生は、「とにかく芸術家」なんかじゃなくて、れっきとした「芸術家」なんだ。

そう思いつつも、リーチの何をもって「芸術家」といえるのか。実は亀乃介も、はっきりわからなくなってしまっていた。

たとえ作品を創らなくても、柳宗悦のような有能な美術評論家と付き合っていれば芸術家と言われるのだろうか。そんな疑問も浮かんでいた。

「何らかの面白い会」に参加するために、リーチと富本と亀乃介は、「芸術家・下村某」邸へやってきた。

中に通されると、広い座敷に、十数名ほどの男性たちが二列に対面して座っていた。上座にいた主の下村が、リーチ一行を見ると立ち上がった。

「これは、ようこそ。リーチさんですね、ご高名はかねがね伺っております」

日本語で挨拶し、リーチと握手を交わした。

「オマネキ、ドウモアリガトウゴザイマス」

リーチは、日本語で礼を述べた。

「今日は、どのような会なのですか」

富本が尋ねると、

「おや、ご存じなかったのですか。これはまた、困ったものだ……」

下村が苦笑した。

「今日は、絵付の会なのです。リーチさんは、エッチングを創られると聞いていますが、絵付はご経験がありますかな？」

――絵付？

茶会か何かだろうと想像していた亀乃介は、絵付と聞いて驚いたが、英語に訳してリーチに伝えた。「絵付――陶器に素描を施すこと」と、いちおう説明を加えて。

「いいえ、絵付とは初めて聞きました。いったいどういうふうにするのですか」

リーチの質問に、下村は、

「そうですか、それはいい。初めてなら、きっと面白く感じるはずです」

と、楽しげに答えた。

「まあとにかくやってみてください。うちの庭に小さな窯がありますから、絵付した皿や壺は、そこで焼きます。お帰りになるときにお持ち帰りいただけますので、いいおみやげになりますよ」

さあこちらへ、と下村に促されたが、リーチも富本も戸惑いを隠せない様子である。富本も絵付の経験はないようだ。

「ここでしばらく様子を見させてください」

富本が言って、出入り口近くにすとんと腰を下ろした。それにならうように、リーチと亀乃介もその場に座った。

しばらくすると、下村の助手らしき若者がふたり、素焼きの壺や大皿を箱に入れて運んできた。顔料の入った瓶と絵筆、顔料を溶く小皿などが、座敷の中心に据えられた座卓の上に並べられた。

客人たちは筆や顔料を取り上げて、自分の席へ戻ると、思い思いに壺や皿の上に絵筆を滑らせ始めた。

リーチと富本、そして亀乃介は、じっと一座の様子を見守っていた。

「ああやって皿の上に絵を描いて、そのあと、どうするんだ？」

リーチが富本にひそひそ声で尋ねた。

富本は、決まり悪そうに鼻の頭をぽりぽりと掻いて、

「そんなこと、俺が知ってるわけないじゃないか。……亀ちゃん、知ってるか？」

亀乃介の腕をつついて、やはりひそひそ声で訊いてきた。

亀乃介は、あわてて首を横に振って、

「まさか、おふたりがご存じないことを、僕が知っているわけないじゃないですか」

と、答えた。

リーチは、正座したままぐっと前のめりになり、三人にいちばん近い場所に座っていた男性が壺に梅の花の絵を描いているのを熱心にみつめていた。

富本も同様に、着物の袖に両手を入れ、引き込まれるように、男性の作業をみつめている。

亀乃介は絵付の様子も気になったが、それ以上に、リーチと富本、ふたりの熱心さのほうが気になった。そして、リーチと一緒に上野の博物館へ出かけていったときのことを思い出した。

リーチは、富本や柳宗悦とともに、しばしば上野の博物館へ出かけて、日本や中国のさまざまな文物を鑑賞し、それらのスケッチをした。

亀乃介も同行することがあったが、あるとき、伊万里焼の大皿をしげしげと眺めて、

——日本のもっとも美しい芸術品のひとつは陶器だね。

と、つぶやいていた。

陶器にはいろいろな産地があって、場所によって形も図案もまるきり異なることや、着色をしない土の色そのままの焼き物、きれいに成形されずに手のかたちがそのまま残っているものなどもあ

るのだ、ということを、亀乃介が訳していくとなんとなく理解していった。

しかし、富本も柳も、日本の陶器や焼き物については基本的な知識しか持ってはいなかった。それゆえに、三人のあいだで焼き物について活発な議論がされることは、特になかった。

しかし、博物館を訪れているとき、日本画や中国の銅製の鐘などよりも、リーチが時間をかけて見入っていたのは、日本や中国の陶器だった。

あまりにも熱心にみつめているので、亀乃介は訊いてみた。

――先生は、陶器にご興味があるようですが、どういうところにいちばん感心されているのですか？

リーチは腕組みをして、伊万里の皿をみつめながら、はっきりと答えた。

――とても美しいうえに、これは、実用的なものだろう？　もちろん、飾るために作ったものかもしれないが……器として使うこともできる。見ても美しくて、さらに実用的だなんて、すばらしいと思わないかい？

絵付の様子をのめり込むようにしてみつめているリーチの様子を眺めるうちに、亀乃介の胸に、ある予感が浮かんだ。

――リーチ先生は「陶芸」というものが好きなんだ。

ひょっとすると、陶芸を手がけてみたら、面白いことになるかもしれない。

リーチにじっとみつめられていた男性が、ふと手を止めて、彼のほうを見た。そして、日本語で話しかけた。

「ずいぶんご熱心に見ておられるようですが、よろしければこちらへ来て、一緒に絵付をなさいませんか」

はっとして、亀乃介は、すぐに英語に訳してリーチに伝えた。たちまち、リーチの顔が、ぱっと輝いた。

「ハイ、ヤッテミマス」

リーチは日本語で答えると、ゆっくりと立ち上がって、男性の近くへ歩み寄った。

「私も、やってみます」

富本も立ち上がり、リーチの隣に座った。亀乃介も、すぐさまリーチの背後へと移動した。

「壺に描きますか、それとも皿ですか」

男性の言葉を、すぐさま亀乃介が通訳した。リーチは瞳を輝かせながら、

「皿に描いてみたいです」と答えた。

富本は、隣で黙ってうなずいた。

助手の若者が、中ぶりの素焼きの皿を二枚、持ってきた。それをリーチと富本、それぞれの目の前の畳の上に静かに置いた。

「さあ、そこへお好きに筆で描いてごらんなさい」

男性はそう言って、あとは自分の壺の絵付に戻った。

亀乃介は立ち上がって、座敷の中央の座卓へ歩み寄り、筆を二本、顔料と小皿を取り上げ、リーチと富本のもとへ持って行った。

リーチは、筆を手に取ると、じっと素焼きの皿に視線を落とした。そのまま、無言で皿の肌をみつめていた。

富本もまた同じだった。筆を手にしたまま、沈黙して、何も描かれていない皿の中心部を凝視している。

ふたりとも、無地の皿に「何か」が浮かび上がるのを待ち構えているかのように、亀乃介には思えた。

リーチは、筆先にたっぷりと顔料を含ませると、したたらないように小皿の縁に少し押し当てて、皿の面に近づけた。

それから、一瞬、呼吸を止めて、筆先を皿の肌にそっと下ろした。

すうっ、すうっ、まるでツバメが空を切るように、筆がすばやく、優雅に動いた。亀乃介は、息を詰めて、その様子を見守った。

皿の上に現れたのは、一羽のオウムだった。

木の枝に、一本足で立っているオウム。茶目っ気のある瞳、くっきりしたくちばし、軽やかな胸毛。枝の両脇には、種が入った小鉢と水が入った小鉢が描かれている。

南国の珍鳥は実に生き生きとして、いまにも動き出しそうなほどだ。

本物のオウムは見たことのない亀乃介だったが、博物館で見た中国の陶磁器に描いてあったのを覚えている。なんという鳥でしょうか、との亀乃介の問いに、リーチは、あれはオウムだ、南国にいる鳥だよ、と教えてくれたのだ。私も見たことはないけれどね、と、そのとき確か言っていた。

――信じられない。

見たことがないだなんて。こんなに生き生きと描いているのに？

「おっ、君はオウムを描いたのか」

隣の富本が、リーチの皿をのぞき込んで言った。

リーチも、富本の皿を横からのぞいた。

「君は何を描いたんだ？　……おや、梅の花か。うまいじゃないか」

富本は、黒い枝にぽつぽつと点る梅の花を描いていた。

「おお、これは。ご両人ともすばらしい出来だ」

主の下村がふたりの皿を見て、うれしそうに言った。

「絵付を終わられた方は、こちらへお持ちください。釉薬をかけます」

縁側の向こう、庭に立っている職人が、座敷で絵付にいそしんでいる人々に向かって声をかけた。

「先生、絵皿をあちらへお持ちになってください。釉薬、という薬品をかけるそうです」

亀乃介が訳して言うと、

「ユウヤク？　どういう薬品なんだ？」

リーチが富本に訊いた。

「この皿を窯で焼くまえに、顔料を定着させるために使う薬じゃないかな……たぶん」

富本が答えると、

「そうか、薬をかけて、それから窯で焼くわけだな。色が変わったりするんだろうか」

わくわくした様子でリーチが言った。

リーチも富本も、まるで冒険物語を肩寄せ合って読む少年同士のように、自分が絵付をした皿を胸に抱いていき、ふたり一緒に庭の職人に手渡した。

縁側近くの庭の地面に、大きな瓶が据えられていた。その中は、不透明で白っぽい、とろりとした液体でたっぷりと満たされている。職人は、まず富本の皿を、続いてリーチの皿を、液体の中にさっとくぐらせた。

液体の中から引き上げられた皿は、オウムの絵柄がすっかり消えてなくなってしまっていた。

リーチが、オオ、と小さく声を漏らした。そして、隣の富本に囁いた。

「私が描いた絵は、失敗だったんだろうか。……絵がすっかり消えてしまったよ」

不安そうな表情をしている。富本が「そんなことはないだろう」と、打ち消した。

「君のばかりじゃなくて、俺の描いた梅もきれいに消えてしまってるじゃないか。……君のほうはともかく、俺が描いたほうは、まずまずの出来だったから、消されてしまうはずがない」

いい大人の男ふたりが職人の作業に一喜一憂する様子がなんだかおかしくて、亀乃介は思わず笑ってしまいそうになった。

釉薬をかけられた皿は、庭の片隅にレンガを積んで造られた窯へと運ばれ、その上に載せられた。

「あの窯の中で焼くのか」

リーチが興味深そうに言うと、

「近くへ行って見てみよう」

富本が誘った。亀乃介が玄関から下足を持ってきて、三人は縁側から庭へ下りた。

窯にはすでに火が入っており、近寄るとふわっとあたたかい。

熱せられたレンガの上に釉薬をかけた皿を載せ、乾かしてから窯の中に入れるのだ——と、窯のそばにいて焼成を手がけている職人が教えてくれた。

「中を見せていただいてもいいですか」

富本が訊くと、「ええいいですよ」と職人が答えた。

職人は分厚い手袋をはめ、レンガを積み上げた窯の上をふさいでいる石の平板を持ち上げた。

リーチと富本、そして亀乃介は、三人一緒に窯の中をのぞき込んだ。

窯の内側には真っ赤に燃えた炭が入っており、炭の上に石板を渡して、そこに壺や皿が並んでいた。

「……うわあ」

亀乃介は思わず声を上げた。と同時に、

「オオ……」

隣のリーチが、感嘆の声を漏らすのが聞こえた。

富本は、ほう、とため息をもらした。感激のため息に違いなかった。

「皆さんが絵付した皿も、入れましょう」

そう言って、職人が、リーチの皿と富本の皿、ひとつひとつ、ていねいに窯の中の石板に並べ入れた。リーチと富本、そして亀乃介は、息を詰めてその様子を見守った。

赤々と燃える炭の色、炎に照らされてほの明るくゆらめく壺や皿のかたち。

立ち上る熱波に包まれて、器たちが変容していく神秘の瞬間を、三人は目撃したのだった。

レンガ造りの窯を囲んで、リーチと富本と亀乃介、三人は、ふっつりと無言になって、炎が燃え盛る音に耳を傾けていた。

中の様子を見るために、ときおり、職人が石板を外す。すると、ごおっと音が一段大きくなり、たちまち火の粉が舞い上がる。

熱気に乗って、火の粉はのたうつように舞っては消える。リーチは、その様子にすっかり魅入られているようだった。

「まるで、滝壺で水しぶきが撥ねているかのようだ……」

リーチのつぶやきを耳にした富本が、ふっと微笑んで言った。

「おもしろいね。火なのに、水を思い出すなんて……原始的だからかな」

リーチがうなずいた。

「ああ。どんなに文明が発達して、革命的な産業が起こっても、火や水のような太古の昔からの存在は変わることはない。火を使って器を作る方法は、ずっと以前からあったはずだ。そう考えると、いま、まさに私たちは、原始的な神秘の瞬間に立ち会っているような……そんな気持ちになってくるよ」

いささか大げさな物言いではあったが、「幻視者」とも呼ばれる詩人、ウィリアム・ブレイクを愛読しているリーチらしい感想でもあった。

折りしも夕暮れが迫っていた。空は刻々と変化し、茜《あかね》色、ばら色、黒を含んだ濃い群青《ぐんじょう》へと移り変わっていった。

やがて宵闇が訪れた。窯の周りは赤らんでほのかに明るく、いっそう活力に満ちている。ほかの客人たちは、座敷や茶室に陣取って、それぞれに茶を飲んだり、酒をふるまわれたりしている。リーチたち三人は、ずっと窯の近くにたたずんだまま、炎の中から自分たちの皿が取り上げられる瞬間を待ち続けていた。

「そろそろ、いいでしょう。出してみますか」

職人が言って、石板を外した。たちまち、火の粉が舞い上がる。リーチたち三人は、思わず身を乗り出して窯の中をのぞき込んだ。

職人が、長いやっとこばさみを窯の中に差し入れる。その顔は、窯の中で燃え盛る炎にあおられて、黄金《こがね》色に輝いて見える。

やっとこにはさまれた皿が、出てきた。熱を発して赤々としている。そのまま、窯の近くに置いてある金だらいの水の中に、静かに浸された。

じゅうっ。

勢いよく、熱が冷める音がした。たらいの中の水がぶくぶくと泡立っている。しばらく水に浸された皿は、やがて引き上げられて、たらいの近くの地面に敷いてあるタイルの上に、そっと置かれた。

亀乃介は、息を詰めたまま、一連の作業を見守った。隣で、リーチと富本、それぞれが、全身を目にしてみつめている。

熱が冷めてくると、皿の表面に、次第に絵が現れ始めた。ひょうきんな表情のオウムの絵。

「オオ、私が描いたオウムだ」

リーチはそう言って、思わず手を伸ばしかけた。

「おっと、さわらないでくださいよ。まだ熱いかもしれないから、もうちょっと待ったほうがいい」

職人が言うので、亀乃介は、あわてて「ストップ、ストップ」とリーチを制した。

富本の皿も取り出されて、同じように金だらいの水に浸された。

夕闇の中にさらされた二枚の皿の上に絵が浮かび上がった。

オウムと、梅の花。時間が経過するほどに、はっきりと線描が現れ、やがて完全に元通りに――いや、もっとくっきりと、堅牢に、そして独特の色合いと風情をもって、皿の表面を飾ったのだった。

完全に冷めたことを確認すると、職人は、二枚の皿を木綿の布でくるみ、

「さあ、どうぞ。お持ち帰りください」

リーチと富本、それぞれに手渡した。

リーチは、宝物でも受け取るような手つきで、そうっとそれを受け取った。

芸術家「下村某」宅での絵付の宴は、その後、集まった客人全員で夕食をとりながら、にぎやかに続いた。

客人たちは、この楽焼《らくやき》の制作を通して、すっかり打ち解けていた。お互いにでき上がった陶器を見せ合ったり、交換したりして、「陶芸」が娯楽のようになっている様子が、亀乃介には面白かった。

三人が下村邸を辞したときには、もう夜九時を回っていた。

リーチと富本は、それぞれに、木綿布に包んだ自作の皿を、しっかりと胸に抱いていた。

リーチは、宴席で隣になった男に、自分の壺と交換しないか、と言われたのだが、初めて創ったものなので、このまま自宅へ持ち帰って妻に見せたいのだと、やんわりと断った。

ほんとうは、初めて「陶芸」の創作に触れ、その結果でき上がった最初の一作を、誰にも渡したくないんじゃないかな、と亀乃介はなんとなく感じ取った。

「君の皿は、大人気だったな。イギリス人芸術家の創ったものだから、交換しておけば価値が上がると思われたんじゃないのか」

薄暗い夜道を歩きながら、富本が意地の悪いことを言った。リーチは笑って応えた。

「そうかもしれないな。けれど、とても人にあげられるような出来ではないと思うんだが……」

「おや、どうしたんだ。珍しく殊勝なことを言うじゃないか。君は自信満々で、あのオウムを描いたのかと思ったよ」

富本がからかった。が、リーチは、何を言われてもにこにこしている。

——先生は、うれしくてたまらないんだ。

亀乃介には、初めて「陶芸」を体験して、すっかり魅了されたリーチの気持ちが、手に取るようにわかった。

「じゃあ、俺はここで」

市電の停留場に着くと、富本がリーチと亀乃介に向かって言った。

「また次の休みにでも、君のところへ遊びにいくよ。デイヴィッドも大きくなっただろう」

リーチの息子は、生後一ヶ月余りであった。リーチは微笑んで、「ああ、もちろん。いつでも来てくれ」と返した。

「今日は、ほんとうに行ってよかった。最初は、いったいどんな会なんだろうと思っていたけど、まさか陶器を創ることになろうとはね……想像もしなかっただけに、楽しかったよ。誘ってくれてありがとう」

富本は、満足そうにうなずいた。そして、質問した。

「ところで……今日創ったその皿、どうするつもりなんだい?」

「どうするって……そうだな、しばらくは飾っておこうかな。それから、ミュリエルに何か料理を作ってもらって、この皿に盛って……君とヤナギが来たときに出すことにしよう」

リーチの答えに、富本は、思わず笑った。

亀乃介は、リーチのほうを向いて、

「『美しくて実用的』な芸術作品の、実践編ですね」

そんなふうに言ってみた。

すると今度は、リーチと富本、ふたりしてなごやかに笑い声を上げた。

「ほんとうだ。見て美しく、使って楽しい。それが陶器というものだな。日本の焼き物には、いかにもそういう感じがあるね」

富本が、記憶をたぐり寄せるようなまなざしで言った。

「俺がイギリスにいた頃、ヴィクトリア・アンド・アルバート美術館で、細かくてきれいな模様が入った白磁や、日本の伊万里焼を模した絵皿なんかを見たものだけど……美術館のガラスケースに入っているものは、なんというか、使える感じがしない。手が出せない気がしてしまうんだよな」

しかし、今日創った陶器は、いわゆる雑器というものなのかもしれないが、もっと親しみやすい器だった。だから好感を持てたし、興味も湧いた、と富本は言った。

その時、リーチの瞳になんともいえぬやさしい色が浮かぶのを、亀乃介はみつけた。初めて息子を抱き上げたときのような、とても幸せそうな表情だった。

リーチは、夜空を見上げて、ひとつ、小さく息を放った。

「なあ、トミ。不思議なことに、私は、すっかり心を奪われてしまったみたいだよ……陶芸というものに」

窯の中で燃え盛る炎、たちのぼる熱気。ゆらめいて舞い上がる火の粉。

焼き上がった器が水につけられたときに放つ、じゅうっ、という心地よい音。

釉薬をかけられて、いったんは消えてしまった絵が、熱せられ、また冷やされることによって、再び現れる不思議。

窯から器が取り出されるときの、あの胸躍る感覚。

すべてが、新しかった。すべてが、新鮮だった。そしてすべてが、深い感動をもって、自分に向かってまっすぐに飛び込んできた――と、リーチは熱っぽく語った。

「こんな気持ちは、ほんとうにひさしぶりだ。初めて絵筆を握ったときですら、ここまで心を動かされなかったよ……」

でき上がった皿を渡されるとき、差し出した手が震えてしょうがないほどだった。

決定的な何かを、自分は感じてしまった。運命的な何かを、みつけてしまった。——陶芸に。

「私は……私は、もっと陶芸のことが知りたい。この皿を手にした瞬間、そう気がついたんだ」

陶芸とは、いったい、どういうものなんだろう。

ひょっとすると、土と火があれば、できてしまうものなのかもしれない。とても単純なもので、さして難しいことではないのかもしれない。

けれど、だからこそ、深遠で、繊細で、とてつもなく面白いのかもしれない。

太古の昔から、この世界に存在する土と炎。そのふたつを、人間の手が結合させ、新しい形として創造するのだ。

有史以来、土と炎を結びつけながら、人類が作り続けてきたさまざまなかたち。

壺、皿、瓶、杯。それらの上に、自分たちの祖先は、模様を施し、絵を描いてきた。

別に、模様がなくてもよかったはずだ。牡牛や水鳥の絵がなくても。雨水を受け、泉の水をくみ上げ、酒を飲む器に、どんな模様も絵もなくとも。

それでも、人類は、模様を、絵を描いてきたのだ。より見目《みめ》よく、すんなりと、美しいかたちを創り出そうと腐心してきたのだ。

何百年、何千年もまえの人間たちの、美しいものを愛する心が、いまに伝わり、いまなお息づいている。——それが、陶芸というものではないか。

だとしたら——。

今夜、私たちは、その長い歴史のいちばん先端、ついいましがた芽吹いた新芽に触れた、ということになるのではないだろうか。

停留場の近くにたたずんで、自分が初めて創った皿を胸にしっかりと抱いたまま、リーチは、何かに憑《つ》かれたように、富本と亀乃介に向かって、滔々《とうとう》と語った。

はるか昔から、陶器は「美」とともにあった。

レンガ造りの窯の中で燃え盛る炎と、ときおり舞い上がる火の粉をみつめながら、リーチがたどりついたのは、たったひとつの真実だった。

実用的で、美しい。そういうものに、自分はいつも触れていたい。

そして、できることなら、自分自身の手で創り出してみたい。

このさき、私は、陶芸とともに生きていきたいのだ――。

大きな決意を、リーチは富本と亀乃介に語った。

市電の停留場で、ずいぶん長い立ち話になった。

チンチン、とベルが鳴り響き、ずっと向こうの角を曲がって、電車が現れた。

それを認めて、「おっと。最終電車が来ちまった」と、富本が言った。

「それにしても、君は、こんなどうってことない停留所で、ずいぶん大決心をしたもんだな」

富本の言葉に、リーチは笑顔になった。

「ああ、そうとも。アテネの学堂じゃなくても、大英博物館の一室じゃなくても――芸術にまつわる啓示は、突然降りてくるものさ」

リーチと富本、そして亀乃介の目の前で、車輪をきしませながら、市電が停まった。

「じゃあ、また」

富本はリーチと、続いて亀乃介と握手をした。

乗車口に足をかけた富本は、ふと振り返ってリーチを見ると、つぶやいた。

「どうやら、俺もやられちまったようだ。……陶芸ってやつに」

そして、ちょっと照れくさそうな表情になった。

「上野公園に、楽焼ができる店があるらしい。よかったら、次の休みの日、行ってみないか」

リーチの顔に、光の綾《あや》のように笑みが広がった。

急いで乗り込むと、富本は、車窓の中で、リーチと亀乃介、ふたりに向かって手を振った。

最終電車はすぐに発車し、薄暗い通りの彼方へと消えていった。

第三章　太陽と月のはざまで

一九一一年（明治四十四年）七月

陶芸を、手掛けてみたい。

この手で、一から創ってみたい。「無」から「有」を生じさせてみたい。

土と炎、そして人の手で創り出される「実用的で美しい」造形に夢中になったリーチは、そう強く望んだ。

目に見えぬ力に導かれるように、リーチは、陶芸とともに生きる道を模索し始めた。

そして、不思議なことに、リーチを強く動かした陶芸の魅力は、まったく同時に、富本憲吉をも動かしたのだった。

建設会社に勤めていた富本は、会社勤めは自分の性に合わない、もっと芸術的な仕事をしたい、と自分の進むべき道を探し始めていたところだった。

その頃、柳宗悦もまた、「用の美」を提唱し始めていた。

大げさに「芸術」と気取らずとも、身の回りに視線を転じれば、美しいものはいくらでもある。

芸術家が創り出したものではなく、名もない民間の職人＝民工が、長い歴史の中で育んできた伝統的な工芸品の中にこそ、注目すべきものがある。

そして、陶芸の世界にはその最たるものが存在する――と。


陶芸初体験のあと、リーチは亀乃介を伴って上野公園へ出かけた。楽焼をできる店があるから行ってみよう、と富本に誘われてのことだった。釉薬をかけるまえの素焼きの器を購入して、絵付をし、窯で焼いてもらえる店であった。

リーチと富本は、夢中になって絵付をした。君もぜひ描いてみるといい、と亀乃介も勧められて、ぜひやってみたいと、おしどりの絵付に挑戦した。

亀乃介は、リーチの弟子を自任してはいるものの、直接リーチに手取り足取り作画を教えてもらったわけではない。

しかしながら、リーチのスケッチや、印象派の画家たちの複製画や、多くの西洋美術が紹介されている同人誌「白樺」や、そのほかリーチ所蔵の数多くの画集に、日常的に接している亀乃介は、時間をみつけてはスケッチブックに鉛筆を走らせ、季節の花々や日常の風景など、心のままに描いていた。

自分で絵付をした皿が、窯に入れられて焼かれ、やがて一個の完成した陶器となる。その経過を体験した亀乃介もまた、陶芸の面白さに目覚めつつあった。

何がいちばん面白いのかといえば、創作と生成の過程がごく単純なのに、でき上がったものがとてもしっかりしていることだ。手に取って、実際に使えるのもいい。毎日眺め、親しむことができる。

陶器とは、「美しくて実用的な芸術品」だとリーチが盛んに言っていたが、まさにその通りである。

「なかなかいい絵を描くね、カメちゃん」

亀乃介の絵付を見て、リーチは感心したように言った。水面におしどりが浮かんでいる、ごく単純で、どこかで見たことのあるような絵。それでも、バランスがいい、生き生きしている、とリーチに評されて、亀乃介もまんざらでもない気分になるのだった。

やがて、リーチと富本は、絵付するだけでは満足できなくなった。

やはり、どうしても、器の成形から手掛けてみたい。

陶芸のすべてを一から教えてくれる、陶芸家はいないものか。

自分の師となる人物を探し当てるべく、リーチは必死になった。

柳宗悦にも相談したが、陶芸家の知り合いはいないなあ、と頼りない返事だった。

「しかし君がそこまで陶芸にのめり込むとはね。なんだか、面白い展開になってきたな」

柳は、リーチが陶芸を学ぼうとしている姿勢を歓迎していた。君が陶芸を手掛ければ、きっとその分野の新しい地平を切り拓くに違いないだろう、と励ましもした。

ようやく、とある友人の紹介で、リーチは、ついに彼の陶芸の師となる人物に巡り合った。

その人物の名は、浦野光山《うらのこうざん》といった。江戸時代の名陶工、尾形乾山《おがたけんざん》の六代目を名乗り、上野公園にほど近い場所に登り窯を構えていた。

リーチは、登り窯にも魅了されたが、光山の人柄にも強く魅かれたようだった。

生真面目で、朴訥《ぼくとつ》で、どこまでもまっすぐに器作りをする。自分は六代乾山を襲名したのだからと、一途に乾山の様式を守り抜いている姿が、亀乃介の目にも清々しく映った。

初代尾形乾山は、自由闊達《かったつ》な筆遣いと独特の装飾性をもった器作りの名手として知られている、と光山に教えられた。兄の尾形光琳《こうりん》は、いわゆる「琳派」の画家として名をはせた。乾山が器を作り、光琳がそこに絵付をして、兄弟で合作した作品も多数あるらしい。

しかしながら、リーチが浦野光山のもとへ通い始めた当時は、装飾性の強い琳派の様式は、もはや時代遅れとの認識が広がっていた。つまり、乾山的な器はさして売れもしなかった。

光山は、尾形乾山の血を引く陶工・尾形圭助《けいすけ》の養子となり、六代尾形乾山を襲名した、ということだった。

光山は乾山に心酔し、執着して、ようやく六代目を襲名したのだから、時代遅れと言われようとも、かたくなに乾山様式を貫く覚悟である、と語った。

亀乃介は、光山の創ったものを見て、何かがちょっと違うんじゃないか、と感じた。

亀乃介には、尾形乾山という人物がどれほどすばらしい陶工だったのかわからなかったが、もし光山が尾形乾山の創ったものをそっくりそのまま写して創っているとしたら――それは本当の創作といえるのだろうか、と疑問がよぎった。

ところが、リーチは、ぜひとも光山に弟子入りしたいと言い出した。

そう聞いて、やはり陶芸の世界に強い魅力を感じていた富本憲吉も、浦野光山のもとをリーチとともに訪れた。

そして、リーチとともに光山のところへ当面は通ってみたい、と申し出た。

光山のほうは、当初、異様に背の高い外国人がひょっこり現れて、登り窯やろくろにひとかたならぬ興味を抱くのに、少々驚いたようだった。

が、一緒にやって来た亀乃介も、あとから加わった富本も、流暢な英語を話し、リーチの会話をすっかり通訳してくれる。

近頃、自分の創るものにこれほどまでに興味を持つ若者がいなかったせいもあってか――しかも、三人の若者のうちひとりは外国人だから、なおのこと――光山は実に親切に、ていねいに、リーチたちに作陶の技法を教えてくれた。

光山の工房では一からろくろを挽かずに、別の職人が成形したものに絵付をして、窯で焼き上げ、陶器を完成させていた。

しかしリーチは、なんとしても一から作陶してみたい、という強い希望を持っていたため、光山に相談し、近所のろくろ職人を紹介してもらった。

そうして、リーチと富本、そして亀乃介は、ろくろの神秘を目の当たりにすることになった。

小さな木製の机の上と下に円盤があり、二枚の円盤を鉄の棒が繋いでいる。職人は、机の前に座り、下の円盤を足で回す。すると、上の円盤も一緒に回転する。

土のかたまりが上の円盤にすえられている。回転する土くれに手を添えると、すうっとかたち作られていく――という具合だった。

リーチたち三人は、前のめりになって、この作業を見守った。「やってみますか」と職人に言われ、リーチがいちばんさきに、はい、とうれしそうに答えた。

が、実際やってみると、これがなかなか難しい。

職人がやっているのを見れば、なんとなくすぐできそうな感じだったのだが、リーチの手元は怪しく、土くれは思うようにかたちにならない。

「オオ、なんだこれは！　ワオ、なんということだ！」

リーチは興奮して、盛んに感嘆の声を上げるので、そばで見守っていた富本も、職人も、そして亀乃介も、笑ってしまった。

前掛けも何もせずに、いきなり始めてしまったので、いつもイギリス紳士然と着こなしているツイードのズボンやシャツは、たちまち土で汚れてしまった。

富本もまた、同じだった。「俺なら絶対うまくやれるさ」と勇んでろくろに挑戦したが、まったくだめだった。円盤の上の土くれは、すぐにぐにゃぐにゃとかたちを崩してしまう。

三人の中でいちばんうまく成形できたのは、亀乃介だった。

回転するろくろ台の上に載せた、すべすべした土の塊にそっと手を添えて、そのまま動かさずに静かになでる。

すなおでやわらかな土は、そのまま几帳面な円になり、壺なり器なり、のびやかなかたちになって立ち上がってくる。

なめらかな感触、そして自分の意のままにかたちができあがるおもしろさに、亀乃介は夢中になった。

「君はなかなか、陶工の素質があるね」

リーチにもそう言われた。亀乃介は、不思議な手ごたえを感じていた。

大皿に絵を描いたりするのは、なかなかうまくいかないこともあったが、自分は絵を描くことよりも成形するほうがどうやら得意らしい、ということにも気がついた。もっとこの作業を究めてみたい、と思うようになった。

リーチと富本も、次第にろくろ使いにも慣れ、ひと月経った頃には、すっかり思い通りのかたちを作ることができるようになっていた。

イギリスで建築を学び、ウィリアム・モリスのアーツ・アンド・クラフツ運動に傾倒していた富本は、美しさを備えた器作りの魅力に取り憑かれてしまったようだった。

富本は、しばしばリーチの家に泊まり、夜が明けるまで陶芸の話をし、また日本とイギリス、それぞれの芸術の話を語って過ごした。そして、その語らいに亀乃介も付き合うことが多かった。

ふたりは、心ゆくまで陶芸について、また器作りについて語り合い、楽しんでいるようだった。リーチは、実際に手を動かして器を作り出すことと同じくらい富本との会話に心を弾ませているのだと、亀乃介にはよくわかった。

陶芸家・浦野光山のもとへ、ほぼ毎日通うようになったリーチは、自分はあまり酒をたしなまないものの、光山の好きなビールを買って持参し、昼食のときにはそのビールを自分で作ったカップに注いでは師に勧めた。

光山は温厚な性格で、やさしく、親切で、どんな小さなことでも、リーチに尋ねられれば喜んで答えてくれた。

一方、リーチは、まっすぐに陶芸に向き合う姿勢は、確かに光山に通じるところはあったが、もっと自由に、自分の創りたいものをまずは創ろうというのびやかさと、陶芸をもっと知りたい、もっとうまく創りたいという、貪欲さも持ち合わせていた。

リーチは、陶芸にかかわるようになって、日本に来てからしばらくのあいだ忘れていた「創ることへの喜び」を、再び思い出した。

より楽しく、心躍る陶芸を創り出してみたい。

完成した一品を、我が手の上に載せて、つくづくと眺めてみたい。

そしてできることなら、多くの人々に鑑賞してもらいたい。

最後に、誰かのもとに収まって、その人に使われ、愛されて、日々を豊かに彩ってほしい。

そんなふうに思い、そんなふうに欲してこそ、芸術家は創造に向かうことができるのだ——と、リーチの陶芸への姿勢をみつめて、亀乃介は理解した。

リーチが浦野光山のもとに通い始めて一年近くが経った頃、自分の窯を造ってみなさい、と勧められ、リーチは自らの窯を開くこととなった。

窯造りは窯職人が手がけたが、作業には亀乃介も加わった。

窯造りは、設計自体は複雑なものではないが、手慣れた職人にしかわからないような、独特の工夫が施されていた。

窯全体に火と熱が回る工夫、空気孔の場所、薪をくべる位置、かたちと容量等々、窯造りに初めてかかわるリーチと富本、そして亀乃介には、すべてが新鮮で興味深かった。

初めての自分の窯を造ることとなり、リーチはすっかり有頂天になっているようだった。

単純な絵付から始まった陶芸との付き合い。ついに自分の窯を持ち、成形から窯出しまで、すべて自分の責任で作品を創造する。亀乃介もまた、深い感慨を覚えていた。

リーチが自分の窯を造ると聞いて、柳宗悦と「白樺」の仲間たち、そして高村光太郎も、興味津々であった。初めての火入れには、皆で酒を持参して祝おうと、大いに盛り上がっていた。

ところが、最後の最後になって、大きな問題に行き当たってしまった。

役所の許可が、なかなか下りなかったのである。東京市は、窯の造営に関しては、防災の観点から、厳しく規制をしていたのだ。

亀乃介は、許可を得るために、必要書類を揃え、リーチとともに何度も役所を訪れた。

リーチは実に熱心に、しまいにはもう必死になって、新たな窯の造営について説明を重ねた。

しかし、役所の態度は厳しいものだった。毎回違う役人が出てきては、難しい顔をして、新しい窯の造営なんぞとんでもない、ましてや外国人に窯など扱えるものじゃない、と突っぱねる。

しかし、外国人が市内に窯開きをしてはいけない、という法律があるわけではない。なんとしても突破しろ、なんなら私が行って説明してやる、と、事情を聞いた柳宗悦が息まいたが、柳を連れていったらかえって面倒なことになりそうだと察知した亀乃介は、自分たちでなんとかしますから と、申し出を丁重に辞退した。

あと一歩というところで、なかなか窯開きすることができず、リーチの焦燥が日に日に募るのを、亀乃介は感じていた。

リーチは日本に自分がいること、日本で陶芸を続けることに戸惑いと疑問を感じ始めていた。

「私は、このまま、この国に居座り続けていいのだろうか？」

もはや窯開きはできないのではないか、と半ばあきらめかけたリーチは、ある日の役所からの帰り道、げんなりした顔つきで、かたわらの亀乃介に向かって、そんなふうにつぶやいた。

「結局、私は、この国にいる限り、外国人であり続ける。そういう差別を受け続けるんだ。どうがんばったって、日本人になれるわけはないし……日本人になりたいわけでもない。私は、日本が好きだった。でも、いまは、はっきりと、好きだ、と言い切れる自信がない。ヤナギや、トミや、コウタロウや……大好きな仲間への気持ちは、ちっとも変わらない。コウザン先生も、とてもいい人だ。けれど、それ以外の日本人に対して、そして日本の保守的過ぎる側面に、私は幻滅し始めている」

苦渋の表情を浮かべて、リーチは言った。

「カメちゃん。日本人の君に、こんなことを言うのは、ほんとうに心苦しいけれど……」

恋焦がれ、憧れて、やってきた日本で、私は、人生においてもっとも大切なものをふたつ、得た。

ひとつは、友人たち。高村光太郎、柳宗悦、富本憲吉。彼らとの出会いによって、自分の人生はより豊かになった。それは、何ものにも代え難い人生の宝である。

もうひとつは、陶芸。自分は、美術が好きで好きで、ただもう大好きで、なんでもいい、美術にかかわって生きていきたいと願い続けてきた。そして、自分がするべき美術の仕事は、イギリスにではなく、ひょっとしたら日本にあるのかもしれない、という予感だけを胸に抱いて、はるばる海を渡ってきた。

そして、その予感は、奇《く》しくも当たった。

自分は、この国で「陶芸」を発見した。これこそが、自分が生涯をかけて向き合っていくべき仕事なのだと確信した。その驚きを、喜びを、どう表現したらいいかわからないほどだ。

「友人と、陶芸。この大きなふたつの『贈り物《ギフト》』を得て、私は、有頂天になった。このさきは、自分の窯を開いて、どんどん焼き物を創り、自分にしか表現できない、新しい陶芸の道を切り拓いていくのだと心に決めたんだ」

それなのに——。

もう一歩、あと一歩のところで、窯開きにたどり着くことができない。陶芸というものに、自分自身で責任を負い、一からすべて創造する、ただそれだけをいまは望んでいるのに。

「ひょっとすると、私は、この国にとって異物でしかないのかもしれない」

暗くよどんだ声色で、リーチはつぶやいた。

「これ以上、この国で、自分のやりたいことを突き詰めていくことは無理なのかもしれない。思っても思っても添い遂げられない。まるで片思いの奴隷のような気分だ。私は——きっと、私は、もう、だめなのだよ」

リーチの嘆きを最後まで聞いて、亀乃介は、知らず知らず、両の拳を固く握りしめていた。

リーチが次第に日本への幻滅感を募らせたことに、このままではいけない、と内心焦っていた亀乃介は、絶対に突破すると決意して、面倒な役所とのやりとりを成し遂げた。

ようやく完成したリーチの窯は、内側がわずか三十センチ四方の小ぶりなものだったが、それでも自分自身の窯である。リーチの喜びはひとしおであった。

柳宗悦、高村光太郎、「白樺」の同人たち、それに富本憲吉が、祝い酒を持って窯開きに駆けつけてくれた。

富本は、ことさら興味深そうに、ていねいに窯の状態を検分した。その様子を見ていたリーチは、富本を誘った。

――なあトミ、この窯を使って、君も作陶してみないか？　私は、君が創る陶器を、もっともっと見てみたいよ。一緒に、ここで陶芸をやろう。

富本は、ふたつ返事でその提案を受け入れた。

亀乃介は、リーチと富本、生まれて初めて陶芸に一緒に触れたふたりが、ともに陶芸の道を歩み始めたことが、無性にうれしく、ふたりが窯の前に並んで佇んでいるのを見るだけで、心が弾んだ。

リーチと富本、ふたりとも、それぞれが職人に任せず自分でろくろを挽いた。作陶のための工程をできる限り自分たちの手で行うことで、陶芸の真髄に、またおもしろさに、早く、深く到達したいと願っているようだった。

富本は、驚くべき早さで作陶を習得した。富本の初めての作品である絵皿は、「梅にウグイス」

を描いたものだった。できあがった皿は、リーチに謹呈された。

「いい絵だね。すばらしいよ。まるで、美術館のコレクションから抜け出してきたような、完璧な仕上がりじゃないか」

初めて自分の窯で創られた友の作品を贈られたリーチは、感激してそう言った。

「ふうむ。そいつが抜け出してきたのは、ヴィクトリア・アンド・アルバート美術館かな」

富本は、まんざらでもなさそうにそう応えて、うれしそうだった。彼の脳裡には、ロンドンに遊学していたときに日参して見入ったという、V&A美術館のさまざまな陶器がよみがえっていたに違いない。

亀乃介がことさらに興味を抱いたのは、リーチが古典的な日本の陶芸を学びつつ、イギリスで伝統的に作られてきた陶器を独自に創ることに挑戦したことだ。

イギリスで十八世紀頃に作られていた「スリップ・ウェア」と呼ばれる器がある。器の表面に、「スリップ」、すなわち、泥漿《でいしょう》——粘土と水を適度な濃度に混ぜ合わせたもの——をかけて装飾する。このスリップによって、独特の輝きとつやとを備えた陶器ができあがる。

リーチは、「丸善」で古典的な英国陶器に関する本をみつけて、スリップ・ウェアの作製方法を独自に研究し、自分の窯で試作品を創ってみた。亀乃介も、リーチとともに、スリップ・ウェアに挑み、その形、つや、色の多様さを研究した。

リーチは泥漿を作る〝レシピ〟をノートに書きつけていた。亀乃介も、それにならって自分のノートを作り始めた。泥漿の火加減、比率、計算式、リーチの言葉を英語で書き込むこともあった。

ほかにも、楽焼の手法で焼いてみた赤い焼き物、マジョリカ釉で絵付したオランダ風デルフト陶器、中国の磁器など、ヨーロッパや中国のさまざまな手法や装飾を次々に試した。形も、水差《ジャグ》しやふた付きのボンボン入れなどに挑戦し、自分の窯を構えてから一年余りのあいだに、リーチは三百点にも及ぶ陶器を創り出した。

初めのうちは慣れなかった窯入れも、火入れも、窯出しも、次第にこつをつかんで、手際よくできるようになった。その工程のすべてに亀乃介が立ち会い、手伝った。時には自分の作品も一緒に窯入れした。

亀乃介は、リーチの作陶を手伝うのが楽しくて仕方がなかった。リーチの弟子になったばかりの頃、銅版画《エッチング》の印刷を手伝っていたときも、もちろん楽しかったが、あのときとは格段に違う何かが、亀乃介の胸を躍らせた。

リーチ先生は、陶芸にかかわっているときが、いちばん楽しそうだ。どんなことをやっているときよりも、いちばんしっくりきているように見える。

先生と陶芸とが、一体化している感じがする。それが何より自分も楽しいし、うれしい。

亀乃介は、作陶に没頭するリーチの様子を見て、師の中に芽生え始めていた日本への幻滅感が、いつしか消えたようにも思えた。そのことも亀乃介を喜ばしい気分にさせたのだった。

富本憲吉も、リーチの窯を借りて、どんどん創った。

リーチが英国の伝統的な陶芸を自己流に解釈して創っているのに対して、富本は、日本の伝統的な陶芸の延長線上に何か新しい表現を見出せまいか、と亀乃介に語った。

富本の創り出す陶器の数々は、リーチの創るものとはまったく違っていた。日英の感性の違いなのだろうか。亀乃介の目には、そのどちらもが新鮮に映った。

浦野光山のもとに通い始めて二年ほど経ったある日のこと、リーチは、思いがけないことを師から告げられた。

「君に、七代尾形乾山を襲名してほしい」

もちろん、そのとき通訳をしていたのは亀乃介だったのだが、光山のいきなりの申し出に面食らってしまって、いったいどう訳したらいいのか、戸惑ってしまった。

だいいち、「襲名」なんて、英語でなんというのかわからない。亀乃介は、まず光山に、「本気ですか？」と確認した。光山は、ゆっくりとうなずいて、「本気だとも」と答えた。

「私は老い先短い身だ。苦労して襲名した乾山の名を、誰かに継いでほしいと願っていたのだよ。リーチさんは、とても真面目だし、陶芸に対して真っすぐに向き合っている。純粋に、陶芸に取り組んでいる。まあ、私とはだいぶ違う手法で、自分のやり方をみつけたようだけどね。それもまたよし、とこの頃思うようになったんだ」

それに、ひょっとすると、リーチさんが七代乾山を継いでくれたら、尾形乾山の名前が、いずれ海を渡って外国にも知られるようになるかもしれない――と光山は言った。

「私の手元に、代々、乾山を襲名してきた者に与えられる『伝書』がある。それをリーチさんに渡したいのだ。もちろん、秘蔵の文書だからして、真夜中に一対一で、秘密の儀式を行わねばならん。君に通訳してもらいたいのは山々だが……まあ儀式自体はそう難しいものではないから、なんとかなるだろう。とにかく、リーチさん、君が七代尾形乾山になるのだよ。なってほしいのだよ。亀ちゃん、そう伝えてくれるかね」

光山はすっかり、リーチに襲名してもらう気になっている。亀乃介は、あっけにとられてしまった。

さてどうリーチに伝えるべきかと、亀乃介は思案した。

亀乃介は、芸事を成した名人の名前が、親から子へ、あるいは師から弟子へと継がれていく「襲名」という制度について、できるだけわかりやすく、嚙み砕いてリーチに説明し、六代乾山としての光山が、「尾形乾山」という偉大な陶芸家の名前を、自分のあとにリーチに継いでほしいと思っている、ということを率直に話した。

最初、リーチは何を言われているのか、さっぱりわからないようだった。

しかし、師が真剣に尾形乾山の名前を後世に残し続けたいと考えているとわかって、そしてその後継者に自分を指名したがっていると知って、深い感動を覚えたようだった。

「私が何をできるのか……コウザン先生が思っているほど、すぐれた人物かどうか、自分ではよくわからないが……」

リーチは、静かな声で、光山の申し出に対して応えた。

「それでも、先生にとってもっとも大切なものを私に伝えてくれるというのなら、断る理由などないじゃないか」

リーチのほうも受ける気になっている。亀乃介は、これはすごいことになったぞ、と驚きを隠せなかった。

江戸時代の名工・初代尾形乾山は、六代のちに、イギリス人が自分の名を継ぐとは、まさか考えもしなかっただろう。

そして、亀乃介も立ち会わない場で、ひっそりと、光山からリーチへと、伝書が手渡されたのだった。いったい誰に頼んだのか、その伝書にはちゃんと英訳が付いていた、ということだった。

伝書の内容は、もちろん秘密なのだが、伝統的な色彩や、釉薬の調合方法などについて書いてあるよ――と、リーチはこっそり教えてくれた。

リーチが七代尾形乾山を襲名してのち、富本憲吉にも大きな転機が訪れた。

富本は、勤務先の建設会社を退職した。故郷に帰って、自分の窯を開き、本格的に陶芸の道に入っていこう、と決意したのである。

富本がそう決心するにいたるまで、さまざまな出来事があった。

作品がだいぶたまってきたので、リーチと富本は、合同で展覧会を開催する企画をした。が、展覧会を開催することが決まってから、富本は腸チフスにかかり、緊急入院した。友が動けなくなったぶん、リーチと亀乃介は精力的に働いた。

富本は展覧会開催の二週間まえには退院し、何か憑き物が落ちたようにすっきりしたようだった。

展覧会には、ふたりがそれぞれに創った陶器、リーチのエッチング、素描、絵画、そしてウィリアム・モリスの理念に基づいて富本が制作した籐《とう》の椅子などが出品された。会場に展示する際には高村光太郎が手伝ってくれた。

初日には、柳宗悦や「白樺」の同人たちが集まり、これは日本における初めての芸術家による本格的な個展だ、と賛辞を贈ってくれた。

「ようやくここまできたな」

リーチが感慨深げに言った。

「ああ、ほんとうに……」

富本が応えた。感動がすみずみまでしみわたった声で。

リーチの作品も富本の作品も、予想を上回る売れ行きだった。ふたりは、世の中の関心が、芸術性の高い陶器にも向きつつあることを知った。亀乃介も「これから陶芸はもっと注目されるようになる」と自信を深めた。

結局、それが、富本の背を押した。

その後、富本は、リーチの窯で焼き上がりを待つあいだ、唐突に言い出したのだった。

「俺は、決めたんだ。明日にも会社を辞める。そして、故郷《くに》へ戻る。自分の窯を造る」

突然の告白に、リーチと亀乃介は、驚きのあまり言葉も出なかった。

そんなふたりの顔を眺めて、富本は、さもおもしろいものを見た、という具合に笑い声を立てた。そして、清々《せいせい》と言った。

「もう、陶芸以外のことは、いっさいやりたくないんだよ、俺は」

そうして、富本憲吉は、すっぱりと退職し、家財を処分して、郷里の奈良へと帰ることになった。

故国の友人、ターヴィーに紹介してもらって以来、「自称・芸術家」同士、どんなことでも腹を割って話せる友人だった富本が、東京を離れてしまう。

その事実に、リーチは、少なからず動揺していた。亀乃介も同じ気持ちだった。

初めて楽焼体験を一緒にしたのは富本だった。また、浦野光山が紹介してくれた職人のところで、初めてろくろ挽きに挑戦したときも、一緒にいたのは富本だった。

窯を造って、最初に火入れしたときも、窯出ししたときも、富本が見守ってくれた。

そして、富本自身も、すばらしい作品をどんどん創った。鮮やかな彩色、均衡のとれたかたち、表情豊かな絵。リーチの表現や手法とは異なる、だからこそすばらしい作品の数々。

そんな友が去っていくのは、なんともさびしかった。けれど、新しい出発を気持ちよく見送ってやろうじゃないか、とリーチは亀乃介に言った。

「トミの出発は、私たちの出発だ」

亀乃介は言った。

「そうですね。私たちも一緒に、新しく出発しましょう」

富本の旅立ちの日、リーチと亀乃介は、東京駅まで見送りにいった。

富本は、イギリスから帰ってきたときと同じように、背広を着込み、ネクタイを締め、山高帽を被っていた。持ち物は、旅行鞄《かばん》がひとつだけ。洋行から帰ってきて、都会暮らしをしていた文化人らしい風貌である。まったく、これから田舎に引っ込んで窯を造ろうとしている人物にはこれっぽっちも見えないな、と亀乃介は思った。

「じゃあ、元気で。俺の窯ができ上がったら、きっと見にきてくれよ」

富本は、リーチと固く握手を交わし、情感のこもった声でそう言った。

リーチは、鳶色の瞳をかすかに震わせて「もちろん、飛んでいくよ」と応えた。

「君の窯で、君が初めて創り上げた作品を見に」

富本は微笑んで、今度は、亀乃介に向かって手を差し出した。

「色々と世話になったな、亀ちゃん。君がいてくれたおかげで、リーチも俺も、ずいぶん仕事がはかどった。礼を言うよ。ほんとうに、ありがとう」

亀乃介も手を差し出した。富本は、その手をぎゅっと握って、元気よく上下に振った。

「奈良でのお仕事、どんなふうになるか、楽しみにしています。……まっすぐに進んでいって下さい。陶芸の道を」

亀乃介の言葉に、富本も笑顔になった。そして、言った。

「君もね、亀ちゃん。まっすぐに進んでいきたまえ。——陶芸の道を」

発車を知らせるベルが鳴り響いた。じゃあ、と富本は、列車に乗り込んだ。汽笛が鳴り渡って、すぐに列車は動きだした。乗車口の手すりにつかまって、富本は、身を乗り出した。そして、大きく手を振った。遠ざかりながら、いつまでも、大きく大きく、手を振っていた。

あるとき、亀乃介は、リーチの書斎に呼ばれた。

折り入って話があるんだ、と言われ、そんなことはついぞなかったことだから、亀乃介は不思議に思ったが、とにかく書斎に向かった。

リーチは椅子に深く腰掛け、机に肘をついて、何やら思案している様子だった。

亀乃介が近くの椅子に座ると、弟子の目をまっすぐに見て、リーチは言った。

「私は、北京へ引っ越そうと思う」

亀乃介は、リーチの言っていることがよくわからず、え？　と思わず訊き返した。

「いま……北京、とおっしゃいましたか？」

「そう、北京だ。中国の。そこへ、家族で引っ越そうと思う」

リーチは妙に落ち着き払って、同じことをもう一度言った。

「このところ、東京でないところに住んでみたいと思うようになったんだ。もちろん、ここにはヤナギやコウタロウや仲間たちもいるし、コウザン先生もいる。やるべき仕事もなくはない。けれど、なぜだろう、私の心は、もう東京には……日本にはないんだよ」

確かにその頃、リーチは、中国の陶器に関心を示すようになっていた。その上、亀乃介が、よく話を聞かされていた哲学者が北京在住ということもあり、次第に気持ちが中国へと傾いていたのだ。

リーチがその思想に深く傾倒していた人物は、ウェストハープという名のユダヤ系プロシア人で、音楽と哲学の博士であり、「ファー・イースト」という思想雑誌などに寄稿していた。リーチはこの雑誌の熱心な読者で、博士と文通を始め、その頃には頻繁に手紙のやり取りがあった。

富本憲吉が東京を去り、ミュリエルとの関係はなんとなくしっくりいかず、東京での暮らしに倦怠を感じていたリーチは、いっそ自分の生活環境をがらりと変えてしまいたい、と望むようになっていた。

「そのためには、この国といったん別れようと思うんだ」

驚きに顔をこわばらせる亀乃介をみつめながら、リーチは言った。

「また帰ってくるかどうかは、わからない。ひょっとすると、中国にこそ、私が追い求める道があるかもしれない。もしもそうなったら、私は……もう二度と日本には戻らない」

亀乃介は、体を硬くした。

――そんなの、うそだ。

リーチ先生が、行ってしまうなんて。

もう二度と日本には戻らないかもしれないなんて。

せっかくここで見出した陶芸の道はどうなるんだ。それとも、先生が追い求めていたものは、もっとほかにあるというのか。

亀乃介の中で、戸惑いがつむじ風のように巻き起こった。

暗い海を遠く導いてくれていた灯台の明かりが、ふっと消えた。行く先を見失った小舟のように、右も左もわからない暗闇の中に突然放置されてしまった気がした。

うなだれる亀乃介の耳に、やがて、リーチの穏やかな声が響いた。

「君も一緒に行かないか、カメちゃん？」

亀乃介は顔を上げてリーチを見た。そこには、弟を見守るような優しげなまなざしがあった。どこへ行くにも一緒、何をするにも一緒。亀乃介の先生だからといって、おごるわけでも、偉ぶるわけでもなく、ごく自然に亀乃介を導き、新しい世界へとどんどん連れ出してくれた。

リーチとともに過ごすことによって、どれだけ亀乃介の視野が広がったかわからない。

亀乃介は、リーチを師と仰いで、彼の生活と仕事全般を手伝い、芸術の作法——たとえば、デッサンの方法とか器の成形とか、具体的な理論や手法を学び取った。

リーチばかりではない。彼の友人たち——柳宗悦、高村光太郎、富本憲吉など——と接することによって、芸術にまつわる豊かな知識と思想とが、亀乃介にもたらされた。

自分がいま、ここにこうしているのは、すべてリーチ先生がいたからこそ。

リーチ先生が、日本とイギリス、東と西とをつなごうと志して、日本にやって来てくれたからこそなんだ。

亀乃介がリーチを慕う深い思いは、リーチへの感謝の気持ちそのものであった。

そのリーチ先生が、北京へ一緒に来ないかと自分を誘ってくれた。

ふつうならば、すぐにでも首を縦に振るべきだろう。

しかし——。

リーチは、亀乃介が何か答えるのを、辛抱強く待っていてくれた。が、亀乃介は、なかなか答えることができなかった。

弟子の戸惑いを察したリーチは、しごく落ち着いた声で言った。

「すぐに答えなくてもいい。けれど、私もミュリエルも、カメちゃんのことを家族同然に思っているんだ。だから、私たちがどこへ行こうと、一緒に来てほしいんだよ」

思いやりあふれる言葉に、亀乃介は胸が詰まった。それで、余計に答えられなくなってしまった。

「ありがとうございます。……少し、時間をください。よく考えて返事をいたします」

そう言うのが精一杯だった。深々と一礼すると、亀乃介はリーチの書斎を辞した。

自室に戻って、小さな文机の前にある障子を開けて、夜空を見上げた。

満月が、皓々《こうこう》と輝いている。月明かりを浴びて、亀乃介は思いを巡らせた。

——一緒に行けばいい。先生とともに、北京であろうと、どこであろうと。

先生が北京へ行くのに、自分は行かない、なんてことは、あるはずがない。

先生がいなくなってしまったら、自分はたちまち寄る辺がなくなって、どうしたらいいか途方に暮れてしまうに違いない。

だから、一緒に行くほかはないじゃないか。

それなのに、どうしてこんなに戸惑っているんだろう。

亀乃介は、文机の上に視線を移した。わら半紙の束が、きちんと揃えて載せられていた。

そのわら半紙一枚一枚には、さまざまな絵が筆で描かれてあった。

季節の花々、ウグイス、ハト、スズメ、ニワトリ、柳の木、山々と湖、帆掛け船……。

亀乃介が折々に筆を動かし、描いた絵であった。

亀乃介は、わら半紙の束の麻紐を解いて、文机の上に紙を広げた。

ウグイスも、柳の木も、どれもこれも、リーチ先生が描いたものには遠く及ばない。

先生が描けば、鳥も花も山々も、もっとずっと生き生きとして見える。皿のくぼみや壺の曲線に沿って、鳥はさえずり、花は花びらを揺らし、山々は緑の影を作る。

陶器のかたちだって、ごく自然に、やわらかく、優美にろくろ台の上に立ち上がる。

かたちと絵、色、焼き上がり。すべての均衡がとれていて、乱れることがない。

なぜだろう。なぜあんなにも、先生の創り出す陶器は、すばらしく魅力的なのだろう。

それはきっと、先生が、心から陶芸を慈しみ、それに触れることを楽しんでいるからだ。

自分は、先生が陶芸という道を見出したことを喜ばしく思っていた。

何もかも忘れて打ち込める特別な何かをみつけてくれたことが、たまらなくうれしかった。

なぜなら――。

自分もまた、道をみつけたからだ。

陶芸という、生涯をかけて進むべき道を。

亀乃介は、わら半紙の束の横に置いてあるノートを手に取った。「作陶ノート」である。亀乃介の一番の宝物となっていた。

自分は、絵を描くことが何より好きな少年だった。そして、幸運にも、リーチ先生と出会い、先生の弟子になることができた。

自分はいったい何をしようとしているのか、いったいどうしたいのか、そんなこともわからず、ただひたすらに、がむしゃらに、先生についてきた。

そして、陶芸。その成り立ち、成形、火入れして取り出す時のあの高揚感。自分で創ったものを日々使う楽しさ。――陶芸こそが、自分の進むべき道なのだと、いま、わかった。

「作陶ノート」を枕元に置いて、亀乃介は目を閉じた。

――僕は、とうとうみつけたのだ。

陶芸という、たったひとつの道を。

北京へ行くという決心を、亀乃介がリーチに聞かされた翌朝。

リーチ一家が食事をとる居間には、朝日がすがすがしく差し込んでいた。

リーチ、ミュリエル、長男のデイヴィッド、次男のマイケルとともに、亀乃介もテーブルの端のほうに座らせてもらい、朝食をともにする。それが、毎朝のリーチ家の風景であった。

リーチの家族が着席すると、亀乃介は紅茶やパンなどを女中とともにテーブルへ運ぶ。自分が着席するのは、朝食の用意がすべて整ってから、いちばん最後だった。

亀乃介は、いつものように、リーチとミュリエルのカップにポットの紅茶を注いだ。ありがとう、とリーチが言った。亀乃介は、ポットをテーブルに置くと、姿勢を正してリーチに向き合い、一礼をして、告げた。

「いってらっしゃい、先生。僕は、こっちに残ります。……北京へは、行きません」

リーチの瞳に、驚きの色が浮かんだ。はっとしたように、ミュリエルが亀乃介を見た。

亀乃介は、静かな声で、続けて言った。

「先生が僕を北京へ誘ってくださったこと、何より僕を家族同然だと言ってくださったこと、ほんとうにうれしく思います。僕は、先生の弟子なのに……先生にも奥さまにも、ほんとうに家族のように接していただいて、身に余る幸せであると感じています」

本来であれば、北京へ一緒に行くべきである。自分にとって、先生と呼べるのは、リーチ先生ただひとり。その先生が行くところへは、どこであってもついていく、そして変わらずにお手伝いする。それが弟子の役目であると、わかっている。

「けれど、僕は——先生が東京を離れると決心された段になって、ようやく気づきました。僕は、ここに留まって、先生が帰ってこられるのを待つべきなのだと」

それが、一晩かけて考え抜いた亀乃介の答えであった。

「僕は、この五年余りのあいだ、先生にいろいろなことを教えていただきました。手取り足取り教えていただいたわけではなくとも、先生と一緒に暮らし、先生が行くところへお供して、先生が目にする風景や体験する出来事に触れ、ともに感動させていただきました。それに、柳先生や富本さん、数えきれないほどの素晴らしいご友人の方々にも、親しく接していただいて、議論の場にも参加させていただき、こんなに恵まれていていいのだろうか、身に余るほどの幸運は何か悪いことが起こる前触れではなかろうかと、ときどき恐れるほどでした。そして、どんなことよりも、僕が先生に感謝しなければならないこと。それは、先生によって、僕もまた、陶芸の世界を知ったことです」

初めて楽焼を体験した瞬間から、自分は、陶芸の世界にどんどんのめり込んでいった。

陶芸が持つ奥深さ、面白さに、夢中になっていったのだ。

「このたびの北京への移住……おそらく、いろいろと考えた末に先生が出された結論なのだとわかっています。いま、先生がいちばん必要とされているのは、日本を離れることなのだろうと思います。けれど、それは、先生の『いま現在』の結論であって、未来永劫変わることのない結論ではない、と僕は思いたいのです。なぜなら、先生は、この国で陶芸に目覚められたのだから。きっとまた、帰ってきてくださると、僕はどこまでも信じて待っています」

話しながら、亀乃介は、いつしか目頭が熱くなってきて、あやうく涙がこぼれそうになるのを、どうにかこらえていた。

許されることならば、いつまでも、いつまでも、先生のそばにいたい。けれど、ただ無為にそばにいるばかりではだめなのだ。

たとえそばにいられなくても、自分が作陶を続けることで、先生が点した陶芸の炎を絶やさずにおく。

そうしてこそ、自分がリーチ先生の弟子になった意義がある。自分は先生の弟子であると、胸を張って言える。

芸術家バーナード・リーチを、我が師、リーチ先生と呼ぶことができるのだ。

リーチは、やさしい鳶色の瞳で亀乃介をみつめていた。

ミュリエルもまた、凪《な》いだ海のように青い瞳で、ただただ、亀乃介をみつめていた。

やがてリーチは、微笑を浮かべ、亀乃介に向かって、あたたかな口調で言った。

「ありがとう、カメちゃん。君の気持ちは、よくわかった。確かに、いま、私は、東京ではなく、北京で暮らす時期なのだと思う。日本が嫌いになったわけじゃない。友だちに会いたくなくなったわけでもない。陶芸をあきらめたわけじゃないんだよ。ただ、ほんの少し距離を置いて、大切なものを見極めたくなる時期が人生にはあるのだと、私は思う」

自分にとっては、きっと、それが「いま」なんだ——と、潤んだ声でリーチは言った。

「カメちゃん。君を、どうしても連れていきたかったけれど……。ここに残ると決めた君の気持ち、それもまたうれしいよ」

長い腕を伸ばして、リーチは、亀乃介の肩を軽く叩いた。

亀乃介もまた微笑んで、そっとうなずいた。

一九一五年七月、リーチ一家は、北京へ向けて横浜港から出航した。

引っ越しの準備——家財道具の処分や、渡航費用捻出のために陶芸やエッチングの作品を売る展覧会の開催、さらにはリーチが初めて建てた家の売却など——のいっさいを必死に手伝ったのち、亀乃介は、リーチ一家の出立を見送った。

ほんとうは是非にも北京へ連れていきたかった亀乃介が日本に残ることを、リーチは承諾してくれた。そして、承諾するばかりか、その後の亀乃介の身の振り方までも考えてくれたのだった。

亀乃介に作陶を続ける意志があるとはいえ、自分がいなくなってしまったら、住むところもなくなるし、給金ももらえなくなる。そうなってしまったら、作陶を続けるのは難しくなるだろう。

そこでリーチは、柳宗悦に相談した。

どうかカメちゃんの面倒をみてやってはくれまいか——と。

そのときまでに、リーチは自分たち一家の北京行きについて、何度となく柳に相談を持ちかけていた。

柳は、当初、かなり懐疑的だった。

なぜ北京なんだ、いまでなくてはいけないのか、せっかく日本で見出した陶芸の道をみすみす捨てるようなことがあっていいのかと、思い留まるようリーチを説得した。

しかし、話を重ねるうちに、リーチの意志が固いこと、日本と陶芸に背を向けるわけでは決してないこと、それらに対して少し距離を置いてあらためて向き合ってみたいこと、そしてそうするのは「いま」しかないことなどに、ようやく理解を示し、納得もした。

さらには、リーチから、亀乃介には陶芸を続けつつ、自分の帰りを待つ意向がある、ということを聞かされ、深く心を動かされたようであった。

リーチを師と仰ぎ、慕っているからこそ日本に留まるという亀乃介を、リーチが帰ってくるまでの間はうちで面倒をみよう、と受け入れてくれた。

柳は、昨年、声楽家の中島兼子《なかじまかねこ》と結婚して、千葉の我孫子《あびこ》に移り住んでいた。

東京の中心部から汽車で一時間ほど東へ行ったところにある、美しい田園風景が広がる場所である。手賀沼《てがぬま》という沼があり、その周辺に、資産家たちの別荘地があった。

柳の家も別荘であったのだが、東京からもさほど遠くはないし、むしろこっちを本拠地にして暮らしたいと思うようになったと、柳はあとから亀乃介に語った。

豊かな自然に囲まれて、思う存分読書し、芸術を愛《め》で、原稿を書く。そして、気の合う仲間たちと愉快な時間を過ごす。それこそが、柳の理想とする生活だった。

我孫子に引っ越さないか、皆で芸術家たちの理想郷を創ろうじゃないかと、熱心に白樺派の仲間たちを誘った結果、志賀直哉、武者小路実篤など、何人かの仲間が、手賀沼周辺に書斎やアトリエを構えることになった。

理想とする住まいを設計し、多くの蔵書や、好きな工芸品や、絵や彫刻に囲まれた暮らし。我孫子に住むようになって、柳は最高に充実した日々を送っていたのだ。

ほんとうは、リーチにも我孫子に住んでもらいたいと、柳が誘っていることは亀乃介も知っていたのだが、リーチは北京行きを決めていたので、手賀沼の仲間になることはなかった。

しかし、その代わりに亀乃介が、書生として我孫子の柳邸に住むことになった。

いまや気鋭の芸術評論家、美学者として、論壇でめきめき頭角を現している柳宗悦のもとに、書生として置いてもらうことになり、亀乃介はうれしくもあり、また非常に緊張もした。

リーチと違って、柳はけっこう気性が激しい。自分などが柳先生のお役に立てるだろうか、と懸念したが、柳のほうは、いつもリーチと一緒にいて、何くれとなくリーチを助けていた亀乃介の資質を評価しており、喜んで迎えてくれたのだった。

リーチ一家が北京へと去ってのち、寂しがる間もなく、亀乃介の新生活が始まった。

我孫子の柳邸での生活は、豊饒《ほうじょう》な時間に満ちていた。

柳は、その美意識から、いかなる微細なものであれ、生活の中に自分の納得しないものはいっさい置かない、という主義を貫いていた。

ゆえに、目に触れるもの、手にするもの、すべてが独特の美と均衡とを保っているのがよくわかった。

たとえば、テーブルと椅子。誰が創ったものなのだろう、つややかな木肌の仕上がり、バランスのいい組み合わせ。テーブルは食器を置いても本を広げてもそれ自体が映え、椅子は座ればその人をかたちよく見せる。

たとえば、器。焼き魚が載せられても、果物が盛られても、見映えのいい、味のあるものばかりが揃えられている。李朝の白磁や、日本の地方の窯で創られた陶器、そしてもちろんリーチが創ったもの。ひとつひとつもすばらしいのだが、合わせてみると、それぞれが互いのよさを引き立て合い、いっそう味わい深く見える。

——どういう目の持ち主なんだ、柳宗悦とは。いったい、どうやってこれだけの逸品を選び抜いてきたんだろうか。

亀乃介は、柳と暮らしをともにするようになって、あらためて彼の奥深さ、感性の鋭さを感じずにはいられなかった。

リーチは、人に対しても物に対しても、思いやりがあり、思い入れが強い傾向にあった。やさしさや愛情が、創るものにもよく表れている。リーチが描く鳥や花が生き生きとして見えるのも、皿や壺がおおらかでゆったりしているのも、リーチが思いやりや愛情をこめて創っているからなのだと、亀乃介には感じられた。

柳は、人にも物にも、どこかしらきびしく、冷徹なまなざしを注いでいる。美に対してあまりにも鋭敏で、容赦がなく、しかし、だからこそ間違いがない。

そんな柳のもとで暮らすことは、亀乃介にとって新しい学びの世界に足を踏み入れるのと同じことだった。

北京で暮らすリーチからは、頻繁に柳宛に封書が届いた。亀乃介宛の手紙も、それに同封されていた。

流れるような文字で書かれた師からの手紙を、亀乃介は、一文字一文字ていねいに読んだ。ときには、夕方の自由な時間に手賀沼へ出向き、夕焼け空を映して冴え渡る鏡面のような沼のほとりに座って、万年筆で書かれた青い文字を追いかけた。

親愛なるカメちゃん
元気にしているかい？　私たちは、皆元気でいるよ。こっちで生活していると、ときどき、目を見張るようないいできばえの陶器に巡り合うときがある。

日本の陶器にくらべると、こっちにはにぎやかなものが多い。華やかな意匠や彩色が特徴の磁器に、特筆すべきものがある。

最近、私が見た中で、特にすばらしいと思ったもののスケッチをここに描いてみよう。

君が続けている仕事に、何か新しいアイデアをもたらすことができればいいのだが――。


手紙には、北京でみつけたおもしろい陶磁器のスケッチを描き付けてあった。

亀乃介は、食い入るように、小さなスケッチをみつめた。

確かに、日本の陶器とくらべると派手な感じがする。リーチ先生は、こういうものに日々接しながら、また陶器を創りたいと考えているのだろうか。

再び日本に帰ってきて、中国の様式を取り入れたりして、先生独自の新しい陶芸に挑戦するのだろうか。

いつのことかはわからない。けれど、いつか、そうなるといい。

思いを巡らせて、日が暮れるまで、手紙を眺めて過ごした。

亀乃介は、週に一度、浦野光山のもとに通ってもいた。

浦野光山は、「七代尾形乾山」を襲名したリーチが北京へ行ってしまうのを、特に引き止めるでもなかった。

外国人であるリーチに乾山名を引き継がせた時点で、いずれ外国で尾形乾山の名前が知れ渡るようになればいい、と光山は期待していた。それが現実になったのだと、老陶芸家は受け止めていた。

亀乃介は、それまでに習得したやり方で自分の器を創り続けた。続けるうちに、成形の仕方、絵の描き方、焼成の際の火加減、窯出しの時機など、次第に自分自身のやり方を見出していった。土も炎も思うようには操れない。だからこそおもしろくなっていき、創れば創るほど、のめり込んでいく感覚があった。

なかなか作品の仕上がりに満足がいくことはなかったが、まだまだ改良の余地があると思えば、いっそうやる気になった。

亀乃介は、柳宗悦に、自分が創った陶器をときどき見てもらっていた。

本音を言えば、亀乃介は、柳に自分が創った陶器を見てもらうのは、非常に気が引けたし、怖くもあった。

が、柳のきびしい目にさらされてこそ、強くなれるのだと自分に言い聞かせ、絵皿、小さな壺、飯碗、茶碗など、自作の中から自分で納得できるものを選んで、柳の書斎へ運んだ。

柳は、椅子に座ったままで、亀乃介が床の上に置いた陶器を、少し離れたところから眺めた。

亀乃介は、胸の高鳴りを感じながら、自分で創った陶器が柳にどう評価されるか、緊張で体をこわばらせた。

ところが、柳はそれらをていねいに見ることはなく、一瞥《いちべつ》して、また見せてくれ、と言った。そしてすぐに、やりかけの仕事に戻ってしまった。

亀乃介は、胸いっぱいにふくらんでいた期待が、急速にしぼむのを感じた。

なかなかいいじゃないか、とか、ひとつリーチに送ってやろう、とか、うれしい言葉をかけてくれるかもしれないと、心のどこかで待ち受けていたのだ。

はなはだ落ち込んだが、いやしかし、と思い返した。

柳先生ほどの人物が、自分のような若造の創ったものを即座に褒めるわけがないじゃないか。何を甘いことを考えているんだ。

リーチとともに窯で作業をしているときは、亀乃介が見よう見まねで創ったものを、リーチは気さくに褒めてくれた。

――君はなかなかいいものを創るね、カメちゃん。おおらかで、のびのびしていて、活力がある。その感じで創っていくといいよ。

そんなふうに言われて、亀乃介は、がぜんやる気になったものだ。

そうして、結局、自分もみつけたのだ。進むべき道を、陶芸の世界に。

リーチにくらべると、やはり柳は一筋縄ではいかない人物だ。けれど、そんな柳がいつかしっかりと目を向けてくれるものを創らなければだめなのだ。

自分を励ましつつ、亀乃介は、心をこめて陶器を創り続けた。時には泊まり込みで創り、我孫子にあってはスケッチしたり土くれを練ったりして、時間を惜しんで創作の準備に力を注いだ。

柳は、亀乃介が作品を根気よく見せ続けるのを、いいとも悪いとも言わず、いつも一瞥するだけで、特に感想を述べることはなかった。


リーチが北京へと移住して一年ほど経ったある日のこと、亀乃介は柳宗悦の書斎に呼び出された。

「私は、近々、リーチに会いに北京へ行ってこようと思う」

思いがけず中国行きの計画を知らされて、亀乃介は、胸中がざわつくのを覚えた。

「どうされたのですか。ご家族のどなたかに、何かが起こったのでしょうか」

直感的に、柳がただ遊びに行くだけではないのだと思った。会いにいくと言った柳の顔には、決して楽しげな表情は浮かんでいなかったからだ。

「リーチは、君の手紙には何か書いていないのか？」

柳の問いに、亀乃介は首を横に振った。

「いつも、北京で見かけた器のことや、近所に住む中国人の暮らしなどについて書き送ってくださいますが……」

亀乃介の言葉に、そうか、と柳は、小さくため息をついた。

「君も知っていると思うけれど、リーチは哲学者のウェストハープ氏に心酔して、彼の住む北京へと移住した経緯があるだろう？　ところが、最近、彼とはあまりうまくいっていないようなんだ。

思想の違いが明らかになってきているようでね……。まあ、私は最初から、追いかけて移住するほど価値のある人物かどうか、疑問に思っていたんだがね。リーチは生一本《きいっぽん》な性格だから、私が言えば言うほどむきになって、彼とともに中国で社会改革をするんだと、その気になってしまったわけなんだが」

頻繁にリーチと手紙のやり取りをしていた柳は、友が北京へ移住してまもなく、彼宛に長い手紙を書いたことを亀乃介に打ち明けた。

その手紙に、柳は、リーチの芸術家としての仕事は、社会改革者としての仕事よりもはるかに重要なのだ、とつづった。そして、彼が中国滞在を続けることに、はっきりと疑問を呈したのだという。

柳は、リーチに宛てて書いた手紙の中に、ツルゲーネフがトルストイへの手紙の中で述べた言葉を引用した、と教えてくれた。

——偉大なる友よ、もう一度私の言葉に耳を貸してください。どうか自分の芸術に戻ってください！

そして、手紙でのやり取りではなく、実際に会って話をしなければならない、そして無益な中国滞在はもうやめにしたほうがいい、と柳はリーチに日本に帰ってくるよう、説得をするつもりだと言った。

柳の話を聞きながら、亀乃介は、胸の鼓動が速くなるのを感じていた。

リーチが北京へ移住するには、それなりの覚悟があったことはわかっていた。だから、しばらくのあいだは帰ってはこないだろうとあきらめていた。

しかし、柳は、もはやリーチが北京に滞在することは、なんら意味をなさないと考えているようだった。

「とにかく北京へ行って、早く帰ってくるように、リーチを促してみようと思っているのだ。ついては、日本からの手みやげのひとつとして、亀乃介が創った陶器を持って行きたい」

意外な言葉に、亀乃介は驚きをかくせなかった。柳は続けて言った。

「最近、君の作品はぐっとよくなってきた。きっとリーチは、何より喜ぶと思う。いつも君のことを気にかけているようだからね」

亀乃介は、自分が創った陶器を折々に柳に見せていたが、柳が具体的に感想を述べたことは一度もなかった。

いいとも悪いとも言わない。一瞥しただけで、また見せるように、と言うだけだった。

「僕が創ったものなど、先生への手みやげにふさわしくはないでしょうが……。よろしいのでしょうか」

驚きと喜びで胸をいっぱいにしながら遠慮がちに亀乃介が言うと、

「私が選ぶから、最近のものをもう一度、全部書斎に持ってきてくれないか」

有無を言わさぬ調子で、柳が言った。

絵皿、壺、花挿し、水差し——亀乃介が創ったものの中から、柳は、素朴な白地の瓶を選んだ。

「これはかたちが決まっているね、白の色もよく出ている。これにしよう」

亀乃介は、鳥肌が立つのを感じた。短い言葉だったが、最大限のほめ言葉である——と思った。

柳先生が、自分の創ったものを、リーチ先生のもとへ持って行ってくださる。

リーチ先生に、帰ってこいと言うために。

自分の創ったものが、ほんの少しでも、リーチ先生の心を動かすきっかけになるように。

そう祈らずにはいられなかった。

そうして、柳は、リーチ一家が住まう北京へと旅立っていった。

亀乃介は、柳の帰りを、一日千秋の思いで待った。

リーチは、日本に戻ってくると約束してくれたよ――そのひと言を携えて帰ってきてくれるのを待った。ひたすら待ち続けた。寝てもさめてもそのことばかりを思い続けて。


二週間後、柳が北京から我孫子へと帰ってきた。亀乃介は期待に胸を高鳴らせながら、柳の妻・兼子とともに、主の帰還を迎えた。

中国でみつけて買い求めた陶器の数々を、兼子と亀乃介に見せながら、柳はたいそう機嫌がよかった。しかし、なかなかリーチの話をしてくれない。亀乃介は、ひょっとすると、リーチ先生は日本へ戻ることに同意しなかったのではないか、と急に不安になってきた。

ひとしきり北京での思い出話をしたあと、柳は、亀乃介に夕食のあとで書斎に来るようにと言った。

亀乃介は、緊張のあまり食事が喉を通らなかった。ご飯を味噌汁でどうにか流し込んだほどだった。

柳が書斎へと入ってからしばらくして、亀乃介は書斎のドアをノックした。

椅子に座って、柳は、いつも通り、机の上に広げた書物を読みふけっているようだった。その背中に向かって、遠慮がちに近づいていくと、ふいに振り向いて柳が言った。

「リーチは、帰ってくるよ」

亀乃介は、その場に立ちすくんで、柳の顔を見た。その目は、いつになくやさしげな色をたたえていた。

柳は、北京で、毎日リーチと議論し、朝までいろいろ話し込んだ、と言った。

心酔していた北京在住の哲学者、ウェストハープとのあいだに軋轢《あつれき》が生まれていること。ミュリエルや子供たちが、北京にはあまりなじめずにいること。そして何より、陶芸を続けたいという思いが断ちがたくリーチの中に燃えていること。

一大決心して、家族とともに北京へ移住したのに、かくも早々にあきらめてしまっていいのか。そんな迷いが、リーチの中に色濃くあるのも間違いないだろう。

しかし、柳はリーチを説得した。陶芸への思いを無理に封じ込めることは決してないのだと。

それから、柳は亀乃介に、北京を訪問していたあいだの出来事を話して聞かせた。柳はリーチとともに、中国の陶器を見て回った。日本のものばかりではなく、朝鮮の陶磁器にも興味を持ち始めていた柳だったが、中国にも見るべきものが大いにあるということを認識した。

ふたりが共通して、特に興味をもったのは宋時代の陶器であった。連れ立って骨董屋を見て回り、これはと思われるものを買い求めた。リーチの家に持ち帰り、眺めながら、時が過ぎるのも忘れて、夜明けが訪れるまでとめどなく話し続けた。

柳は、中国の陶器に触れたリーチが、むしろ日本の陶器のよさを再認識していること、やはり陶芸を続けていきたいと願っていることを、会話を通して確認した。

さらに、北京でリーチが描きためていた素描の数々を見て、リーチの創作への希求の強さを感じた。

リーチの素描は、より力強く、しなやかで、あざやかになっていた。見る者をとらえる輝きを放っていた。

北京滞在の最終日、柳は、友に告げた。

――日本に帰ってきなさい。

君には、日本でやるべき仕事がたくさんある。

君の素描には直感力がある。深みと輝きがある。それは、きっと陶芸にも活かされるはずだ。せっかく創った作品をどこにも発表できずにいるのはいかにも惜しい。そして、素描でも陶芸でも、もっともっと創れるはずなのにそうできないのは、さらに惜しい。

これ以上、北京に固執する理由も、留まる理由も、どこにもない。

帰ってきなさい、友よ。私も、仲間たちも、亀ちゃんも。みんな、君が帰ってくるのを待っているのだから。

そこで、亀乃介が創った白い瓶を手渡したのだった。

ごく素朴で飾り気のない白い瓶を、リーチは両手で包み込み、じっとみつめた。それから、静かに、ひと言、言った。

――好いね。

うなずいて、柳も言った。

――ああ。好いとも。

そうして、リーチは、その夜、日本に帰る決心をした。

柳が、仲間が、亀乃介が待つ、なつかしい国へと。

リーチが日本へ戻るにあたって、柳は、具体的な支援を申し出た。

自分や「白樺」の何人かの仲間が暮らす我孫子にアトリエを構えればいい。自分の家の庭は十分に広いから、そこに新しく窯を造る。

窯の造作については、亀ちゃんがよく勉強をしているから、彼に手伝ってもらえば問題なくできるだろう。

家族は東京に住まわせ、君は週のうち何日か、創作に集中するため我孫子の私の家に住めばいい。君のために部屋も用意する。もちろん、亀ちゃんも同じようにすればいい。

食事も、西洋式のものを準備しよう。妻の兼子は第二子を妊娠中だから、君の食事の面倒をみられるように、近隣の農婦をひとり雇うつもりである。

東京から、君のために、毎日パンとバターを取り寄せよう。

心置きなく創作に集中できるように、経済的な支援者も募ろう。

君が描いた素描を、画廊に持ち込み、蒐集家《しゅうしゅうか》にどんどん見せる。私が推薦すれば、きっと受け入れられるし、作品も売れるはずだ。

手始めに、北京で描きためた素描を持ち帰って、近々開催する展覧会に押し込もう。アンリ・マティスの作品と一緒に並べよう。君の作品のすばらしさは、マティスに勝るとも劣らないのだから。きっと多くの人々に受け入れられることだろう。

リーチを説得した柳の言葉の数々を耳にするうちに、亀乃介は、どうにも目頭が熱くなるのを感じていた。

友を思い、友の創作の力が衰えぬように、もっと創作に集中できるようにと、可能な限りの支援をリーチに約束した柳。

彼がどれほど本気でリーチの日本への帰還を願い、またどれほど切実にリーチの創作をもり立てていこうと考えているか。柳がリーチに示した、帰国後どうするべきかという具体的な提案は、その表れにほかならなかった。

もっとも亀乃介の心を打ったのは、リーチと柳、ふたりが、自分が創ったささやかな白い瓶をあいだに置いて、好い、好い、とただひと言、感想を口にしてくれた、ということだった。

好い。

ほんとうに好いものに出会ったとき、リーチはただひたすら「好い」と言うのだった。ほかに言葉がみつからないようだった。

短くも、情感のこもったそのひと言を、はじめて自分が創ったものに対して得ることができた。その喜びを、亀乃介は噛み締めた。

生まれて初めて建てた家を売却し、仕事も中断して、家族ぐるみで北京へと渡ったリーチ。一世一代の「賭け」ともいえる渡航であった。

それゆえ、すぐに帰ってくるなどということは、彼のプライドが許さなかっただろうし、すべて無駄だったのかと、激しい自責の念にかられたに違いない。

一本気で頑《かたく》なな性質があるリーチを、しかし柳は知り抜いていた。

だからこそ、まずは手紙で時間をかけて説得し、そのうえで、わざわざ自ら北京に出向き、色々な文物をともに見て、感性を共有し、協議を重ね、できるだけ具体的な提案をして、ついにリーチに日本への帰国を決意させたのだ。

いったい、柳宗悦以外の誰が、こんな離れ業をなし得ただろうか。

一九一六年十二月。

「亀ちゃん。おーい、亀ちゃん」

書斎のほうから、柳の声がする。

柳邸内、リーチが使うことになっている南向きの日当たりのいい部屋で、隅々まで掃除をしている最中だった亀乃介は、

「はい、ただいま」

と応えて、大急ぎで柳の書斎へと向かった。

柳はいつも通り、机の前の椅子にゆったりと腰掛けたまま、ドアのところに立つ亀乃介のほうを振り向いた。

「まもなくリーチが到着するだろう。我孫子の駅まで迎えにいってくれるかな。私は、兼子と一緒に家で待っているから」

その日、数週間まえに北京から日本へ帰り着いたバーナード・リーチが、我孫子にある柳邸を初訪問することになっていた。

柳は、北京を訪問したとき、友に約束したすべてのこと――リーチが描いた素描を持ち帰って展覧会に出品すること、帰国費用の一部に充てられるようにそれを売却して資金を作ること、我孫子の自邸の庭にリーチ用の窯を造る準備をすること、自邸内にリーチが週に何日かは寝起きできる部屋を用意することなどを、細やかに実行し、準備してきた。そして、亀乃介は、そのいっさいを、心をこめて手伝ってきたのだった。

――とうとう、リーチ先生が帰ってくる。

寒風が吹く道を下駄履きで足早に進む。我孫子の駅へと向かいながら、亀乃介の胸は、春の日差しが満ち溢れるかのように、明るくあたたかだった。

初めてリーチ先生に会ったとき。自分は、高村光雲先生のところで書生をしていた。

庭掃除をしていたら、垣根の外で、ウホン、オホンと奇妙な咳払いが聞こえてきて、急いで家の

中に入ってみると、玄関の戸の磨りガラスの向こうに、すっくと大きな影が立っているのが見えたっけ。戸を開けると、でっかい外国人が現れて、そりゃあもう、びっくりしたもんだ。

リーチとの出会いをなつかしく思い出しながら、亀乃介は、我孫子駅の改札に佇んだ。師が乗った汽車が到着するまで、半刻ほどあった。亀乃介は、着物の袖に両腕を入れて、足踏みをしながら、寒風が吹く中、リーチとの再会の瞬間を待った。

——もうすぐ会える。リーチ先生に会える。

最初に会ったら、なんと言えばいいんだろう。

おかえりなさい。お待ちしていました。ようこそ、我孫子へ。

おっと、間違えても日本語で語りかけちゃいけないぞ。あくまでも英語で。

もう一年以上も英語をまともに話していないから、ちゃんと話せるかどうか、自信がないなあ。

つらつら考え考えしているうちに、遠くで汽笛が鳴り響いて、汽車が停車場へ近づいてくるのが見えた。

亀乃介は着物の襟と袴の裾をきちんと直して、背筋を伸ばし、改札の真正面に立った。

汽車が到着し、ぞろぞろと人が出てきた。一群の中に、黒い山高帽を被った頭が、ひょこんと飛び出しているのが見えた。

——あ。

亀乃介は、思わず大きく手を振って叫んだ。

「——リーチ先生！」

丸眼鏡をかけたリーチの目が、亀乃介をみつけた。顔いっぱいに、たちまち笑みが広がる。

「カメちゃん！」

亀乃介は、リーチのもとに駆け寄ると、まっすぐに師をみつめてから、ていねいに頭を下げた。

「おかえりなさい。——またお目にかかれることを、ずっとお待ちしていました」

リーチも、弟を見守るような慈しみ深いまなざしで亀乃介をみつめると、言った。

「帰ってきたよ。留守中、ありがとう。君がどんなにがんばってくれていたか、全部、ヤナギから聞いているよ」

亀乃介の顔にも、笑みがこぼれた。

我孫子に到着したリーチは、亀乃介とともに、柳宗悦邸へ向かった。

途中、ふたりは手賀沼に立ち寄った。しんと広がった水面に、枯れた芦《あし》の茂みが映り、ときおり冷たい風がそれを揺らし吹き抜けてゆく。リーチは、水面に向かって大きく深呼吸をすると、

「ああ、日本のにおいがする」とつぶやいた。

亀乃介が訊くと、

「どんなにおいですか」

「森と、水と、その中に潜むいろいろなもの——自然が紡ぎ出す、なんとも言えないさわやかなにおいだよ」

そう答えた。

そして、やはり自分は中国にはなじまなかった、日本のほうがはるかに親しみを感じるのだと、ふるさとにようやく帰りついた安堵《あんど》の表情で打ち明けた。

「日本は、中国やほかの国にくらべて、どこかしらイギリスに通じるところがある。だから、しっくりくるのかもしれない。ミュリエルも同じ感想を持っているようだったよ」

古きを重んじ、自然と通じ合い、手仕事の中に芸術を見出す。そういう日本の風土や文化が、イ

ギリスと似通っているのだ、とリーチは言った。

北京で暮らした一年と少しのあいだ、リーチは、ともに社会改革の幻を見たはずの哲学者、ウェストハープと折り合いが悪くなり、気分が落ち込むことがしばしばあった、と亀乃介に語り始めた。

そんなとき、自分が慰められたのは、ひたすらスケッチを描くこと。そして、町中のあちこちにあふれる陶器の数々を見て歩くことだった。

絵を描いていれば、いやなことはいっとき忘れ去ることができた。だから、いつも絵を描いていた。

陶器を見るのも心躍ることだった。中国の陶器、特に宋時代など、古いものには独特の味わいがあり、日本の古い陶器にも影響をもたらしたのではないかと思われるものもいくつかあった。

しかし、絵を描いているときと違って、陶器に触れていると、しばらくしてから、なんとなく落ち着かない気分になってくるのだった。

リーチの心が奇妙に騒いだ理由は、たったひとつ。自分がその瞬間、陶芸になんらかかわっていないことへの無念だった。

「色のいい陶器、おもしろい図柄のもの、大きな皿、小さな茶碗……陶器を見るにつけ、ああ私だったらこんなふうには彩色しないな、とか、私ならばこう創る、とか、自分ならどうする？　どう陶芸に向き合う？　それればかりを考えて、落ち着かない気持ちになっていたんだ」

手賀沼の水面が寒風にさんざめくのを、亀乃介とともに眺めながら、リーチは北京にいたときの自分の思いを反芻《はんすう》し、語って聞かせた。

どうして、自分は日本を出てきてしまったんだろう。

なぜ、自分は、陶芸を捨ててきてしまったんだろう。

陶芸のことを思えば、まるで、好きなのに別れてしまった恋人を思い出す気分になる。手に取りたい、自分の色に染めたい、意のままに操ってみたい。創りたくて創りたくて、どうしようもないくらいなのに――。

家族を連れて北京へ移住してしまったのだ。すぐに日本へ帰りたい、などと口にしてしまっては、ミュリエルも不安になるだろうし、日本で盛大に送り出してくれた仲間たちにも顔向けできない。帰りたくても、そう簡単にはいかないのだ。

「そんなとき、私の気持ちを慰めてくれたのは――君なんだ、カメちゃん」

湖面に放っていた視線を亀乃介のほうへ向けて、リーチが言った。

亀乃介は、黙ってリーチの話に聴き入っていたが、突然自分のほうへ話題がふられたので、驚いた。

「ぼ……僕が、何かお役に立ったのでしょうか」

亀乃介が問うと、リーチは、静かにうなずいた。

「日本には君がいる。君がいて、陶芸を続けてくれている。そして、私が帰ってくるのを待っていてくれる。その事実に、私は、どれほど励まされたことだろう」

手賀沼の水面のようにおだやかな色をたたえた瞳で、リーチは亀乃介をみつめた。

亀乃介は、胸の奥がしびれるように熱くなるのを感じた。

言葉をなくして、亀乃介は、ただ師をみつめ返すことしかできなかった。

リーチは、足元に置いたトランクをおもむろに開けると、そこから木綿の布でていねいに包んだ何かを取り出した。布をほどくと、白い瓶が現れた。

亀乃介が創った瓶。柳が北京を訪問するとき、リーチへの手みやげとして選んだ一品。そして、リーチと柳、ふたりともが、好い、とたったひと言だけ評してくれた「作品」だった。

「カメちゃん。君は、ほんとうにいい仕事をするようになった。私は、この作品を見たときに、ほんとうに言葉がなかったよ。ヤナギと一緒に、何度もため息をついて、言い合ったんだ。——好い。とても好い、ってね」

すばらしい作品を、ありがとう。

リーチの言葉に、亀乃介は、思わず天を仰いだ。涙がこぼれてしまいそうだったから。


こうして、リーチの日本での新しい日々が始まった。

リーチ一家は、東京の原宿界隈《かいわい》にある日本式の家に住むことになった。一家と女中、料理人が住んでもじゅうぶんな広さがあった。庭には茶室まであり、出入りが激しいリーチは、そこを自分が寝起きする場所とした。

我孫子には、週に一度出かけていって、いつも二、三日、長い時には一週間まるごと滞在した。柳の熱心な勧めもあって、柳邸の敷地の一部に窯を造営することに決めたリーチは、いまや窯については師よりもずっと詳しくなった亀乃介の手助けを得て、窯とアトリエの設計を始めた。

「まったく、新しく何かを始めるというこの瞬間ほど、心躍ることはないね」

鉛筆を手に設計図に向かうリーチは、北京に移住する直前に悶々《もんもん》としていたときとはうってかわって、創る喜びに輝いて見えた。

亀乃介は、リーチが主な仕事場を柳邸内に造ることになったため、東京の家で書生をするということではなく、リーチの助手として、我孫子に詰めることになった。リーチが東京にいるときには柳の仕事を手伝うことで、亀乃介の食住は柳が面倒をみてくれた。

「ときに、最近、富本憲吉はどうしているんだ？」

ふいに思い出したように、柳がリーチに尋ねた。

「ああ、元気だったよ。いい仕事をしていた」

そう言って、リーチは、富本との再会の様子を、柳と亀乃介に語った。

北京から日本へ戻る際、神戸港に到着したリーチは、奈良在住の富本憲吉のところに立ち寄ってきた。

奈良県安堵村にある実家に引き上げた富本は、自分自身の窯を開いて、誰にも似ていない、自分にしかできない作品を創りたいと意欲を燃やしていた。

ひさしぶりに再会したリーチと富本は、手を取って喜び合った。

リーチが陶芸から離れて北京へ渡ったことを、最初からよしとしていなかった富本は、リーチが日本へ帰ってきて、もう一度陶芸の道を歩もうとしていることを大いに喜んだ。

――日本での復帰第一作を、俺の窯で一緒に創ってみないか。

そう誘われて、リーチは、やってみることにした。

「自分の感覚がにぶっていないか、確かめたかったのと、何より、どんなふうにトミが創作しているのか、興味があったんだ」

富本の窯は二室構造で、さほど大きくはなかったが、富本ひとりが好きなように創るにはじゅうぶんだった。

富本は、窯を開いた直後は、浦野光山のもとで学んだ低温焼成の楽焼を手掛けていた。実家の付近にある池の底から、焼成に適した粘土層が発見され、それを使って創作していたのだ。

やがて楽焼では飽き足らなくなり、もっと高温で焼成する硬質な炻器《せっき》、さらには磁器へと、興味は移っていった。

富本の最新作のひとつは、鈍い輝きを保ったやわらかな石、という感じのものだった。

——釉薬の加減がいいね。質が高い。

リーチがそう言ってほめると、

——火入れが甘いのは嫌いだ。

怒ったように富本が返したという。

「もともとトミにはせっかちなところがあったが、彼はいまや自分の窯の『王』だからね。他人がなんと言おうと、自分の作品は自分のものである。自分のいいところも悪いところも、すべて創作にぶつけている感じだったよ」

リーチは富本とともにひさしぶりにいくつかの皿や壺を成形し、窯入れ、火入れに立ち会った。

作品を焼成しているあいだ、ふたりは釣りに出かけたり、とりとめもなく話をしたりしていたが、やがて富本は耐え切れない、というように、窯をふさいでいたレンガを崩し始めた。

熱せられた窯の内部が冷めないうちに、急激に冷たい空気が流れ込むと、作品がひび割れる危険がある。当然、富本はそれを承知だった。それでも彼は待ち切れなかったのだ。

リーチは驚いて、やめるようにと必死に説得したが、富本はまったく聞く耳を持たなかった。

富本は、手にぐるぐると布を巻きつけて、まだ熱を保っている作品を、慎重につかんで取り出した。あまりの熱さに、分厚い布が、ぱっと燃え上がった。リーチは、あっ、と声を上げたが、そういう事態に慣れているのか、富本はごく落ち着いて、地面に置くまで、燃え上がった布で作品をつかんだまま離さなかった。

作品はひとつも割れることなく、どうにか仕上がった。

——なかなかのできばえだな。

リーチのものと自分のもの、焼き上がった作品をすべて並べてみて、満足そうに富本がつぶやいた。

しかし、リーチはこのとき、富本憲吉という陶芸家を、そら恐ろしく感じた——と言った。

「どこまでも自分に忠実で、自分の創るものに対してまっすぐな男だ。それは、芸術家として、決して悪いことではない。むしろ、それくらいでなければ、陶芸家として生き抜いていくことはできないだろう。けれど、私の目指す陶芸のあり方と、どこか違うものを感じたんだ」

会わずに過ごした数年のうちに、富本憲吉の陶芸の技術は格段に上がり、驚くべき進化を遂げていた。

富本の作品に対してリーチが感じたのは、清潔で、明るく、影のない、前向きな印象。それはそのまま、富本自身の性質を映しているかのようだった。

しかしながら、リーチは、自分の目指しているのは、富本が創るものとは違うのだ、と気がついた。

自分が創りたいのは、何か、もっとあたたかみのあるもの。言葉にはできないような、やわらかく、やさしさのあるもの。富本の創るものには、きっと似ていない。

けれど、それでいいのだ——と。

「トミと私は、偶然、同じ日、同じ時、同じ場所で、陶芸に目覚めた。同じように創作し、同じ道を、同じ方向に向かって歩み始めた。けれど、自分たちは、同じ人間ではない。同じ芸術家ではない。それは自分にしか創れないものを創り続けていくしかない、ということなんだ。そうすることによってしか、ほんものの芸術家になることはできないんだ」

リーチの話に聴き入っていた柳と亀乃介は、感じ入ったように息を放った。

「富本も独自の道をどんどん歩いている、ということなのだな」

柳が言った。リーチはうなずいて、力強く応えた。

「私も、彼に自慢できるような窯を造って、彼も驚くような作品を創るよ。この場所で」


手賀沼を望む高台にある柳宗悦邸に、リーチは工房を構え、庭には窯が完成した。北京から日本へと舞い戻ってきて、いよいよ本格的にリーチが陶芸に取り組むときがきた。

亀乃介は、リーチが乗った汽車が我孫子の駅に到着する時間のまえに出かけていって、改札で師の到着を待った。

リーチは大きな鞄と風呂敷包みを抱え、足早に改札へとやってきた。そして亀乃介の姿をみつけると、「タダイマ、カメチャン！」と日本語で、明るく声をかけるのだった。

ふたりは柳邸への道々、東京と我孫子、それぞれのできごとを――ほんの三、四日離れていただけだったが――話し合いながら歩いていった。

手賀沼のそばを通りかかると、リーチは決まって足を止めた。

手賀沼の上には澄んだ青空が広がっていた。空は周辺の緑に縁取られて、鏡のような水面にそっくりそのまま映しとられていた。

沼の彼方には富士山が眺められ、晴れた日には青くかすんで佇む姿がリーチの足を止めさせた。

手賀沼の風景を愛でながら、リーチは、いつも同じ言葉をつぶやいた。

――ほんとうに、何度見ても美しい。やはり、日本は、世界でいちばん美しい国だ。

その言葉には、帰ってきてよかった、という思いと、この美しさをまるごと映しとった作品を創りたいという陶芸への情熱とが感じられ、亀乃介はふいに胸が熱くなるのだった。

柳邸へ行けば、柳宗悦が、リーチの到来を楽しみに待っている。近所の住人である志賀直哉や武者小路実篤も、ちょくちょくリーチの仕事をのぞきにやってくるのだった。

柳は、リーチの工房を造るための支援者となった特権を大いに利用して、可能な限りリーチの仕事を見守った。

しばらく作陶から離れていたリーチであったが、できることよりもやってみたいことのほうが、はるかに多かった。一刻も早く作陶の勘を取り戻すために、亀乃介の手を借りつつ、リーチは精力的に仕事をした。

亀乃介が練った陶土をろくろに据えて、成形し、絵付をする。静かで、熱を帯びた時間が工房を満たしていた。

リーチが制作をし、そのすぐ近くで柳がじっと見守る。亀乃介も、彼らと同じ場にいて、同じ時間を共有している。師を手伝い、そして自分もまた、自分の作品を創ることができる。

――なんという幸せだろう。

亀乃介は、我が身の幸福を誰かに感謝せずにはいられないような気持ちになるのだった。

また、リーチと柳は、以前と同じように、実によく話し込んだ。

芸術論や作家論、作品論。日本、イギリス、フランス、ドイツ、中国、朝鮮、世界各国で、かつて巻き起こった芸術運動、そしていま盛り上がりつつある潮流。

互いに話ができなかった時間を取り戻すかのように、ふたりは、ありとあらゆる話題で盛り上がった。

ウィリアム・ブレイクや、ウィリアム・モリスが提唱した「アーツ・アンド・クラフツ」などは、あいかわらずふたりの関心事の中心だった。亀乃介も、これらの話題については、かなり勉強を重ねたので、いまでは難なくついていけるようになっていた。

「アーツ・アンド・クラフツ」——芸術的感性と職人の手技が合致して織りなす物品。日常的に用いる、美しいものたち。

「そういうものを、英語でなんと言うのだろう。教えてくれないか」

リーチと会話を重ねる中で、柳は、「工芸品」でも「美術品」でもない、日常的に使用するものだが、手技が光る普遍的に美しい物品を、はたして英語でなんと言うのか、しきりに知りたがった。

なぜならば、そういうものを指し示す日本語がない、ということに気がついたからだ。

自分は、そういうものにこそ、真実の美を感じる。

そういうものこそ、守られ、伝えられていくべきだと思う。

日本は今後、工業化、都市化がどんどん進むだろう。むろん、それは悪いことではない。

しかし、一方で、日本が昔から大切に育んできた「手技」が廃れてしまうのは、あまりにも惜しい。

「私は、これから先、日本全国に残され、伝えられている美しい手仕事を調査して、それを社会全体で支え、守っていく環境を作りたい」

柳は、熱っぽくそう語った。

そうでなければ、この国のもっとも善《よ》きもののひとつである手仕事がなくなってしまうんじゃないか——と。

リーチは、柳の熱意を等しく共有していた。彼もまた、職人の手技は守られ、後世に伝えられるべきものであるのだと認識していた。

「名もない職人が手がける器や日用品に、とてつもなくいいものがある。それは、日本とイギリス、双方に共通しているもので……ひと言で表せば……そうだな、『民衆の中の芸術』……とでもいうのだろうか」

「それ」をいったいなんと表現するのか。

柳と一緒になって、リーチも亀乃介も考えた。なかなか答えは出なかったが、「それ」を守り伝えていきたい、というふたりの思いは一致していた。

「名もない職人の手技」「民衆の中の芸術」について思いを馳せたリーチは、日本のものばかりでなく、イギリスの伝統的な陶芸にも深い関心を寄せるようになった。

チャールズ・ロマックスの英文著書『趣きある古き英国陶器』を、柳の書棚にみつけたリーチは、夢中になってこれを読み、イギリスの伝統的な器の意匠や釉薬の研究を始めた。

そして、ロマックスの著書や、それ以外のイギリスで出版された陶芸関連の本に載っている写真や絵をもとに、器のかたち、そこに施される絵柄を、つぶさに描き写していった。

イギリスで昔から作られている器には、日本では見られないかたちのものが数多くあった。中でも縁のある深めの皿やジャグなどが、リーチの興味を強く引きつけた。

絵柄もまた、独特のものだった。たとえば、人魚やペリカンなどは、日本ではみつけようにもみつけられないものである。

陶芸を始めた頃は、「梅にウグイス」や「山紫水明」など、日本的な図柄を意識して描いていたリーチだったが、いまやもっと自由に、のびのびとした絵を描くようになっていた。

亀乃介は、リーチの創作の変化に目を見張った。

いったん日本を離れ、距離をおいてこの国をみつめる機会を得たリーチは、日本的なものに固執し過ぎるのではなく、中国や、母国イギリスの伝統をも取り込んで、自分にしか創れないものを創ろう、と意識しているように、亀乃介には感じられた。

我孫子に夏が訪れた。

いよいよ、初めての窯入れの日がやってきた。

数ヶ月かけて成形し乾燥させた器の数々を、窯内にていねいに並べていく。まんべんなく火が回るように、亀乃介は無駄なく隙間を埋めた。一緒に作業していたリーチが、その様子を眺めて言った。

「ずいぶん器用に並べられるようになったね、カメちゃん」

リーチが北京に行っているあいだ、亀乃介は、日々作陶に携わっていた。その甲斐あって、誰の指導を受けずとも、きっちりと作業ができるようになっていたのだ。

初めての窯入れにあたって、柳宗悦はもちろん、近隣に住む志賀直哉や武者小路実篤、柳の家を訪れていた岸田劉生が集まって、リーチと亀乃介の作業を、興味深く見守っていた。

「おもしろいかたちのものが、たくさんあるな」

着物の袖に両腕を入れて作業をみつめながら、武者小路が言った。

「日本では見ないものだね。ジャグがあるじゃないか。いいかたちだ」

岸田劉生が言った。

「どれくらいで焼き上がるんだい？」

志賀が問うと、「丸二日ほどです」と、亀乃介が答えた。

「なるほど。丸二日ね。……しかしそれは、長いんだろうか、短いんだろうか」

皆目見当がつかない、という調子で、志賀が応じると、

「長くも短くもありません。ちょうどよいと思います」と、亀乃介が答えた。

「そういうものなのか」と、志賀がまた言った。

窯の近くに佇んでいた柳が、急に顔を上げると、仲間たちに向かって声をかけた。

「さて見物者の諸君。諸君には、ただぼうっと突っ立って見物してもらうわけにはいかんのだ。君たちにも仕事を用意してある」

三人に用意された仕事とは、薪割りであった。

窯に火入れをするのに、膨大な薪が必要になる。手賀沼の仲間たちは、これに手を貸すことになった。

日没近く、窯の中の室《むろ》に器をすっかり詰め込み終えた。

亀乃介は、窯の火口の両側に塩を盛り、柳が朝鮮で買い求めた白磁の徳利に日本酒を入れて、窯の上に置いた。

リーチを中心にして、その場に集まっていた手賀沼の仲間たちは、窯に向かって両手を合わせ、頭《こうべ》を垂れる。

火入れにあたっては儀式をしなければならないと、リーチと亀乃介は、浦野光山の工房にいたときに学んでいた。形式的なものではあっても、日本において陶芸に関わる限り大切なことであると、リーチは認識していた。

神聖なる儀式に立ち会った手賀沼の仲間たちは、薪割りを手伝わされてへとへとになってはいたが、いよいよ火入れという瞬間の、厳粛で清々しい雰囲気を味わった。

火口に木っ端を燃やし、薪をくべる。亀乃介がふいごを使って空気を送り込むと、火勢は徐々に上がっていった。

パチパチ、パチパチパチと薪が燃える音が、青い宵闇の中に広がる。やがて周辺は、深く豊かな闇に包まれた。

絹のようになめらかな暗闇の中にあって、窯の炎だけが生き物のようにうごめき、赤い舌を動かしていた。

亀乃介は、ときおりふいごで風を送りながら、どうかいいものができますように、リーチ先生が満足する仕上がりになりますように、と祈りも一緒に送った。

「なるほど。こうして眠らずに火の番をし続けなければならないのか」

武者小路実篤が、一生懸命に火の加減を見守る亀乃介の様子をみつめてつぶやいた。

「火がうまく回るか、適切な温度が保てるか、職人の腕の見せどころなんだ。リーチも亀ちゃんも、眠るわけにはいかないよ」

柳が言うと、

「いちばん大変なのは創り手ってわけだな」

志賀直哉が言った。

実際、創り手二人は大変だった。

最初の二十四時間で、窯の内部の温度を最高温度にもっていかなければならない。さらに、釉薬が完全に溶けるまで、温度を保たなければならない。

そのためには、たえまなく薪をくべ続け、窯の中の温度がじゅうぶんかどうか、目視で確認する必要がある。

柳の妻の兼子が、庭に酒肴《しゅこう》を運んできた。全員で乾杯し、柳たちは肴《さかな》をつまんで談笑したが、亀乃介はそれどころではなかった。もちろん、リーチも、酒は一滴も飲まず、亀乃介とともに窯のそばに付きっきりであった。

夜が深まるにつれて、仲間たちは、三々五々、自宅へと帰っていく。最後まで付き合っていた柳も、夜半近くに家の中へと引き上げていった。

手賀沼の仲間たちが準備を手伝ってくれた薪はあらかた使ってしまったため、亀乃介は、必死に薪割りをし、それをどんどんくべていった。

「カメちゃん、どうだ、火の調子は」

リーチが訊くと、亀乃介はびっしょりと汗をかいた顔を窯の空気孔に近づけて様子を見、答えた。

「まだまだです。もっと薪をくべないと……」

リーチと亀乃介は、全身汗だくになって薪を割った。

やがて夜が明け、朝が過ぎ、昼が来て、再び夜を迎え、二十四時間が経過した。

窯の内部の温度は最高潮に達したはずだ。にもかかわらず、釉薬が溶け始めない。リーチはいらいらしてきた。

「なぜなんだ。こんなに薪をくべているのに……火勢も上がっているのに、溶けないぞ」

汗をしたたらせながら、亀乃介が応えた。

「薪が湿っていて、温度が上がっていないのかもしれません。割りながらくべているから……」

「なんてこった。このままじゃだめだ。……ヤナギ、おーい、ヤナギ!」

真夜中に叩き起こされて、柳が下駄をつっかけて庭に出てきた。リーチは早口で柳に言った。

「乾いた薪が必要なんだ。悪いが、君の家の竹垣を壊して、薪の代わりに燃やしたいんだが」

リーチに懇願された柳は、さすがに面食らった。

「ちょっと待ってくれよ。皆で、昨日の昼間にあんなに薪を作ったじゃないか。まだ足りないっていうのか？」

「ああ、足りないとも。全然足りないんだ。もっともっと、火勢を上げなければ……頼む、ヤナギ。もうほかに燃やすものがないんだ。私が飛び込んで燃える以外には……」

柳は絶句して、すぐに竹垣に向かって駆け出した。そして、

「おーい亀ちゃん！　こっちこっち、手伝ってくれ！」

大声で亀乃介を呼んだ。亀乃介はすっ飛んでいった。

――こんな湿ったものをくべたら、かえって火勢が弱まってしまうぞ。

内心、そう思ったのだが、一方で、何かくべなければ温度が下がってしまう。ままよとばかりに、柳とともに竹垣を引き倒した。

三人は、必死になって竹を割り、窯にくべた。火は一定の勢いを保ってはいたが、中をのぞいてみると、やはり器の上に塗った釉薬は溶けずに留まっている。

「まだ足りない。カメちゃん、ムシャを起こしてきてくれ。シガもだ。彼らの家にある乾いた薪を、できるだけたくさん持ってくるように、頼んでくれ！」

リーチが叫んだ。

亀乃介は、近所に住んでいる武者小路実篤と志賀直哉の家へ走っていき、真っ暗な家の戸を叩いた。

「すみません、すみません！　亀乃介です！　お力添えいただけませんか、お願いします！」

武者小路も志賀も、飛び起きて、寝間着のままで外へ出てきた。事情を聞くと、そりゃ大変だ、

とありったけの薪を持ち寄り、柳邸へ急いだ。

リーチと亀乃介、手賀沼の仲間たちは、汗だくになりながら、持ち寄った薪、松材、板、それに柳邸の竹垣を、どんどん窯にくべた。

燃え上がる火は、八月の夜を照らし出した。

やがて、燃え残りの木材が火口に詰まってしまい、煙突が真っ赤に焼け始め、てっぺんから、勢いよく炎が噴き出した。

「うわ、大変だ！　このままでは火事になってしまうぞ！」

「おい、リーチ！　これじゃだめだ、早く火を消さないと……」

噴き出す炎に驚いた武者小路実篤と志賀直哉が、リーチに詰め寄った。しかしリーチは、首を横に振った。

「大丈夫だ、火事にはならないよ。炎の勢いはこのくらいなくてはだめなんだ。カメちゃん、火口を広げて、どんどん空気を入れてくれ」

「はい！」と亀乃介は勢いよく返事をした。

もっと燃やせといわんばかりのリーチの態度に、武者小路も志賀も、さすがにもう何も言えなくなってしまった。

「窯のことをよくわかっている亀ちゃんもいるんだ、おそらく大丈夫だろう。このまま見守るほかはなかろう」

首にかけた手ぬぐいで顔を拭って、柳が言った。

自邸の庭にバーナード・リーチの窯を造ると決めたからには、こういう事態も起こりうることを、柳は想定していたのかもしれない。

竹垣を壊し、火事の危険性を承知しながらもなお、リーチ同様、もっと燃やせばいいと言わんばかりの柳の様子に、なんて肝の据わった人なんだと、亀乃介は感服する思いだった。

燃え上がる炎の音が、夜の静寂の中に響いていた。赤く輝く火の粉が闇の中に舞い上がり、夜空に浮かんだ満月を背景に、空中を漂っていた。

あたりを満たしていた闇が次第に薄くなってゆき、いつしかしらじらと朝が訪れていた。

漆黒だった夜空が、群青に変わり、やがてばら色へと変化していった。

月は次第に西へと傾き、東の空に太陽が昇った。まぶしい光が、汗だくになったリーチの顔に降り注いだ。

亀乃介は、火口近くにしゃがんで、ふいごで空気を送り込んでいたが、手を休め、立ち上がった。

小鳥のさえずりが、遠く近く、聞こえている。暁《あかつき》の到来を告げるニワトリの鳴き声が、どこかで響いている。

柳も、武者小路も、志賀も、さわやかに晴れ渡った暁の空を見上げた。

——ああ、なんてきれいなんだろう。

すすで黒くなった顔を空に向けて、亀乃介は息を放った。

新しい空気。新しい朝。新しい一日が、いままさに、始まる瞬間。

静かに昇り始めた太陽と、次にやってくる夜のために休息をとらんと沈みゆく月。

ふたつが同時に空に浮かぶ、そのはざまに、誰もが立っていた。

かすかに赤く輝く火の粉が、明るくなった空に高々と舞い上がっている。もうもうと黒い煙が太陽と月のはざまに立ち上っている。

——リーチ先生が、ここにいる。

亀乃介は、その不思議を思わずにはいられなかった。

友人たちと、自分とともに、ここ、日本に、我孫子にいる。

そして、自分も手伝って造った窯の中で、先生がここで初めて手掛けた陶器の数々が、たったいま、炎に包まれている。

ひょっとすると、北京から、二度と日本に戻らないかもしれない。もう二度と、先生と会うことはないかもしれない。

それでも、リーチ先生は、帰ってきてくださった。そしていま、情熱を燃やして、再び作陶の道を歩み始めたのだ。

東と西、太陽と月のはざまに佇んで、燃え上がる炎と、どこまでも立ち上る煙をみつめて、リーチ先生は、いったい何を思っているのだろう。

やがてあたりはすっかり明るくなった。柳、武者小路、志賀は、それぞれ、お互いのすすだらけの顔を見て、

「おい、お前、顔が真っ黒だぞ」

「何を、そっちこそ」

そう言って、笑い合った。リーチの顔も、亀乃介の顔も、もちろん黒く汚れていた。

そこへ、頃合いを計ったかのように、柳の妻の兼子が現れた。

「まあ皆さん、朝からお揃いですのね。朝食の支度ができましたよ、中で召し上がりますか」

声楽を専門としているだけあって、よく通る声だった。柳は兼子のほうを向くと、

「いや、せっかくだから、ここで食べるよ」

と言った。まあ、と兼子は驚いて、

「あなた、お顔が真っ黒ですわよ。あら、リーチさんも。武者さんも、志賀さんも……」

たまらない、という感じで、笑い出した。柳も笑った。リーチも笑った。それで、一同、つられて大笑いになった。

理想的な高温を保ち始めた窯の前に筵《むしろ》を敷いて、握り飯とトーストと紅茶の朝食会となった。食わず眠らずでの労働のあとの朝食は、格別だった。

窯に火を入れてから、すでに四十時間以上が経過した。

再び宵闇が訪れていた。

丸二日、まったく眠らずに窯の番をしていたリーチと亀乃介は、疲労と暑さでもうろうとしながらも、窯が高温を保ち続けるよう、木材をくべ、ふいごで風を送って、様子を見守り続けていた。

もう何度目になるだろう、亀乃介が窯の中の様子をのぞき孔《あな》から見ると、真っ赤に熱せられた器が、きらきらと薄衣《うすぎぬ》のような光をまとっているのがわかった。あっと声を上げて、亀乃介はリーチのほうを振り返って言った。

「先生、釉薬が溶け始めています！」

リーチは、はっとして、亀乃介の真横から窯の中をのぞき見た。

「おお……ようやく溶け始めたようだ。いいぞ、この調子だ」

なかなか釉薬が溶けなかったので、もうだめかもしれない、とあきらめかけた矢先だった。この我孫子へ来て初めて、せっかく創った作品がすべて無駄になってしまったらどうしようと、リーチ以上に気を揉んでいた亀乃介は、うれしさをこらえきれない気分になったが、はしゃいでばかりもいられなかった。

――まだまだ、もうひとがんばりしなければ。

ふたりは、再び汗だくになって、火を消し、窯の孔を閉じる作業に没頭した。

もうもうと立ち上っていた煙が収まったのを見定めて、武者小路と志賀がやって来た。柳も仕事の手を止めて、庭に出てきた。三人は、腕組みをし、神妙な顔つきで、リーチと亀乃介の作業を見守っていた。

ようやく窯を閉じ終えると、リーチはぐったりとして、その場に座り込んでしまった。

「二人とも早く風呂に入るんだ」と柳が言うので、亀乃介はリーチを支えるようにして、どうにか立ち上がらせた。

くたびれ果てたリーチを風呂場に連れていくと、亀乃介は、自分も洗面所で顔を洗い、濡れた手ぬぐいで体を拭いた。それから、女中にリーチのために寝間着を用意するように頼んで、水をもらいに台所へいくと、兼子が、心配そうな顔つきで立っていた。

「いったいどうなったの、亀ちゃん。リーチさんは大丈夫?」

亀乃介は、にこっと笑いかけて、「はい、大丈夫です」と答えた。

「しかし、丸二日寝ておられないので……このあとは、しばらく休んでいただいたほうがいいでしょう」

「まあ、あきれた」と、兼子が苦笑した。

「他人事のように言ってるけど、あなただって同じでしょう。リーチさんのあとに、あなたもお風呂をお使いなさい。少し寝なければいけなくってよ。……それにしても、もう器は焼き上がったの?」

「いえ、まだ終わっていません」

亀乃介は、少し表情を引き締めて言った。

「大切なのは、これからの時間です。窯の内部に、じゅうぶんに熱を行き渡らせて、少しずつ冷めていくのを待ちます。しっかりと冷めたところで、窯の取り出し口を開けます。いまは全部、レンガでふさいでいますので……」

窯の中で陶器に熱を吸収させたうえで、自然に冷ましてから取り出すのが重要なのだと、亀乃介は兼子に説明した。

兼子は、夫の影響で、陶芸に興味があるものの、さすがに自宅の庭にある窯で陶器が焼かれるのは初めてのことであり、戸惑いを隠せないようでもあった。しかも、窯は火事寸前になるまで燃やされたのだ。庭の竹垣も壊してしまった。

「ご迷惑をおかけしました」

亀乃介が詫びると、兼子は、いいのよ、と笑顔で返した。

「どんなでき上がりでしょうね。見るのが楽しみだわ」

それから半刻ほど経っても、リーチはなかなか風呂場から出てこない。

どうしたのだろうか、と心配した亀乃介が風呂場をのぞいてみると、浴槽に半分沈みかけたリーチを発見した。うわっと叫んで、亀乃介は風呂場に飛び込んだ。

「しっかりしてください、先生！　ここで寝てはいけません！　起きてください！」

危うく溺れかけたところを、救出したのだった。

その後、自室へ戻ると、リーチはこんこんと眠った。精根尽き果てたのだろう。亀乃介もまた、同じだった。

疲れ過ぎているのか、はたまた窯出しを控えて緊張しているのか、亀乃介の眠りは浅かった。

短い夢をいくつも見た。

窯を開けると、中からニワトリが飛び出してきて、リーチとともにそのニワトリを追いかける夢。窯の炎がごうごうと燃えて、火が柳邸の屋根に燃え移り、皆で必死になって鎮火する夢。窯を閉じていた時間が短すぎて、中から取り出した作品がことごとく割れてしまって、リーチとともに、がっくりと肩を落とす夢。

どれもが奇妙に生々しく、現実の続きを見ているようだった。

どのくらいの時間、眠っていたのだろう。ふと目が覚めると、窓の外には朝焼けが広がっていた。台所から、味噌汁の香りが漂ってきている。亀乃介は、布団から飛び起きた。

廊下を小走りに、リーチの部屋へと出向いた。

「先生、お目覚めでしょうか。先生」

声をかけて、ドアを叩いた。返事がない。

「おーい、亀ちゃん。起きたのか。ちょっと来てくれ」

柳の声が、外から聞こえてきた。亀乃介は、急いで勝手口から庭へ出た。窯の前に、リーチと柳の後ろ姿が見えた。

着物姿の柳は、両腕を組んで、何ごとかを見守っているようだ。リーチはしゃがみ込んで、盛んに木槌《きづち》を振っている。コツン、コツンとレンガが壊れる音がする。

あっと小さく叫んで、亀乃介は、ふたりのもとへと駆け寄った。

「いけません、先生！　まだ壊しては……早過ぎます！」

しかし、亀乃介の制止などまるで聞こえていないように、リーチは木槌で窯の取り出し口をふさぐレンガを叩き続けた。

柳は、亀乃介と目を合わせると、止めても無駄だ、といわんばかりに、首を横に振った。

急速に窯を冷やすのが、どんなに危険か、リーチはじゅうぶんわかっているはずだ。――それなのに。

ガラガラとレンガが崩れる音がして、窯の取り出し口が開いた。

リーチは、木槌を地面に落とすと、立ち上がって、両手に分厚い手袋をはめた。そして、ようやく振り向くと、言った。

「さあ、でき上がった。ついに完成したんだ。取り出そう、カメちゃん」

「いけません、先生。まだ熱過ぎます。あわてて手を出したら、やけどしてしまう。それに、そんなに早く取り出したら、ひびが……」

むっとしたような顔になって、リーチが言った。

「手を貸してくれないなら、私がひとりでやる」

逸《はや》る心を、リーチはついに抑えきれなかった。

じゅうぶんに冷めるのを待たずに、無理やり取り出した陶器のほとんどは、見るも無惨な状態になっていた。

焼成する際、無我夢中で窯に火を入れたせいで、大量の灰が作品の上に降り落ち、表面がざらついた仕上がりになってしまっていた。

そのほか、ひびが入ったもの、割れてしまったもの、想像していたのとはまったく違う色になってしまったもの――。

窯の中から陶器を取り出すリーチの顔を、暗い雲が次第に覆っていった。窯を開ける喜びと興奮はたちまち消え、その表情は石のように硬くなった。

亀乃介は、ひとつひとつ、作品を地面の上にきちんと並べていったが、手袋をした手が震えてしまうのを止められなかった。

——これはひどい。

こうなってしまったのは……自分のせいだ。

あんなふうに火を入れたら危険なことは、わかっていたはずだ。それなのに、火事になる危険を冒してまで、燃やしてしまった。

窯を開ける頃合いも、いまではなかった。落ち着いて、もっと時間をかけて開けるべきだったのに——。

わかっていたのに、焦る先生を止めることができなかった。

自分のせいだ——。

絶望にも似た気持ちが、亀乃介の中に広がった。自分ですら、こんな気分になっているのだ。先生は、どんなに落胆していることだろう。

亀乃介は、がっくりと肩を落とした。激しい後悔が、嵐のように胸中に渦巻いた。

勇気をもって、リーチに進言できなかったことが悔やまれた。リーチが北京から帰ってきて、朋友である柳宗悦のもとで初めて創る記念すべき作品だったのに——。

「カメちゃん」

リーチに呼びかけられて、亀乃介は、うつむけていた顔を上げた。

額に汗をしたたらせながら、リーチがすぐそばに佇んでいた。両手に、小さめの壺を抱えている。

「……これを、見てくれ」

リーチが差し出した壺を、亀乃介は、両手を伸ばして受け取った。

それは、青磁の壺だった。

見たこともないような深みと豊かさのある、美しい翡翠《ひすい》色。

表面にはざらつきがまったくなく、つややかな肌は、朝日を反射して白い光を放っている。

――これは……。

亀乃介は、震える瞳を上げて、リーチを見た。リーチの顔に、光が差しているのがわかった。

柳が歩み寄って、「どれ」と、亀乃介に向かって手袋をした両手を差し出した。そして、壺を受け取ると、朝日が降り注ぐ中にかざして見た。

柳が目の前に掲げた壺を、リーチと亀乃介は、じっと見つめた。

まるで、翡翠色の水鳥のようだった。

柳の手から、澄んだ夏空へと飛び立ってしまいそうな、みずみずしさと活力とが、その壺には宿っていた。

柳は、リーチのほうを振り向くと、口元に微笑を浮かべて、ひと言、言った。

「――好いね」

リーチの顔が、たちまちほころんだ。


柳邸の庭に造った「我孫子窯」の初めての窯焚きは、惨憺《さんたん》たる結果となった。

すべての陶器を並べてみて、リーチは、頭を横に振って苦笑した。

「トミのところを訪ねたときに、せっかちに窯出しをしようとする彼に向かって、そんなに焦ってはだめだ、といさめたのに……まったくトミと同じことをしてしまったよ」

どんなでき上がりになったか、一刻も早く知りたい。焦る気持ちがついつい先に立ってしまったと、反省しきりだった。

しかしながら、いくつかの作品は、奇跡的にすばらしいできばえとなっていた。翡翠色の壺や、白磁の皿など、それまでに見たこともないような深みのある色、豊かな味わいをたたえたものとなったのだ。

「いったいどうして、このいくつかのものだけが、こんなにすばらしく仕上がったんだろう」

様子を見に来た武者小路実篤も志賀直哉も、輝きを放つ器を手にして、感心しきりだった。

柳もまた、不思議がっていた。

特別な操作をしたわけではない。むしろ、陶器創りの際にやってはいけないことをしてしまったのに、驚くべきものができ上がったとは。

「陶芸というのは、ほんとうに不思議なものだな。生成には、土と炎だけが必要で……あとは人の手と、時間と、タイミング。それらが偶然、ぴたりと合ったときにだけ、こんなふうに思いがけない結果を生むなんて」

実に面白い、と柳は言った。

陶芸とは、なんと面白いものなんだ。

柳の言葉に、リーチが微笑んだ。そばで聞いていた亀乃介も、笑ってうなずいた。

そう。――陶芸とは、かくも不思議で、面白いものなのだ。


一九一九年、春。

一通の手紙が、柳宗悦邸に届いた。

表書きには「柳宗悦先生方　Mr. Bernard Leach（バーナード・リーチ殿）」とあり、「濱田庄司」との差し出し人名が記してあった。

「先生、手紙が届いていますが。開けましょうか」

工房で制作中であったリーチのもとへ、亀乃介は封書を持って行った。

開けるかどうか尋ねたのは、最近、よくバーナード・リーチの熱心な信奉者から日本語の手紙が届くため、亀乃介が翻訳して伝えるようにしていたからであり、また、器の成形真っ最中のリーチの両手が、泥だらけになっていたからだ。

「ああ、お願いするよ、カメちゃん」

ろくろのかたわらに置かれている大瓶から、柄杓で泥漿《スリップ》をすくい上げ、スープ皿に回しかけながら、こちらを見ずにリーチが言った。

リーチが柳宗悦邸の庭に窯を造り、本格的に陶芸創作に打ち込むようになって、一年と半年が過ぎた。

最初のうちは、使い慣れない窯との悪戦苦闘が続き、思うような作品が完成しなかったが、徐々にこつをつかみ、狙った通りのものができるようになっていた。

その頃のリーチは、作陶以外の仕事も精力的にこなしていた。

たとえば、素描やエッチングの制作もどんどん手がけていた。

朝食後に、スケッチブックを小脇に抱えて手賀沼までスケッチに行ったり、柳や亀乃介にモデルになってもらって、人物画を描いたりもした。ひまさえあれば、常に手を動かして絵を描いていた。

作陶に情熱を注ぎながらも、やはりリーチは絵を描くことがたまらなく好きなのだ。

絵付をした大皿の制作にも、どんどん挑戦した。

亀乃介は、リーチの仕事の中でも、やっぱり絵付のものがひときわすばらしいと、作品ができ上がるたびに感嘆せずにはいられなかった。

「我孫子窯」で創った陶器と素描やエッチングなどを合わせて、神田の画廊、流逸荘《りゅういっそう》で個展を開きもした。

これには柳宗悦がさまざまに協力をした。画廊への口利き、作品の選定、客の紹介まで、バーナード・リーチという芸術家が日本でもっと知られるよう、心を砕いてくれた。その甲斐もあって、展覧会を開けば、リーチの作品は飛ぶように売れた。

「白樺」や、そのほかの美術雑誌、新聞などに寄稿もした。リーチが英文で原稿を書き、それを柳が訳し、亀乃介が清書して、掲載原稿を完成させた。評判が広がっていき、けっこうな頻度で原稿の依頼が舞い込んだ。「そのうち一冊の本にすればいい」と、柳からアドバイスがあった。


さまざまな仕事を精力的にこなしたおかげで、リーチは、美術や陶芸に興味をもつ人々、芸術家や知識人のあいだでは、いまやよく知られた存在となっていた。

バーナード・リーチという芸術家は、イギリス人としての誇りを持ちながらも、日本をこよなく愛し、イギリスの佳《よ》き芸術を日本にもたらし、また、日本の善き伝統、文化を吸収しようと、たゆまぬ努力を続けている。東西の文化の架け橋たらんとして、力を尽くしている。

ひとかどの人物だ。いままで存在しなかったタイプの芸術家だ。

そんな評価が高まりつつあるのを、亀乃介はうれしく思っていた。

日本に帰ってきてよかった。そして、陶芸に生きる道を定めて、ほんとうによかった。満足感が、リーチをいっそう熱心に仕事に向かわせているように見えた。

——ひょっとすると、リーチ先生はこのまま、一生日本で暮らしてくださるかもしれない。

亀乃介が密かに期待し始めた頃――。

ヨーロッパで世界大戦が終結した。日露戦争を勝ち抜いた日本は、イギリスの要請もあって参戦したが、連戦連勝の上げ潮気分が日本をさらなる戦争に向かわせようとしていた。

少しまえから、日本政府が軍国主義に傾きつつあることはわかっていた。しかし、穏健な国民性から、過激な行為には走るまい、とリーチは考えているようだった。

が、日露戦争に勝利したのち、日本は朝鮮を自国の領土として支配すると宣言していた。

数年まえから朝鮮の陶芸に深い関心を持ち、同国を旅行して陶磁器を買い集めていた柳宗悦は、日本の朝鮮占領に対しては反対の意を表明していた。

リーチは、柳とともに日本に占領された朝鮮を旅し、朝鮮の職人の手技と、えも言われぬ白磁の味わい、青磁の美しい色合いに、深い感銘を受けた。このようにすぐれた文化を持つ国を占領した日本に――正確に言えば、日本の植民地政策に、強い違和感を感じ始めていた。

温厚で穏健な日本人の国民性は、いつしか傲慢で不遜な軍国主義に取って代わられてしまうのだろうか。

母国イギリスは、はたしてこのさき、世界の中で存在感を高めていく日本と、折り合いをつけていけるのだろうか。

永遠に友人同士であると固く信じているイギリスと日本とが、植民地政策において覇権を争い、やがて対立するようになるのではないか。

そんな不安が、リーチの中で、日に日に増幅し始めていた。

その頃、折り悪しく、リーチの妻、ミュリエルの母親が、ロンドンでひっそりと息を引き取ったとの報が、飛び込んできた。

ミュリエルの悲しみは深かった。いまや三人の子供たちの母親であり、彼らの面倒をみるため日々の生活に追われていたミュリエルは、母の死をきっかけにして、亀乃介のいる前で、涙ながらにリーチに訴えた。

——イギリスへ帰りたい。どうしても、帰りたいの。

結局、母は、孫に会うこともなく神に召されてしまったわ。父だって、このさき、どうなるかわからない。父には、孫の顔を見せてやりたいの。

日本は、いい国だわ。私だって大好きよ。けれど……一生ここにいるつもりは、私にはないわ。

日本へやってきて十年、辛抱強く慎み深い妻のミュリエルが、ついぞ言ったことのなかったそのひと言を、とうとう口にした。亀乃介は、胸がえぐられるような気持ちだった。

リーチはミュリエルに言った。

——君の気持ちは、痛いほどわかる。私も母の顔を見たことがないし、父も早くに亡くしてしまったからね。

だが、わかってほしい。私は相当な覚悟をして、この国に帰ってきた。陶芸の道を究めようと、心に決めた。そしていま、思ったように仕事ができつつある。

いい友人たちに恵まれ、作品も売れるようになった。日本の人々が、私の仕事を認めてくれ始めている。何より、まだまだやるべき仕事がある。

だからもう少し、待ってくれないか。君の気持ちを無視することは、決してしないと約束するから。

そうなだめて、どうにかミュリエルの昂《たかぶ》る気持ちを落ち着かせたのだった。

自分たちは、いったい、どうなるのだろうか……と、リーチが沈んだ声で亀乃介に言うともなく言った。

このまま日本で暮らし続けるつもりなのか。ここで、ひたすら陶芸の道を歩み続けていって、いいものだろうか。

いまや軍国主義に傾き、植民地主義に走り、周辺諸国と一触即発の不安をはらんだ国で。

いや、日本ばかりではない。ヨーロッパでも、軍靴《ぐんか》の音が再び響き始めている。それが、この極東の地まで聞こえてきている。

またしても忍び寄る戦争の影に、世界は常におびえているのだ。

師の様子に変化が表れたことを、亀乃介は気づいていた。

――先生は、近頃ずいぶん仕事の量を増やしている。

陶芸ばかりじゃない。絵もエッチングも、寄稿も、展覧会も――何かに取り憑かれたように仕事をしている。

まるで、忘れたいことでもあるみたいに……。

そんなとき、一通の手紙が舞い込んだのだった。

「濱田庄司」との記名がある封書が。

リーチの代わりに、亀乃介が封筒を破った。白い便せんには、几帳面な英語の文字が並んでいた。

「おや、これは……英文の手紙です。そのまま読みましょうか」

亀乃介の問いに、リーチは、ろくろを回す手を止めることなく、「ああ、たのむよ」と答えた。

「はじめてお便りを差し上げます。私の名前は、ハマダ・ショウジと申します。あなたの作品を以前から、とても興味深く拝見していました……」

手紙の主、濱田庄司は、陶芸家となることを目指して、日々鍛錬を重ねている若者であった。手紙には、自分が陶芸家となることを決心するに至った経緯と、リーチの作品への賛美が、ていねいに記されてあった。

子供の頃から西洋の美術や工芸品に強い興味を抱いていたこと。留学の経験はないが、父の勧めもあって、英語を学んできたこと。東京高等工業学校に入学後、陶芸家、板谷波山に学んだこと。卒業後は、縁あって京都へ行き、京都市陶磁器試験場に勤務したこと。

そして何より、リーチの作品に深く感銘していること。

濱田庄司は、以前にリーチの個展を訪れたことがあり、実はそのときリーチにあいさつをした、と手紙には書かれてあった。

リーチのほうはまったく記憶になかったのだが、濱田は憧れを募らせたようだった。

陶芸はもちろん、エッチングや素描なども、濱田は実にていねいにリーチの仕事を見ていた。それどころか、岸田劉生が描いた「バーナード・リーチ像」も、白樺社主催の展覧会で目にし、意志の強そうな雰囲気がよく表れていて心打たれたと、そんなことも手紙の中で語っていた。

――最近次々と発表している陶芸作品、中でもイギリスの伝統的な陶器であるスリップ・ウェアは、ことさらすばらしく、お目にかかってお話ししたいという気持ちにかられました。

どんなふうに発想するのか。またどんな手法で成形するのか。焼成の方法はいかなるものなのだろうか。

陶芸家を目指す者として、ぜひともお話をお伺いしたく思っています――。

亀乃介が英文の手紙を読み上げるのに聴き入っていたリーチは、蹴ろくろを回していたのだが、途中で動きを止めた。手紙の一言一句に耳を傾けているようだった。

亀乃介が読み終わるのと同時に、リーチの顔に笑みが広がった。

「ハマダ……といったね、その手紙の主は？」

リーチの問いに、亀乃介は、はい、と答えた。

「その手紙を、ちょっと見せてくれるかい？」

手を洗ってくると、リーチは両手で手紙を持ち、もう一度、ゆっくりと時間をかけてそれを読んだ。

読み終えると、顔を上げて亀乃介を見た。

「几帳面な文字で、きれいな綴りだ。彼はきっと、とてもいい仕事をする人物に違いないよ」

リーチはすぐに返信を書いた。我孫子の工房へぜひ遊びにいらっしゃい、と。


まもなく、濱田庄司が我孫子へやって来た。

その日は、柳宗悦は東京へ出かけて留守にしており、リーチと亀乃介、ふたりして濱田を迎えた。

「お招きいただき、ありがとうございます」

頬を紅潮させ、少し緊張気味に英語であいさつをしてから、濱田はリーチと握手をした。ついでに亀乃介とも握手をした。日本人同士のあいさつでは、握手をすることはめったになかったのだが、興奮のあまり、濱田は亀乃介の手を握って、上下に強く揺さぶった。

「いや、ほんとうに、ほんとうに喜んでいます。うれしい。まるで、自分は、その、なんだ、えーと、なんていうか……夢、そう、夢です。夢の中にいるようだ」

あれこれ単語を並べ立てて、それでもちゃんと英語で自分の気持ちを表現していた。

亀乃介は、一生懸命にリーチと向き合おうとするこの若者にかつての自分を重ね合わせて、たちまち好感をもった。

濱田は、ずんぐりとした体型で、丸眼鏡をかけていた。眼鏡の奥の瞳は、憧れの芸術家に会えた喜びで輝いていた。

工房へ招き入れられた濱田は、成形したばかりの器の数々が並んだ棚を見て、うわあ、と声を上げた。

「すごい。これ全部、リーチさんが創ったんですか。絵付のものがある。……ああ、これはパン皿ですね。こっちは、ジャグ。ほんとうにいいかたちだ」

はしゃいだ声で濱田が言った。

「これは、最近焼いたものだ。見るかい？」

ろくろの近くに置いていた黄色い地肌のジャグを取り上げると、リーチはそれを濱田に向かって差し出した。

濱田は、おっかなびっくり両手を出すと、ジャグを受け取った。

目の高さにそれを持ち上げて、ためつすがめつ眺めてから、濱田はため息をついた。

「まるで、可憐な少女のようだ。ちょっと太めの」

その表現に、リーチと亀乃介は、思わず笑った。

リーチと濱田と亀乃介、三人は、工房の中にある椅子に座って、なごやかに会話をした。

濱田は、自分が陶芸に関わるようになった経緯を詳しく語って聞かせた。

濱田の実家は芝西久保明舟町で文房具屋を営んでおり、父の影響もあって、濱田は幼い頃から西洋のものに親しんできた。将来、日本はもっと西洋と活発に交流することになるだろう、という父の予見もあって、熱心に英語を学んだ。また、自ら積極的に西洋の美術工芸品を見て歩き、舶来品を買い求めた。

中でも、西洋で作られた陶磁器の数々に心を奪われた。光沢のあるなめらかな磁器。陰も曇りもいっさいない明るさに憧れた。

西洋人が使っている椅子やテーブルなどにも興味があった。日本在住の西洋人が離日する際、売りに出す中古の西洋家具を古道具屋でみつけて買い、それが何点も家に届いて、家族を驚かせた。

「自分は、陶器を創るのは当然好きですが、陶器やそれ以外の工芸品なんかを、見るのも買うのも集めるのも、ぜんぶ、大好きなんです」

明るい瞳をして、濱田が言った。

西洋の絵画にも、もちろん大いに興味があった。「白樺」の熱心な読者でもあった彼は、「白樺」が推薦していた芸術家の作品展に通い、その関連書籍も読んだ。英語は、英文の本を通して身につけたという。

印象派や後期印象派の画家たちに関する評論も、むさぼるように読んだ。

西洋美術に深く傾倒しながらも、絵描きや彫刻家ではなく、あえて工芸の道に進むと決めた濱田庄司は、その後、陶芸を学べる唯一の学校、東京高等工業学校に進学した。

学校で、近代陶芸家グループのひとりである板谷波山に学んだが、同時に、リーチや富本憲吉の作品を展覧会や美術雑誌の写真で見て、憧れを募らせた。

「リーチさんの作品には深みと、格式の中にも新しい息吹がある。富本さんの作品は、実直で翳《かげ》りがない。両者に共通しているのは、『個性』です」

濱田は、声に力を込めながら、リーチに向かって言った。

「日本における工芸品は、名もない職人が作るものが多くて、それはそれで味わいがある。けれど、もう少し、個性を持った作者が現れてもいいと、僕は思う。名もなき善きものと、個性的な作家のものと、その共存が大事なんじゃないか。そんなふうに感じているんです」

学校での授業は、陶芸の技術に関する内容――釉薬の配合や焼成の温度の調整など――がほとんどで、もっぱら研究室での作業に重きが置かれていた。つまり、創作そのものには、あまり重点が置かれていなかった。

ろくろを使っての創作指導は、たったの二週間ほどしかなく、意匠に関する授業は皆無に等しかった。ほとんど土に触らずに卒業することもできてしまうという状況だった。

ゆえに、濱田は、陶芸の持つ深遠な美を渇望した。ひまさえあれば、陶芸家の個展に出向き、博物館で陶器を眺め、多数の図版が入った本をむさぼり読んだ。

そんな状況だったから、リーチの作品を見たとき、どれほど深く胸に刺さったか、言葉にできないほどだったという。

「イギリスから、はるばる日本へやって来られて、陶芸の道に進まれたのは、決して簡単なことではなかっただろうと想像します」

学校ではろくに土にも触れられない、と不満を募らせた濱田は、自分で土を買って成形し焼くことができる陶芸教室に、毎週末通うことにした。そして、その陶芸教室で、とある人物と運命的な出会いを果たしたのだった。

濱田が出会った人物の名は、河井寛次郎といった。

濱田と同じく東京高等工業学校に通っていた河井は、濱田の二年先輩であった。河井も濱田同様、陶芸の道を志していたが、学校では「作品」を創ることがままならぬと、陶芸教室に通っていたのだった。

――これからの陶芸は、師弟関係を重んじたり、技術に力点をおいたりすることよりも、いかに独創的であるか、そこにこそ力を注ぐべきだ。

出会ったばかりの後輩に、河井は、陶芸の未来について、熱を込めて語った。

──幸い、僕らには、工業学校で学んだ技術と知識が備わっている。あとは、どう手を動かすか。そして、どんなふうに新しいものを僕ら自身で創り出していくか。それがいちばん、陶芸家にとって、大事なことなんだ。

濱田は、河井の落ち着いた口調の中に、自分と同様の静かな熱狂を感じとったという。その瞬間から、ふたりは、新しい陶芸の道をともに模索する仲間となったのだった。

「河井さんも、リーチさんの作品に、いままでの日本の陶芸家にはなかった独創性を感じる、と言っていました。僕たちにとって、あなたは、明るく輝く星のような存在なんです。あなたという指標に向かって、僕らは歩いていきたい。本気で、そう考えています」

星が宿ったかのようにきらめく瞳をまっすぐにリーチに向けて、濱田は語った。

リーチも朝焼けの空に向かい合ったかのような表情をしていた。

ふたりの様子をみつめながら、亀乃介もまた、この出会いはふたりにとっても自分にとっても、運命的なものであると感じずにはいられなかった。


結局、濱田庄司は初めてリーチを訪問したにもかかわらず、それから三日間、リーチのアトリエに泊まりこんで、延々と対話を続けた。

陶芸、工芸の話題は尽きることがなかった。日英の陶芸の歴史、アーツ・アンド・クラフツ、日本の職人の手技、釉薬、土、ろくろ、窯──ありとあらゆる陶芸にまつわる話を、飽きることなく、ふたりは続けた。その一部始終に亀乃介も参加した。

「いやあ、こんなに長時間、外国人相手に英語を話したのは、生まれて初めてですよ。正直、最初は通じるかどうかも定かではなかったから、緊張していたんだ」

濱田は亀乃介に日本語で言った。

「でも、僕は、とにかくなんでもいい、英語でしゃべって、リーチさんと会話をしたかった。リーチさんの作品が大好きだから、その気持ちを伝えたかった。彼がどうしてあんなに魅力的な作品を創ることができるのか、秘密が知りたかった。それだけなんです」

陶芸家になると決めた自分の気持ちを伝えたい。

だからこそ、自分は一生懸命、英語でしゃべろうと思うんだ、と濱田は言った。

リーチのもとに三日間滞在した濱田は、滞在中に柳宗悦とも親しくなった。

出先から我孫子に戻ってきた柳は、さっそくリーチに「紹介したい『友人』がいるんだ」と言われ、濱田に引き合わされた。その時点で、リーチと濱田と亀乃介はすっかり打ち解けて、濱田はすでにリーチの「友人」のひとりとして数えられていたのだった。

創刊時から「白樺」の熱心な愛読者であった濱田は、「白樺」の編集人であり主筆でもある柳に会えて、感激しきりであった。

「アーツ・アンド・クラフツも、ジョン・ラスキンも、ウィリアム・ブレイクも、セザンヌも、ゴッホも……全部、『白樺』で知りました。『白樺』がなかったら、僕は、もっとつまらない人生を送っていたことでしょう」

あいかわらず情熱的に瞳をきらめかせながら、濱田は柳に向かってそう言った。

濱田の熱心さと、まっすぐな感性に触れ、柳もすぐさま打ち解けて、喜んで会話の輪に参加した。

柳が加わって、話題は、陶芸から「民陶」へと転じていった。

全国に存在する名もなき職人たちが、日々鍛錬を重ね、長い歴史の中で伝え続けてきた民間の陶芸に、自分はことさら興味があるのだ、と柳は語った。

とはいえ、リーチや富本憲吉のような、いままでの型にはまらない陶芸家が登場するのも、もちろん歓迎している。彼らの作品は、民間の陶芸とは一線を画するものではあるが、呼応するものがある。

これからの陶芸家は、伝統的な陶芸との響き合いを意識し、大切にしていってこそ、むしろ新しいものを生み出せるのではないか、と自分は考えている。

柳の話に聴き入っていた濱田は、何度もうなずいていた。

横で聞いていた亀乃介もまた、柳の言葉は自分にも向けられているのだ、と意識して、同じように何度もうなずいていた。

濱田は、さきに東京高等工業学校を卒業した河井寛次郎が就職した京都市陶磁器試験場に、河井の口利きで勤めることになった。

京都では、数多くの釉薬の研究を行ってきた。しかし、試験場は窯元ではない。自分の作品を創るための場所ではなかった。

試験場での勤務はまだ続いていたが、今回は休みをとって我孫子を訪問したという。

「試験場に勤めたおかげで、釉薬や焼成については、ずいぶん詳しくなりました。けれど……自分の作品はどんなものかと問われれば、答えることができません」

濱田は、正直にそう告白した。

「自分の窯を造らないのですか？」

亀乃介の問いに、濱田は頬を紅潮させて、

「まだまだ修業が足りないと思っていましたが……今回、我孫子窯を訪問して、やはり自分でも窯を開いて、どんどん自分の作品を創ってみたいという気持ちになりました」

と、言った。

うむ、と柳はうなずいて、

「釉薬の研究もいいだろうが、やはり陶芸家は作品を創ってこそ陶芸家だ。ぜひ創って、私たちに見せてくれたまえ」

そう励ました。濱田は、「はい!」と威勢よく返事をした。

「僕は、たったいま、心を決めました。試験場を辞めると。そして……リーチさん、あなたを手伝うと」

亀乃介は、どきりと胸が鳴るのを感じた。

――なんという決断の速さだろう。さっさと離職することを決めてしまうとは。

そして、リーチ先生を手伝うって……彼も、助手になるつもりなのだろうか。

助手は、自分ひとりでじゅうぶんだと思うんだけどなあ。

亀乃介の戸惑いを察知したかのように、リーチは微笑を浮かべて言った。

「ありがとう。しかし、助手はカメちゃんひとりでじゅうぶんだよ」

濱田は、いえいえ、と手を横に振って見せた。

「違うんです。専属の助手になるというんじゃなく、窯焚きのときにお手伝いしたい、ということです。僕は、釉薬のことがひと通りわかるし、焼成温度についても、お知らせできると思うんです。釉薬や温度を変えたら、いままでとはちょっと違った面白い結果を生むかもしれない。陶芸には、偶然の美がつきものですが、狙った通りに焼き上がったときは、それはそれでうれしいものです」

そして、リーチが狙った通りの効果を発揮するために自分は手伝いたいのだ、と熱心に語った。

この若者が自分にはない知識と技術を体得していることを知った亀乃介は、うらやましいような、頼もしいような、少々複雑な気分を覚えた。が、それでも、きっとこの男に手伝ってもらえれば、リーチがまた違った結果を得ることができるだろう。

——きっと、自分たちはいい同志になる。

そんな思いが亀乃介の胸に浮かんだ。

三日間の滞在中、濱田は、ありったけのリーチの作品を見せてもらい、とても感激していた。また、窯の状態も見て、僭越ながら、と前置きした上で、もう少し形状を変えたほうがもっと火がよく回るだろう、と、紙に絵を描いて説明をした。

リーチも亀乃介も、濱田の試験場仕込みの科学的な忠告に驚きを覚えた。リーチは、すっかり感心したように言った。

「ありがとう。次回ではなく、『次の次』の窯焚きのときには、是非とも君に手伝ってもらうことにするよ」

濱田が、首をかしげた。

「なぜ、次回ではないんですか？」

「次回の火入れは、三日後を予定しているんだ。いくらなんでも、これ以上、君に仕事を休ませるわけにはいかないよ」

勤め人はそう簡単に長期休暇を取ることができない、それが日本の社会の常識であると、リーチはちゃんとわかっていた。

濱田は、にっこりと笑顔になった。

「約束ですよ。次の次には、必ず手伝わせてください」

濱田庄司が京都へと帰ったあとも、亀乃介の心には、ほのぼのとした感情が残っていた。自分よりも少し年若い青年。陶芸の話をするあいだじゅう、その目には炎が燃えているかのようだった。

――きっと、リーチ先生に初めて会ったときの自分も、あんな感じだったに違いない。

リーチの仕事に触発され、陶芸の世界にのめり込みつつある若者が、もうひとり増えた。その事実は、亀乃介を愉快な気分にさせた。志を同じくする新しい仲間を得た喜びは、格別なものだった。

リーチも、濱田との出会いを心から喜んでいた。

富本憲吉が遠く離れてしまったいま、襟を開き英語で陶芸の話をできる「陶芸家」の友人をなかなか得ることができなかった。

もちろん、柳や武者小路実篤、志賀直哉、岸田劉生は、何でも話せる大切な友人たちだ。しかし、彼らは陶芸の創り手ではない。

どんなに陶芸に詳しくても、やはり創り手にしかわからないことはたくさんある。

いままでは、亀乃介が、創り手としてのリーチの話し相手になってきた。その相手がもうひとり増えたことは、リーチにとっての大きな喜びとなった。

「ハマダは、広くて素直な心の持ち主だ。そして感受性が豊かだ。彼の話していること、彼の顔を見ていれば、作品を見なくても、どんなものを創るのか、わかるよ。彼は、きっといい陶芸家になるだろう」

濱田は、次の次の窯焚きのときまでに、勤務先である京都市陶磁器試験場を辞職して、東京へ戻ってくるはずだった。亀乃介は、その日が楽しみでならなかった。

——今度、濱田さんが来たときには、自分が焼いたものも見てもらおう。

そんなふうに、密かに心に決めた。


濱田が京都へ帰った三日後、我孫子窯の十一回目の窯焚きの日を迎えた。

その頃になると、リーチは、もはや最初のときのように焦って火を回したりレンガでふさいだ窯の口を壊したりはせず、落ち着いて向き合えるようになっていた。

もちろん、亀乃介もリーチを助けて薪の準備をし、火をおこし、窯に火が入っているあいだは寝ずの番をした。

窯の状態は悪くなかった。じゅうぶんに火が回り、炎の中に並んだ陶器も、赤々と美しい輪郭を描いて熱を発していた。

すすと灰で汚れてしまったリーチは、

「風呂に入って少し横になるよ。カメちゃん、君も少し休みなさい。今回はうまくいっているようだから、寝ないで番をする必要もなかろう」

と言って、足元をふらつかせながら、家の中へと入っていった。

亀乃介は、濱田が来てからこのかた、もてなしに加えて窯焚きの準備に追われ、ろくに眠っていなかったので、ちょっとだけでもいいから横になりたい、という誘惑に抗えなかった。

夜更けだった。亀乃介は、すすだらけの顔を洗うこともなく、自室へ行くと、倒れ込むように横になって、そのまま眠ってしまった。

そして——。

明け方、がたっといきなり襖が開いて、柳の妻の兼子が飛び込んできた。

「亀ちゃん！　亀ちゃん、起きて！　起きてってば！　大変よ！」

激しく体を揺すぶられて、亀乃介は目を覚ました。一瞬、自分がどこにいるのかわからなかった。

薄闇の中に、兼子の顔がぼうっと浮かび上がっている。その顔は、蒼白だった。

「工房が燃えてるわ！　火事よ！」

――火事？

亀乃介は飛び起きた。

焦げ臭い匂いが漂っている。亀乃介は、はっと息をのんだ。

――いけない！

部屋を飛び出すと、裸足で庭へ走り出た。

母屋から少し離れた場所に建てられていた工房が、猛烈な勢いで炎に包まれているのが見えた。

うわっと叫んで、亀乃介は、炎に向かって駆け出した。

――まさか。

まさか、そんな。火事だなんて。

工房が焼けてしまうなんて――！

亀乃介は、大慌てで木桶に水を汲み、燃え上がる炎に向かってぶっかけた。何度も何度も。しかし、まったく効果がない。

――どうしよう。

先生の工房が……いままで創ってきた作品が、資料が、あの中にいっぱいあるというのに……！

亀乃介は、木桶の水を頭からざぶっと被ると、工房に向かって突進しようとした。――その瞬間。

「カメちゃん、危ない！　近づいてはだめだ！」

力いっぱい腕をつかまれて、振り向くと、浴衣姿のリーチが立っていた。

「先生！　すみません、僕が……つい寝込んでしまったばっかりに……！」

そこまで言うと、亀乃介は、がっくりと地面に両膝をついた。

「何を言ってるんだ。君のせいなんかじゃない。さあ、ここは危ないから離れて」

リーチは、亀乃介の腕を引っ張って立たせようとした。が、どうしても足に力が入らない。

「リーチ！　亀ちゃん！　ここにいてはだめだ、早くあっちへ！」

柳が飛んできた。リーチと柳は、ふたりして亀乃介を支え、どうにか移動した。

その間も、工房は恐ろしいほどに火を噴き出し、屋根に燃え移って、めらめらと勢いを増したのだった。

町の消防が駆けつけ、近所の人々がどんどん集まって、あたりは騒然となった。

不幸中の幸いで、母屋への延焼はなく、工房が丸ごと焼け落ちて、どうにか鎮火した。

真っ黒になった工房の焼け跡に入ったリーチは、がっくりと肩を落とした。

大切な創作ノート、釉薬の製法のメモ、参考書、さまざまな道具、イギリスや中国、朝鮮から取り寄せた見本用の陶器、展示用の布地、デザイン画、素描、そしていままで創った作品の一部――何もかもが燃え尽き、砕け散っていた。

絶望するリーチの姿を見て、亀乃介は、体が芯から震えて仕方がなかった。

――自分のせいだ。

たとえ先生が休むように言ってくれたからといっても、いつものように、寝ずの番をするべきだった。それなのに、どうしてもがまんできなくて、寝てしまったから……。

どうして、窯のそばにいなかったんだ？　どうして、いつもと違うことをしたんだ？

ああ、先生。いったい、どうやって、この償いをすれば——。

工房の焼け跡のそばで一人震えていた亀乃介の肩を、ぽん、とやさしく叩いたのは、柳だった。

柳は、小さな声で語りかけた。

「亀ちゃん。——わかるよ。君はいま、自分を責めているんだろう。寝ずの番をすればよかったって。……しかし、それは違う。火事になったのは、君のせいじゃない。なぜなら、君がそうしようと思ってこうなったわけじゃないんだから」

起こってしまったことは、もう仕方がない。これからどうするか、リーチと一緒に考えよう。

そんなふうに、柳は言った。

亀乃介の心情を思いやる柳の言葉は、胸に沁みた。しかし、亀乃介の後悔は、簡単には払拭できないほど深かった。

絶望の淵に立つ師に、何と言えばいいのか。亀乃介には、リーチにかける言葉がなかった。

何もかもが瓦礫《がれき》と灰になった工房の焼け跡に佇んで、肩を落とし、うなだれたまま、リーチはいつまでも動かなかった。

亀乃介の隣には、柳が立っていた。出火してすぐさま駆けつけた手賀沼の仲間たち——武者小路実篤、志賀直哉もいた。

誰もが言葉を失って、リーチの後ろ姿をみつめていた。

いままでずっと、芸術の道を模索し、語り合い、幾多の月日をともに過ごしてきたリーチ先生。

いつだって、包み込むようにあたたかい、大きな人だった。

先生の後ろ姿が、こんなにも小さく見えたことは、いままで一度もなかった——。

亀乃介の目に、涙が込み上げてきた。おそろしいほどの後悔が、荒波のように、どっと胸に押し寄せる。

しかし、もはや取り返しがつかない。貴重な資料や作品を蘇らせることは不可能なのだ。

ふと、リーチが振り返った。亀乃介の心臓が大きく脈打った。

師の顔は、見たこともないほど憔悴《しょうすい》しきって疲れ果てていた。

リーチは、誰とも目を合わせようとせずに、視線を宙に放ったままで、言った。

「すまないが……ちょっと手賀沼へ行ってくるよ。気持ちの整理をしたい」

そして、すすだらけの浴衣のままで歩き出した。

「……先生！」

亀乃介は、思わず後を追おうとした。しかし、柳がその肩をつかんで止めた。

「……いまはひとりにしてやれ」

柳たちとともに、亀乃介は、遠ざかっていくリーチを見送った。力の失せたさびしそうな背中が、ひとりっきりで沼に向かっていった。

近隣の人たちの手を借りて、亀乃介は火事の後片付けを始めた。

心は重くふさいでいたが、いつまでもうなだれているわけにはいかない。柳が言った。

「さあ、元気を出して片付けよう」

亀乃介は、工房の焼け跡に入った。まだあちこちで煙がくすぶっていた。黒こげになって崩れ落ちた梁《はり》をどかしながら、亀乃介は、再び絶望が胸の中に色濃く立ち上ってくるのを感じずにはいられなかった。

——ほんとうに、何ひとつ残っていない。

来月には、展覧会を開催する予定で、そのために創った作品まで、全部無に帰してしまった。

これでは、開催は無理だ。

太陽が高々と昇っていた。強い日差しが容赦なく照りつける。したたり落ちる汗をぬぐおうともせず、亀乃介は、黙々と片付けをした。

――もう、ここにはいられない。

瓦礫をどかしながら、ふと、そんな思いが胸を突き上げてきた。

――こんなことになってしまったからには、もうこれ以上、リーチ先生のもとにはいられない。

柳先生のところにご厄介になるわけにもいかない。

ここから――我孫子から、出ていこう。

そう決めた瞬間、亀乃介の胸が、なんともいえぬさびしい音を立てた。

今回の不始末の責任をとって、ここを去る。つまり、リーチの弟子であることをやめる。

その決心が、亀乃介をたまらなくさびしくさせた。

――けれど、自分がいなくなってしまっては、先生が困るんじゃないか。

いや、そう思うのは、単なる甘えだ。

自分の代わりに――自分よりも、もっと陶芸についての知識もあるし、技術もあるだろう彼に
――濱田庄司に、助手になってもらえばいいのだ。

濱田も、リーチを手伝いたいと言っていた。そのために、いまの勤め先の京都市陶磁器試験場を辞めて、東京へ戻ってくる決意までしたんだ。

事情を話せば、わかってくれるだろう。彼なら、申し分のない助手になってくれるはずだ。

先生が帰ってきたら、まず、おわびをしよう。それから、告げよう。ここを出ますと――。

それからしばらくのあいだ、亀乃介は、何かに取り憑かれたかのように、瓦礫を片付けることに没頭した。

とにかく体を、手を動かしていたかった。一瞬でもぼんやりしたくはなかった。

心に隙間を作りたくはなかった。

ほんのちょっとでも隙間ができれば、リーチの弟子をやめるという決意が、またたく間に揺らいでしまいそうだった。

しゃがみ込んで焦げた木片を拾っていると、ふと、視線の先に下駄履きの大きな足が現れた。

顔を上げると、そこに、リーチが立っていた。

リーチは、弱々しい微笑を浮かべて言った。

「ずいぶん片付いたんだね。やっぱり、君は仕事が速いな」

亀乃介は、立ち上がって、リーチに向き合った。

手賀沼へと出かけていったときは、憔悴し切った様子だったが、初夏の水辺の清々しい風景になぐさめられたのか、いまのリーチは落ち着いているように見えた。それだけでも、亀乃介は胸を撫で下ろした。

けれど――。

ここを出ていく、という決心を、すぐにでも伝えなければ。

そうしないと、気持ちが変わってしまう。

亀乃介は、姿勢を正すと、リーチに向かって、ていねいに頭を下げた。そして、低頭したままで、はっきりと言った。

「申し訳ありませんでした」

リーチは、黙ったままだった。

顔を上げて、リーチを正面にみつめると、亀乃介は続けた。

「このたびの不始末は、誰がなんと言おうと、自分が窯の番を怠ったせいです。それは間違いありません。窯に火が入っているあいだは、どんなに炎の状態が安定していようと、燃え上がらない確証はない。そうわかっていて、僕は、あのとき、窯のそばを離れたんです」

どんなに悔やんでも、反省しても、取り返しがつかない。

「先生が手賀沼へ行っておられるあいだ、ずっと考えていました。——自分は、先生の弟子として、あまりにも至らなすぎるんじゃないかと。……これ以上、おそばにいては、ただ迷惑をかけるばかりではないかと」

亀乃介は、潤んだ声でひと言、言った。

「ここを出ます。……先生の弟子を名乗るのを……今日を限りにやめようと決めました」

亀乃介は、奥歯を噛んで、込み上げる感情をぐっとこらえた。

——嘘だ。

自分は、嘘を言っている。

ほんとうは、いつまでも、先生のおそばにいたい。

先生の仕事を支えたい。先生の創るものを見たい。自分も、もっともっとたくさんの焼き物を創りたい。

先生とともに、陶芸の道を歩んでいきたい。

そうだ。自分は——。

こんなことになってしまっても、自分は、まだ陶芸の道を歩みたいと思っているんだ。

――リーチ先生と、一緒に。

「……私のもとを離れて、それで、君はどうするつもりなんだい？」

リーチの静かな声が響いた。亀乃介は、うつむいて、すぐには答えられなかった。

――わからない。このさき、自分がどうなるのか。

ひとりになってなお、陶芸の道を歩み続けられるだろうか。

わからない。……けれど、答えなければ。

「とにかく、横浜に帰って、頭を冷やします。どうするかは……それから考えます」

無理やり言葉を押し出した。亀乃介は、それっきり黙ってうなだれた。

しばらくの沈黙のあと、リーチが口を開いた。

「……陶芸には、もうかかわらないと？」

どきっとした。

陶芸には、もうかかわらない。――そのひと言が、亀乃介の胸を突き刺した。

リーチのもとを離れること。それはすなわち、陶芸の道から外れることを意味するのだ。

窯もなく、ろくろもない。技術も感性も、独立するまでには遠く及ばない。亀乃介ひとりで陶芸を続けていくなんて、無理な話だ。

リーチとともにあったからこそ、自分は陶芸に関心をもつことができた。この道を歩むことができた。

リーチのもとを離れてしまえば、その瞬間から、自分はもはや何者でもない。

けれど、仕方がないじゃないか。

この結末を招いたのは、自分自身なのだから。

亀乃介は、顔を上げた。が、リーチの目をまともに見ることができない。視線を合わせてしまうと、気持ちが揺らいでしまいそうだった。

「……たぶん、もうこれ以上、僕は……陶芸を続けていくことはできないと思います」

リーチがいつものように鳶色の瞳をじっと向けてくれているのを感じる。やがて、おだやかな声で尋ねた。

「どうして？」

亀乃介は、ただ、黙ってうつむくほかなかった。

「カメちゃん。ひとつ、訊きたいのだが――私は、いま……この瞬間は、まだ――君にとっての『先生』だろうか？」

不思議な質問に、亀乃介は、思わず目を上げてリーチを見た。

鳶色の瞳は、たとえようもないやさしさを宿している。

亀乃介は、手賀沼の澄んだ水面をのぞき込むような気持ちで、師の目を見つめ返した。

「はい。――リーチ先生は、僕の『先生』です。いままでも、いまも……これからも」

すなおな言葉が、こぼれ出た。

リーチは、微笑を口もとに点すと、静かに言った。

「では、君にアドバイスしよう。――これからも、陶芸の道を歩んでいきなさい」

日本の陶芸は、これから、どんどん発展していくはずだ。

その大切な時期に、君という才能を失ったら……それは、未来の陶芸にとって大きな損失になる。

陶芸を続けてほしい。――究めてほしい。

私と、一緒に。

リーチが亀乃介に告げた言葉。それは、思いもよらぬひと言だった。

亀乃介は、声も出せずに、ただ黙って師の瞳をみつめた。

どこまでもやさしく、澄んだ目。あたたかく、包み込むようなまなざし。

――リーチ先生。

初めて会ったときに、感じたこと――この人はとてつもなく大きい人だと。

あのときのまま、変わらずに――いや、もっともっと大きく、おおらかになって、先生が、いま、自分の目の前にいる。

陶芸の道を歩んでいきなさい。

陶芸を続けてほしい。究めてほしい。

私と、一緒に。

そう言ってくれている。

ああ、自分は――自分は、なんて、小さな人間なのだろう。

ここを去りさえすれば、すべてが解決すると思っていたなんて。

先生の弟子をやめてしまおうと思ったなんて。

「――先生。僕は……僕は……」

何か言おうとして、言葉にならない。熱いものが胸いっぱいに込み上げてきた。

と、そのとき。

「リーチ！　亀ちゃん！　ちょっと、こっちに来てみろ！」

柳宗悦の声がした。

柳は、焼け焦げた窯の近くに佇んで、手招きをしている。ふたりは、急いで駆け寄った。

柳は窯の口をふさいでいたレンガを木槌で叩き、こわしたところのようだった。

駆けつけたリーチと亀乃介の顔を、柳は、驚きと興奮の入り交じった目でみつめた。そして、ぽっかりと開いた窯の口を指差して、言った。

「見てみろ。……信じられないよ」

リーチは、窯の口をのぞき込んだ。そして、そのまま息をのんだ。

亀乃介も、リーチのすぐ後ろから中をのぞき込んだ。

――あ。

声にならない声が漏れた。驚きが体じゅうを駆け巡る。

――これは……。

リーチが、急いで手袋をつけ、両手をそっと窯の中に差し入れた。そして、中に並んでいる焼き物のひとつを取り出した。

灰を被り、にぶい輝きを秘めた白磁の壺が現れた。

亀乃介は、一瞬、呼吸を止めた。思わず手を伸ばし、灰をこすり落とした。指先が、どうしようもなく震えていた。

――すごい。

見たこともないような色。信じられないような輝き。落ち着き払った佇まい。

強く、清楚で、静謐《せいひつ》で、それでいて華やかさのある――はるかな古代の貴婦人にも似て。

リーチは、壺を、日の光の中にかざした。初夏の日差しを一身に受けながら、灰がこびりついた白磁は、おおらかに微笑んでいるかのようだった。

「なんという出来映えだ……」

柳が、感嘆してつぶやいた。

「おい、リーチ。いままで創ったものの中で、これがいちばんいいじゃないか。すごいぞ、これは」

そう言って、笑った。

リーチの顔にも、笑みがこぼれた。亀乃介の目は、再び涙でうるんでいた。

第四章　どこかに、どこにでも

一九二〇年（大正九年）六月

リーチが日本にやってきて、十一年が経っていた。

そのあいだ、一度もイギリスへ帰ることなく、北京で過ごした一年半を除けば、リーチは家族とともにずっと日本で暮らした。

多くの友と出会った。夜を徹して語り合った。忘れられない数々の体験をした。

陶芸という、一筋のまっすぐな道をみつけた。その上を歩き始め、いまもたゆまず歩んでいる。

そして、陶芸の道は、イギリスに続いている。

そう気がついたリーチは、ついに故国に帰る決意をした。

イギリスへ帰ろうと心を決めるまでには、いくつかの過程と要因があった。

昨年、妻・ミュリエルの母が他界し、ミュリエルが孫の顔を父に見せたいと切望していること。

そして、柳宗悦邸の庭に造った「我孫子窯」が全焼し、友に迷惑をかけてしまったこと。

その後、知己である黒田清輝《せいき》子爵の厚意で、彼の麻布の邸内に工房と窯を新たに造ることになったこと。

我孫子での火事は、まったくもって災難だった。

リーチは、我孫子の土地をたいそう気に入っていた。近くの手賀沼の自然、彼方にそびえる富士山。そして、気の合う仲間たちが近くにいる喜び。できることなら、いつまでもこの場所に留まりたいとも思っていた。

だからこそ、火災のあとのリーチの決断は速かった。

これ以上、柳に迷惑をかけるわけにはいかない。とにかく我孫子を立ち退くことにした。亀乃介は、是非もなく師に従った。

柳邸を出て行く、というリーチを、柳は無理には引き止めなかった。

我孫子窯からの出火でリーチの工房は焼失してしまったものの、柳邸には特段の被害は及ばなかった。しかし、リーチが心底申し訳なく思っていることは、柳は重々承知していた。一種のけじめとして柳邸を去る、とのリーチの決意を、柳は受け止めた。

――たとえどこに君の拠点が移ろうとも、私が君の仕事を応援する気持ちに変わりはないよ。

リーチが去る日、柳は、友に向かってそんなふうに言った。

――そしておそらく、ここで君が創った作品の数々は、歴史に残るだろう。それは、私が保証するよ。

最高のはなむけの言葉を胸に、リーチと亀乃介は我孫子を後にした。

リーチ一家は、亀乃介とともに、駒沢に引っ越した。そして、我孫子のときと同様に、工房の設計図を自ら起こした。

窯の設計については、リーチを慕って我孫子へやってきたあの青年、濱田庄司に頼もう、と迷わず決めた。

亀乃介は、すぐに濱田に電報を打った。濱田はまだ京都市陶磁器試験場に勤務していたのだが、すぐさま東京へ飛んできた。そして、なるべく早く京都の職場を退職し、東京へ来てリーチの仕事を手伝いたい、と申し出てくれた。

それから三ヶ月。濱田や、新たに雇った陶工たちの協力もあって、理想的な窯が完成した。その一部始終に亀乃介は立ち会った。

濱田は、ものごとを進めるのに、感性だけに頼るのではなく、試験場での日々の研究に基づいてすべてを行った。機能的で効果的な窯造りについて、濱田はリーチに理路整然と助言した。しかもそのすべては英語である。時々は亀乃介も通訳を手伝ったが、亀乃介は、ますます、濱田への信頼と尊敬を深めた。

新しい窯では、熟練の陶工たちのおかげで、以前にも増して、精力的に陶器を創ることができるようになった。リーチは、一年足らずのあいだに七回の焼成を行った。

亀乃介も、せっせとリーチの仕事を手伝いながら、自分の仕事もしっかりと続けていた。「作陶ノート」も、濱田から聞き取った技術や調合を含めて、ますます充実していった。

「私の手伝いばかりではなくて、自分の仕事をすることも大事だよ」

リーチには、常々そう励まされた。そして、出来上がった亀乃介の作品を、リーチはひとつひとつ、ていねいに検分して、これは色がいい、これはかたちがしまっているね、と評価してくれた。

ふたりは、さまざまな陶器を創った。花瓶、ストーン・ウェア、アースン・ウェア、磁器の鉢、皿、ふたの付いた器。そして、水差し《ジャグ》。イギリスの伝統の香りが漂うスリップ・ウェア。

デザインは次第にこなれてゆき、描き付ける絵も、次第に大胆でおおらかな色彩と構図に変わっていった。

リーチがどんどん進化し、創るものに深度が増していくのを、すぐ近くで目の当たりにして、亀乃介は、すごい、と日々興奮と喜びとを感じていた。

我孫子の火事で大きな衝撃を受けたはずなのに、それを乗り越えて、こんなふうに、どんどん仕事をして、どんどんよくなっていく。

自分も、少しでも追いつきたい。もっともっと、陶芸の世界を究めたい。

そんなふうに思っていた。

亀乃介は、濱田とすっかり打ち解けて、さまざまな話をするようになった。雑談もしたし、芸術論も戦わせた。窯焚きのあいだは、ふたりの会話がもっとも弾む時間であった。

「リーチさんはすごい芸術家だよなあ」

炎の調子を見ながら、あるとき、濱田が言った。

「僕は、リーチさんによって、陶芸というものの格が、ぐんと上がることになると思う」

陶芸の格が上がる、と聞いて、亀乃介は、「それはどういう意味だい？」と訊き返した。

すると濱田は、正直に言うけどな……と前置きしてから、本音を語った。

「いままで、陶芸は、書画とか油絵とか彫刻に比べると、どうしても劣るっていうか……芸術として格下みたいな、そんな感じだっただろう？」

柳宗悦は、「用の美」と言うけれど、「用」がある、つまり機能があって使われるものは、結局「道具」のようなもので、「芸術」ではない。そんな風潮は、どうしたってある。

「だけど、リーチさんの創るものは違う。もちろん、彼が創り出すどの陶器にも機能がある。『用』がある。けれど、『用』があって、なおかつ美しい。あきらかに『美』があるんだ」

まさしく、柳宗悦が言うところの「用の美」が、リーチの作品には具現化されている。いや、そればかりじゃない。柳は「無名」の美徳を語ってもいるけど、リーチは、堂々と自分の名前を掲げている。——と濱田は指摘した。

「つまり、彼は『無名』の職人じゃない。『有名』な芸術家なんだ。だけど、それこそが大事なんだと僕は思う。ウィリアム・モリスが提言した『アーツ・アンド・クラフツ』は、芸術家と職人とが、ともに働き、芸術と工芸のあいだにある垣根を取り除くんだ」

芸術のほうが工芸よりも上位だとか、芸術が工芸を支配するとか、そういうことじゃない。芸術も、工芸も、等しく価値がある。等しく美しい。等しく、人間の手による、人間のためのものだ。

アーツ・アンド・クラフツは、手仕事のすばらしさをうたっている。芸術家と職人とが協働で創り出すもののすばらしさを。

「いま、リーチさんがやっていることは、まさにその実践なんじゃないかな。だから、僕は、しばらくリーチさんを追いかけたい。彼の役に立ちたいし、彼のやっていることをしっかりとみつめて、自分のものにしたいんだ」

濱田の思いには、並々ならぬ陶芸への情熱と、リーチの仕事への敬意があふれていた。

それは、初めて濱田がリーチを訪ねたときとちっとも変わらなかった。いや、あのときよりもずっと深まっているようだな。

彼の仕事を見ても、すぐれた陶芸家のそれであると、亀乃介にはわかった。

陶芸は、多分に、直感と偶然性に任せて創作されるものである。——と、いつか柳が言っていた。

しかし、濱田の場合は、周到な準備と、ていねいな作業が、創作にじゅうぶん活かされているのだった。

——きっと、濱田庄司はすばらしい陶芸家になる。

亀乃介は、そう確信した。

——自分も負けずに、がんばろう。

競争意識、というのではない。よき仲間を得た、という気持ちで、亀乃介は、濱田とともに仕事に精を出すことができた。

そして、何度目かの焼成のときのこと。

濱田は、ひとりの新人陶芸家を連れてきた。

河井寛次郎である。

濱田の卒業した東京高等工業学校の先輩であり、濱田を京都市陶磁器試験場へ誘った人物でもあった。濱田と河井は、新しい陶芸のありかたについて、日夜議論を交わし、芸術としての陶芸、また、芸術家と職人との協働についても、思想を共有する仲間であった。

河井も濱田も、師事する陶芸家がなく、学校や試験場で学んだ知識と技術をもとに、独自に陶芸の手法について研究を重ね、最初から独り立ちしている。言ってみれば、新時代の陶芸家、ということなのかもしれないと、亀乃介は思った。

濱田同様、河井も、釉薬の研究に余念がなく、新しい彩色や技術についても、独自に調べ抜いていた。科学的な知識も半端ではなく持っていた。

そのくせ、彼が創り出す陶器は、奔放な自由さのある、のびのびとしたものだった。

濱田と河井、ふたりとも、すぐれた技術と豊富な知識を兼ね備えていたので、陶工にならないか、との誘いは引きも切らずにあるはずだった。けれどふたりとも、その誘いをことごとく断っている、ということだった。

なぜなら、彼らが目標としているのは、「芸術性の高い陶芸家」になることだったから。

バーナード・リーチは、ふたりの理想の陶芸家であった。

リーチの作品に表れている洒脱《しゃだつ》な現代性、そして自由な表現。それでいて、イギリスや日本、朝鮮や中国の伝統的な陶芸のいい部分を、さりげなく取り込んで、自分のものにしている。

リーチのような陶芸を創り出したい。

もちろん、ただ真似するのではなく、自分自身の色を添え、表現を開花させて。

いつしか、濱田も河井も、そんなふうにリーチを追いかけ始めていた。

亀乃介は、この類い稀な才能と技術と知識を持ち合わせたふたりの若き陶芸家が、リーチを慕い、何かと協力してくれることを、うれしく、また頼もしく思っていた。

亀乃介もまた、彼ら同様、夢見ていた。

リーチ先生のような陶芸家に、いつの日かなるのだ――と。

気がつけば、リーチが来日して十年以上が経過していた。

それはつまり、亀乃介がリーチの弟子となって、十年もの月日が流れたということだった。

その頃には、亀乃介も、リーチの紹介で、小さな画廊で個展を開くようになっていた。自分では、個展など畏れ多い、まだまだだとは思っていたが、リーチにははっきりと言われてしまった。

――いつまでも私の背後に隠れていてはいけないよ、カメちゃん。ときには、一歩前に出ることも重要だろう?

リーチの励ましは、すなおにうれしかった。

亀乃介の個展には、柳宗悦や「白樺」の仲間たち、それに高村光太郎も駆けつけてくれた。亀乃介は、喜びのあまり、天にも昇る思いだった。

作品は、まずリーチが、そして柳が買ってくれた。見知らぬ客も小さな皿を購入してくれた。自分の作品が誰かのものになる喜びを、亀乃介は初めて知った。

麻布に造った「東門窯」で、七度目の焼成をしたときのこと。

窯番をしていた亀乃介の隣に、夕食を終えたリーチがやってきて、座り込んだ。

我孫子窯での不祥事を二度と起こしてはならないと、亀乃介は、東門窯では何があろうと火入れの最中の窯のそばを離れることはなかった。

麻布では、職人もいたし、濱田もほとんど毎回来てくれていたので、とにかく誰かが窯の番をできる状態になっていた。それでもやはり、亀乃介は、自分自身が窯のそばに張りついていなければ気が済まなかった。

しかし、窯焚きのあいだ、ずっと見守っていることで、炎の加減や、作品の焼成の具合など、自然と見ただけで確認できるようになった。

さらには、あの火事のせいで、炎が怖くなるんじゃないか、とも思ったのだが、むしろ炎に挑むような気持ちが、亀乃介の中に芽生えていた。

一度猛《たけ》り狂い出したら、もう止めることができない激しさ。炎の本質と怖さを見せつけられた出来事だったが、逆に、その本質があるからこそ、すばらしい陶器が生まれるということも、身をもって知ったのである。

炎の扱い方、制御の仕方、操り方を、亀乃介は、リーチと濱田とともに、東門窯で徹底的に学んでいた。

焼成のたびに、亀乃介は、窯番をして炎の様子を見守る。初めはちらちらと立ち上り、やがてめらめらと燃え上がる。ごうごうと激しい音を立てて燃え盛る炎の中で、陶器に命が宿るのだ。

亀乃介は、次第に、炎と対話するような気持ちになっていった。燃え盛る様子を一瞬たりとも見逃すまいと、気を配り、心を砕き、燃えろ、いいぞ、その調子だ——と、炎に向かって心の中で語りかけるのだった。

リーチが傍らに座ったそのときも、亀乃介は、窯ののぞき孔から炎の様子を確認しているところだった。リーチは、汗だくの亀乃介に向かって、ゆっくりと話しかけた。

「カメちゃん。大事な話があるんだ」

亀乃介は、どきりと胸を鳴らした。

リーチは、隣に座っている亀乃介の目をみつめると、ごく落ち着いた声で告げた。

「私たち家族は、イギリスへ帰ろうと思う」

亀乃介は、ふいに強い風に吹かれたような面持ちで、リーチを見た。

「それは、もう……決定、なのですか」

少し震える声で、亀乃介が訊き返した。リーチは、こくりとうなずいた。

「ああ、その通りだよ。決定だ」

それから、ごうごうと燃え盛る音を立てる窯に視線を放ちながら、リーチは続けた。

「君も気がついていたと思うけれど……しばらくまえから、ミュリエルが帰国したがっているんだ。そう、彼女の母親が亡くなった頃から……結局、母親の葬式にも出られなかったからね。生まれ故郷の遠さを、あらためて感じたようだった。とにかく、彼女は自分の父親に子供たちを会わせたがっている。それに、父親に何かあったとき、今度は間に合わない、なんてことにはなりたくないと言い張っているよ。もはや両親ともこの世にいない私には、彼女の気持ちは痛いほどわかるんだ。彼女も、慣れない異国の土地で、いままでよくやってくれたと思う。そろそろ、彼女の意向を受け止めて、帰国しよう……と決めたんだ」

リーチのもとに嫁いで十年。亀乃介の目から見ても、確かにミュリエルは、まったく見知らぬ国の異文化の中で、精一杯生きる立派なイギリス婦人であった。

日本の文化や風習になかなかなじめずに、苦労も多かったことは、亀乃介もよくわかっていた。

――奥さまが母国へ帰りたがっているのは、当然のことだろう。

しかし――。

せっかく東門窯がうまくいき始めて、ここでの制作もようやく軌道に乗ってきたのに。

自分もここでもっと学びたいと思っていたのに。

こんなにも急に、先生が帰国してしまうなんて。

亀乃介は、いつしか、リーチ一家が永遠に日本で暮らし続けるような気になっていた。

リーチが日本の陶芸に与えた影響は計り知れず、もたらした果実は実に豊かなものである。

それは、亀乃介個人の見解ではなく、柳宗悦や「白樺」の仲間たち、そのほか多くの評論家や知識人も同意見であるはずだ。

そして、濱田庄司や河井寛次郎のような、後続の若手陶芸家たちも育ちつつある。

いま、リーチが日本を離れてしまったら、日本の陶芸界にとって、大きな損失になってしまうのではないか。

もちろん、自分にとっても。

リーチ先生がイギリスに帰ってしまったら――いったい自分は、どうしたらいいのだろう。先生は、そろそろ独立せよ、とおっしゃるのだろうか。そんなこともあって、個展を開かせてくれたのだろうか。

あれは、先生が日本を離れるための準備の一環だったのだろうか――。

亀乃介は、自分の顔が青ざめてしまうのを感じながら、一方では、リーチを日本に引き止める術《すべ》はない、そんなことをしてはいけないのだ、と自分に言い聞かせた。

いつまでも、どこまでも、先生を追いかけていきたい。自分の気持ちは、十年まえとちっとも変わっていません。

けれど、それは、もはや許されないのでしょうか――。

リーチは、小さく微笑した。そして、言った。

「そこでだ。君に、お願いがあるんだが……」

亀乃介は、なかなかリーチの目を見られずに、足元に転がっている小石に視線を落としながら、

「はい。なんでしょうか」

と、応えた。やはり、声が震えてしまった。

「君も、一緒に来ないか？　……イギリスに」

亀乃介は、一瞬、何を言われたのかわからずに、瞬きをした。

――え？

なんだろう？　……いま、一緒に来ないか――と言われたような。

亀乃介は、ようやく、傍らに座るリーチのほうに顔を向けた。大きな笑顔をそこにみつけて、亀乃介は、恐る恐る、訊き返した。

「あのう……いま、なんと？　……なんとおっしゃいましたか？」

リーチは、くすっと笑い声を漏らした。

「いいとも。何度でも言おう。カメちゃん、君も、一緒に来ないか？　私たちとともに、イギリスへ」

亀乃介は、二度、三度、目を瞬かせた。

――え？　えええ？

たちまち、顔が、かあっと熱くなった。

「その、つまり、それは……ぼ、僕が、僕が、先生ご一家と一緒に、い、イギリスへ行くと……？」

「ああ、そうとも」

リーチは、歌うような声で答えた。

「イギリスへ……セント・アイヴスという場所へ、君にも一緒に来てほしいんだ。そこで、私たちがこれからするべき仕事が待っている。とてつもなく大きな仕事だ。ひょっとすると、イギリスの……いや、世界の陶芸の概念を変えることになるかもしれない」

すがすがしい表情で、リーチは言った。

「カメちゃん。これから、私たちは、すごい挑戦をすることになるよ。最高におもしろい冒険が始まるんだ。我らの新天地……セント・アイヴスで」

仕事のことを考えると、日本を離れ難い――というのが、リーチの本音ではあった。

しかし、一方で、日本で得た陶芸の知識や技術を、故国に持ち帰って、後続の若者たちに広めたい、という思いも強い、と亀乃介に語った。

日本の陶芸は、まちがいなく世界一だ。技術も、感性も、芸術的価値も、世界的に見ても比類がない。自分は、それをじゅうぶん吸収したし、我がものにすることができたと感じている。

しかし、それだけでいいのだろうか。

日本で学んだ陶芸のすばらしさを、世界じゅうの人々に知らせたい。

ひょっとすると、それこそが、私がいま、いちばん力を注ぎたいことではないだろうか?

そんなふうに思い始めた矢先、ミュリエルの父の知人、エドガー・スキナーから一通の手紙が届いた。

イギリスの南西部、セント・アイヴスという美しい港町で隠居生活を送っているスキナーは、自分が暮らす町に、「セント・アイヴス手工芸組合」が設立される、という情報を書き綴っていた。

セント・アイヴス手工芸組合——という、手仕事を奨励する新しい共同体の設立は、あるひとりの女性の支援によって実現するものだった。

その女性、フランシス・ホーンは、貿易商として成功した実業家の妻だった。彼女は、さまざまな慈善活動を行っていたが、ことのほか文化支援に意欲を燃やしていた。そして、ほかの慈善家の誰もがまだ手を差し伸べていない、工芸の分野における支援を行おうと決めたのだった。

ホーン一家は、セント・アイヴスの広大な邸に移住し、手工芸組合のための土地と建物も購入した。そして、手工芸に従事する工芸家や職人たちが、そこを拠点として、すでに活動を開始していた。

エドガー・スキナーは、リーチの日本での活躍をミュリエルの父から聞かされていた。

娘の夫が日本で習得した陶芸を、今度は母国に根づかせてほしい——との友の意向を汲んで、スキナーは、知己であるホーン夫人に進言した。手織物や手作りのかご、刺繍《ししゅう》などに加えて、陶芸も組合の意図に合致するし、その発展に大いに貢献することだろう、と。

——バーナード・リーチこそは、その立役者になることでしょう。彼は、魅惑的で神秘的な国・日本を実際に体験し、イギリスと日本、西と東の架け橋にならんと、十年以上もの月日を彼の地で過ごして、陶芸を学び、発展させた人物なのですから——。

ホーン夫人は、リーチの仕事に深い関心を寄せ、もしも帰国して手工芸組合に参加し、セント・アイヴスに工房を造る気があるのなら、資金の融資をしましょう、と申し出てくれた。向こう三年の安定した収入も保証しましょう、とも。

それらのことを具体的に書き記したホーン夫人からの書状を読んで、リーチは、とうとう決心したのだった。

セント・アイヴスという町は、リーチにとっては未知の場所であったが、イギリスの最西端ともいえる土地であると知って、直感の矢がリーチの胸を貫いた。

——私は、極東の国、日本で陶芸に出会った。その知識と技術を持ち帰り、イギリスのもっとも西の地に根づかせることができたら——。真実、東と西を結びつけることになるのではないか。

——イギリスへ帰ろう。セント・アイヴスへ行こう。そこで新しい陶芸の地平を切り拓くのだ。

「そう考えて、帰国することを決心したんだよ」

窯の中で燃え盛る炎をみつめながら、リーチは言った。とても静かな、決意に満ちた声で。

「しかし、それを実現するには、私ひとりの力では無理だ。私は、一陶芸家として、自分が創り出す陶器のひとつひとつに責任を持っているし、これからもいいものを創り続ける自信がある。が、日本で見出した陶芸の道を、イギリスにしっかりとつなげて、発展させるためには、同志の協力が必要だ。同じ情熱で、陶芸をもり立てていってくれる人の協力が……。それは——君なんだ、カメちゃん」

リーチの話にじっと耳を傾けていた亀乃介は、思いがけない言葉に、一瞬、息を止めた。

――同志。

自分のことを、先生は、いま――同志、と言ってくださった。同じ志、同じ情熱を持った同志であると。

たまらなく熱いものが、胸に込み上げた。

――先生。僕は、先生と一緒に、どこまでも行きます。

すぐにでも、そう答えたかった。

けれど、胸いっぱいの思いをなかなか言葉にできなかった。

「一緒に来てくれるね、カメちゃん？」

リーチに言われて、亀乃介は、ただただ、大きくひとつ、うなずいた。


イギリスに帰国し、セント・アイヴスに工房を開くにあたって、亀乃介のほかに、もうひとりの「同志」が、同行することとなった。

それは、濱田庄司であった。

濱田もまた、リーチにとって、かけがえのない同志となっていた。

富本憲吉や柳宗悦も、もちろん大切な同志ではあったが、同じ道を歩んでいるわけではない。それぞれがそれぞれの道を進み、互いを尊敬し合う存在であり、刺激し合い、影響を与え合う仲であった。

濱田庄司は、その仕事において、もっともリーチに接近していた。

リーチを積極的に助けつつ、自分自身の作品も精力的に創っている濱田。陶芸に関する豊富な知識は、新天地で窯を開く際に、大いに役立つに違いない。

リーチは、どうしても濱田に一緒に行ってほしかった。彼が行くのと行かないのとでは、天と地ほどの差があるだろう、と思っていたようだ。

しかしながら、資金的な限界もあり、濱田の渡航費までは用意できない。どうしたものかと思案しつつ、リーチは、自分がイギリスに帰国する決心をしたことを、とにかく濱田に告げた。

すると、濱田は、次の瞬間に言ったのだった。

「そうですか。わかりました。では、僕も一緒に行きます」

濱田の間髪容れぬ即断に、リーチはかえって驚いてしまった。

「それは、もちろん、願ってもないことだ。ぜひ一緒に来てほしいと、実は、私のほうから誘いたかったんだ。しかし……」

リーチが戸惑っているのを見て、濱田は、またすぐに言った。

「資金のことなら、大丈夫です。なんとかなります。いや、別にあてがあるわけじゃない。でも、こんなすごいチャンスを逃すわけにはいかない。なんとしても、どうにかします」

そう言い切った。

「僕は、バーナード・リーチという芸術家を生んだイギリスが、いったいどんな国なのか、この目で確かめてみたい。そして、リーチさんが望んでいる『真の東西交流』の実現に、僕もかかわりたいんだ」

亀乃介は、濱田のただならぬ意欲にたのもしさを覚える一方で、いったいどうやって渡航費用を調達するのだろうと、心配せずにはいられなかった。

もちろん、濱田が一緒に行ってくれれば、心強いことこの上ない。亀乃介にとっても初めての海外だ。いくら英語を話せるといっても、生活習慣も文化も、まったく異なるところへ行くのである。何の不安もない、といえば嘘になる。

仕事ができるように環境を整えるまでには、少なからぬ時間と労力とがかかることだろう。濱田のように知識が豊富で、何かと機転が利く日本人陶芸家が一緒に行ってくれれば、苦労は半減するに違いない。いかなる困難があっても、濱田という「同志」がいてくれれば、ともに乗り越えていけるはずだ。

しかし、現実の問題として、渡航費用は一個人が捻出できるような額ではない。自分の場合は、リーチが、助手を連れていくので彼の分の渡航費も援助してほしい、とホーン夫人に頼んでくれた。願ってもないことであった。

——濱田さんは、いったいどうするつもりなのだろう。

ところが、亀乃介の心配をよそに、濱田は、すぐに渡航への道筋をつけた。濱田の仕事に興味を寄せていた三人の実業家が、是非にもイギリスへ行きたいという彼の意向を受け入れて、資金援助することを承諾したのだ。

リーチ一家、濱田庄司、そして亀乃介が、イギリスへと出発するのは、一九二〇年六月と決まった。

柳宗悦は、リーチが帰国すると聞いて、すぐさま納得したようだった。日本に留まってほしい気持ちは、もちろんある。しかしながら、いつまでも日本に留まっているだけでは、それ以上の芸術的発展を期待することはできない。

保守保身に陥ることなく、日本で学び身につけた陶芸をイギリスへ持ち帰ろうというリーチの志に、柳は深く共感したのだった。

「さびしくない、といえば嘘になる。けれど、それ以上に、うれしいのだよ。君の高き志をこそ、私は歓迎したい」

そして、帰国するからには日本での仕事をしっかりと皆に見てもらえるように展覧会を開くべきだ、と進言した。

「最大、最高の展覧会をやってくれたまえ。むろん、私も力になるから」

それから、帰国に向けて、あわただしく準備が始まった。

引っ越しの準備と家財道具の売却、日本での仕事を総ざらいする展覧会の企画、それに伴って出版される冊子の準備、作品の販売、講演会の企画。リーチは当然のこと、亀乃介にとっても目の回るほどの忙しい日々となった。

帰国まえの最後のふたつの展示、高島屋でのリーチの個展と神田の流逸荘での送別展は、大盛況のうちに終了した。

作品はかなりの数だったが、ほとんどが売れ、そのおかげで帰国後にセント・アイヴスで始めようとしているリーチの「ある構想」のための資金を手にすることができた。

その「ある構想」とは、芸術家と職人とが一緒になって陶芸に勤《いそ》しむ場所「陶芸工房《ポタリー》」を設立することであった。

一陶芸家が、小さな窯でこつこつとひとりで作品を創り続けるのもいい。それがすべての陶芸の最初の一歩となるのだから。

しかし、リーチは、ホーン夫人が設立した「セント・アイヴス手工芸組合」に参加しつつ、自らの工房を主宰し、そこで芸術家志望の若者や職人を育成して、陶芸をイギリスに根づかせたい、と願っていた。

この構想に、柳宗悦も同意した。

必ずやり遂げてほしい。そのために、自分はどんな協力も惜しまない。

そう約束して、リーチを励ました。

もちろん、濱田庄司も、諸手を挙げて賛成した。

まったく新しい陶芸の新境地を拓く。そのために、自分は、どんな苦労だってする。

リーチは、日本にイギリスを持ってきてくれた。

今度は、そのお返しだ。

イギリスに、日本を持っていこう。東と西を、ひとつにしようじゃないか。

亀乃介もまた、リーチの構想に、興奮を禁じ得なかった。

いままでになかったかたちの、新しい形式の工房。

それを、イギリスの地に創る。その記念すべき瞬間に、自分も立ち会うことができる。

なんという幸運。なんという幸せなのだろう。

しかし、幸せに酔いしれるのは、いまを限りに終わりにしよう。

しっかりと気持ちを引き締めて、先生の夢を実現するために、力を尽くそう。

そう決意した。


展覧会のための冊子「日本在住のイギリス人アーティスト」には、リーチ自身のほか、柳宗悦、富本憲吉、岸田劉生が寄稿し、リーチ作の挿し絵三十点以上が入れられていた。高村光太郎も寄稿したのだが、締めきりに間に合わず、残念ながら掲載されなかった。

柳も富本も岸田も、それぞれの寄稿文の中で、リーチの日本での苦労と努力、そしてその結果生まれた作品がいかにすばらしいものだったかを切々と綴っており、亀乃介の胸を打った。

かくもすばらしい芸術家たちと親交を結ぶことができたのは、リーチの人徳もあるだろうけれど、何よりも、新時代の芸術をともにみつめていこう、そして自分たちの手でそれを生み出そうと、リーチが力を尽くしてきたからにほかならない。

志を同じくする者同士、認め合い、響き合ってきた。そしていま、その仲間たちに見送られ、リーチ先生は旅立つのだ。

そう思うと、亀乃介は、自然と胸の奥が熱くなるのだった。

柳の書いた文章の中で、特に次の一節が、亀乃介の心によく響いた。

――彼は芸術によって東洋と西洋を編み合わせようとしている。リーチは、人類が遥か昔から実現を願い続けてきたことを、芸術家として初めて達成した人物として、語り継がれるのではなかろうか。

柳らしく、大きな構えではあったが、まさしく本質をついた一文であった。

そして、リーチ自身が書いた一文は、日本への愛情にあふれていた。

――私は二つの日本に別れを告げる。どちらとの別れも等しく辛い。一つは香り高い一杯の茶のような過去の日本――私はその口縁を愛撫したものだ。もう一つは、生活を共にし、兄弟のように愛した真面目で、弛《たゆ》まず努力し、不器用な将来に登場する若い日本である。魅惑の島々よ、あなたに別れを告げる。あなたは、芸術を暖かく育む家！

イギリスへの出航前夜、リーチは、濱田庄司、亀乃介とともに、「白樺」の同人たちが中心となって開いてくれた歓送会に出席した。

日本にいるあいだ、もっとも親しく、もっとも密度濃く付き合った仲間たちが、銀座のレストランに一堂に会した。高村光雲も、息子の光太郎、豊周とともにやってきた。

なつかしい友人や、世話になった恩人たちと、和気あいあい、あたたかな交流のひとときを過ごした。

「がんばってくれよ、リーチ。君の両肩に、日本とイギリスの友好がかかっているんだ」

と誰かが言えば、

「たとえ何千里離れたって、僕らは永遠に友だちだ。忘れないでくれよ」

と別の誰かがリーチの肩を叩く。誰もが、実にいい笑顔だった。

集まった人々はまた、亀乃介もおおいに激励してくれた。

「ほんとうにリーチは幸せ者だ。亀ちゃんのような、よくできた弟子がいるんだからな」

と誰かが褒めれば、

「いやいや、まだまだ、亀ちゃんの実力はこんなもんじゃないさ。沖亀乃介は、きっとイギリスで花開くはずだ。いつまでもリーチの後ろを追っかけていないで、さっさと独立してしまえ」

と別の誰かが発破をかける。

亀乃介は、くすぐったいような、切ないような気持ちでいっぱいだった。

なつかしい人たちの顔を、ひとりひとり、眺めるうちに、リーチとともに過ごした日々の思い出が、脳裡に蘇っては消えていく。

リーチの弟子になって、十一年あまり。長いようで、あっという間だった。

横浜の店を出て、高村光雲のもとで書生をしていたとき、自分の未来は、ぼんやりと霞に包まれていた。芸術家を志してはいたものの、いったいどうしたら芸術家になれるのか、よくわからないままだった。

そんなとき、高村家の門を叩いた、ひとりのイギリス人の若者。

すらりと背が高く、生真面目に背広を着込んだ姿。好奇心に満ちた明るい鳶色の瞳。

バーナード・リーチとの出会いが、亀乃介の人生を変えた。

——私は、イギリスと日本を結ぶ、架け橋になりたい。

大きな志をもって、単身、日本へやってきたリーチ。

そして、この国で見出した、陶芸というひと筋の道。

その道が、故国・イギリスにもつながっているのだと信じて、まもなく旅立つ。

——リーチ先生。

自分は、まだまだ、自分のことを「芸術家」であるとはいえません。けれど、先生が切り拓いてくださった道を、自分も歩んでいく覚悟です。

いつの日か、胸を張って、沖亀乃介は芸術家である、と自ら言えるようになるまで。

そんな思いを胸に、亀乃介は、歓送会の席で、仲間たちの激励を受け、酒を酌み交わし、おおいに語り合った。

イギリスへ出発するまえの、忘れがたい一夜であった。

歓送会を終え、リーチと亀乃介は、夜の銀座の街をそぞろ歩いていた。

集まってくれた仲間たちとはレストランの前で別れ、柳宗悦と富本憲吉、そして濱田庄司が、ふたりのかたわらにいた。

「実にいい会だったなあ。ひさしぶりに、楽しい酒を飲んだよ」

ほろ酔い気分で、柳が言った。

「ほんとうに。俺もずいぶん飲んでしまった」

富本が相づちを打った。

長らく東京に来ていなかった富本だったが、友を送り出すために、奈良から駆けつけてくれたのだった。

「リーチ、君は、俺が知らないうちに、ずいぶん友だちを増やしたな。しかも、外国人がひとりもいない。今日集まっていたのは、全員日本人だったじゃないか」

それを聞いて、濱田が笑った。

「リーチは、半分はもう日本人みたいなものだよ。冗談だって日本語で言えるくらいなんだから。なあ、亀ちゃん？」

濱田は、柳にならって、その頃には「リーチさん」ではなく「リーチ」と呼ぶようになっていた。リーチも「ハマダ」と親しみを込めて呼んでいた。

「そうですね。先生は、半分、イギリス人みたいなものです」

亀乃介の言葉に、一同、声を合わせて笑った。

銀座通りの柳の木の上に、ぽっかりと満月が浮かんでいた。夜空を仰ぎながら、

「やあ、いい月だ」

と柳が清々しい声で言った。

「今宵の月は、イギリスで見たって満月なんだろう？」

リーチは、「そうだとも」と答えた。

「君たちが日本で見た月は、私たちもイギリスで見ることになるんだ」

「日本で見た満月が、イギリスで見たら半分になってた、なんてことはないだろうね？」

冗談めかして濱田が言うと、

「ほうきにまたがった魔女が、パンケーキと間違えて半分食べてしまわない限りはね」

リーチがやり返した。皆、もう一度、声を合わせて笑った。

「なあ、リーチ。ひとつ、頼みがあるんだ」

皓々と輝く満月の下を歩きながら、柳が言った。

「日本は、いま、難しい状況にある。君もうすうすわかっていると思うが――まもなく戦争が始まるかもしれない」

リーチが、歩みを止めた。それにつられて、一緒に歩いていた富本も、濱田も、亀乃介も、立ち止まった。

柳は、リーチの眼鏡の奥の目をみつめて、言葉を続けた。

「情勢を鑑みれば、日本とイギリスが、絶対に敵国同士にならないとは言い切れない。……日本が開国して以来、イギリスはこの国のよき手本だった。私たちは、君の国から、実に多くのことを学んだ。はかりしれない恩恵を受けた。それは誰もが認めるだろう。しかし……」

近年の戦争は、各国のイデオロギーの戦いである。そして、どの国も、自国の利益しか頭にない。

他国との共存共栄を考えるよりも、いかに他国を出し抜き、国際社会で台頭するか。そのために、日本もまた、やっきになって軍備増強に走っている。

それは、過去の恩義を蹴散らして、目の前の利益追求のためには、戦争を引き起こすことも辞さないという、危険な思想が誘因となっているように、思えてならない。

富国強兵、というけれど、そんなのは単なるまやかしだ。

国民の目をあざむくために、国家がでっちあげた、かりそめのスローガンだ。

「私は、このさき、たとえ戦争が起こったとしても、断固それに反対する。国家の勝手極まりない暴走に乗っかるつもりなど、さらさらない」

柳は、リーチをまっすぐにみつめて言った。

話すうちに、柳の声は熱っぽくなっていった。リーチは、黙って耳を傾けていた。

「万が一、日本とイギリスが戦うことになったとしても——私たちの友情は、決して変わらない。そう約束する。だから、君も——いつの日かまた、日本へ帰って来てくれるか？」

柳の言葉に、リーチの瞳がかすかに揺れた。

リーチのかたわらに佇んでいた亀乃介は、その瞬間、ほんとうのほんとうに、リーチが日本を去ってしまうのだ、ということを実感した。

同時に、イギリスがどれほど遠い国なのか、ということも。

柳も、富本も、ひょっとすると、もう二度と会えないのでは、という思いを胸に、今日、見送りにきてくれたのかもしれない。

それでも、笑顔を絶やすことなく、最後まであたたかく見守り、見送ってくれようとしている。

そして、最後の最後に、柳は本音を口にしたのだ。

いつの日かまた、日本へ帰って来てほしい——と。

「リーチ。俺からも、頼むよ。いつか、きっとまた、日本へ帰って来てくれ」

柳の隣に立っていた富本憲吉が、口を開いた。その目は、かすかにうるんでいた。

リーチは、柳と富本、ふたりの友の顔をみつめると、こくりとうなずいた。

「もちろんだとも。――帰って来るよ。必ず。なぜなら、この国は、私のもうひとつの故郷なのだから」

柳と富本の顔に、微笑みが蘇った。その頭上で、清らかな満月が、明るく輝いていた。


一九二〇年九月。

蒸気機関車が、黒煙を噴き上げながら、セント・アイヴス駅のプラットホームへ、ゆっくりと入っていく。

黒い鋼の車内から、手すりをつかんで、ステップを三段飛ばしてホームに飛び降りたのは、亀乃介である。麻のスーツに身を包み、満面の笑みを浮かべて、乗車口を振り返った。

「濱田さん、早く早く。ぐずぐずしてたら汽車が動き出しちゃいますよ」

重たげな革のスーツケースを、よっこらしょ、と運びながら、続いて濱田庄司が現れた。

「まあ待てよ、荷物が半端じゃなくあるんだから。それに、子供たちをさきに降ろさなくちゃ……」

濱田の後ろから、わあっと歓声を上げて、リーチの子供たち――デイヴィッドとマイケルが、亀乃介を真似て、ホームへ飛び降りた。

「あっ、こら、デイヴィッド！　マイケル！　危ないぞ、走るなって！」

ホームを駆け出すふたりを、亀乃介があわてて追いかける。

「やあ、ずいぶん元気だなあ。長旅だったのに、子供たちもカメちゃんも、ちっとも疲れていないようだ」

続いて現れたリーチが、楽しげに言った。

リーチのあとから、最後にミュリエルが出てきた。リーチとミュリエル、それぞれの腕の中には、生まれたばかりの赤ん坊が抱かれていた。

日本を出航したとき、ミュリエルは妊娠七ヶ月だった。そして、長い航海を終え、ロンドンに着いた直後に、双子の赤ん坊が生まれたのだった。

十年ぶりにようやく娘に会えたミュリエルの父は、それはそれは喜んだ。初めて孫の顔を見られたと思ったら、その後すぐにまた、ふたりの新しい孫ができたのだから、喜びは二重にも三重にもふくらんだ。

ロンドンでしばらく過ごしたのち、リーチ一家と濱田庄司、そして亀乃介は、汽車を乗り継いで、新天地、セント・アイヴスにたどり着いたのだった。

初めてのイギリス。初めてのロンドン。そして、初めてのセント・アイヴス。

亀乃介にとっても、濱田にとっても、異国の地での体験は、初めてづくしである。

見るもの聞くもの、触れるもの食べるもの、何もかもが珍しく、ふたりは、たちまちこの国の虜《とりこ》になってしまった。

ロンドンにいるあいだにふたりは、リーチとともに、大英博物館、ナショナル・ギャラリー、ヴィクトリア・アンド・アルバート美術館（V＆A）などへ出かけた。どの美術館も、想像を絶する規模の大きさで、いったいどこをどう見たらよいのやら、見当もつかないほどだった。

濱田も亀乃介も、途中まではリーチの解説を聞きながら、ふむふむ、とひとつひとつの収蔵品に見入っていたが、いつしかすっかり夢中になってしまい、あっちの展示室からこっちの展示室へと渡り歩くうちにはぐれてしまい、閉館ぎりぎりの時間になって、ようやく出入り口で互いをみつける、という具合だった。

ふたりがことさら熱狂したのは、V&Aであった。

イギリスやヨーロッパの伝統工芸品や装飾品を数多く収蔵するこの美術館は、富本憲吉が留学時代に日参した場所である。

「自分にとってのほんとうの学校はV&Aだった」と、いつか彼が言っていたことを、亀乃介は思い出した。

中でも、ヨーロッパ産の磁器の数々に、亀乃介は目を見張った。きめこまかでなめらかな肌のヨーロッパ磁器の数々は、まさしく西洋の貴婦人のような優美さである。

日本の磁器も豪華な装飾のものが多いが、色彩感覚も表現も、ずいぶん違っている。

もちろん、日本でも、博物館で西洋の磁器を見ることはあったし、百貨店などで買い求めることもできたが、本場の美術館で見ると、また一風違って見えるのだった。

V&Aでは、日本の陶磁器も収蔵品として陳列されていた。

ロンドンやパリでの万国博覧会のとき、日本の美術品、工芸品が、ヨーロッパで初めて紹介され、「日本旋風」が吹き荒れたのだという。フランスでは、「ジャポニスム」という言葉も生まれ、「白樺」でも取り上げた印象派の画家たちやゴッホなども、日本美術の洗礼を受けたということだった。

憧れの画家たちが、日本の美術に影響を受けた、という話は、亀乃介にはにわかに信じがたかった。

しかし、V&Aで日本の陶磁器が展示されているのをみつけたとき、亀乃介の胸は自然と高鳴った。

確かに、西洋の磁器と並べてくらべてみると、日本の陶磁器の独特な感性が際立っているのがよくわかる。

西洋の磁器は、一点の曇りもない。隅々まで明るく、どこまでも華やかで、陽気である。いってみれば「陽」の印象だ。

それに対して、日本の陶磁器は、一見して地味である。有田焼や伊万里焼など、磁器には華やかな色彩や意匠のものもあるが、それでも色合いは落ち着いているし、たたずまいも控えめである。陶器になると、ますます地味な感じだ。渋い色目で、絵や模様が施されていないものも多い。鈍い輝きは、さんさんと照りつける日差しというよりも、木漏れ日のような、影を含んだ淡い美しさがある。つまり「陰」の印象だ。

確かに、日本の工芸品は、あらゆる意味で、西洋人には目新しく映ったことだろう。

日本の陶磁器は、西洋のものに勝るとも劣らない。

亀乃介の中に、ふつふつと自信が湧き上がってきた。

亀乃介とともに、濱田も、展示ケースの中に収まった日本の工芸品を、長い時間をかけてみつめていた。そして、自分に言い聞かせるようにつぶやいていた。

「なるほど。負けてないな。うん、負けてない」

南北に長い島国・イギリスの、もっとも西に位置する場所——その名も「地の果て《ランズ・エンド》」という——に近い、古い港町。そこがセント・アイヴスである。

おだやかな気候と、大西洋に臨む美しい風景が魅力的な小さな町は、近年、都会で暮らす裕福な人々の別荘地として栄え、また、何人かの芸術家たちが移り住んで、創作活動の場となっているということだった。

日本で学んだ陶芸をイギリスで広めたい、とのリーチの意向をくんで、リーチ一家を呼び寄せたホーン夫人は、この町を芸術と手工芸で興していきたいと願う慈善家である。

セント・アイヴスに到着したリーチ一行は、さっそく、高台にあるホーン家の邸宅を訪ねることとなった。

緑あふれる広大な敷地の中に、ヴィクトリア様式の大きな屋敷が建っている。一行は、広い邸宅の中の客間に通された。

さんさんと日の光がふりそそぐ窓辺に、手のこんだレースのカーテンが揺れている。マントルピースの上と飾り棚には、さまざまな陶磁器が——有田焼風の皿もあった——バランスよく並べられており、この家の持ち主の卓越した感性を物語っていた。

まもなく、ドアがゆっくりと開いて、ホーン夫人が現れた。

緑色のドレスに、レースのケープを羽織った優雅な姿である。リーチの顔を見ると、にっこりと笑いかけた。

「ようこそ、セント・アイヴスへ。ご到着を待ちわびていましたわ」

おだやかな声でホーン夫人が挨拶をした。リーチは彼女の近くへ歩み寄ると、イギリス紳士らしく、彼女が差し出した手を取って、その甲にキスをした。

「このたびは、お招きをありがとうございます。この町へ来ることができ、奥様にお目にかかれて、大変光栄に存じます」

ホーン夫人は、続いて、ミュリエルと挨拶を交わし、濱田、亀乃介の順に挨拶を受けた。濱田は、緊張からか、いつもの饒舌《じょうぜつ》さはなかったが、それでも自分の思いの丈を夫人に伝えた。

自分にとっては初めてのイギリスだが、すでにすばらしい国であるとよくわかった。これからこの町でリーチとともに、日本の陶芸を広めるために奮闘努力したい——というようなことを、頬を紅潮させて濱田は話した。

ホーン夫人は、微笑を絶やすことなく、濱田の言葉に耳を傾けていた。

亀乃介は、さっきまでひどく緊張していたのだが、ホーン夫人のやさしげな雰囲気に触れて、肩の力がすっと抜けた。

リーチを真似て、夫人の手の甲にキスをすると、亀乃介は言った。

「沖亀乃介と申します。きっと、この町は、自分にとって運命的な場所になるだろうと予感しています。必ず奥様とこの町のお役に立つことを約束いたします」

まあ、と夫人は、いっそう笑顔になった。

「ハマダさんも、オキさんも、ずいぶん英語がお上手ですのね。それに、おふたりとも、とてもしっかりしているわ。頼もしい助手をお連れになったのね」

そう言って、リーチに笑いかけた。

リーチは「ええ、その通りです」と応えた。

「ハマダは陶芸の専門家です。この地で窯を開くために力を貸してくれます。カメノスケは、私の助手を十年以上務めました。ふたりとも、とても優秀な、未来を嘱望された陶芸家です」

亀乃介は少々照れくさく感じたが、濱田から「イギリスに行ったら臆することなく、日本人として堂々としていよう」と言われていたこともあり、ホーン夫人を正面にみつめると、よどみのない英語で言った。

「私は、リーチ先生から、イギリスの伝統的な陶芸の手法であるスリップ・ウェアを学びました。独特な手法で、とてもおもしろいと感じます。そして、こんなふうに陶芸が長い時間をかけて育まれてきた国であれば、きっと日本の陶芸も受け入れられるのではないかと考えています」

ホーン夫人は、ゆったりと応えた。

「ええ、その通りだと思うわ」

自分は日本の陶芸というものがいったいどんなものなのか、まだ知らない。けれど、イギリスにも陶芸が脈々と伝わっていることを考えれば、この国には日本の陶芸を受け入れ、発展させることができる素地がある。

だからこそ、日本へはるばる渡って、日本で陶芸を学んできたリーチが、これからこの地、セント・アイヴスでやることをとても楽しみにしている。

ホーン夫人は、そんなふうに、リーチたちへの期待を語った。

それからの午後のひととき、リーチ一行は、ホーン夫人にもてなされて、柔らかな日差しが気持ちいいテラスでスコーンとお茶を楽しんだ。

スコーンという焼き菓子を、亀乃介はすでにロンドンで食べ、あまりのおいしさについ何個もおかわりをしてしまったのだが、イギリス南西部で食べるスコーンは、また格別な味だった。

この地方ではスコーンにクロテッド・クリームとイチゴのジャムをたっぷりつけるのが伝統的な食べ方であり、濃厚なクリームが口の中いっぱいに広がると、なんともいえぬ幸せな気持ちになるのだった。

「亀ちゃん、ほっぺたが落ちそうな顔をしてるぞ」

と、濱田には笑われてしまった。

その日の夕方、リーチは、濱田と亀乃介とともに、港の近くにあるパブへと繰り出した。港に出入りする船の乗組員たちが足しげく通うというパブで、三人はビールで乾杯をした。亀乃介にとって、人生で最高にうまい一杯であった。

とうとうセント・アイヴスへやってきた。

新しい窯を造り、日本の陶芸をイギリスに広めていく。その第一歩が、今日、記されたのだ。

ドアは波止場に向かって開け放たれ、潮風が心地よく吹いてくる。夕風を頰に受けながら、三人はとりとめもなく会話を弾ませていた。

リーチが手洗いに立った直後に、濱田が亀乃介の腕をつついて言った。

「おい、あっちを見てみろよ。君の後ろ、店の奥のほう」

亀乃介は不思議に思って、振り返ってみた。

店の一隅で、黒いロングスカートに白いエプロンをつけた女給が、きびきびと立ち働いているのが見えた。

ウェーブのかかった栗色の断髪と、ふっくらした頰とつぶらな瞳。

亀乃介は、思わず、食い入るように彼女の姿をみつめた。

イギリスへ来てからというもの、流行の最先端のドレスに身を包んだご婦人や令嬢が、ロンドンの街中を気取って歩くのを日常的に見るようになり、外国人女性に対して特別な感慨を覚えなくなっていたが、亀乃介は、その女性がまとっているヴェールのような輝きにとらわれた。

「なかなか美人じゃないか。ちょっとこのテーブルへ呼んでみよう」

濱田がそう言って、彼女に向かって軽く片手を上げた。亀乃介は、なぜだか胸がどきっとした。うまく英語をしゃべれるだろうか、彼女の前で恥をかきたくない、そんな気持ちがよぎった。

濱田の合図に気がついた彼女が、すぐさまテーブルへやってきた。

「はい、御用でしょうか」

とてもていねいな言葉遣いで、彼女が言った。ふたりが東洋人であることをすぐに認めたはずなのに、ちっとも偏見のない感じである。

濱田は、「ビールの追加をお願いします」と、英語で頼んだ。

「おひとつ？　おふたつ？」

彼女が尋ねた。

「ふたつ、お願いします」

すかさず返したのは、亀乃介だった。彼女は、にっこりと笑顔になって「かしこまりました」と応え、すぐにカウンターのほうへと小走りに行ってしまった。

「かわいい子だな。笑顔がいい」

濱田がこっそり亀乃介に耳打ちした。

席に戻ったリーチが、亀乃介がそわそわしているのに気がついて、

「どうしたんだい、カメちゃん。私が席を空けていた五分のあいだに、何かいいことでもあったのかな」

愉快そうな口調で言った。

「ああ、いいことがあったとも。まもなくわかるよ」

濱田がいつになくにやにやしながら応えた。亀乃介は、自然と顔がほてってってしまった。

女給がトレイにビールをふたつ載せて、リーチたちのテーブルへやってきた。

「お待たせしました」

少し鼻にかかったやさしげな声で言ってから、女給はビールをテーブルに置いた。

「ありがとう」

すかさず亀乃介が言って、ポケットの中からコインを取り出し、彼女に手渡した。

ほんの一瞬、彼女の白くやわらかな手に、亀乃介の指先が触れた。たったそれだけのことなのに、指先にぴりっと電気が走ったような感覚があった。

女給は、エプロンのポケットから釣り銭を出そうとしたが、

「お釣りはいらないよ」亀乃介が言った。

女給は、にっこりと笑いかけて、「ありがとうございます」と礼を言った。

「ゆっくり楽しんでいらしてください」

そう告げると、スカートの裾を揺らして、店の奥へと行ってしまった。

亀乃介と彼女の短いやり取りを、リーチは、眼鏡の奥の目を丸くしてみつめていた。濱田は、ずっとにやにやしている。彼女が去ってしまうと、リーチは亀乃介に言った。

「いいこと、っていうのは、彼女のことかい？　カメちゃん」

亀乃介は、なんとも答えられず、照れ笑いをして、ビールを飲み干した。


リーチ一家と濱田、亀乃介は、入り江に面したセント・アイヴスの町を一望する高台に住まいを定めた。

それから、工房のための土地探しを始めた。窯を造り、ある程度の人数が集まって仕事ができる

だけの土地となると、それなりに広くなければならない。

ホーン夫人の後押しを得て、地元の不動産屋に協力を依頼し、リーチたちは、いくつかの土地の下見にかかった。

さらに重要なのは、陶土を探すことだった。

セント・アイヴスへやって来たのは、良質な陶土があるから、というわけではない。ホーン夫人の住居があり、彼女の慈善事業の本拠地となっていたのが、セント・アイヴスだったのだ。もともと、陶芸とは、縁もゆかりもない土地である。

はたして、陶器作りに適した土があるのかどうか、見当もつかない。

それでもとにかく、この土地へ来ることになったのだから、そしてここで窯を開く決心をしたのだから、なんとしても、この近辺で土を探さなければならない。

イギリスで伝統的に陶芸がさかんな土地から陶土を運ぶ、という手段もなくはないだろうが、運ぶ手間も費用もかかるので、現実的ではない。

それに、せっかくセント・アイヴスで陶芸を始め、根づかせようと考えているのだ。地元の土で作り、ここから生まれた陶器なのだ、というところを見せたい。

リーチは、濱田と亀乃介を伴って、まずは町外れの住宅の建設現場を視察しに行った。地面を掘った断面が露出し、直接土の状態を見ることができるからだ。

陶土に適した土かどうか、触ってみた感触、硬さ、色など、亀乃介もなんとなくわかるような気がした。

しかしながら、あくまでも感覚的なもので、なんら根拠がある判断ではない。陶土に関する科学的な知識は、濱田が専門だった。

陶器の本質は土にある。どんな土を使うかによって、陶器の仕上がりはまったく変わってくる。表情、趣き、深み——土の性質が、陶器の仕上がりを左右する。

陶芸家は、土の性質を知り、それを活かした制作を心がければ、より味わい深い作品を創り出すことができる。ひとくせもふたくせもある土ならば、闘いになる。土をしっかりと自分のものにしてこそ、陶芸家の本領が発揮されるのだ。

そんな「おもしろい土」が、はたしてセント・アイヴスの近辺で見出せるのか——。

大きな賭けではあったが、もはや乗り込んでしまったいまとなっては、どうにか探し出すほかはなかった。

町の外れの建設現場に出向いたリーチ、濱田、亀乃介は、工事作業の親方に頼んで、立ち入らせてもらった。

土を掘り返している場所へ近づくと、三人は、しゃがみ込んで土を手に取った。

亀乃介は、土を手のひらに盛った瞬間に、あ、これはだめだ、と直感した。

ぱさぱさしていて、粘り気がない。すなおな土である。これといった特徴のない、どこにでもある土だ。使えないこともないだろうが、決して「おもしろい土」ではない。

リーチも濱田も、土を手に取って、指先で触ったり、足元に落としてみたりして、土の状態を確認していた。

亀乃介の視線は、ふたりの表情を追いかけていたが、どちらの顔も真剣そのものだった。

「これは、いけないいな」

しばらくして、リーチがつぶやいた。

「そうだな。……いかにもおもしろみがない」

濱田が応えて、そう言った。

リーチと濱田と亀乃介、三人の意見は「特徴がなく、陶土には適していない」ということで一致した。

かくなる上は、この地方の周辺まで範囲を広げて、陶土を探し出さなければならない。

リーチたちは、ホーン夫人の紹介で、イギリス南西部の地質に詳しい、地質学を専門とする大学教授、ヘンリー・ロバートソンに会うことにした。

ツイードの三つ揃いのスーツをきっちりと着こなし、鼻眼鏡をかけた、いかにも教授然とした雰囲気のロバートソンは、三人を家の書斎に招き入れた。

ファルマスという港町にある大学の教授を務めるロバートソンは、週末やまとまった休暇の際に、セント・アイヴスの別荘にやってくるという生活を送っていた。

「日本で陶芸を学んでこられたとのことだが……イギリスの陶芸とは、どこが違うのですか？　あるいは、どこが一緒なのですか？」

リーチに向かい合うと、開口いちばん、ロバートソンが問うた。

「そうですね。とてもひと言では言えませんが……」

リーチは、思いを巡らすように、一瞬、視線を上に向けて、

「とにもかくにも、土が大事、というところでは一致しています」

と、答えた。

先生うまい！　と亀乃介は、思わず膝を打ちそうになった。

ロバートソンをわざわざ訪ねたのは、まさにその一点に尽きるのだから。

ふうむ、とロバートソンは、仰々しく鼻を鳴らした。

「ウェッジウッドやロイヤルドルトンを見ても、土質が深くかかわっているとは思われないが」

ロバートソンがイギリスの著名な会社の名前を挙げたので、リーチは、すぐさま言った。

「あれらの製品は磁器ですからね。私たちは、陶器と分けて考えています」

磁器は、白地を基本とし、透光性があり、陶肌はなめらか。硬質で、吸水性がほとんどなく、叩くと金属音がする。職人技が活かされた商品も多いが、工業製品として大量生産も可能である。

一方で、陶器は、透光性がなく、吸水性が高い。厚手で重く、叩くと鈍い音がする。作家や職人の手技が活かされ、大量生産に向いているとはあまり言えない。

「日本には、アリタやイマリなど、すぐれた磁器も数多くあります。そして、それと同じくらい陶器作りも盛んです。私は、日本の陶器の魅力にすっかり取り憑かれて帰ってきました。重厚感はあっても重苦しくなく、派手な色彩はなくても、あたたかみがあって、味わいがある。それが日本の陶器なのです」

リーチの説明を聞いて、ふうむ、ともう一度、ロバートソンは鼻を鳴らした。

「その、日本の陶器とやらは、紅茶を飲むのにふさわしいのかね？」

イギリス紳士然として、あくまでも気取った教授の言いぶりに、亀乃介は、なんだか笑いがこみ上げてきた。

リーチは微笑んで、「ええ、もちろんですとも」と答えた。

「土の色を活かしたものや、控えめに着色されたもの……ティーカップを作れば、とてもエレガントなアフタヌーン・ティーを演出できること、まちがいなしです」

それから、濱田が、具体的に陶器にふさわしい土質について説明した。

カオリナイトやモンモリロナイトを多く含んだ粘土がふさわしい。緑、黄色、赤など、その土が元来持つ色を活かして、釉薬をかけ、千百度以上で焼成する。

最後に濱田は強調した。

「とにかく、土。土が何より大事なんです。いい土がみつかれば、陶器は半分以上完成したようなものだ。……そういう土が、この地方にないでしょうか」

ふうむ、と三たび鼻を鳴らして、ロバートソンは、おもむろに立ち上がった。

さまざまな色合いの革の背表紙が並ぶ書棚から、大判の本を一冊取り出す。そして、デスクの上に広げた。

イギリス南西部の地図が現れた。ロバートソンは、いくつかの「×」印を、地図の上に羽根ペンでつけていった。

「さあ、ご覧なさい。ここが、私たちのいるセント・アイヴスです。もう少し西のほうへ、『ランズ・エンド』へ向かって行くと、粘土質の地質が特徴の地域がある。このあたり……ここや、このへんも……」

リーチと濱田と亀乃介は、地図を囲み、身を乗り出すようにして、ロバートソンが印をした箇所をみつめた。

いったい、それがどんなところなのか、まったく見当がつかない。

しかし、自分たちが徹底して「土」にこだわっていることが、教授の心の扉を開けたのは確かなようだ。

ロバートソンは、製図用の半透明の紙を取り出すと、地図に重ね、その上を羽根ペンでなぞって、写し取った。そしてそこに、あらためて「×」をつけ、それぞれの土地の名前を記してくれた。

「これを持っていきなさい。汽車が通っていないようなへんぴなところばかりだから、車を手配して行ったほうがよいでしょう。土も持って帰るとなると、徒歩ではとても無理だろうからね」

そう言って、写し取った地図を丸めて、リーチに手渡した。

リーチは、眼鏡の奥の瞳を輝かせて、「ありがとうございます」と礼を述べた。

「必ず、理想の土をみつけてきたいと思います」


ロバートソンの家を辞したあと、リーチと濱田と亀乃介は、三人そろって、波止場のパブへ出かけた。

それまでも、三人は、ちょくちょくそのパブへ出かけていた。特に、亀乃介は、セント・アイヴスに降り立って以来ほとんど日参していた。

潮風が心地よい、ちょっとした料理とビールがうまい、立ち寄りやすい場所にあるから――などと、あれこれ言い訳をしていたものの、リーチにも濱田にも、亀乃介がその店に通う理由は、すっかりお見通しであった。

パブの看板娘、女給のシンシア。

亀乃介は、足しげく通ううちに、シンシアと言葉を交わすようになっていた。

シンシアは、セント・アイヴスの出身で、二十二歳。病弱な母と、十三歳の妹、十歳の弟の四人で、波止場から徒歩三十分の町の外れでつましく暮らしている。

小型船の船乗りだった父は、シンシアが十五歳のとき、大西洋を航海中に嵐に巻き込まれ、遭難して、行方不明になった。

母は、いまでも父がどこかの島に流れ着いて命を繋いでいるに違いない、そしてきっといつか故郷の町へ、自分たちのところへ帰ってきてくれると信じて、毎日毎日、待ちわびている。

シンシアは、父がいなくなったあと、学校には進学せず、お針子や魚売り、そしてパブの女給をして、一家の生活を支えていた。

店の業務を終えたあと、亀乃介とともに、波止場のベンチに腰掛けて、彼女は自分の人生について語ってくれた。

暮らしは大変だけれど、楽しいこともあるのよ——と。

たとえば、朝、起きて、窓を開けると、さわやかな潮風が小さな部屋の中に吹き込んでくるとき。太陽が昇って、町を、自分たちを明るく照らしてくれると感じたとき。

あたたかな一日の始まる瞬間、いつも楽しい気持ちで心が弾む。

仕事は、ときにつらい。パブの仕事だけではなく、日中は、魚売りの手伝いもしている。仕事を終えて帰宅すると、深夜十二時になっていることもある。

けれど、どんなに遅く帰っても、母はベッドから起き出して、いつもやさしく抱きしめてくれる。おかえり、待っていたよ、今日も一日ありがとう、と言って。

妹と弟が、やすらかな寝顔で、すやすやと寝息を立てているのを見ると、なんだかほっとして、がんばってよかった、と思う。

朝になって、日の光を浴びて、汗をかいて、仕事に励んで、くたくたになって、家に帰り着くと、そこで待っているのは愛する家族。

そのために、自分は働いているのだと思っている。

「それに、何より楽しいことはね……。パブでの仕事で、あなたのような人に出会って、こんなふうに、おしゃべりをすることよ」

シンシアは、波止場のベンチに並んで座った亀乃介の横顔を見て、少し照れくさそうな表情で言った。

亀乃介は、とっさに返す言葉が見つからなかった。

そんなふうに女性に言われたことはなかったし――しかも英語で――、いったいどんなふうに応えたらいいのか、戸惑ってしまった。

「ありがとう。うれしいよ。僕も、同じ気持ちだ……」

しどろもどろに、そう言った。それが、せいいっぱいだった。


その日も、リーチ、濱田、亀乃介は、いつものように、開け放ったドアから吹き込む潮風が届くテーブルに陣取った。

「こんばんは、ごきげんいかが」

歌うような声で、シンシアがビールを運んできた。

三人がやってくると、シンシアは、注文を聞かずとも、すぐにビールを運んできてくれるのだった。酒をたしなまないリーチに、ビールグラスに注がれたアイスティーが出てくるのも、もはや定番になっていた。

「やあシンシア。今日はロバートソン教授のところへ行って、おもしろい話を聞いてきたよ」

機嫌良くあいさつをしたのは濱田だった。

濱田はすっかりセント・アイヴスの町になじんで、地元の人々とも気軽に会話をした。明るく、ひょうきんで、なかなか気の利いた冗談さえも英語で言うことのできる東洋人として、濱田は地元の人々にも認識されているようだった。

一方で、亀乃介は、なかなかうまく交流ができずにいた。

英語で何か言おうとしても、すぐに言葉にならない。日本にいたときには、リーチや柳宗悦と、あれほどすらすらと英語で会話できていたのに。

自分から話しかけていいのか、文法的に間違っていないか、こんな言葉遣いをするとイギリス人はおかしいと思うんじゃないか――などと、懸念が先に立ってしまって、声がのどにつっかえてしまうのだ。

文法など気にせずに、まずは言葉にして、さっと口に出す濱田の英会話術を、少々うらやましく思っていた。

「まあ、ロバートソン先生のところへいらっしゃったんですか。ときどき、ここへいらっしゃいますよ」

濱田の言葉を受けて、シンシアが言った。

いつも三つ揃いのスーツを着て、鼻眼鏡をかけて、紳士然とした様子で、エレガントにビールをたしなんでいるそうだ。

リーチは、パブのテーブルの上に、ロバートソンから受け取った地図の写しを広げた。

イギリス南西部の地図。いくつか、×印がつけられ、地名が書き込まれてある。

それらのどこかに、まだ見ぬ理想の土が眠っている可能性があるのだ。

「これは、何?」

シンシアの問いに、

「このあたりの地域の地図だよ」

亀乃介が答えた。

リーチが、地図を眺めながら、シンシアに説明した。

「これからこの町で新しい窯を造って、そこで陶芸を始めるためには、まず第一に、その材料となる土が必要なんだ」

シンシアにとっては、それまで「陶芸」という言葉自体、まったくなじみがなかったし、「窯」というのがどんなものなのか、想像もつかないようだった。

しかしながら、シンシアは、その「陶芸」の道をこの町で切り拓くために、わざわざリーチたち三人が日本からやって来た、ということに、深い感動を覚えていた。

想像もできないほど、はるか彼方にある国、日本。

この地が西の果てならば、日本は東の果てにある。

そんなところから、「陶芸」をイギリスに根づかせるために、はるばるやって来た三人の男たち。どんなものなのかはわからなくとも、「陶芸」とは、ただならぬ魅力のあるものなのだ、ということだけは、シンシアにも伝わっているようだった。

「土？　……土が、そんなに大事なのですか？」

シンシアの素朴な問いに、リーチはうなずいた。

「どこにでもあるもののように思うかもしれないが、どこかにきっとある理想の土を、私たちはこれから探さなければならないんだ」

リーチ、濱田、亀乃介の三人は、セント・アイヴス周辺の地図をじっくりと検分した。

土を探す地域は広範囲に及ぶので、ホーン夫人に頼んで車を手配してもらう必要がある。そして、できるだけ早く探し始めよう、ということになった。

「では明日、朝いちばんにホーン夫人のところへ報告と依頼のために出向くことにしよう」

そう言って、リーチが立ち上がった。

勘定書を持って、シンシアが三人のテーブルへ小走りにやってきた。シンシアは、亀乃介のほうを向いて、

「陶芸の話、土の話……もっと聞きたいわ」

目をきらきらと輝かせて言った。

亀乃介は微笑んで、

「もちろん、いつでも喜んで話すよ」

そう応えた。

「今夜はどう？　早番だから、このあと一時間くらいで上がれるんだけど……」

急に誘われて、亀乃介は、「えっ、そうなの」と、戸惑ってしまった。

「待っててくれない？」

「いや、それは、あの……」

濱田が、にやにやしながら、亀乃介の肩をつついた。

「なんだい、亀ちゃん。お安くないね。彼女のほうから誘ってくるなんて、ラッキーじゃないか」

亀乃介は、顔を赤らめた。

「やめてくれよ、もう」

リーチが、シンシアに向かって言った。

「私とハマダはさきに帰るよ。カメちゃんは君の仕事が終わるまで、ビールを飲んで待っているってさ」

そして、もう一杯分のビール代をテーブルの上に置くと、

「じゃ、カメちゃん、いい晩を」

そう言い残して、濱田とともにパブを後にした。

亀乃介とシンシアは、赤くなった顔を見合わせて、ふふっと照れくさそうに微笑み合った。

シンシアが仕事を終えたあと、亀乃介は、彼女と一緒に波止場までそぞろ歩きした。

ふたりの目の前には、帆を下ろした船が何艘《そう》も停泊していた。

ときおり吹き渡る夜風が、潮の香りを運んでくる。少し太った半月が、漆黒の空にぽっかりと浮かんでいた。

亀乃介とシンシアは、ベンチに並んで座った。ふたりのあいだにはこぶしひとつ分の隙間が空いていた。

ほんの少しだけ手を伸ばせば、シンシアのやわらかそうな白い手に触れられる。

ほんとうに、ほんの少しの距離。

それなのに、亀乃介には、どうしても埋められない距離なのだった。

「リーチ先生は、若いときに日本に憧れて、ほんとうに日本へ行ってしまったのよね。そして、陶芸と出会った。……すてきだわ」

夜空に浮かぶ月を見上げながら、シンシアが言った。

なぜ自分たちが、はるか彼方の国、日本から、セント・アイヴスへやってきたのか――亀乃介は、そのいきさつを、すでにシンシアに話していた。

シンシアは、芸術家になるために日本へ単身渡航したリーチと、その唯一の弟子となった亀乃介の、まるで冒険のような日々の話に、瞳を輝かせて聴き入っていた。

「陶芸」という言葉も、いままで何度も亀乃介から聞かされて、シンシアはそこはかとなく興味を抱いたようだった。

その日も、リーチたちが「陶芸にとって、土はとても大切なんだ」と教えてくれたことに、ひときわ反応したのだった。

「まるで、リーチ先生は、遠い日本で運命の恋人に出会ったみたいね。……陶芸という名の、とびきりすてきな恋人に」

シンシアの言葉に、亀乃介の胸は自然と高鳴った。

――運命の恋人との出会い。亀乃介にとっては、それはまさしくシンシアなのだった。

シンシアは、隣に座った亀乃介の横顔をみつめて、

「あなたも、陶芸に恋をしてしまったのね？」

と訊いた。

亀乃介の胸が、どきりと派手な音を立てた。その音がシンシアに聞こえてしまうのではないか、という気がして、

「あ、そういえば……今日、いいものを持っているんだ。見せようか」

あわてて話をそらした。

昼間、ロバートソン教授のもとを訪ねる際に、リーチが創った小ぶりのジャグを、参考に持参したのだった。亀乃介は、かたわらに置いていた革の鞄の中から、木綿の布で包んだジャグを取り出し、シンシアの目の前で広げた。

「……まあ」

たちまち、シンシアの顔が、光が差し込んだように輝いた。

「さわってもいい？」

彼女の問いに、

「もちろんだとも」

亀乃介が答えた。

シンシアは、恐る恐る両手を差し出して、大切な宝物に触れるかのように、そうっとジャグを手のひらで包み込み、胸元に引き寄せた。

かたちよくとがった注ぎ口、ぽってりとちいさく太った胴体。白濁した地色に、草花の絵が描いてある。ごくさりげなく、やさしく、しなやかで美しいその風情に、シンシアはうっとりと視線を注いだ。

「なんてやさしいかたちなの。色も、すごくきれい。派手じゃなく、とても落ち着いていて……なんだか……そうね、なんだか……」

シンシアが、一生懸命、自分の見た印象を表現しようとしているのが、亀乃介には、なんとも微笑ましく感じられた。

「なんだか……なんだい？」

シンシアは、ふっと微笑んで、つぶやいた。

「ずっと一緒に、暮らしたい。そんな感じ」

リーチが創ったジャグを眺めて、シンシアは、そんなふうに表現した。

まるで恋人に語りかけるような熱のこもった感想に、亀乃介は、自分が語りかけられたかのようにどぎまぎしてしまった。

「どうしたの？」

亀乃介が言葉を失っているのを見て、シンシアが不思議そうに首をかしげた。

「い、いや、その……なんだか君は、ジャグを相手に、人間に接しているみたいで、とてもおもしろいな、って思って……」

シンシアは、両手の中のジャグをゆっくりとなでて、

「おかしい？」

と訊いた。亀乃介は、頭を横に振った。

「いや、ちっとも。……とても新鮮な表現だと思うよ」

そして、シンシアの手の中のジャグを眺めて、

「僕も、初めてリーチ先生の創った作品を見たときに……なんていうのかな……ずっと会っていなかった古い友だちに会ったような、なつかしい気分になったことを覚えているよ」

リーチが創り出す陶芸に宿る、やさしく、あたたかく、ほのぼのとした感じ。言葉にできないなつかしさ。

それこそが、バーナード・リーチの陶芸の魅力なのだと、亀乃介にはわかっていた。

えも言われぬ感じを、初めてリーチの作品に触れたシンシアが、ちゃんととらえて表現したことに、亀乃介は驚きを覚えたのだった。

「あなたも、陶芸をしているのでしょう、カメノスケ？　どういうものを創るの？　やっぱり、リーチ先生のような感じ？」

シンシアの質問に、亀乃介は頭をかいた。

「いやあ、僕のは……リーチ先生の作品には、まだまだ遠く及ばないよ。少しでも、先生に追いつきたい。けれど、そう簡単にはいかないんだ」

シンシアは「あら」と目を丸くした。

「ずいぶん気が弱いのね。努力して、いつか追い越すって言うかと思ったのに」

亀乃介は、一瞬、返答に詰まってしまった。

「君は、先生の作品のすべてを見ていないから、そんなふうに言えるんだよ。それはもう、ほんとうにすばらしいんだから」

シンシアは、両手の中のジャグを、ちょっと離して眺めると、言った。

「先生を尊敬しているあなたの気持ちはよくわかるわ。でも……いつか越えてやるっていう、そういう気持ちを持つことが、芸術家にとっては大事なんじゃないの？」

亀乃介は、思わずむっとして、

「君には、わかりっこないよ」

少し語気を強めて、言い返した。

シンシアは、しゅんとなって肩を落とした。そして、

「これ、返すわ」

ジャグを差し出した。

受け取ろうとして、シンシアの指先に、ほんの一瞬、亀乃介の指先が触れた。亀乃介は、ジャグを落としそうになって、あわてて胸に抱き寄せた。

「もう遅い。帰ろう。送っていくよ」

亀乃介がベンチから立ち上がると、シンシアも続いて立ち上がった。

「……ごめんなさい」

消え入るような声がした。亀乃介は、微笑して、「いいんだよ」と言った。

「僕のほうこそ、ごめん。君の言っていることが、あんまり的を射ていたから……動揺してしまったんだ」

わかっている。——真の芸術家になるためには、師を越えて、自分の道を見出していかねばならない、ということを。

ドルル、ドルル、ドルルル。

エンジンがうなり声を上げて、黒光りする車体が坂道を突っ走っていく。

その日、リーチたちは、運転手付きの車を一日借りて、「土探し」に出かけた。

後部座席にリーチと濱田が乗り込み、亀乃介は助手席に乗った。三人揃って車で遠出するのは初めてのことだったので、亀乃介は、まるでピクニックにでも出かける少年のように、胸を弾ませていた。

快晴で、秋らしい澄んだ青空がどこまでも広がっている。

「いい天気だな。ニッポン晴れだね」

後部座席のリーチが、幌《ほろ》を全開にして、秋空を仰ぎながらそう言った。

「イギリスでニッポン晴れか。こりゃあいいや」

濱田がいかにも楽しそうに応えた。三人は、声を合わせて笑った。

地質学者、ロバートソンに教えられた土地——粘土質で、湿気があり、陶器に向いた土を採取できそうな土地は、セント・アイヴス周辺だけでも、何ヶ所にも及んでいた。

その一ヶ所一ヶ所を訪ね、じっくりと土を検分しなければならない。

時間もかかるし、労力もかかる。いったいどこでみつかるのか、あるいはみつからないのか——きわめて困難な作業を、自分たちは、これから始めるのだ。

大変であることはまちがいない。けれど、亀乃介にとっては、それすら冒険のようで、わくわくと胸が躍るのを止められない気分だった。

最初にたどりついたのは、セント・アイヴスから南西の位置にある場所だった。

草原がどこまでも広がる土地。道があるようでないような、とんでもない僻地《へきち》である。

でこぼこ道をどうにか走ってきたのだが、あまりの揺れの激しさに、亀乃介は気分が悪くなりそうだった。

「ちょ、ちょ、ちょ、っと、ととと、とめて、くれ」

リーチの声も、振動に合わせて揺れていた。

草が生い茂る大地の真ん中で、リーチたちの車は停止した。

リーチ、濱田が後部座席から外へ出た。亀乃介も、助手席から降りた。

さわさわ、さわさわ——草原を渡る風の音が耳にこだまする。いかにもさびしげな風景が広がる、何もない場所であった。

——うわあ、これは……。

亀乃介は、だだっ広い風景を一望して、呆然としてしまった。

——いったい、自分たちは、どういうところへ来てしまったんだろうか。土……というか、見渡す限り、草しか見えないんだけれど……。

濱田は、さっそくその場にしゃがみ込むと、指先で地面に触れてみた。何か考え込むそぶりだったが、

「亀ちゃん。シャベルを頼む」

下を向いたままで言った。

亀乃介は、車の後部座席の足元に積んであったさまざまなもの——バケツ、小型と大型のシャベ

ル、小型の熊手、のみ、槌、じょうろなどを取り出し、濱田のもとへと運んだ。濱田は小型シャベルを手に取ると、草の根元を少し掘り返してみた。
あらわになった土を手に取り、手のひらに載せる。そのまま、じっと目を凝らす。

「少し、掘ってみるか」

濱田に言われて、亀乃介は、上着を脱ぎ、シャツの袖をめくり上げて、大型のシャベルで土を掘り始めた。濱田もシャツの袖をめくり上げ、穴掘りに参戦した。

太陽が真上から照りつけている。十月とはいえ、さすがに土を必死で掘り返していると、じっとり汗がにじんでくる。

「もういいんじゃないか」

かなり掘ったところで、亀乃介が手を止めて言うと、濱田が応えた。

「まだまだ、もっと、もっと」

二人が必死にシャベルを動かし続けていると、

「私も掘るよ」

と、見かねたようにリーチが言い出したが、

「シャベルが二本しかないんだ。いいから君は観戦していてくれ」

息を切らして濱田が応えた。

やがて土の色が茶色から赤っぽい色に変わった。地層が見えるほど掘ったところで、

「よし、このへんでいいだろう」

濱田の号令で、亀乃介はようやく手を止めた。

まずは濱田が、掘り返した土を手に取って、じっくりと眺めた。それから、リーチに向かって、

「これ、どう思う？」

手のひらの上に盛った土を差し出した。

リーチは手を伸ばしてそれを受け取ると、顔に近づけて、やはりじっくりと見た。それから、土のかたまりを指先でつまみ、押したり、引っ掻いたり、丸めてみたりした。

濱田も同様に、黙ったまま、慎重に土を検分している。亀乃介も、手に取って眺め、指先で触ってみた。

粘り気がある。粘土質のようだ。が、これが作陶に向いているかどうか。

亀乃介は、これはだめだとすぐにわかった。

微妙に粘り気が足りない。土の色は、赤っぽくて面白い色だが、焼成したら、癖が強過ぎるようにも思う。

「……だめだな、これは」

しばらくして、濱田の乾いた声がした。リーチが顔を上げて、濱田のほうを見た。

「やはり、君もそう思うか」

リーチが念を押すように言うと、「ああ」と濱田が短く応えた。

「ここはあきらめよう。亀ちゃん、悪いが、埋め戻すぞ。もうひと汗、かこうや」

シャベルを握り直して、穴の中に土を戻し始めた。亀乃介は、ため息をひとつ、ついてから、穴埋め作業を開始した。

くる日もくる日も、リーチと濱田と亀乃介は、土を探して、文字通り東奔西走した。

西の海岸近くの土地へ行き、穴を掘る。東の野原で、また穴を掘る。その繰り返しであった。

ピクニックに出かけるような楽しい気分は初日だけだった。それからは、まるで穴掘り職人にでもなってしまったような気分だった。

亀乃介は、最初のうちこそ、車に乗って出かけるのだからと、きちんとシャツに上着を着ていたのだが、そのうちに、どうせ出かけていってもすることは穴を掘るだけなんだからと、地元の漁師が着ている動きやすい作業着を調達して、それを着ていくようになった。

狙いを定めて行った土地で、土まみれになり、汗だくになって穴を掘る。濱田もまた、作業着を身につけて、亀乃介と一緒に穴掘りをした。リーチだけが、イギリス紳士らしく、きちんとシャツにジャケットを着込んでいた。

「私も作業着を着て手伝うよ」

と申し出たのだが、濱田は「いいから、いいから」とそれを受け入れなかった。

「君は監督《ディレクター》なんだから、涼しい顔をして見ていてくれればいいんだよ」

リーチはいかにも気まずそうだったが、三人とも疲れて倒れてしまうわけにはいかないので、おとなしく「ディレクター」の立場で、「そのとき」を待ち構えることにした。

——いったい、「そのとき」は、ほんとうに訪れるのだろうか。

もう十ヶ所以上の場所に出向いて、穴掘りを続けていた亀乃介は、疑い始めていた。

「そのとき」。それはつまり、理想の土を発見する瞬間。

もしも「そのとき」が訪れたならば、きっと、秘密の宝箱をとうとうみつけたような気持ちになるに違いない。そう、世紀の大発見なのだ。——自分たちにとっては。

けれど、どんなに探してもみつからなかったら。いったい、どうしたらいいんだろう。

理想の土探しは、予想以上に長期戦になりそうだった。

穴を掘り続ける重労働は、かなりこたえた。亀乃介は疲れ始めていた。肉体的に疲れていることもあったが、精神的に追いつめられてもいた。もしもみつからなかったら、セント・アイヴスに窯を開くことができなくなるかもしれない。

そう考えて、焦っていた。

しかし、リーチや濱田の心情を慮《おもんぱか》って、焦る気持ちは決して表には出さないようにした。いましばらくの辛抱だ。まだ調べていない土地が何ヶ所かある。それらをすべてつぶさに調べ上げるまで、結論を出すのは早い。

そう自分に言い聞かせて、決して弱音を口にしなかった。

どんなに疲れていても、亀乃介は、毎晩、波止場のパブに顔を出した。シンシアに会いたかった。ひと目でもいい、シンシアの顔を見れば、たちまち疲れが吹っ飛ぶ気がした。

「まあ、地元の漁師になったみたい。けっこう似合うわね」

作業着を着て現れた亀乃介を見て、シンシアは楽しそうに笑った。

仕事が終わった彼女とともに、いつもの波止場のベンチに腰掛け、小一時間ほど、たあいもない会話を交わす。それだけで、体じゅうを縛りつけるような疲労が、ゆるやかに幸福感に変わっていくのだった。

「土が、なかなかみつからないんだ」

ある晩、亀乃介は、初めて弱音らしき言葉を口にした。なんとなく、シンシアに聞いてほしかった。もしもみつからなかったら——という不安を、誰かにぶつけたい気分だった。

亀乃介の横顔をみつめて、シンシアがつぶやき声で言った。

「けれど、あなたたちは、決してあきらめていないんでしょう？」

それは、どこかにある。そして、どこにでもある。

だから、きっとみつかるはずだ。

リーチと濱田と亀乃介が、土探しを始めるまえに波止場のパブへやってきたとき、そんなふうにシンシアに語ってきかせたことを、彼女はよく覚えていた。

「なんだか、ちょっと似てるな、と思ったの」

シンシアの言葉に、亀乃介は顔を上げて彼女のほうを向いた。まっすぐにこちらをみつめる目と目が合った。あわてて視線をそらすと、

「似てるって……何に似てるって思うんだい？」

と、問うてみた。

シンシアは、ふふ、と小さく笑って肩をすくめると、

「……幸せ」

短く答えた。

「幸せ？」

「そう、幸せ」

それは、どこかにある。そして、どこにでもある。

だから、きっとみつかるはず。

そんなふうに思いながら、生きてきた。

「父がいなくなってしまって、暮らしはきびしかったし、ずっと働きづめで……だけど、きっと、私だけの『幸せ』が、どこかにあるはずだって」

自分の望む幸せ。それは、特別なものじゃない。朝がきて、窓を開けて、いい天気で、気持ちのいい風が吹いて、家族がとりあえず元気で……そんなふうに、どこにでもある幸せ。

だけど、ずっと探し続けているもうひとつの幸せが、私にはあるの——と、シンシアは語った。

亀乃介は、今度こそシンシアの目をみつめると、はっきりと訊いた。

「君のもうひとつの幸せって、なんだい?」

シンシアは、そっと微笑むと、

「いまはまだ、誰にも秘密よ。だけど……あなたにだけは、そのうちに教えるわ」

そう答えて、立ち上がった。

亀乃介は、空振りしたような気分になったが、そのうちに教える、と言ってもらえたのは、なんとなくうれしかった。

ふたりは、波止場にとまっている帆を下ろした船の横を通り、シンシアの家に向かって歩き始めた。

「それにしても、おもしろいね。君の言う通りだ。土探しは、幸せ探し——みたいなものなのかな」

亀乃介が言うと、

「そうね。あなたにとっての『幸せ』が、早くみつかりますように……って、私、毎日、神様に祈っているのよ」

シンシアが、つぶやくように言った。

それは、思いがけない言葉だった。亀乃介は、ふと、足を止めた。

「僕にとっての幸せ……」

月明かりの中に、シンシアの白い顔がやわらかに浮かび上がって見えた。その顔が、そっと微笑んだ。

「僕にとっての幸せは、ここにある」

星が宿ったようにきらめくシンシアの瞳をみつめて、亀乃介はささやいた。

「シンシア。僕の幸せは、君だ。君と、こうして一緒にいることなんだ」

シンシアの瞳が、潮風になでられた水面のように、かすかに揺らめいた。

「私も……」

消え入りそうな声で、シンシアが言った。

「私にとっての幸せは、愛する人と一緒にいることよ。どこかにある、どこにでもあること。だけど、ここにしかないこと。それは、誰かを愛すること……あなたを愛することよ、カメノスケ」


次の日、セント・アイヴスの町の上には、澄み切った青空が広がっていた。

丘の上に建つ、リーチ一家が住む家のドアが勢いよく開いた。

その中から、いつも通り、作業着姿の亀乃介が、シャベルを肩に担いで、元気いっぱいに登場した。

「さあ、行きますよ。今日こそは、絶対に、理想の土がみつかるはずだ。がんばりましょう!」

威勢のいい声で、続いて出てきたリーチと濱田に呼びかける。

「なんだよもう、亀ちゃん。えらく元気がいいじゃないか。こちとら、もう土がみつからないんじゃないかって、昨夜はずいぶん落ち込んでたんだぜ」

濱田がぐったりしたように日本語で言うと、

「何言ってるんだよ、濱田さん！　そんな弱気なことでどうするんだい。ここまできたんだ、絶対にみつかるよ。大丈夫、大丈夫」

亀乃介も日本語で返しながら、濱田の肩を勢いよく叩いた。

「なんだかずいぶん元気だね、カメちゃん。ハマダと何を話しているんだい？」

リーチが愉快そうに尋ねると、

「いえ、いえ。どうってことのない会話です。僕らが探している土は、どこかにある、どこにでもあるもの、そしてきっとみつかるはずのものだから、心配しなくても大丈夫！　そう言っていただけですよ」

満面の笑みで、亀乃介が答えた。

三人は、もうこれで何度目だろうか、家の前に待機していた幌掛けの車に乗り込んだ。

「さあ、元気を出して、出発進行！」

亀乃介の号令で、車が走り出した。リーチと濱田は、後部座席で顔を見合わせ、肩をすくめた。

亀乃介が元気いっぱいなのには、理由があった。

昨夜、ついに、シンシアと思いが通じたのだ。

思い切って、僕の幸せは君だ——と打ち明けた。すると、シンシアもまた、同じ気持ちだと応えてくれたのだ。

波止場の月明かりの下で、ふたりは、ごく自然にくちびるを合わせた。シンシアのくちびるは、やわらかく、甘い香りがした。

そして、亀乃介は、すんなりした彼女の体を自分の腕の中にそっと抱きしめた。こわれてしまうんじゃないかと、心配になるくらい華奢《きゃしゃ》な体。けれど、もう二度と離したくない、そんな思いでいっぱいになり、つい強く抱きしめてしまいそうだった。

ふたりは、抱き合ったまま、いつまでも、いつまでも、動かずにいた。

このまま時が止まってしまえばいい——と、亀乃介は思った。

このまま眠らずに、いつまでも、こうしていたい。

家に帰って、眠って、朝起きたら夢だった——そんなことになったらどうしよう。

けれど、彼女の母と妹、弟が、彼女の帰りを待っている。早く送っていかなければ——と思いつつ、なかなか体が動かない。

やがて、シンシアが、腕の中で小さくささやいた。

——とても幸せよ、カメノスケ。だけど、あなたが、あなたの「もうひとつの幸せ」をみつけられたら——きっと、私、もっと幸せを感じられるわ。

だから、明日のために……もう帰りましょう。

シンシアが言うところの、亀乃介のもうひとつの幸せ。

それは、「土」をみつけることにほかならなかった。

——うん。きっときっと、みつけるよ。

シンシアに言われて、亀乃介は、なんだか明日にでもみつけられる気がしてきた。

リーチたちの「土探し」の旅は、いまだ終わりを迎えていなかった。

ロバートソン教授の指南で、可能性のありそうな土地を次々に訪れ、地面を掘り返して、土の性質の調査をつぶさに続けていたが、陶芸に適した理想の土とは、まだ出会えないままだった。

土なんて、どこにでもあるじゃないか。何をそんなに血まなこになって探しているんだ。事情を知らない人がリーチたちが必死になっているのを見れば、きっとそう言うだろう。しかし、土は、陶芸のよしあしや、味わいを決定する、何より大切な素材なのだ。理想の土がみつからなければ、セント・アイヴスに窯を開くこと自体、無意味になってしまう――。

リーチも、濱田も、亀乃介も、そんな危機感を抱き始めていた。

ただし、亀乃介は、シンシアと思いが通じ、彼女に励まされたこともあって、漠然と「大丈夫だろう」という気持ちに切り替わっていた。

その日、リーチたちは、いつものように運転手付きの車を走らせて、セント・アイヴスの西、ランズ・エンドを目指していた。

セネンと呼ばれる地域は、大西洋にせり出した半島である。その最西端にある岬が、ランズ・エンドだった。

もう一ヶ月以上もまえのことになるが、ロバートソンの家を訪ねたとき、彼が地図の上に「陶土がみつかる可能性がある土地」として、羽根ペンで「×」を何ヶ所か、つけてくれた。リーチたちはいま、その「×」印が付けられた土地を、東側から順番に訪ねて、調査を続けていた。

亀乃介は、ロバートソンが、ランズ・エンドに「×」を付けた瞬間のことを、よく覚えていた。

――ここは、「ランズ・エンド」というくらいだから、地の果てなのだが……。可能性はある。

迷うように羽根ペンを地図の上で泳がせていたが、ロバートソンは、やがてきっぱりと「×」を描いた。

リーチたちを乗せた車は、西へ西へと走っていった。

やがて、彼方に海が見えてきた。大きく視界が開けて、目の前いっぱいに大海原が広がる岬の手前で車が停まった。

車から降りると、亀乃介は、「うわあ……」と思わず声を上げた。

澄み渡った青色をたたえた海。水平線は日の光に輝き、白い波頭がところどころ、ちらちらと光りながらうごめいている。

潮騒は子守唄のような心地よさで、寄せては返し、寄せては返し、遠く近く、響き渡っている。

潮風に乗って、はるか上空を舞い飛ぶカモメたちは、真っ青な秋空のなかに、白い点となって見えている。

「なるほど。ほんとうに、この岬でイギリスの土地が終わっているんだな。ほんものの、地の果て——ってわけか」

大きくひとつ伸びをして、濱田が言った。

「私も、さすがに『地の果て』まで来たのは初めてだよ」

彼方の水平線を眺めながらリーチが言うと、

「いや、君はもういっぽうの『地の果て』に来たじゃないか。この地上の、東の果ての国……日本に」

そう言って、濱田が笑った。

亀乃介は、西の果ての地に、こうしてリーチと濱田とともに佇みながら、その不思議を思わずにはいられなかった。

——リーチ先生は、たったひとりでやって来た。遠くはるかな東の果ての国、日本へ。

だからこそ、自分たちは、いま、こうして先生とともに、もういっぽうの地の果てに来ているんだ。

　そう思えば、胸の中が熱くなってくるのだった。

「この海の彼方に……ずっと、ずっと向こうに、日本があるんだな」

　感慨深い声で、リーチがつぶやいた。濱田が笑い声を立てた。

「日本どころか、この海の彼方には、アメリカ大陸があって……その向こうに太平洋があって、それを越えて、やっと日本が見えてくるわけだろ」

「それはそうだな」

　リーチも笑った。

「ぐるっと回って、西が東にならなくちゃ、日本にたどり着けないんだな……」

　しかし亀乃介は、真顔になって、きっぱりと言った。

「いえ、でも、この海の彼方に、日本があると僕は感じます。この海も、この空も……どんなに遠くても、日本に繋がっている。だって、世界はひとつなのだから」

　この世界じゅう、どこにいてもどこかで繋がっている。

　なつかしい国、日本に――。

　リーチは、はるかなまなざしを、もう一度水平線に投げた。それから、ひとつ深呼吸をして、声を放った。

「……会いたいなあ」

　亀乃介は、リーチの横顔を見た。清々しい表情の中に、どこかしらさびしさを潜ませた横顔を。

「ああ、会いたい。会って、話したい。私の友。ヤナギ、トミ、コウタロウ……『シラカバ』の仲間たち……どうしているだろうか。――私の大切な友人たちは」

リーチは友の名をつぶやいた。

柳宗悦。富本憲吉。高村光太郎。――なつかしい、友の名前を。

その名が、友の姿となって、ほんの一瞬、風の中に浮かび上がって見えた気がした。

亀乃介は、つかのま、まぶたを閉じてみた。

どこからか、柳の声が聞こえてくる――。

――リーチ。君がやろうとしていること――イギリスに日本式陶芸を根づかせることは、まだ誰もやったことのない、冒険そのものだ。

もしもうまくいけば、将来、多くのイギリスの若者たちが、君と同様に、日本の陶芸のすばらしさに目覚めることだろう。君がずっと望んでいた、東と西のあいだをつなぐ架け橋。それが、ほんとうに実現することになる。

たやすいことではない。けれど、きっと君は成し遂げるはずだ。君と、濱田と、亀ちゃん。三人で、きっと。

私も、この命が続く限り、君たちを支援しよう。たとえ、西と東に別れても、美を追い求める私たちの気持ちはひとつだ。

どうかそれを忘れないでくれ――。

「ああ……なんだか不思議な気分だ。どこからか、ヤナギの激励の声が聞こえてくるような……」

やはりいつしかまぶたを閉じていたリーチが、そう言った。

「そうか。彼は、なんと言ってる?」

濱田が訊くと、

「『きっと理想の土はみつかるはずだ』。そう言っているよ」

目をつぶったまま微笑んで、リーチが答えた。

「なんだ、調子がいいなあ」

濱田が苦笑した。

亀乃介は、目を開いて、まっすぐに水平線を見て言った。

「いや、僕にも聞こえます。……きっとみつかる、そう言っている柳先生の声が」


ランズ・エンドの岬で、潮風と大海原の風景を思う存分堪能したあと、リーチたち三人を乗せた車は、岬を離れ、内陸に向かって、再び走り始めた。

岬の周辺の地面を少し掘り返してみたが、どうやら「理想の土」ではないと、すぐに判明した。幻想の中の柳宗悦が言っているようには、理想の土はそうたやすくはみつからないのだった。

「やっぱり、難しいのかなあ」

岬がどんどん遠ざかっていくのを眺めながら、後部座席の濱田が、ぽつんと言った。

「もう、ここが最後の可能性のある場所だろう。この付近でみつからなかったら……どうするつもりだ、リーチ?」

いつも前向きな濱田だったが、さすがに参っているようだった。

亀乃介も、出かけるときの元気は、いつのまにか消えつつあった。けれど、自分まで意気消沈するわけにはいかない。

「いやまだまだ、これからですよ。だって、ランズ・エンドはこんなに広いんだから。絶対にどこかにあるはずだ」

亀乃介は、わざと威勢のいい声を張り上げた。

「いいよもう、亀ちゃん。空元気《から》ならやめてくれ。……僕は、現実的な対策を考えるべきだと思っているんだ」

いつになく真面目な声色で、濱田が言った。

「いいか、世の中には『絶対』なんてことはないんだよ。『ひょっとして』っていうようなことこそ、起こりうるんだ。……だから、ひょっとして、土がみつからないってこともあり得る。そうなってしまったとき、どうするか。それを考えておかなければ、ほんとうにどん詰まりになっちまうぜ」

濱田の言葉に、亀乃介は何も返せなくなってしまった。

リーチは、口を結んだまま、彼方に遠ざかる水平線を眺めている。

気がつくと、太陽が西に傾き始めていた。

空高く上がっていた太陽は、その輝きを次第に弱め、ゆっくり、ゆっくり、水平線に向かって落ちつつあった。

一方で、東の空には、うっすらと明るい月が昇り始めていた。かげりのない、まっさらな満月であった。

リーチたちを乗せた車は、なだらかな丘陵を走っていた。

名もない草が風に揺れる果てしない荒野、その真ん中を蛇行する道なき道。車が走るリズムに身を任せていたリーチが、運転手の背中に向かって、ふいに声をかけた。

「――このあたりで停めてくれ」

車は、ゆっくりと停止した。

三人は、車を降りた。そして、何もない、空っぽの荒野の真ん中に、並んで佇んだ。

「なんという美しさだ。――太陽と月と、両方が浮かんでいる……」

空を仰いで、リーチが言った。亀乃介は、頭を巡らせて空を眺めた。

西の空に沈みゆく太陽。

東の空に昇りつつある月。

空の中にくっきり浮かび上がる、ふたつの完璧な円。

太陽と月、東と西のはざまに、佇む三人――。

三人は、しばし言葉を忘れて、ただ風景の中に溶け込んでいた。亀乃介は、しびれるような感動が、体を貫くのを感じていた。

太陽と、月。東と、西。日本と、イギリス。

きのうと、今日。今日と、明日。

そのはざまに、いま、自分たちが生きている不思議。

生きて、呼吸をして、同じ目的を持ち、同じ理想に燃えて、同じ夢を見ている不思議。

そのすばらしさ。――ありがたさ。

ああ、自分は――自分は、これから、何があろうとも、この瞬間を忘れずに生きていこう。

心の中で、そう誓った。

三人は、吹き渡る風の中、しばらくのあいだ佇んでいた。

何も言葉を交わさなかった。ただ、黙って佇むばかりだった。

けれど、この豊饒のとき、かけがえのない瞬間、心を通わせる三人のあいだには、どんな言葉も必要がなかった。

ふと、濱田が、足元に視線を落として、独り言のようにつぶやいた。

「この場所にたどりついたのも、何かの『しるし』《サイン》かもしれん。ちょっくら、掘ってみるか」

亀乃介は、肩に担いでいたシャベルを下ろして、

「わかった。やってみよう」

そう応えた。

道端の地面めがけて、シャベルの先を勢いよく差し込む。ざくっ、ざくっと掘り進める。

——ああ、これは……。

掘りながら、亀乃介は、すぐに「違う」とわかってしまった。固く締まった土は、三人が探している粘土質のものとは明らかに違っていた。

「ちょっと待ってくれ」

リーチが声をかけたので、亀乃介はシャベルの手を止めた。

リーチと濱田はしゃがみ込んで、土を手に取った。いつものように、じっくりと眺める。亀乃介は、額に浮かんだ汗を手の甲で拭い、決定的瞬間を待った。

「……やっぱり、違うな」

リーチがぼそっと言った。濱田は小さくため息をついた。

「残念だが、そのようだ」

亀乃介は、茜色の空を仰いで、息を吐いた。

——どうしてみつからないんだ。

何かに導かれるようにしてやってきたこの土地——ランズ・エンドの一角で、理想の土がきっとみつかる。

心のどこかで、そう信じていたのに。

シャベルを地面に突き刺したまま、亀乃介は、がっくりと肩を落とした。

するとそのとき。亀乃介の背後で、ふいに声が上がった。

「あのう……このもうちょっと先、セント・アースのへんに、土がむき出しになっている斜面があるけど……そのあたりに、行ってみたらどうでしょうか？」

三人同時に声がしたほうを振り返った。

荒野の中の一本道、少し離れたところに停止していた車の運転席で、人待ち顔をして座っていた運転手が、声の主であった。

「セント・アースに？」

リーチが訊き返した。運転手はうなずいた。

「先週、雨が降って出かけなかった日があったでしょう。あの日、ホーン夫人のお出かけにお供して運転したんですが、そのとき通りかかったんです。村の裏手の切通しに土の層が見えていて、黄色っぽい層と赤い層と、二重になってました」

リーチと濱田と亀乃介は、互いに顔を見合わせた。リーチの顔に、みるみる活力がみなぎってくるのが、亀乃介にはわかった。

「よし。――行ってみよう」

リーチのかけ声とともに、三人は車に戻った。よく磨かれた黒塗りの幌付きの車は、すぐに発進した。

しばらくランズ・エンドに広がる荒野の斜面を走っていき、やがてセント・アースの村外れにたどり着いた。

その頃にはすっかり日が暮れていた。

さっき昇り始めていた満月が、ぽっかりと夜空に浮かんでいる。

月光があたりを照らし、秋草がしんとして静まり返っている。その中をまっすぐに貫く切通しに、車はさしかかった。

曇りが一点もない満月の夜は、不思議なくらい明るかった。

切通しに入ってすぐ、車は停止した。地層がむき出しになっているのが月明かりに照らされて見えている。リーチ、濱田、亀乃介の三人は、その場で車を降り、地層に近づいた。

リーチと濱田は、顔を地層にくっつくほど近づけて、じっくりと眺めた。

月の光だけで、どれほどのことがわかるだろうかと亀乃介は思ったが、とにかく自分も見てみようと、近づいた。

「――おい」

濱田の声がした。亀乃介は、はっとした。

濱田の声が、震えているような――。

リーチと濱田は、ほとんど同時に手を差し伸べて、地層の表面をなでた。濱田は、土に指を差し込むと、力強く握った。そして、土の塊を手のひらに載せると、分厚い眼鏡の顔を思い切り近づけて、食い入るように見入った。

「……リーチ。亀ちゃん。……見てみろよ」

濱田の声は、やはり震えていた。

リーチは、濱田の手から土くれを受け取った。それをぐっと顔に寄せて、おぼろげな月明かりでみつめた。それから、指先で丹念に触れてみた。

リーチの顔に、またたくまに光が広がった。月の光よりも、もっと明るい希望の光が。

リーチが、すぐさま握りしめた土を、亀乃介に向かって差し出した。

「カメちゃん、みつけたぞ。……この土だ。これこそが、私たちの土だ！」

亀乃介は、恐る恐る、両手を差し出した。胸の鼓動が全身に響き渡っている。かすかに震える亀乃介の手のひらに、リーチが土の塊を載せた。

——これだ……。

亀乃介は、両手に盛られた土を目の高さに持ち上げて眺めた。まるで、貴重な財宝に見入るかのように。

——私たちの、土。

しっとりと湿って赤みがかったその土は、硬過ぎず、軟らか過ぎず、手触りがよく、よくまとまるすなおな土だった。

これこそ、自分たちが探していた理想の土だ。

どんなふうに仕上がるか、焼いてみなければわからない。

だが、色も、湿り気も、手触りも——「こういう土があればいい」と思い描いていた通りだ。

これは、土。そう、ただの土くれだ。

けれど、どこかにあるはずなのに、どこにもなかった土なのだ。

そしていま、とうとうここで、みつけ出した土なのだ。

亀乃介は、息を止めたまま、ただただ、土をみつめていた。

その肩を、ぽん、と濱田が叩いた。それでようやく息をついた。リーチが笑い声を立てた。

「まるで宝物を探し当てたような顔をしているよ、カメちゃん」

亀乃介は、思わず笑みをこぼした。そして、言った。

「宝物です。——何ものにも代え難い、ほんものの宝物です……！」

リーチと濱田は、笑みを浮かべてうなずいた。

明るく輝く満月が、三人を静かに照らし出していた。

第五章　大きな手

一九二〇年（大正九年）十二月

陶芸創作の根幹となる土を発見することができ、いよいよリーチの夢——セント・アイヴスに工房と窯を開く計画が、一気に進められることになった。

イギリスへやってきて三ヶ月。亀乃介は、すっかりこの国、この町が好きになっていた。師・リーチが主宰する工房と窯を開くために、自分も一緒になって汗を流せるのは、充実感があったし、何よりうれしいことだった。

この工房を計画通り開くことができたら、地元の職人を雇って、地元の土を使って、この地特有の陶芸を創る。そして地元に貢献する。

それが実現したなら、どんなにすばらしいだろう。

亀乃介は、いまでは大好きになったセント・アイヴスに、ほんの少しでも貢献できたらと、願うようになっていた。

そう思うのは、リーチの理想と仕事を根づかせるためばかりではない。

ここは、愛する人の――シンシアの、ふるさとだから。

秋に始まった亀乃介とシンシアの交際は、順調に続いていた。

といっても、いままで通り、リーチや濱田とともに、あるいは亀乃介ひとりで、波止場のパブへ出かけていって、シンシアがきびきびと働くのを眺めたり、彼女の仕事が終わるのを待って、小一時間ほど、波止場のベンチでおしゃべりをしたりする――という従来の付き合いから、これといった進展もなかったのだが。

それでもなんでも、ふたりの気持ちが通い合っている、と思うだけで、亀乃介は幸せな気分でいっぱいになるのだった。


ある冬の晩、リーチと濱田と亀乃介は、いつものようにシンシアのパブへ出かけていき、陶芸工房《ポタリー》の設計について意見を交わしていた。

寒い夜である。濱田と亀乃介にはホットウイスキーを、リーチにはブランデーを二、三滴たらした紅茶を、シンシアが運んできた。

「ポタリーの計画は、順調に進んでいるようですね」

熱くなったグラスをテーブルに置きながら、シンシアが言った。

「ああ、いまのところ順調だ。シンシア、君は、だいたいのことはカメちゃんから聞いているんだろう?」

リーチが訊くと、

「いいえ、なんにも。計画は順調に進んでいる、っていうくらいしか」

シンシアが答えた。へえ、と濱田が驚きの声を出した。

「彼、君にはなんでも話しているのかと思ったよ。恋は盲目っていうし……」

「よしてくれよ、濱田さん。大事なことをいちいち彼女に話してしまうほど、僕はうかつな男じゃないよ」

亀乃介が日本語で、こっそりと濱田に言った。

「どこに造るのかは決まったんですか」

シンシアの問いに、リーチはうなずいた。

「ランズ・エンド街道沿いで、町の中心部からちょっと上がった丘の上の眺めのいい場所に、細長い土地があってね。そこに決めたんだ」

ステナックと呼ばれているその土地には、同じ名前の流れの速い小川があった。急流は、ひょっとすると何かに使えるのではないか、ということで、リーチと濱田と亀乃介の意見は一致し、土地を購入することになったのだ。

だが、その土地は牛の牧草地だったので、工房を建設するためには、土地の整備から着手しなければならなかった。骨の折れる作業だったが、基盤をしっかり造らなければ何も始められない。

整備が終わってようやく工房と、窯を造る。それから、職人を雇い入れ、陶器を生産していく。どのくらいの量を、どのくらいの期間で作るのかを計画しなければならないし、価格も決めなければならない。そして、収支を計算し、はたして工房運営が成り立つのか、採算性はあるかどうかも見極めなければならない。

いままでリーチは、最低限、自分の家族と、弟子である亀乃介を養う分だけ稼げばよかった。幸運にも、日本ではリーチの創る作品はよく売れて、芸術家として活動していくことで、生活が成り立っていた。が、セント・アイヴスでのポタリー設立の計画は、大規模でないにせよ、関わる人間の数も違うし、費用も桁外れに違ってくる。いままでのようには決していかないのだ、と亀乃介も承知していた。

「ポタリーの工房って……日本式の『窯』って、どんな感じなのかしら」

リーチがテーブルの上に広げた設計図を眺めて、シンシアがつぶやいた。

「興味があるかい？　シンシア」

リーチの問いかけに、シンシアは青い瞳を輝かせた。

「ええ、とっても。……工房や窯だけじゃなくて、リーチ先生や、ハマダさんや、カメノスケが創る『陶芸』にも、私、とっても興味があります」

シンシアは、リーチが創った水差し《ジャグ》を亀乃介に見せてもらったこと、とてもやさしいかたちにすっかり魅せられたことなどを、少し興奮気味に話した。

「リーチ先生は、きっと、とても幸せな気持ちでお仕事をしているんでしょう。だって、幸せな感じがあのジャグに表れていたから」

どちらかというと、いつも控えめなシンシアが、急に生き生きとリーチに話しかけているのを見て、亀乃介は不思議な心地がした。

その夜、リーチと濱田は先に帰宅し、亀乃介はパブのテーブルでひとり、ホットウイスキーを飲んで、シンシアが仕事を終えるのを待った。

いつものように、シンシアを送って、彼女の家まで、ふたりはそぞろ歩きした。

十二月の夜は心底冷えた。吐く息が月明かりに白く浮かんで見えた。

亀乃介の腕に、自分の腕をそっと絡めて、シンシアは、夜空に浮かぶ月を仰いで言った。

「私、カメノスケがうらやましいわ」

意外な言葉に、亀乃介は、思わず立ち止まってシンシアを見た。

「うらやましい、って？　……いったい何が？」

シンシアも立ち止まって、亀乃介をみつめ返すと、どこかしらさびしそうな微笑を浮かべた。

「ずっと慕っている先生がいて……人生を通してやっていきたいことがあって……リーチ先生と陶芸を追いかけて、日本から、こんな遠くの地の果てまでやってきて……それって、すごい力だわ。すばらしいことだわ」

追いかけたいものがあること。情熱が注げる何かがあること。それがとてもうらやましいのだ、とシンシアは言った。

「私には、そういうものがなんにもないでしょう？　……別に、いまの生活がいやだ、っていうんじゃないの。ささやかだけど、幸せな生活よ。母ときょうだいが元気でいてくれて……毎日、パンとスープがとりあえずあって……それに、あなたという人に巡り合うことができて」

こうして一緒にいられて、と小さな声で言って、照れ笑いをしながら、

「だけど、私には、あなたにとっての『陶芸』のようなものがなんにもないの」

亀乃介は、シンシアの透き通るように青白い顔をみつめた。

彼女のおかれている環境は、決して恵まれているとは言えない。けれど、それ以上を望むまいと懸命に自分を抑えているように、亀乃介には思えた。

だが、亀乃介やリーチや濱田と出会って、陶芸にすべてをかける男たちの生き方が、彼女の目には、あまりにもまぶしく映ったのかもしれない。できることなら、自分も何かを追いかけてみたい――と。

それは、ごく自然な欲求だ。亀乃介だとて、初めてリーチの描いた素描を見たとき――彼が創り

上げた陶器を目にしたとき、心の芯が震えたのだ。

自分は、もっともっとリーチ先生を追いかけてみたい。できることなら、陶芸を自分の手で創り出してみたい。いつの日か、陶芸家と呼ばれるようになるまで、自分のすべてをかけて追いかけてみたい——と。

いま、亀乃介には、シンシアの気持ちが痛いほどわかる。

自分がそうであったように、きっと彼女も、リーチの創ったジャグを見た瞬間、心の芯が震えたのだろう。

男だろうと女だろうと、教育を受けていようがいまいが、関係ない。すばらしい芸術に触れた瞬間の感動は、すべての人間に共通しているはずなのだから。


リーチの夢の工房の建設がついに始まった。

今度の工房は、できる限り自分たちの手で造る。リーチは、最初からそう決めていた。

そんなわけで、土探しのとき同様、亀乃介は作業着に身を包み、シャベルを担いで、建設現場に日参することになった。濱田も同様だった。そして、リーチも。

作業着を着て、シャベルをせっせと動かし、土を掘り返す。ステナックは小川の近くの土地だから、地盤は湿って緩んでいる。固めなければならないので、他所から硬い土を持ってきて、地盤に混ぜる。そうこうしているうちに、手も顔も泥だらけになる。が、三人は汚れることなどまったく厭《いと》わずに、ひたすら作業に没頭した。いったい、芸術家はどこにいるんだ？　というような光景である。

こんなときでも律儀にシャツにネクタイを締めて、その上に作業着を着ているリーチの様子が、亀乃介の目には微笑ましく映った。

——私の、夢の工房なんだ。

建設計画を検討しながら、リーチは言っていた。

——だから、できる限り自分たちで作業を手掛けようと思う。大変だろうが、完成したら喜びも大きいはずだよ。

リーチの方針に、亀乃介は同感だった。濱田も同様だったが、彼の場合は、もっと切実だった。というのも、東京でも造ったことのない日本式の「登り窯」建造の責任者となったからだった。登り窯を造る計画は、セント・アイヴスに来た当初から——いや、それ以前、すでに渡航中の船の中で、リーチは思い描いていた。

——私ひとりだったら、登り窯を造ってみようだなんて、そんな大胆なことは考えつかなかっただろう。しかし、ハマダ、君がいてくれれば、きっと、不可能を可能に変えられるはずだ。

そんなふうに言って、リーチは、窯造りに関して濱田の知識と技術に全面的に頼ることにしたのだった。

「そこまで言われちゃあ、僕に任せとけってことになるだろ。引き下がるわけにはいかないさ」

窯の設計図を描きながら、濱田はわくわくした調子で言っていた。

そうして始まった建設作業は、慣れないことの連続で、三人の男たちは悪戦苦闘することになった。

シャベルのかたちひとつ取ってみても、コーンウォール式の長い柄は扱いづらく、なかなか掘り進めない。土探しのときのように、少し掘って様子を見る、というのとは訳が違う。

「なんて使いづらいんだ……まったく力が入らないぞ、これは」

シャベルを必死に動かしていたリーチがぼやくと、

「なんだ、案外すぐに弱音を吐くんだな。こんなの、どうってことないさ。なんの、これしき……」

すかさず濱田が、これ見よがしにシャベルを使ってみせる。が、腰が引けて力が入らない。

「濱田さん、なんだかへっぴり腰だよ」

その姿を見て、亀乃介が思わず笑った。

建設現場にはまったく不慣れな三人は、やがて「やはり職人が必要だ」という結論に達した。

「別にあきらめたわけじゃないさ。『餅は餅屋』というじゃないか」

自分に言い訳するように濱田が言うのが、亀乃介には面白かった。

地元の職人が何人か雇われたが、その中のひとり、ジョージ・ダンは、無骨な風体でぶっきらぼうな男だったが、実によく仕事ができた。彼は、三人が扱いに苦心していたコーンウォール式の柄の長いシャベルを、てこの原理で左足を支点にして使えばなんなく操れることを教え、三人の喝采を浴びた。

「建材は、できる限り地元のものを使おうと思うんだ。このあたりで採れる花崗岩《かこうがん》を調達したいんだが……」

リーチが相談すると、

「おやすい御用で」

と、ふたつ返事で応えて、三日も経たないうちに花崗岩が荷車に載せられて大量に届く――という具合だった。

「やっぱり『餅は餅屋』だね、濱田さん」

亀乃介が、こっそり濱田に耳打ちすると、

「だろう？　僕が言った通りさ」

濱田が自慢げに返したので、それもまた亀乃介には面白かった。

花崗岩を使った建物の設計図では、一階に工房と窯場、吹き抜けには棚を渡し、そこは下からの暖気を受けて作品を乾かし保管する場所とする計画だった。

建物の中には、濱田と亀乃介の部屋も設置される。ここが完成したら、ふたりは移り住むことになっていた。

リーチが日本から運んだ日本式の蹴ろくろと、濱田が入手したイギリス式蹴ろくろが、工房に並んで設置される予定である。使い勝手が違うふたつの蹴ろくろが並ぶ日を夢見て、いまやジョージ・ダンの指示のもと、三人は作業に勤しんだ。


日本帰りのイギリス人芸術家が、日本人ふたりを引き連れて、何やら不思議な建物を造っている。

リーチの「夢の工房」計画は、またたくまにセント・アイヴスじゅうに知れ渡った。

「何やら、でっかい工場ができるらしいぞ。食器なんぞを、大量生産するそうだ」

「地元の人間を、大勢雇い入れるとか聞いたぞ。給料もはずんでくれるらしい」

「だったら雇ってもらおうじゃないか」

噂に尾ひれはひれがついて、話がどんどん大きくなり、リーチのもとには引きも切らずに地元民が押しかけるようになった。

自分には年老いた親がいるからぜひとも雇ってほしい、と涙ながらに訴える者、機械なら扱い慣れているから任せてほしい、と自信満々に売り込む者、力仕事ならなんでもやる、と意気込む筋骨隆々の若者……。

「まったく、大変なことになってしまったな。早いうちに誤解を解いておかないと、やたらに応募者がやってきて面接だけで何ヶ月もかかってしまいそうだ」

建設作業が佳境に差し掛かったある晩、リーチと濱田と亀乃介は、波止場のパブに出かけた。いつものようにホットウイスキーと、ブランデーをたらした紅茶を飲んで、一日の疲れを癒しつつ、職人の雇用について協議をしていた。そのうちに、リーチがぼやき始めたのだった。

「このお店でも『リーチ・ポタリー』の噂で持ち切りですよ。大きな会社らしいから、皆でいっぺんに雇ってもらおう、って」

ウイスキーのお替わりを持ってきたシンシアが、笑ってそう言った。

リーチ・ポタリー。

夢の工房は、いつしかそう呼ばれるようになり、それをそのまま正式名称とすることになった。リーチの名前を冠したポタリー。ただそれだけの単純な名前だったが、亀乃介はこの名前がとても好きだった。

リーチ・ポタリーは小さな工房だ。けれど、日本の陶芸の技術と心意気を活かしつつセント・アイヴスに根ざした個性的な工房なのだ。

ウィリアム・モリスが提唱した「アーツ・アンド・クラフツ」運動を実践し、芸術家と職人が一体となり、理想に燃えて仕事をする場。

柳宗悦が熱心にその意義を唱えている「用の美」を生み出す場。

こんなにすばらしいところは、世界中を探したってほかにはない。

シンシアは、折々に亀乃介からリーチ・ポタリーについて聞かされて、いっそう興味を深めていた。また、たまにパブへやって来るリーチからも直接話を聞く機会を得た。そのたびに、目を輝かせるのだった。

——シンシアは、心から陶芸に興味を持っているんだ。ひょっとすると、自分もリーチ・ポタリーにかかわりたいと思っているんじゃないだろうか。

そう気がついた亀乃介は、あるとき、仕事を終えたシンシアを家まで送る道々、尋ねてみた。

「ねえシンシア。もしも……リーチ・ポタリーで君を雇いたい、ということになったら、どうする？」

シンシアは、はっとしたように歩みを止めた。そして、顔を上げて、隣に佇む亀乃介を見た。その瞳はうっすらと熱を帯びていた。

しかし、すぐに顔をそらすと、彼女は小声で言った。

「そんな……私なんか、何もできないわ。勉強もしていないし……ましてや、陶芸については全然知識もないし」

それっきり、逃げるようにうつむいてしまった。

けれど、本が大好きだったし、人一倍好奇心もあったので、近所に住む中学校教師からいつも本を借りて、一生懸命読んだ。冒険物語や子供向けの歴史の本が、ことさらお気に入りだった。美術の本も好きだった。難しいことはわからなかったが、図版がたくさん載っている本を眺めるのは楽しかった。海や山や街の風景、貴婦人の肖像、面白いかたち、きれいな色……図版を眺めて、空想にふけるのも好きだったと、亀乃介に打ちあけた。

しかし、シンシアが文学や芸術に触れる機会といえば、借りてきた本を眺める程度のことである。とてもじゃないが、自分のような者が、偉い芸術家であるリーチ先生のもとで働くことなど、できっこない。

「もちろん、憧れはあるわ」

シンシアは、正直に答えた。

「あなたが尊敬している先生の近くで、なんだっていい、お役に立つことができれば……それ以上にうれしいことなんて思いつかないくらい……。だけど、私みたいに、芸術のことは何も知らないような娘が、いったいどんな役に立つの？　先生のおそばにいたって、足手まといになるだけよ」

シンシアが否定的な言葉を口にすればするほど、亀乃介には彼女のほんとうの気持ちがわかる気がした。

――リーチ先生の、おそばにいたい。陶芸というひと筋の道を、ともに歩んでいきたい。

自分だって、芸術も陶芸も、まったくの門外漢だった。けれど、師への、芸術への強い憧れがあった。

まだまだ先生には遠く及ばない。けれど、どこまでも追いかけていきたい。

その思いひとつで、ここまできたのだ。


翌日、リーチ・ポタリーの建設現場で、リーチと亀乃介は、職人たちとともに、建物のレンガを積み上げていた。

早春の空はかすみがかっていたが、日差しには春らしさが宿っている。レンガ積みはほぼ完了に近づいており、ポタリーの全貌も見え始めていた。

「先生。折りいって、相談があるのですが」

昼の休憩で、いったん家に帰ろうとしていたリーチを、亀乃介が呼び止めた。

リーチは、「ああ、いいとも」と、すぐに引き返してくれた。

現場近くを流れる小川のほとりの草むらに、ふたりは腰を下ろした。

「ああ、気持ちがいいな」

うーんと伸びをして、リーチは、清々しい声で言った。

「寒い季節にここを見たときは、仕事中に凍えてしまうかも……と心配もあったけど、やっぱり、春はどんなところにもやってくるものだ」

さらさらと流れゆく小川を眺める横顔に向かって、亀乃介は問いかけた。

「先生。その……リーチ・ポタリーでは、女性が働くことは、無理でしょうか」

言ってしまってから、唐突すぎたかな、と亀乃介は顔を赤くした。

リーチは、やさしげなまなざしを亀乃介に向けていたが、やがて答えた。

「そんなことはない。熱意をもって、私たちの仕事を手伝いたいと思ってくれる人物であれば、男だろうと女だろうと、関係ないよ。仕事に向かい合うために、何よりも大事なのは、情熱だ」

リーチは、はっきりとそう言った。

亀乃介は、胸のずっと奥がほんのりと熱くなるのを感じた。リーチの言葉は、まさにシンシアに、そして自分に向けられたもののように思われた。

亀乃介は、清らかな流れに放っていた視線を上げて、リーチを見た。

「先生。僕たちの仲間に加わってもらいたい人がいます。……一度、連れてきてもよろしいでしょうか」

亀乃介をみつめていたリーチの目に、微笑が浮かんだ。

「もちろんだとも。君の紹介する人であれば、喜んで」

リーチの言葉を胸に、その夜、亀乃介は、波止場のパブへ出かけた。

シンシアの仕事が終わるのを待って、ふたりはいつものように、波止場のベンチに並んで腰掛けた。

三月上旬、まだまだ春は浅く、夜の港は底冷えがする。けれど、シンシアと一緒にいれば、体も心もあたたかく感じるのだった。

シンシアは、亀乃介にぴったりと体を寄せて、腕をからませ、白い息を吐きながら、その日店であった出来事や、やんちゃな弟や最近おしゃまになった妹のことなどを、とりとめもなく話す。

彼女とのなんということのない会話が、どんなに疲れていても、亀乃介の心の糧になっているのだった。

「シンシア。……君は、きのう、リーチ・ポタリーで働くことに興味がある、と言っていたね。その気持ちはほんとうかい？」

亀乃介の問いに、シンシアは「ええ、もちろんよ」とうなずいた。

亀乃介は、星を宿したようにきらめくシンシアの瞳をみつめながら、言った。

「一度、きちんとリーチ先生に会って、話してみないか。君が陶芸に興味を持っていることを。そして、できることなら、リーチ・ポタリーで働いてみたい……って」

たとえ陶芸の専門家じゃなくたって、女性だからって、ためらうことはない。リーチ先生は、はっきりと言っていたのだから。リーチ・ポタリーが、ともに働く人に求めているのは、何よりも情熱なんだと。

亀乃介の言葉に、シンシアの瞳が、一瞬揺らめいた。

「情熱？　……何よりも情熱が大切だって、リーチ先生はおっしゃったの？」

亀乃介は、ゆっくりとうなずいた。

シンシアは、戸惑うように目をそらした。返す言葉を探しているようだった。やがて、消え入るような声で、彼女は言った。

「私のような人間が、お役に立てるのかしら……ほんとうに、陶芸のことなんて何もわからないのよ？　土からあんなふうな……ジャグのようなかたちができること自体、魔法のようで、信じられないくらいなのに……」

いつか亀乃介が見せた、リーチが創ったジャグが目の前に浮かんでいるかのように、シンシアは視線を宙に向けた。

亀乃介は微笑んで、シンシアの肩にそっと手を置いた。

「ジャグを見て、まるで魔法のようだ……と思うその気持ちが大切なんだよ、シンシア」

君はとても純粋に、陶器の持つ美しさ、楽しさを感じている。造形の秘密に触れてみたい、と考えている。その気持ちを、密かに胸の中で燃やしている。

「自分の興味があることに、もっと情熱を傾けてみたい。そうすなおに思える人が、リーチ先生には――リーチ・ポタリーには必要なんだ」


四月下旬。

セント・アイヴスに春がやってきた。

海は凪いで、淡い水色に包まれ、のんびりと沖をゆく船は水蒸気に煙っている。

カモメが旋回する空には、泡立てたクリームのようなやわらかな雲が浮かんでいる。

海をはるかに見下ろす小高い丘の一角に、レンガ造りの建物――リーチ・ポタリーが完成した。

建物の中には、窯、工房、居間、乾燥室、事務所、それに濱田庄司と亀乃介が寝泊まりする小部屋が造られた。

居間には暖炉が設けられ、ポタリーの職人たちがその前に集まって、和気あいあいと協議ができる仕組みになっていた。

暖炉の上は吹き抜けになっていて、梁のあいだには棚が渡され、そこに窯入れまえの陶器が並べられて、暖気を利用して乾燥させる工夫が為されている。

濱田と亀乃介の部屋も暖炉の上にあり、狭いながらもあたたかく、これで凍え死ぬことはなくなったな、とふたりは笑い合った。

ぜひともポタリーで働きたいと、特に地元の男たちが熱望して、数え切れないほどの応募があった。その中から、有望な人材をみつけ出すのは一苦労だった。

何人かの職人——熱意のある人、陶芸の経験がある人が中心となった——が決定したのち、事務的な作業を任せる職員も何人か雇った。

腕利きの大工、ジョージ・ダンは、工事を通してすっかりリーチたちと親しくなって、工事が終わっても辞めようとしなかった。

「キャプテン、俺、ここでずっと働きます」

ダンに「キャプテン」と呼ばれたリーチは、気だてがやさしい彼のことを気に入っていた。ダンのために、小さな小屋をポタリーの横に建て、そこに一家で住めるようにしてやったりもした。

濱田もまた、彼が任されていた登り窯をついに完成させた。おそらくイギリスではこれが初めて造られる日本式の登り窯だった。

ポタリーは小高い丘の上に建設されたのだが、あえて傾斜地を選んだのも、登り窯を造りたいがためであった。

しかしながら、窯を築く作業は、想像以上に困難を極めた。

第一に、いくら濱田が陶芸の「いろは」に精通しているからといって、窯を建てる専門知識は持ち合わせていないも同然だったからだ。かといって、周辺に頼れる窯造りの職人がいるはずもない。勘を頼りに、どうにか設計して建造するほかはなかった。

加えて、ホーン夫人から提供される資金も限られていた。登り窯を造る予算は、計画当初には組まれていなかった。ポタリー建設の資金の中で、できる限り無駄を排除し、やり繰りしなければならなかった。

また、セント・アイヴス周辺で入手できる窯造りのための建材は極めて限られていた。もっとも大切な耐火性のレンガは、入手困難だったため、濱田は自分たちで手作りすることに決めた。この準備がとにかく大変だった。

三キロほど離れたところに新設されたポーシア・カオリン鉱山で採掘された鉱石を、交渉して無料で貰い受け、そこに粘り気のある粘土を混ぜ、レンガの型に入れて叩き固める。これを何百個と作らねばならなかった。

登り窯造りで、作業をいっそう難しくしたのは、建設する傾斜地に流れていた小川であった。土地をみつけた当初、リーチと濱田は、近くに水場があったほうが何かと陶芸の作業に役立つのではないか、という見解で一致した。だからわざわざこの場所を選んだのだが、それがかえってあだとなってしまった。

そもそも水場が近いので地盤がゆるく、穴を掘るうちに水がしみ出して、どんどんあふれてくる。これをなんとかしてせき止めなければならなかった。

「これじゃ、窯じゃなくて池を造っているみたいだな」

濱田は苦笑してそう言った。ほんとうにもはや笑うしかない、という感じで。

しかし、彼はあきらめてはいなかった。土地の中で水が出ない場所を注意深く選び、ついに固い地盤を見出した。

亀乃介は、濱田の執念深さ、そして、軽くて乗りがいいように見せかけながら、実はとてつもなく慎重なのだということを思い知った。

さまざまな苦労を乗り越え、苦心の果てに完成した登り窯は、高さと幅は約二メートル、奥行きは約一メートル、三室の小さなものだった。

けれど、まぎれもなく、世界にたったひとつ、ここだけの窯であった。

「私たちの、オリジナルの登り窯だ。世界一の特別な窯だ。君がいなかったらできなかったよ。ありがとう、ハマダ」

窯の完成を心から喜んで、リーチが濱田に言った。

濱田は、うれしさを隠し切れない様子で、何度も何度も窯の周辺を歩いて回って、レンガの状態をチェックしては、

「うん、いけそうだ。焼いてみなけりゃわからんが、きっと大丈夫。いけそうだ」

そうつぶやいていた。

いよいよ「工房開き」の日を迎え、亀乃介は浮き足立っていた。

亀乃介は、濱田とともに、リーチ一家が住む丘の上の一軒家から、工房内に造られた小部屋へと引っ越した。

ベッドと小さなテーブルのみの極小の部屋ではあったが、それでも亀乃介はうれしかった。

これで、しっかりと窯番ができる。柳宗悦邸での火事の一件を教訓として、焼成の際には絶対に窯から離れまいと、亀乃介は心に誓っていたのだった。

その日、リーチ・ポタリーでは、支援者のホーン夫人を始め、地元の名士や新聞記者などを招いて、記念のパーティーを開くことになっていた。

リーチはいつも通り、きちんとしたウールの三つ揃いのスーツを身に着け、真っ赤な蝶ネクタイを襟に締めて、ミュリエルや子供たちとともに家を出た。

工房では、いまやそこの住人となった濱田と亀乃介が、それぞれに一張羅のスーツを着て、ネクタイを締め、髪をきちんと撫でつけて、ふたり並んでリーチ一家を入り口で迎えた。

建設の現場や資材調達のために大活躍したジョージ・ダンや、ポタリーの職人として雇われた陶工たち――ある程度経験のある者と未経験者、両方が交ざっていた――それにシンシアが、リーチたちを出迎える列の中にいた。

リーチ・ポタリーが完成するひと月まえ、勤務先の波止場のパブが休みの日に、亀乃介に連れられて、シンシアは、リーチと濱田に会うために、ポタリーの建設現場にやってきた。

ふたりの前に歩み出たシンシアは、心持ち緊張して、頬を紅潮させ、まぶしそうな瞳をリーチに向けた。

なかなか言葉が出てこない様子だったので、亀乃介は、シンシアの背中にそっと手を当ててやさしく叩いた。

それを合図に、シンシアは、ようやく口を開いた。

――あの、私……陶芸に、とても興味があります。

陶芸の勉強をしたこともないし、触ったこともないし……だけど、リーチ先生や、ハマダさんに会って……そして、カメノスケにいろいろな話を聞いて……もっと陶芸について知りたい、できることなら自分の手で触れてみたい、って、思うようになったんです。この気持ちを……なんだかわくわくする気持ちが私の中でふくらむのを、もう、止められなくて。

先生、お願いします。私を……どうか私を、リーチ・ポタリーで働かせてください。

そこまで一気に言ってから、シンシアは、深々と頭を下げた。同時に、隣に立っていた亀乃介も、やはり深々と頭を下げた。

リーチは、黙ってふたりをみつめていたが、かたわらにいた濱田にちらりと目配せをした。そして、濱田の目が微笑んでいるのを認めると、にっこりと笑って言った。

——シンシア。人に何かを頼むときに頭を下げるのは、日本人の習慣だよ。知っていたかい？

……とても美しい日本人の習慣だ。


さまざまな苦労や困難をどうにか乗り越えて、ついにリーチの夢の工房、リーチ・ポタリーが開かれた。

大きくて近代的な工場ができる、地元民が数多く雇用されると期待していたセント・アイヴスの住民たちは、思いのほか小さなレンガ造りの建物を目にし、それがわずか十人ほどの職人で構成された小規模な陶芸工房だと知って、がっかりした者も少なくないようだった。

しかし、後援者のホーン夫人は、なんてかわいらしくてすてきな工房なの、と喜び、ポタリーの完成を、それはそれは喜んでくれた。

もともと地元に古くから伝わるイギリスの手工芸を支援したい、と私財をつぎこんできた夫人は、純然たるイギリス陶芸を応援するのもいいけれど、そこに日本の技術と感性が加わって、セント・

アイヴスならではの陶芸が誕生するとなれば、それはもっと楽しみなことであると言って、リーチたちを励ましてくれた。

いったい何が始まるのかと、地元の新聞社や、雑誌社などが、こぞって取材にやってきた。

リーチは、彼らに対して、自分たちがこのポタリーで目指していること、仕事の内容などについて、ていねいに説明することを厭わなかった。

リーチ・ポタリーは、小さいながらもれっきとした芸術が生み出される場であり、職人たちの手によっててていねいな仕事が為される場である。

自分たちは、できる限り、地元で入手できるさまざまな材料を使って、陶器を創ろうと考えている。

たとえば、土。陶芸に使われる土は、粘り気があって焼くと強度を増す土でなければならない。その特殊な土を、どうしても地元でみつけたかった。

私たちは、何日も何日も諦めずに土を掘り、ようやくふさわしい土をみつけたのだ。

リーチが新聞記者や雑誌記者に懇切ていねいに説明した通り、リーチ・ポタリーの大切な主義のひとつとして、できる限り地元産の材料を使う、というものがあった。

陶器を創るためにもっとも大切な陶土は、リーチ、濱田、亀乃介の三人が、苦労の果てに見出した、正真正銘の地元産である。

また、窯で陶器を焼成するとき、その燃料として使うのは、なんといっても薪がよい、というのが、リーチと濱田の共通した見解であった。

石炭はもちろん、最近ではガスを燃料として利用することもできる。それでも、薪を燃やすことによって生み出されるやさしくやわらかな炎が、陶器を焼成する際、じっくりと焼き固めていくのにふさわしいと、ふたりは考えていた。

亀乃介もまた、同意見だった。ガスを使って陶器を創るなどといういかにも工業的な発想は、このポタリーに似つかわしくない。

「陶器ばかりじゃない。紅茶をいれるお湯だって、ガスで沸かしたのと、薪で沸かしたのじゃ、まったく味が違うんだ」

リーチはそんなふうにも言って、どうにか薪を調達しようと腐心した。

セント・アイヴスの周辺には、薪に適した木材が採れる森林が少ない。山林大国の日本では、薪を調達することなどなんら難のないことだったのに、セント・アイヴスでは難しいのだ。

三人は、あちこちの工事現場に出かけていき、山林伐採の会社にかけあって、木を安く売ってくれるように頼み込んだ。

「あっちの森が開拓されるぞ」

「こっちの山が切り拓かれるそうだ」

そんな噂を耳にするたび、リーチと濱田と亀乃介は、それっとばかりに飛んで行って、切り倒された木を譲ってくれと、ねばり強く掛け合うのだった。

そのうちに、濱田と亀乃介は、顔を合わせれば倒木はないかと尋ねてくる日本人として有名になってしまった。あいつらは、陶芸家じゃなくてほんとは樵《きこり》なんだろう、と噂されたりもした。

リーチ・ポタリーが始動してから、初めての窯の火入れの日が近づいていた。

ポタリーには、ふたつの窯があった。ひとつは、工房の中に造られた窯。もうひとつは、濱田が苦労して造り上げた小さな登り窯。

窯焚きのまえに、まずは陶器を成形し、乾燥させて、焼成の準備をしなければならない。それ以前に、陶芸のなんたるかを、ポタリーの仲間全員が共有しなければならない。

職人たちのうち多くは、生まれて初めて陶器というものを創る、陶芸未経験者であった。

リーチは、まずは全員を集めて、いかにして陶器を創るか、どんな陶器を創りたいか、リーチ・ポタリーが目指す陶芸とは何かを熱っぽく説明した。

職人たちは、誰もが熱心にノートをとり、リーチの話に真剣に耳を傾けていた。亀乃介も、もう何冊目かの「作陶ノート」に、リーチの言葉を書き付けた。

もちろん、シンシアは、誰にも増して真剣に話に聴き入り、まっすぐな目をリーチに向けていた。

シンシアは、リーチや濱田が創った陶器を熱心に眺め、触れて、いったいどうやってこんなかたちができるのか、自分もいつかこんなふうに創ることができるでしょうかと、臆せずに質問した。

「私が創るように創ればいい、ということではないんだよ、シンシア」

リーチは、温和な声でシンシアを諭した。

「君がもしも、いつの日か陶芸家になりたいと夢を抱いているのだったら――むしろ、私が創ったようには創ってはいけない。なぜなら、芸術家は、独自性《ユニークネス》をもっていなければならないから。先人に憧れるのはいいことだけれど、その芸術家の真似をして許されるのは、最初のうちだけだ。芸術家になるためには、先人を越えていかなければならないんだよ」

師がシンシアに話しているのを聞いて、亀乃介は、ふと思い出した。

いつだったか、自分は先生を越えることはできない、とシンシアに言ったことがある。すると彼女は、それではいけない、と指摘したのだ。

リーチから受けた教えを、シンシアは、しっかりと胸に刻んだようだった。

まだ陶土のこね方も、ろくろの挽き方もわからない、陶工見習いのシンシアであったが、陶芸への憧れと情熱は、人一倍持っていた。

リーチとともに、濱田と亀乃介は、職人たちや陶工見習いに陶器の創り方を一から指導した。

陶土と水の比率、菊練りの手法、蹴ろくろの動かし方、成形の技術――。

教えなければならないことは山ほどあった。が、それを怠っては、せっかく開設したポタリーが成立しない。

大量生産はしないものの、作品や手頃な価格の商品をある程度量産して、市場に流通させ、イギリスに陶芸を定着させる――というのも、リーチが目指している到達点のひとつであった。

そのためにも、職人たちは鍛錬を重ねて、一定の品質を保った陶器を創り出せるようになる必要がある。

まずは陶芸に関する基礎知識をしっかり学び、技術を習得してもらわなければ。それなくしては窯に火を入れることもできないのだ。

亀乃介は、来る日も来る日も、職人たちに指導をしながら、まさか自分が誰かに陶芸について教えるようになるとは――しかも英語でイギリス人に教えるようになるとは夢にも思わなかったと、いまの自分の立ち位置を振り返って、不思議な気持ちになるのだった。

職人たちは亀乃介にさまざまな質問をぶつけてきた。亀乃介は手を動かして見せながら、熱心に答えた。

「亀ちゃんは職人の信頼があつい。いい先生だ」と濱田は言ってくれた。実際、亀乃介は指導することにやり甲斐を感じていた。

職人たちに作陶の指導をしながらも、リーチと濱田は、それぞれに自分の作陶も行っていた。自分たちで見出した陶土を使い、自分たちで建設した工房で、自分たち自身の作陶をする。リーチも濱田も、それをどれほど楽しみにしていたことだろう。

リーチは、ポタリーの方針として、日本にいたときと同様、あらゆる種類の焼き物創りに挑戦したいと考えていた。

楽焼、ガレナ釉のアースン・ウェア、陶器、磁器、それにイギリス伝統のスリップ・ウェア。釉薬や焼成する温度によって、さまざまな種類の焼き物ができる。

ふたりは、特に、スリップ・ウェアの作製に力を注いだ。

濱田も亀乃介も、リーチが創るスリップ・ウェアのもつあたたかな表情、やわらかな風合いに、すっかり夢中になってしまった。

リーチもまた、スリップ・ウェアこそ、自分が得意とする焼き物のひとつであると意識するようになっていた。

イギリス人であれば、誰もがスリップ・ウェアに親しみを抱く。イエロー、ブラウン、レッド、グリーン。土の色を活かしたなめらかな風合い。そして家庭的な雰囲気。日常生活になじむ味わい深い器だからだ。

それは、柳宗悦が唱える「用の美」に通じるところがある。つまり、日本各地で創られている名もない職人の手による「民陶」と同様のものだ。

リーチは、イギリス特有のスリップ・ウェアに、日本的なものへの郷愁を感じている――と言っていた。

イギリスで、ジョッキやジャグなどの中世陶器が、田舎の小さな工房で脈々と創り伝えられてきたことを見ても、日本の伝統工芸に通じるところがある。

だからこそ、自分はスリップ・ウェアに日本的感性を感じるのだと。

リーチと濱田がそれぞれに独自の作陶を開始した一方で、亀乃介は、なかなか自作の器に着手できずにいた。

亀乃介は、職人の指導にまずは重きを置いた。職人に育ってもらわないと、リーチ・ポタリーの存続はすぐに難しくなってしまう。そんなことになってはならない。

そして、自分がポタリーに紹介したシンシアに、一日も早く作陶の技術を身につけてほしいと願っていた。そのためにも、自然と職人たちへの指導に力が入った。

亀乃介の思いに応えようとしてか、シンシアは、けなげなほどに、よくがんばっていた。

ポタリーから支払われる給料は、実はパブで女給をやって得られた収入よりも少ないものだった。

一家四人を養っていくには足りない額だったので、シンシアは、早朝の市場での魚売りの仕事を続けさせてほしいとリーチに頼み込み、許しを得た。

亀乃介にしてみれば、ほんとうはポタリーの仕事だけに集中してほしかったのだが、給料面でシンシアだけを特別扱いするわけにはいかない。

せめて自分が少しでも経済的に助けてあげられれば――とも思ったが、亀乃介とてじゅうぶんな給料を得ているわけではない。

住むところは横になれるベッドがあればそれでいいし、着るものだって作業着が一枚あればいい。食べ物も、毎日、フィッシュ・アンド・チップスだけで構わない。

自分は夢の工房の運営を手伝うことさえできれば、それで満足だった。けれど、シンシアの場合は、養わなければならない家族がいるぶん、亀乃介よりもはるかに切実だった。

それでも、シンシアは、リーチ・ポタリーに入門することを選んだ。リーチや亀乃介とともに、陶芸というひと筋の道を歩むと決めたのだ。

そんなシンシアを、亀乃介はなんとか助けてやりたかった。

昼休みはいつも、ポタリーの近くを流れている小川のほとりに出かけていって、亀乃介とシンシアは弁当を広げる。今日は、ポタリーの暖炉で炊いたご飯で作った握り飯だ。シンシアは、自宅から持参したキュウリのサンドウィッチの包みを開いた。

握り飯の白米はジャワ米だったが、鍋にレンガでふたをして炊けば、そこそこのご飯ができ上がる。亀乃介はその日初めて握り飯を作ってみたのだった。

「まあ、それはいったい何？」

大きな握り飯に亀乃介がかぶりつくのを見て、シンシアはびっくりして尋ねた。

「ああ、これはね、おにぎりというんだ。日本人はこいつが大好きなんだよ。食べてみるかい？」

亀乃介は、もうひとつ持ってきていた握り飯をシンシアに差し出した。シンシアは、おっかなびっくり、ちょっとかじって、かみしめてから、

「あら、なんだか甘いのね。おいしいわ」

ぺろりとたいらげてしまった。

「日本って、きっとおいしい食べ物がいっぱいあるのね。ほかにはどんなものがあるの？」

「そうだな。たとえば、刺身とか、納豆とか……」

「サシミ？　ナットウ？　どんなもの？」

「刺身は新鮮な生魚をさばいて、調理せずにそのまま食べるんだ。納豆は、大豆を腐らせて……いや、発酵させたものだよ」

まあ、とシンシアはまた驚きの声を上げた。

「生で魚を食べるの？　腐った大豆？　そんなことをしたら、お腹を壊してしまわないの？」

亀乃介は声を立てて笑った。たしかに、イギリス人にしてみれば、信じられない食べ物ばかりだろう。

「そういえば、リーチ先生が日本にやって来た直後には、食べ物が口に合わなくてね。パンの行商人が近所に来たら、何をしていてもすっ飛んでいって買ったものだよ」

食べ物のこと以外にも、リーチが日本にやって来た当初、さまざまな文化や生活習慣の違いに驚いたり、戸惑ったりしたことを、シンシアに語ってきかせた。

シンシアは、ときどき声を上げて笑ったり、びっくりしたりしながら、楽しそうに話に聴き入っていた。

しばらくして、ふと、シンシアの瞳にほんのりと寂しい色が浮かんだ。亀乃介は、不思議に思って、話をするのを止めた。

「どうしたんだい？」

そう尋ねると、シンシアは、首を横に振って、

「ううん。……なんでもないの」

やはり寂しそうな微笑みを浮かべるのだった。

亀乃介は、さらさらと流れる小川に視線を転じた。清らかな流れが午後の日差しを弾いてきらめ

いている。

少しまえから気がついていたのだが、シンシアは、ときどきこんなふうに、ふいに寂しそうな表情をする。

病身の母のことを思い出すのか、幼い弟と妹の行く末を案じているのか、わからない。

けれど、亀乃介にはわからない何か——シンシアの胸のうちを冷たく刺す感情の針が、ふと飛び出すことがあるようだった。

シンシアも、ロングスカートの膝小僧を抱いて、小川の流れに視線を放っていたが、ふいにつぶやきが聞こえてきた。

「——いつか、あなたは帰ってしまうのね」

亀乃介は、どきりと胸を鳴らした。かたわらのシンシアに、そっと目を向ける。

彼女は、小川に目を向けたまま、こちらを見ようとはしない。

「それは……どういう意味かな」

亀乃介の問いかけにシンシアは黙っていたが、やがて、小さなため息をついて、

「だって、あなたは日本人だもの。いつまでもここにいるわけにはいかないんでしょう？」

寂しげな声で、そう返した。

シンシアの言葉は、まっすぐに亀乃介の胸を貫いた。

「どうして？　なぜそんなことを言うんだい？　僕は、いつまでもここにいるよ。だって、リーチ先生がいる場所が、僕がいたい場所なんだから」

先生がこの町にいる限り——この場所でポタリーを続ける限り、僕はここにいる。

そんなふうに、亀乃介は言ったのだった。

生涯の師であると心に決めたリーチ先生が、セント・アイヴスに骨を埋《うず》める覚悟ならば、当然自分もそうである——と、亀乃介は考えていた。

リーチ先生も、カメちゃんはこのさき一生、自分とともにイギリスで暮らして、陶芸を広めるために力になってほしい——と思っていてくださるはずだ。

リーチとともにイギリスへ渡ってきた亀乃介には、自分だけが日本へ帰るという考えは、微塵もなかった。

だからこそ、シンシアの言葉に驚いた。

驚きを通り越して、腹立たしいほどだった。

亀乃介は、シンシアに、ずっとここにいてほしい、と言ってもらいたかった。この町で、リーチ先生と、自分とともに生きていってほしい——と。

ところが、シンシアは、戸惑う亀乃介に向かって言ったのだった。

「それじゃいけないのよ、カメノスケ。いつまでもリーチ先生のそばにいるだけでは、いけないのよ。——それがあなたにはわからないの？」

シンシアの言葉が、亀乃介の胸に重たくのしかかってきた。


その夜、亀乃介は、どうしても眠りにつけず、粗末なベッドの中で、何度も寝返りを打って、悶々としていた。

——何もわからないくせに。

亀乃介は、心の中で、シンシアをなじった。

——僕がどれほど先生とともに辛苦を分かち合ってきたか、知らないくせに。

リーチ先生がいなかったら、僕がここまで来ることだってなかったんだ。リーチ先生がいるところに、これからさきもずっといたからって、何がいけないんだ。

なじりながらも、シンシアの思い詰めたような瞳が迫ってくる。

帰ってくれ、と言いたいのか。それとも、帰らないで、と言っているのか。

亀乃介には、シンシアの本意がわからなかった。

「おい、亀ちゃん。寝られないのか」

薄い壁板一枚を隔てた向こう側で、濱田の声がした。亀乃介は、むくっと上半身を起こした。

「ああ、すまない……もうすぐ窯焚きだと思うと、なんだか緊張しちゃって」

そう言い訳をした。

実際、初めての窯焚きが二日後に迫っていた。濱田のかすかな笑い声が聞こえてきた。

「嘘つけ。……シンシアとケンカでもしたんだろう？」

そういうことには勘の鋭い濱田だった。

これ以上言い繕ってもしょうがない。亀乃介は、壁のほうを向いて、正直に言った。

「ケンカしたわけじゃない。でも……なんだか腑に落ちないことを言われたんだよ」

「そうか。なんて言われたんだ？」

亀乃介は、しばらく黙っていたが、

「あなたはいずれ日本に帰るのね、って」

今度は、しばらく濱田のほうが黙りこんだが、やがて、落ち着いた声が返ってきた。

「どうなんだ、亀ちゃん？　日本に帰るのか？」

薄い壁越しに飛んできた濱田の質問に、亀乃介は、またしても戸惑った。

自分がもはや日本に帰るつもりなど毛頭ないということを、シンシアばかりか、濱田も理解してくれていない。

リーチ先生がいるところだけが、自分の居場所なのに――。

「濱田さんは、どうなんだ？　日本に帰るつもりなのか？」

亀乃介は、逆に問うてみた。

「リーチ先生は、濱田さんを心底頼りにしている。ポタリーの職人たちもだ。もちろん、僕だって……濱田さんが日本に帰るなんて、誰も考えていないよ」

壁の向こう側が、再びしんと静まり返った。長い沈黙だった。

寝てしまったんだろうか、と亀乃介がいぶかった瞬間、

「僕は帰るよ」

はっきりした声で、答えが返ってきた。

亀乃介は、横になりかけた体を起こして、壁の一点をみつめた。その向こう側で、静かに横たわっている濱田の姿が浮かび上がるのをみつめるかのように。

「僕は、ここで学んだことを日本に持ち帰る。最初から、そう思っていた」

イギリスへ――セント・アイヴスへ、リーチとともに渡る。

それは、濱田にとって、とてつもない賭けのようなものだった。

自分は、留学の経験もないし、きちんと英語を学んだわけでもない。外国の暮らしがいったいどんなものかわからないし、自己流でどうにか身につけた英語がイギリスで通用するのかどうか、まったく自信がなかった。

それでもなんでも、リーチとともにイギリスへ行ってみよう。――そう決心した。

まったく未知の国であるイギリスに、それもセント・アイヴスなどという聞いたこともない土地に行こうだなんて、普通に考えれば、無茶もいいところである。

しかも、陶芸に適した土がみつかるかどうかもわからない。日本式の窯をほんとうに造れるかどうかもはっきりしない。職人がいるかどうかも知らない。職人がいたとして、日本式の陶芸を一から教えられるかどうかも、皆目見当がつかない。

何もかも暗中模索、五里霧中だ。

それなのに——。

「僕は、リーチに誘われてすぐ、迷うことなく、よし、行ってみようと心に決めた。どうなるかもわからないのに。……そんな大胆なことを、どうして僕が即決したのか、亀ちゃん、わかるか？」

濱田の声が問いかけてきた。亀乃介は、思わず首を横に振った。

「いいや。——どうしてだ？」

ふっと笑う声が聞こえた気がした。ややあって、濱田の清々しい声が聞こえてきた。

「わからないからだよ」

イギリスへ渡り、見知らぬ土地で、日本式の陶芸を広める。

どうなることか、まったくわからない。

いままで誰もやったことがないこと、そして自分でもできるかどうかわからないこと。

だからこそ、やる価値があるのだ。

濱田の声が、続いて聞こえてきた。

「僕は、好奇心が強い。人のやってないことをやってみたい。知らないことがあるなら、知りたい。体験したことがないなら、体験するまでだ。——ひょっとすると、とんでもないことかもしれない。

人が聞けば、何をばかな、と笑うかもしれない。だけど、僕はやってみたい、知りたい気持ちを止められない。笑われたっていい。失敗したっていい。何もせずに悶々と考え込んでいるよりは、よほどいいじゃないか」

亀乃介は、壁と向かい合った。

胸の奥底から熱いものがこみ上げてきた。同時に、目頭が、じんとしびれて熱くなった。

――やったことがない。行ったことがない。体験したことがない。

だからこそ、やってみる。だからこそ、行ってみる。だからこそ、自分自身で体験してみる。

わからないことは、決して恥じることではない。わからないからこそ、わかろうとしてもがく。つかみとろうとして、何度も宙をつかむ。知ろうとして、学ぶ。

わからないことを肯定することから、すべてが始まるのだ。

「なあ亀ちゃん。――僕たちは、無知で、向こう見ずで、大胆で、とんでもないやつらだろう？でも、それはすごいことなんじゃないかな。なんだか、わくわくしてこないか。胸の底から、なんだか、こう――」

ふっつりと言葉が途切れた。やがて、寝息がかすかに聞こえてきた。


さわやかな青空が広がり、潮風が頬に心地よく吹きつける初夏の午後。

リーチ・ポタリーは、いよいよ初めて、窯に火を入れる日を迎えていた。

リーチ、濱田、亀乃介の指導のもと、何週間もかけて、職人たちは慣れない手つきでろくろを挽き、ジャグや皿やティーカップ、そのほか日用の食器のたぐいを何個もかたち作って、乾燥させた。

職人たちの多くが、自分たちの手で創り出した陶器を窯に入れて焼くのは、これが初めての体験である。

シンシアも、いったいどんなふうに窯に火が入るのか、緊張と期待で胸をいっぱいにふくらませているようだった。

しかしながら、実は、いちばん緊張しているのは、濱田庄司であった。

朝からそわそわして、食事も何もかも手につかない様子である。

濱田さんでも緊張するんだな――と、亀乃介は愉快な気分になった。

初めて火入れをする窯は、工房の中に造り付けた円い薪窯であった。

ずんぐりと丸みを帯び、落ち着いた赤茶色の窯は、工房の奥まった場所に鎮座して、まるで工房の主のように、火を入れられる瞬間を静かに待ち構えていた。

リーチはもちろん、ふたりにとっても、初めての窯の火入れは、喜ばしく、また緊張する一瞬であった。

窯の室の中に、次々に乾燥させた皿、壺、ジャグ、その他さまざまな器が、ていねいに、ひとつひとつ、入れられていく。

「器をひとつずつ、奥から詰めていってくれ。全体に火が回るように……そう、そんな感じで」

濱田が中心になって職人たちに指示を出し、リーチと亀乃介は、それを見守っていた。

シンシアは、器が並んだ板の上からひとつずつそっと取り上げ、職人に手渡していく。手が震えて落としてしまわないように――と、細心の注意を払っているのがわかる。

人生で初めての火入れのとき、自分も手が震えてしまいそうなのを必死でこらえたな――と、亀乃介はふいに思い出して、微笑を浮かべた。

焚き口に薪がくべられ、いよいよ火入れの段になった。

リーチ、濱田、亀乃介、シンシア、職人たちは、焚き口の周辺にぐるりと集まった。

職人のひとりがマッチを手に、焚き口の近くにしゃがみ込んで火をつけようとした瞬間、

「ちょっと待った」

濱田が声をかけた。そして、麻の小袋を手に窯に近づくと、袋の中に手を突っ込んだ。

濱田がひと握りして取り出したものは、塩だった。そうだ、一番大切な仕上げを忘れていた。

焚き口の左右に、濱田は小さな塩の山を築いた。イギリス人の職人たちは、首をかしげながらその様子を眺めている。

「あれは何？」

亀乃介の耳もとで、シンシアはひそひそ声で尋ねた。

「あれは、魔除けの塩だ」

亀乃介が、やはりひそひそ声で答えた。

「魔除け？」

「うん。日本では、場を清めるときに、塩を使うんだ。悪いものがいなくなるようにって……」

「そうなのね。でも、どうして塩を使うの？」

「うーん、それは……」

ひそひそと問答をしている合間に、姿勢を正した濱田が、窯に向かって二礼し、大きくふたつ、柏手《かしわで》を打った。

パン、パン！

清々しい音が工房に響き渡った。濱田が窯に向かって深々と頭を下げると、リーチもそれにならら

って頭を下げた。

亀乃介が、ふたりよりもさらに深く頭を下げた。シンシアも、見よう見まねで辞儀をした。

その場にいた職人、全員が、次々に窯に向かって拝礼した。

亀乃介は、目を閉じて、心の中で祈った。

——火の神様、陶芸の神様。

ついに、リーチ・ポタリーの窯に、火が入ります。どうかお見守りください。

すばらしい陶器ができますように——。

神様に祈りを捧げたあと、小枝に着火し、焚き口にくべた薪に火を移した。

いよいよリーチ・ポタリー初の焼成である。

リーチ、濱田、そして亀乃介は、固唾《かたず》を呑んで炎が燃え上がる瞬間を見守った。

シンシアも、職人たちとともに、ちろちろと赤い炎が揺らめき始めるのを、息を止めるようにしてみつめていた。

ところが、いつまでたっても炎は勢いを増さない。めらめらと音を立てて激しく燃え盛らなければならないところなのに、ちろちろとゆるやかな炎が揺らめくばかりだ。

「なかなか燃えてこないな……ハマダ、このままだと温度が上がりきらないぞ」

リーチの声には焦りがあった。濱田は低くうなった。

「薪の乾燥が足りなかったのかもしれん。……亀ちゃん、この薪は南側の、いちばん日当たりのいいところに並べていたやつだよな?」

問われて、亀乃介はうなずいた。

「三ヶ月、乾燥させたけど……このあたりは湿気が多いから、ほんとうは一年以上乾燥させたほうがいいとは、地元の人に言われたよ」

大量の木材を割って薪にし、積み上げて乾燥させる作業をしているときに、物見遊山で集まった地元の老人たちが口々にそう言っていたのを、亀乃介は思い出した。

リーチも濱田も、そしてもちろん亀乃介も、薪で高温焼成する経験を積んではいたものの、薪にとってどれほど乾燥が重要か、深く考えている余裕も時間もなく、とにかく一日も早く焼成に着手したいと、見切り発車で火入れの日を迎えたのだ。

一時間以上が経過して、ようやく炎に勢いが出始めた。

「いまだ。もっと薪をくべろ。もっと、もっと」

濱田の号令のもと、職人たちはどんどん薪をくべた。炎がめらめらと立ち上り、燃焼室に火が回っていく。部屋の温度が上昇し、窯を囲んだ人々の額に汗がにじんだ。

窯の燃焼室には中をのぞく小さな孔がついている。リーチと濱田は、交互に中をのぞき込んで炎の状態を見ながら、

「もっと薪をくべろ。もっと炎の勢いを強めるんだ」

職人たちをせっついて、どんどん薪をくべさせた。

とにかく燃焼室内の温度を上げなければ、しっかりと焼き上げることができない。

薪割りや乾燥など、薪の管理を引き受けていた亀乃介は心中穏やかでなかった。

が、ようやく炎が安定して燃え盛るのを見て、ほっと胸をなで下ろした。

「このくらいの勢いで燃えなければならないんだ。諸君、自分の目で見て、肌で感じて、体で覚えてくれたまえ」

職人たちに向かってリーチが言った。

「あのう、じゃあ、自分ものぞいてみてもいいですか」

窯をずらりと囲んだ職人たちのいちばん端で、ずっとそわそわしていたジョージ・ダンが、がまんできない様子で訊くと、

「ああ、もちろんだよ、ダン。さあ、こっちへ来たまえ」

リーチが窯の近くに呼び寄せた。

「うわあ、すげえ。真っ赤に燃えてるぞ」

のぞき孔から中を見たダンが声を弾ませた。すると、職人たちが、いっせいに窯の近くに押し寄せた。

「俺にも見せてくれ」

「俺にも……うわあ、こりゃすごい」

「ほんとだ。見てるだけでやけどしちまいそうな熱さだ」

順番にのぞき込んだ職人たちが次々に声を上げる。

「君も見てごらん、シンシア。すごい熱気だよ」

亀乃介はそう言って、シンシアの背中を押した。

額に玉の汗を浮かべながら、窯の燃焼室の様子をのぞき孔から見たシンシアは歓声を上げた。

「すごいわ。……まるで、窯の中に太陽がまるごと落っこちてきたみたい」

無邪気な表現には、初めての焼成に立ち会う素直な喜びが込められていた。亀乃介は、思わず微笑んだ。

「こんなにものすごい炎の中で焼いてしまって、器は壊れてしまわないの？」

シンシアは、こっそりと亀乃介に尋ねた。

「しっかり高温で焼かないと、逆にもろい仕上がりになってしまうんだ。かといって、温度を上げ過ぎると、壊れてしまうこともある。陶芸は、炎の調整で仕上がりが決まってくる。だから難しいんだよ」

と亀乃介は言った。

シンシアは、瞳を輝かせて、

「そうなのね。だから、リーチ先生もハマダさんも、こんなにも火入れを大切にしているのね。神様に祈らずにはいられないほど……」

そう言って、胸の前で両手を組んだ。

亀乃介も、どこかで見てくれているはずの陶芸の神様に祈り続けていた。

職人たちが順番に窯の番をし、リーチと濱田と亀乃介が交代で付き添って、丸一昼夜、窯の炎は燃え続けた。

炎をみつめながら、亀乃介の胸には、いままでリーチとともに見守ってきた窯焚きの思い出が、次々に蘇ってきた。

不思議なもので、窯の炎をみつめていると、いつもじんわりとなつかしい想いでいっぱいになる。太古の昔から、人間は炎とともに進化してきた。産業革命、文明開化、新しい科学、芸術の目覚め――さまざまな変化と進歩を得た人類は、炎を操ることによって進化してきたのだ。そして、どんなに人類が発展しても、炎は、そのかたちも熱も、はるかな昔から変わることはないのだ。

亀乃介は、とりとめもなく、「日本」と「器」の深い結びつき、陶芸の歩みに思いを馳せた。

日本には、大昔から素焼きの土器が存在した。そして、あるとき、朝鮮からの渡来人によって、磁器がもたらされた。

陶磁器に適した土を各地に有していた日本で、陶芸が盛んになったのは、職人たちが脈々とその技術を伝えてきたこと、さらには、陶器を尊び、特別な価値を見出した茶の湯の発達も無縁ではない。

独特の価値観で器に大きな付加価値を与えた茶の湯は、確かに陶芸を芸術の域にまで引き上げるきっかけを作った。

茶の湯に用いられる茶碗が芸術作品としての地位を築く一方で、一般の人々に広く日常的に使われる陶器も発達したが、こちらはさしたる価値を認められず、二束三文で売られ、割れれば捨てられる存在だった。

しかしながら、日常的な器にこそ、普遍的な美が宿る——と提唱する人物が現れた。

柳宗悦である。

柳は、民間で作られている陶器を「民陶」と呼び、名もない職人の手によって生み出される器に美を見出した。

彼は、それを「用の美」と呼んだ。

用いて美しいもの。機能があって優れているもの。日本の器、民陶には、そういう魅力があふれているのだと見抜いた。

日本から遠く離れたさいはての地、セント・アイヴスにいて、自分たちの力で造り上げた窯の炎をみつめるうちに、亀乃介の胸の中に、柳宗悦への尊敬の念が、ふつふつと湧き上がってきた。

——柳先生は、すべてを見抜いておられた。用いてなお美しいものこそが、いつまでも変わらない優れたものであると看破されていた。

いま、炎の中で焼き締められているのは、きっと、このさきいつまでも変わらずにある器たち。

イギリスの人々に使い込まれて、愛されて、何代にもわたって引き継がれ、使い継がれていくだろうものたち。「用の美」をまとって生まれくる陶器たち。

この器ができたら、まっさきに、柳先生にお送りしよう。


そして、ついに窯の中から陶器を取り出す瞬間を迎えた。

薪をくべるのを止めて、炎が徐々に収まるのを待つ。じゅうぶんに時間をおいて窯を冷まし、塞いだレンガを外して、中から陶器をひとつひとつ取り出す。

日本で自分の窯を持った直後、リーチは、一瞬でも早く出来上がりを確認したいと気が急《せ》いて、じゅうぶんに熱が取れていないうちに窯を開けてしまい、せっかくの作品を、きっちりと焼き締まっていない「ゆるい」仕上がりにしてしまったことがあった。

苦い経験を経て、窯を開けるタイミングを、リーチも濱田も、そして亀乃介も、体得していた。

逸る気持ちを抑えながら、亀乃介は、職人たちとともにレンガを外した。

リーチ・ポタリーで創った、最初の作品。いったい、どんな出来上がりなのだろうか。

胸をときめかせながら、まだあたたかい窯の室の中から、そっと陶器を取り出した。

――あ……。

亀乃介は、声にならない声を漏らした。

最初に取り出したジャグに、大きな亀裂が入っていたのだ。

まさか――。

パン皿、ティーカップ、大小の鉢。次々に取り出してみる。そのすべてに、亀裂が入っていた。

少し離れたところで見守っていたリーチと濱田が、亀乃介の様子がおかしいことに気づいて、歩み寄った。

「どうだ、カメちゃん？　出来上がりは……」

リーチが尋ねた。亀乃介は、無言でうつむいた。

リーチは、亀乃介が手にしているジャグをひと目見るなり、息をのんだ。

リーチ・ポタリーの職人たちが、指導を受けながら、丹誠込めて、初めて創り上げた器の数々。

生まれて初めて陶土に触った、という者がほとんどだった。それでも、誰もが夢中になって、一生懸命に成形にいそしんだ。

シンシアも、陶土に触るのは初めてのことだった。

なんだか触るのが怖いわ、と言いながら、初めは恐る恐る、そのうちに、いつしか我を忘れるほどのめり込んで、ろくろを挽いた。

陶土のなめらかな感触にうっとりしながら、指の角度やろくろの速度によって、たちまちかたちを変えていくそのすなおさに、はっとしながら。

陶芸に目覚めたばかりの戸惑いと喜び、そのすべてを成形に注ぎ込んだ。

けれど、シンシアがかたち作ったジャグは、無惨にも、ぱっくりとふたつに割れてしまっていた。

シンシアが手がけたものばかりではない。ほかの職人たちの手によるものも、ことごとく、ひびが入ったり、割れたり、色がくすんでしまったりして、ほとんどまともに仕上がったものがない状態だった。

亀乃介が創った器も、濱田が創った壺も。

そして、リーチが描いた、悠々と翼を広げて空をいく鳥の絵が載った大皿も——。

「これは……なんてこった、めちゃくちゃじゃないか」

濱田が、思わず日本語で、うなるように言った。

「いったい、何が悪かったんだ……」

リーチは、亀裂の入った鳥の絵柄の大皿を手に、じっとそれに目を落としていた。

亀乃介は、言葉をなくして、ただただ、うなだれていた。

シンシアも、職人たちも——初めての焼成の結果が、決してリーチたちが満足するものではなかったと感じたのだろう、黙りこくっていた。

「……これで全部か？」

しばらく沈黙していたリーチが、ふと顔を上げて、誰にともなく尋ねた。

「窯の中で焼いた器は、もうすべて取り出したのか？」

窯の取り出し口の近くにたたずんでいたシンシアが、「いいえ」と緊張を含んだ声で答えた。

「まだいくつか、残っています」

リーチは、かすかな笑みを口もとに浮かべた。そして、言った。

「では、それらすべてを出してみてほしい。全部の器を見てみない限り、今回の焼成の結果はわからないよ」

亀乃介は、はっとして顔を上げた。

いつか、こんなことがあった。

そう、柳宗悦の私邸の庭先に造った「我孫子窯」が、火事になってしまったときのこと——。

窯から出火し、工房までも焼き尽くした火事で、最後の最後、窯の中から出てきた、たったひとつの白磁の壺。

ひっそりと咲き誇る鷺草《さぎそう》にも似て、もの静かで、気品あふれる壺に仕上がっていた。

その一品を得て、火事は無駄ではなかったと、リーチも柳も、互いに肩を叩き合って笑った。そして、火の番を怠った自分のせいで火事を起こしてしまったと悔やむ亀乃介を励ましもしたのだ。

すべての器の仕上がりを見てみなければ、結果はわからないものだと。

亀乃介は、窯の取り出し口へと歩み寄り、シンシアとともに、最後に残されていたいくつかの器を取り出した。

最後の一点を取り出したとき、シンシアが、思わず息を止めるのがわかった。

彼女の白い手が、そっと取り出したのは、亀乃介が手がけた白いジャグだった。

ぽってりとした愛らしく丸いかたち、注ぎ口は、ひゅっと口笛を吹く唇にも似て。

リーチ先生に憧れて憧れて、憧れ続けて、亀乃介がたどりついた「人間らしい」かたちだった。

それを両手に包み込んで、シンシアが、ごく小さな声でつぶやいた。

「このジャグ……まるで、生きているみたい」

シンシアのかたわらに立っていた亀乃介の耳に、彼女のつぶやきが届いた瞬間、目頭が熱くなるのを感じた。

生きている。

ジャグが、器が、生きている。

シンシアが思わず口にしたひと言には、真実の響きがあった。

――ああ、そうだ。自分は、そういう器を創りたくて、こんなに遠くまでやってきたのだ。

導いてくれたのは、ほかならぬリーチ先生。呼吸をしているように、胸の鼓動を打っているように、生き生きとした器を創る人。

亀乃介とシンシア、ふたりが並んで立っているすぐ後ろに、リーチが近づいた。そして、おだやかな声で、シンシアに向かって言った。

「そのジャグを、見せてくれないか」

シンシアは、うなずいて、そっとジャグをリーチに向かって差し出した。

リーチは、宝物を受け取るかのように、大切そうな手つきで手に取った。

そして、目の高さに掲げ、静かに眺めた。その口もとに、日だまりのような微笑が浮かんだ。

「これを創ったのは、君だね？　……カメちゃん」

言われて、亀乃介は、「はい」とうなずいた。なぜだか、声が震えてしまった。

「どうして、わかるのですか？」

亀乃介の問いに、リーチは微笑んで答えた。

「わかるよ。だって私は、君が創るものを、もうずっとみつめてきたのだから」

——君が私の創るものを、みつめ続けてくれたように。

亀乃介が手がけたジャグを手にして、リーチが言ったひと言。

それは、輝く灯火となって、亀乃介の胸の中にあたたかく点った。

——リーチ先生。

亀乃介は、何か言おうとして、どうしても声が出てこなかった。どうしてもどうしても、言葉にならなかった。

かわりにこみ上げたのは——涙。

すぐそばに、シンシアがいる。濱田もいる。職人たちが、窯の周りに集まって、作品のでき上がりを見守っている。

だめだ、こんなところで泣いちゃあ。

そう自分に言い聞かせた。けれど、とうとう、涙がひとすじ、頬を伝ってこぼれ落ちた。

「すごいぞ、亀ちゃん。これは、会心のできばえだ。僕がいままで見たどんなジャグより、いいかたちだ」

濱田が言った。その声は、熱くうるんでいた。

汗にまみれたシャツの袖で涙をぬぐう亀乃介の肩を、リーチの分厚い手のひらが軽く叩いた。

「どうだい、カメちゃん。私の言った通りだろう？　全部の器を見てみない限り、焼成の結果はわからない、って」

亀乃介は、黙って、ただただうなずいた。その拍子に、涙がぽつぽつと、足元に落ちた。

リーチ・ポタリーの、初めての窯の火入れ。初めての焼成。

そして、でき上がった初めての器たち。

そのほとんどは、ひびが入ったり、割れたり、色がにごったり、散々だった。リーチが手がけたものも、濱田が成形したものも。

けれど、たったひとつのジャグ、亀乃介が創ったジャグだけが、完璧な輝きをまとっていた。

すべての器の仕上がりを見てみなければ、結果はわからない。

「だからこそ、陶芸は、面白いんだ」リーチは、そう言って笑った。


セント・アイヴスの波止場から、小高い丘を駆け上がって吹きつける風が心地よい季節がやってきた。

イギリスの南西部、「地の果て《ランズ・エンド》」と呼ばれる地域にほど近いこの町に、リーチ・ポタリーが開業して、二年の月日が経っていた。

午前八時きっかりに、工房にある暖炉の前に、職人たちが全員集合する。

その輪の中には、亀乃介がいる。隣には、決まってシンシアがたたずんでいる。

ふたりとも、白くかすれた陶土がついた藍色のエプロンを着けている。ほかの職人たちも、皆、このエプロンをしている。エプロンは、いわば、ポタリーの制服のようなものだった。

濱田もまた、エプロンを着けて、輪に加わっていた。

濱田は、いまやすっかりリーチ・ポタリーの顔である。

リーチがロンドンへ出かけて留守のときも、濱田が工房をきっちり仕切っていた。職人たちの指導はもちろんのこと、彼自身も、大皿や大壺など、野心的な作品を工房の窯で創り出していた。

職人たちの輪の中心にいるのは、もちろんリーチである。

その日創る予定の商品、作品について、毎朝打ち合わせをする。マグカップ三十、パン皿二十、ジャグ二十、というように、成形する器の数を確認し、それぞれの担当を決める。また、乾燥期間や焼成のスケジュールについても、全員で共有する。

実質的な打ち合わせや確認以外にも、「こんな器を創ってみたらどうだろうか」と提案したり、「いま自分が手がけているのは、この皿だ」と、目下取りかかっている作品を見せたりして、職人たちに講義する。このちょっとした講義は、リーチだけでなく、濱田と亀乃介も担当した。職人たちは、実に熱心に聴き入った。

この二年で、リーチ・ポタリーは著しく成長した。その甲斐もあって、セント・アイヴスの産業として、陶芸が認められるまでになった。

リーチは、地元セント・アイヴスではもちろん、ロンドンでも、年に数回、個展を開くようになっていた。

イギリスの伝統陶芸であるスリップ・ウェアの手法と、日本独特の土を活かしたアースン・ウェア。そして、銅版画《エッチング》で培った素描で東洋的なモチーフの絵を描いた大皿など、イギリス人の目には新鮮に映る数々の作品は、大変な人気を博し、「日本から陶芸を持ち帰り、イギリスの陶芸に新たな息吹をもたらした芸術家」と、高く評価された。

リーチ・ポタリーで創り上げた作品の数々をまとめて日本に送り、柳宗悦の力を借りて、作家不在でありながら、東京で個展を開きもした。

バーナード・リーチは日本を去ったが、遠くイギリスでも、日本で学んだことをじゅうぶんに活かし、活躍している。

日本の人々は、日本に親しみ、学び、日英の架け橋になろうと本気で努力したイギリス人陶芸家が、故国に帰ってなお、日本とつながりを持ちつつ活動していることを知り、たいそう喜んでいた。

そのほかにも、さまざまな日本の様子を、折りにふれ、柳は手紙にしたため、送ってくれた。

柳ばかりではない。高村光太郎も、富本憲吉も、河井寛次郎も、リーチへ、濱田へ、そして亀乃介へ、手紙を書いてくれた。

——亀ちゃん、元気でやっているか。リーチを助けて、いい作品をたくさん創るように、期待している。

柳から亀乃介宛の手紙は、いつも短いものだったが、必ず、あたたかな励ましの言葉で締めくくられていた。

亀乃介は、柳の手紙を読むたびに、東京や我孫子の風景や、「白樺」の仲間たちとのやり取りをなつかしく思い出すのだった。

——いつか、日本へ帰る日がくるのだろうか。

ふと、そんな思いが胸をかすめる。そのたびに、いいや、自分はここに残るんだ、という思いと、いつか濱田が言ったこと——僕は帰るよ、とのひと言が交錯するのだった。

濱田庄司は、ロンドンのオールド・ボンド・ストリートにあるパターソンズ・ギャラリーで、人生初となる個展を開き、大成功を収めていた。

東洋美術の著名なコレクターや、なんと大英博物館の東洋部長までもが、濱田の作品の購入を決めた。

リーチは、日本からはるばる自分とともにやってきて、この地に日本の陶芸の種をまいてくれた朋友の作品が認められたことを、手放しで喜んだ。

——ハマダが私にしてくれたことへの十分の一も、私はハマダに返していない。けれど、イギリス国民が、好意を持ってハマダの作品を受け入れてくれたこと——それが、何よりのお返しになったと思う。

そんなふうに、亀乃介にこっそりと打ち明けた。

亀乃介も、日本人の陶芸家がイギリスで認められたことを、まるで我がことのようにうれしく思った。

一方で、自分のこととなると、慎重に構えてしまう。

リーチは、濱田ばかりでなく、亀乃介にも、積極的に作品を創作して、ロンドンか、少なくとも地元のギャラリーで個展を開くように勧めた。

——実現できるように、知り合いのギャラリー経営者にも口をきくから、是非やってみたらいい。

そう言われたのだが、そのたびに、亀乃介は、いいえ、自分などまだまだ……と、辞退するのだった。

もちろん、やってみたい気持ちがないわけではない。やるからには、満を持して挑みたい。決して遠慮しているのではなく、自分でも十分に満足のいくものが仕上がったら、きっと挑戦しよう――と心に決めていたのだ。そのときまで、焦らずに待とうと。


シンシアは、リーチ・ポタリーの職人たちの中でも、めきめきと頭角を現していた。実にかたちよく成形し、焼成の手伝いも人一倍手際よくできるようになっていた。

シンシアは、この日常的な器――のちにスタンダード・ウェアと呼ばれるようになる――の創り手として、確かな技術を身につけ、陶工としての能力をいかんなく発揮していた。

ポタリーで働き始めた最初の頃は、早朝の魚売りの仕事も続けていたが、そのうちにポタリーでの仕事にのめり込むようになって、魚売りのほうはやめてしまった。

とはいえ、ポタリーの給金が増えるわけでもない。病身の母と、教育が必要な弟と妹のためには、なんとかもう少しお金がほしい。

そこで、リーチに許可を得、以前勤めていた波止場のパブで、ポタリーの仕事のあと、週に五日、働き出していた。

パブに集う常連客たちは、我らのシンシアが帰ってきた、と大喜びだった。亀乃介は複雑な気持ちだったが、シンシアがパブの仕事に戻ることに意見する勇気はなかった。

亀乃介は、シンシアを深く愛していた。

美しく、気だてがよく、仕事もよくできる。家族思いで、やさしくて、いつも一生懸命で……。

何より、陶芸への情熱を分かち合うことができる。

生涯の伴侶を選ぶのであれば、シンシアをおいてほかにはいない。

真剣に、そう考えていた。

けれど——。

自分のいまの立ち位置を振り返ってみると、なんと宙ぶらりんなことか。

シンシアとその家族を養っていけるほどの給金を得ているわけではない。

陶芸の道も、まだまだ半ばで、陶芸家として独り立ちするにはほど遠い。

そして、自分は日本人である。

イギリス人と結婚するために乗り越えなければならない壁がたくさんある。彼女の家族が簡単に許してくれるとも思えない。

亀乃介は、なんとなく、自分だけが宙ぶらりんで、中途半端な存在のような——そんな気持ちになっていた。

このさき、いったい、自分はどこに向かって進んでいけばいいのだろう?

答えを見出せないまま、時間だけが過ぎていった。

そして、一九二三年の秋が始まる頃、とある昼下がりのこと。

その日は窯の火入れの予定で、ポタリーの職人一同は、薪を運んだり、焼成する作品を並べたり、準備に忙しくしていた。

亀乃介が、工房の南側に積んである薪を手押し車に載せて運んでいると、ちょうど自転車に乗った郵便配達人が通りかかった。そして、「電報です」と声をかけてきた。

亀乃介は立ち止まって、配達人が差し出した紙片を受け取った。かすれたタイプ文字で「SHOJI HAMADA」と宛名が打ってある。

――誰からだろう?

日本からの連絡は、到着までにひと月以上かかる封書にくらべると、電報はかなり早く届く。つまり、何か急ぎの用事に限って使われる通信手段なのだった。

一瞬、悪い予感が亀乃介の胸を貫いた。

――何かよからぬことが、濱田さんの家族にでも起こったのだろうか。

亀乃介は、大急ぎで、職人たちとともに窯に作品を詰め込んでいる濱田のところへ駆けていった。

「濱田さん。日本から電報がきたよ」

濱田は立ち上がると、差し出された紙片を受け取り、すぐさま開いた。その表情が、みるみるこわばっていく。

顔を上げると、濱田は、不安に震える目を亀乃介に向けた。

「亀ちゃん。――大変だ。と、東京が……えらいことになってしまった……」

電報は、河井寛次郎からのものだった。

そこには、東京で大震災あり――と、ひと言だけ書いてあったのだ。

河井は京都在住のため、被害を受けたわけではないだろう。そんな彼がわざわざ電報を送ってくれたことを考えると、かなりの規模だったに違いない。

「地震? ……いったい、どのくらいの地震だったんですか? 河井さんはどう言って……」

「いや、わからない。なにしろ、ひと言っきりだ。街の様子が書いてあるわけじゃないし……河井さんは京都に住んでいるから、きっと……いや、たぶん……」

濱田は動揺してか、言葉が出てこない。亀乃介は、背中に冷たいものがひやりと触れたような気がした。

ふたりの様子に気がついたリーチが、そばへ歩み寄った。

「いったいどうしたんだ？　ふたりとも顔色が悪いぞ」

濱田は、リーチのほうを振り向いた。額にじっとりと汗がにじんでいる。

「河井さんから電報が届いた。……東京で、大変な地震が起こったようだ。詳しいことはわからないが……」

リーチの眉間に深い皺が寄った。

地震は、イギリス人にとってはことさらに恐ろしい現象だ。ほとんど地震のないイギリスから日本へ渡ったとき、リーチがもっとも驚かされたことのひとつが、頻繁に起こる地震だったのだ。

リーチと濱田と亀乃介は、真っ暗な夜の森の中に置き去りにされたかのように、その場に呆然と立ち尽くすほかなかった。

三人の異変に気づいたシンシアが、作業の手を止めて近くへやってきた。

「あの……窯への詰め込みが、そろそろ終わりますけれど……」

そのひと言に、リーチは、はっとして顔を上げた。

「ありがとう、シンシア。……カメちゃん、状態を確認してくれ」

亀乃介は、「は……はい」と応えて、レンガでふさぐまえの孔から室の中の状態を確認した。

心臓が恐ろしいほど高鳴っている。

――どうしよう。……どうしたらいい？　柳先生。光太郎さん。ああ、どうかご無事で。

リーチ・ポタリーの工房の窯に、もう何度目だろうか、その日もまた、赤々と火が入った。

亀乃介は、心ここにあらず、という様子だったが、それでも、窯のそばにつきっきりになって番をした。

リーチと濱田は、その間、柳宗悦、高村光太郎、富本憲吉、そして河井寛次郎宛に、急ぎ電報を送った。

東京で大きな地震があったと聞いた。無事だろうか。返信を待つ——。


それから、半月が経った。

その間、日本の誰からも連絡がなく、リーチも濱田も亀乃介も、心配を募らせていた。

亀乃介は、このときほど日本が遠いと感じたことはなかった。

地元の新聞には、日本のニュースはほとんど掲載されない。ロンドンあたりまで行けば、報道されているかもしれないが、ここセント・アイヴスでは、何も情報が入ってこなかった。

誰かが向こうから手紙を送ってくれているかもしれないが、それにしても時間がかかる。

被害状況によっては、とても電報を打ったり手紙を書いたりする余裕がないのかもしれない。

いや、余裕がないくらいならば、まだましだ。

ひょっとして、落命していたら——。

そう思うと、亀乃介は、夜も眠れぬほどだった。

濱田もまた、同様だった。

河井からの電報を受けた直後は、心配のあまり、作業が何も手につかないようだった。

年末には、ふたたびロンドンの画廊で個展を開く予定になっていた。そのために、秋のうちに何度か作品を焼成しなければならない。もちろん亀乃介も手伝うつもりでいた。

それなのに、その準備にまったく身が入らなくなってしまったのだ。

リーチもまた、日本にいる友の状況を案じて、気もそぞろであった。

同時に、濱田と亀乃介の心情を慮って、ロンドンへ出向いて誰か日本に通じた人物と会ってきたらどうだ、と勧めもした。

しかし濱田は、弱々しく首を横に振った。

「いや、いいんだ。……そのうち、誰かから必ず連絡がくるだろう。そう遠くないうちに……」

日本からの連絡を待つ日々、じりじりとしながらも、亀乃介は、窯での焼成の準備を始めた。

――いつまでもくよくよしたところで状況が変わるわけじゃないんだ。

そう自分に言い聞かせて、亀乃介は、よし、濱田さんに発破をかけよう、と心に決め、ある夜、自室で休んでいた濱田のもとへ出向いた。

「濱田さん。……ちょっと話があるんだけど」

粗末なドアはすぐに開いた。焦燥で目が落ちくぼんだ濱田が、顔をのぞかせて、

「そうか、ちょうどよかった。……僕のほうでも話があるんだ」

と言った。

ロンドンの個展の話だろうか、まさか延期なんて言うんじゃないだろうな、と訝りつつ、亀乃介は濱田の部屋に入った。

小さなテーブルを挟んで、ふたりは向かい合った。濱田は、ひとつ、ため息をつくと、亀乃介が何か言うよりさきに言葉を放った。

「僕は、日本へ帰ろうと思う」

亀乃介は、不意打ちをくらって、返す言葉が出てこなかった。

濱田は、それっきり、黙りこくって下を向いた。気まずい沈黙が、ふたりのあいだに流れた。

ややあって、亀乃介が言った。

「……ずいぶん、突然なんだな」

いや――突然なんかじゃない。きっと、考えて考えて、考え抜いて、結論を出したに違いなかった。

「ずっと考えてたんだよ」

案の定、濱田はそう言った。

「日本がいま、めちゃくちゃな状態になっているかもしれないのに……家族も友だちも、どうなったかわからないのに……そんなときに、こんな遠くの外国にいて、焼き物なんか創ってる場合かって……そう思ったんだよ」

濱田と向かい合って座っていた亀乃介は、膝の上に置いていた手をぐっと握りしめた。

ふと見ると、向かい側の濱田も、膝の上で固いこぶしを作っていた。その様子を見て、濱田の帰国の意志が固いことを亀乃介は知った。

「どうしても、帰るんだな」

亀乃介の問いに、濱田は、ゆっくりとうなずいた。

「ああ。もう決めたんだ。……すぐにでも帰らなければとも思ったんだが、ロンドンの画廊に迷惑をかけるわけにはいかない。とにかくここで最後の焼成をして、十二月にロンドンでの個展を開いてから帰ろうと思う」

責任をもって個展を開催してからイギリスを去る、との決意に、亀乃介は、濱田の芸術家としての矜持を見た気がした。

濱田は今年の春にもロンドンで個展を開催し、大変な好評を博した。日本人の陶芸家としては初めてのことであった。濱田の個展の成功を、リーチも亀乃介も、心の底から喜んだ。

イギリスに日本の陶芸の道筋をつける。

それが、濱田がリーチとともにはるばるイギリスまでやってきた目的のひとつであり、彼の究極の夢であった。

そしてそれはまた、リーチの夢でもあり、亀乃介の夢でもあったのだ。

だからこそ、一度目の成功が偶然だったと言われないように、二度目が本番、というつもりで、濱田は十二月の個展にすべてをかけているのだと言っていた。

亀乃介も、濱田をしっかりと支えよう、と心に決めた。

「そうか、わかった。そういうことなら、僕も全力で支えるよ。まえよりもすごいものを創って、イギリス人をびっくりさせて帰ってくれよ」

濱田は、うっすらと微笑んだ。が、その目には真剣な光が宿っていた。

亀乃介を正面にじっと見据えると、濱田は、はっきりとした声で言った。

「亀ちゃん。――君も、僕と一緒に日本へ帰らないか」

亀乃介は、目を瞬かせた。

「――日本に帰る？　……自分が？」

亀乃介が訊き返すと、濱田は、こくりとうなずいた。

「そうだよ」

それは、まったく予想外の提案だった。亀乃介は、自分でもこっけいなくらい動揺してしまった。

「いや、しかし……そんなわけにはいかないよ」

苦笑いをして、亀乃介は答えた。

「だって、いっぺんにふたりも抜けたら、工房が大変なことになるじゃないか。職人たちの指導もあるし……リーチ先生の作品を創るのに、熟練の助手が必要だし……。そりゃあ、職人たちの腕は上がったけど、まだまだこれからだろう。濱田さんが帰国するのは仕方のないことだけど、僕は……いま、僕までが帰るわけには……」

言い繕いながら、亀乃介の心の中に、大切な人たちの顔が浮かんだ。

愛する人、シンシア。結婚に踏み切れないものの、シンシアに会えなくなるのはつらい。

そしてリーチ先生――。

誰よりも大切な、敬愛する先生。

もう十五年近くも、そばを離れることはなかった。ただいっとき、先生が北京に移住したあいだを除いては。

リーチと離ればなれになっていた時期の寂しさが、突然、亀乃介の胸によみがえった。

先生が帰ってくる日まで、自分は作陶し続ける。そう思いながら、リーチの帰りを待ち続けた。

そして、リーチと再会したとき、心に決めたのだ。もう決して先生のそばを離れず、陶芸の道を先生とともにひたすら歩み続けるのだと。

だからこそ、イギリスまで、セント・アイヴスまでやって来た。

もとより、何があろうと帰国はしない。自分はこの地に骨を埋める気で来たのだ。

先生のそばを二度と離れはしないのだ。

「僕は――やっぱりここに残るよ、濱田さん」

亀乃介は、動揺する気持ちを振り払って、きっぱりと言った。

「こんなことを言っていいかどうかわからないけど……僕は、自分がリーチ先生とこの工房に必要な人間なんだと思っている。だから……もちろん、柳先生や光太郎さんのことは心配だけど……帰るわけにはいかないよ」

濱田は、眼鏡の奥の目をじっと亀乃介に向けていた。そして、尋ねた。

「シンシアのことがあるからか？」

一瞬、亀乃介は返答に詰まったが、

「いや。……それより何より工房のことが第一だ」

と答えた。

それがほんとうの気持ちだった。シンシアのことは、どんなに愛してはいても、これ以上はどうにもならないと、どこかであきらめていた。

亀乃介は、さらに続けた。

「もしもリーチ先生が日本へ帰るというなら、お供をする。けれど、先生がここにいる限り、ここが僕のいるべき場所だ」

濱田は、しばらくのあいだ、無言で亀乃介をみつめていたが、

「じゃあ、たとえば……リーチが『カメちゃんは日本に帰るべきだ』と言ったら、どうする？」

そう言った。

亀乃介は、胸がぎくりとするのを感じた。

亀乃介の様子をみつめていた濱田は、ややあって、静かに言った。

「亀ちゃん。君は、もうこれ以上、セント・アイヴスにいてはいけない。日本に帰って、自分自身の作陶をして、ここで学んだことを後続の世代に伝える。そうするべきだ」

亀乃介は、はっとして顔を上げた。濱田は、真剣なまなざしを亀乃介に向けていた。

――自分自身の作陶。

その言葉が、矢のように鋭く亀乃介の胸に刺さった。

「君がここに残ることにこだわるのはよくわかる。僕だとて、いつまでもここにいられるものならそうしたい。けれど、それじゃいけないんだ」

まっすぐな視線を亀乃介に向けたまま、濱田が続けた。

「亀ちゃん。君は、きっとリーチと自分を一心同体のように感じているんだろう。でも、だからこそ、いつまでもここにいてはいけない。ここにいる限り、君はリーチを頼り続けるだろう。君自身の作陶を、いつまでたっても見出すことができないだろう」

そう濱田は言った。

亀乃介は、口を結んだまま、ただうつむくことしかできなかった。

しばらくのあいだ、うつむく亀乃介を無言でみつめていた濱田は、やがて静かな声で語りかけた。

「リーチは、誰よりも、君の身の上と、今後のことを案じている。君が彼のことを一心同体だと感じているように、彼もそう感じていると、僕は思う」

亀乃介は、目を上げた。そこには、微笑を浮かべた濱田の目があった。

「だから、勇気を出して、相談してみろよ」

亀乃介は、眼鏡の奥の瞳をみつめ返した。溢れんばかりの友情の色が、澄んだ瞳に浮かんでいた。

濱田もまた、同志の将来について、我がことのように案じてくれているのだった。

濱田が帰国の意思を亀乃介に告げた翌日。

いつものように、リーチ・ポタリーの一日が始まった。

工房の中心にある部屋の暖炉に、いまや職人頭《がしら》になったダンが薪をくべる。パチパチと薪が燃え始めると、職人たちがその周りに集まってくる。手に手にリーチ・ポタリー製のカップを持って、熱い紅茶をすすりながら、しばし談笑する。

濱田と亀乃介は、それぞれの自室で簡単な朝食を済ませ、階下へと降りていく。

「おはようございます」

「調子はどうだい？」

「気持ちのいい朝ですね」

職人たちとあいさつを交わし合う。亀乃介は、誰よりもさきにシンシアの笑顔を探す。彼女もまた、亀乃介がやってくるのを待っている。

その日は特別な気持ちをもって、亀乃介は「おはよう、シンシア」と声をかけた。

「おはよう、カメノスケ」

朝の光のようにまばゆい笑顔で、シンシアが応えた。

職人たちが集まってなごやかに過ごす朝のひととき。亀乃介は、この時間がたまらなく好きだった。

できることなら、いつまでも、この場所にいたい。心を通い合わせた職人たち、自分の同志たちと、愛する人と、あたたかな時間を過ごしたい。

人生を終える日まで、ずっと、ずっと。

けれど——。

ぎい、とドアが開く音がして、職人たちがいっせいに出入り口のほうへ顔を向けた。

「おはよう、諸君」

ベストを着てネクタイをしたリーチが現れた。

リーチは、いつもウールのベストを着込み、シャツにきちんとネクタイを締めて仕事に向かう。そのスタイルは、日本で作陶しているときからちっとも変わらなかった。——ただし、陶土をこねたりろくろを挽いたりするときは、いまやリーチ・ポタリーのトレードマークになったエプロンをつけるのだが。

不思議なもので、リーチが工房の中に現れると、一瞬で職人たちの表情が引き締まる。

——さあ仕事が始まるぞ。

心地よい緊張感が生まれ、感性が覚醒するのだ。

亀乃介は、この心地よい緊張感を、リーチの助手となってからずっと味わい続けてきた。

リーチは、いたずらに人を緊張させるような人物ではない。むしろ、彼と一緒にいて対話をすると、人々は心を開き、気持ちをなごませる。ただし、仕事となると別なのだ。

どんなときも、まっすぐに仕事に向き合うリーチ先生。茶碗ひとつ、ジャグひとつに、真剣勝負を挑んでいる。自分の創造力、情熱のすべてを、小さな陶器に注ぎ込む。その仕事に対する一途さが、心地よい緊張感を生むのだ。

リーチ・ポタリーの仲間たちは、すでにその感覚を共有していた。

暖炉の前に立つと、リーチは、周りに集まっている職人たちに向かって話し始めた。

「今日は、諸君に、十二月に予定されている、ハマダのロンドンの個展の準備について、もう一度復習してもらいたい。これから創る予定なのは——」

シンシアも、ダンも、ほかの職人たちも、真剣なまなざしをリーチに向けていた。亀乃介もまた、「作陶ノート」と鉛筆を取り出して、リーチの話を熱心に書き留めた。そして、心に決めた。

——今日の午後、先生に相談してみよう。これから自分が進むべき道について。

リーチ・ポタリーでは、午後五時に仕事が終わる。

職人たちは、三々五々、帰路につく。それぞれの家庭では、あたたかな食事が彼らを待っている。

濱田は、町中へ夕食の買い出しにいくと言って、職人たちとともに出かけていった。

「じゃあね、カメノスケ。今日はちょっとゆっくりしすぎちゃったから、急いでいくわ。また明日」

上着を着込んだシンシアが、亀乃介のもとに駆け寄ってきて言った。これから、波止場のパブの仕事に出向くのだ。

「ああ、わかった。気をつけて。また明日」

亀乃介は、シンシアの細い肩をやさしく抱きしめて、工房の出入り口で彼女を見送った。坂道の向こうに木綿の粗末な上着の後ろ姿が見えなくなるまで、佇んでいた。

そして、踵《きびす》をかえすと、暖炉のある部屋に入っていった。

暖炉の中では、薪が赤々と燃えている。エプロンを外したリーチが、その前にしゃがみ込んで、薪を鉄のトングでつついている。

亀乃介は、その後ろ姿に向かうと、

「……先生。お待たせしました」

と、声をかけた。

――今日、仕事が終わってから相談したいことがあります。少しだけ、お時間をいただけますでしょうか。

その日の昼どきに、亀乃介は、リーチにそう申し入れていた。

リーチは振り向くと、にっこりと笑いかけた。

「そこの椅子に座って話そうか」

暖炉のかたわらに、ナラの木で創った椅子が二脚、並べられていた。イギリスの伝統的な様式の椅子で、地元の職人が創ったものだ。

リーチは、その椅子にゆったりと腰かけた。が、亀乃介は座らずに、リーチの正面に立つと、丸眼鏡の奥の瞳をみつめて、言った。

「きのう、濱田さんと話して、彼が日本に帰ると聞きました。そして……一緒に日本に帰ろうと誘われました」

濱田との会話を、亀乃介は、正直にリーチに打ち明けた。

「濱田さんは、東京に地震が起こって大変な状況になっているから、これ以上イギリスに留まるわけにはいかない……と言っていました。正直に言うと、僕も同じ気持ちです。故国がどうなってしまったのか……まったくわからないまま、ここでこうしていていいのだろうかと、悩みました。けれど……」

そこまで言って、亀乃介は言葉を詰まらせた。リーチは、何も言わずに、静かに亀乃介をみつめている。

——どんな言葉でつなげばいいのか。

日本に帰らなければいけないことはわかっている。けれど、ここに留まりたい気持ちが、どうしても、自分に次の一歩を踏み出させてはくれない。

リーチ先生のいるところが、自分のいるべき場所なのだ。先生とともにいなければ、自分の存在理由などない。

そんなふうに思ってきたのだ。

帰らなければいけない。けれど、帰りたくはない。

――先生。ひと言でいい、言ってください。

カメちゃん。いつまでもここにいてほしい。私と一緒に、ポタリーをもり立てていってくれ――と。

そうしたら、僕は……僕は、きっと――。

「……カメちゃん」

ややあって、リーチのやさしい声がした。いつも、どんなときも、亀乃介を励まし、導いてくれた声が。

「ハマダと一緒に、日本へ帰りなさい」

リーチのそのひと言を、亀乃介は、全身で受け止めた。

きっとそう言われるだろうことを、自分はとうに予想していた。

ハマダが帰国するのに、君だけがいつまでもここに留まっていてはいけないよ。

当然、先生は、そうおっしゃるに違いないと思っていた。

ああ、だけど――。

その言葉の重さ。この胸の苦しさはどうだ。

自分は、自分だけは、いつまでもリーチ先生のそばにいたいと、そればかりを思ってきたのだ。

何が起ころうと、先生とともに、陶芸の道を、ただひたすらに進んでいきたい。

ただ、それだけなのに――。

亀乃介は、堪え難い気持ちになって、奥歯をかみしめた。それから、うつむいたまま、くぐもった声で言った。

「先生。……自分は、やはり、ここにいたいです。それが、ほんとうの気持ちです」

もう十五年近くもまえのこと。

高村光雲先生のところへ、ある日、ひょっこりと現れたリーチ先生。

自分は、光雲先生のもとに書生に上がっていた。それで、偶然、リーチ先生が来られたときに、そこに居合わせたのだ。

あの何気ない出会いが、自分の人生にとって、決定的なものになった。

あの日から今日まで、途切れることなく、ずっとずっと、リーチ先生とともに夢を追い続けてきた。

いつの日か、自分自身の陶芸をみつける。そして、一人前の芸術家になるのだと――。

「先生が、光雲先生のお宅へいらっしゃったあの日から……先生自身の芸術の道を日本でみつけると決心され、そして、日本とイギリスの架け橋になると志を抱いて、日本にやって来られたと知ったあのときから……僕は、一生、この人についていくのだと、自分に誓ったのです」

幼い頃に日本に住んだ体験を持つリーチ。日本という国に、郷愁にも似た思いを抱いていた。

日本へのほのかな思いは、ロンドンの美術学校で学んでいるとき、高村光太郎という友を得て、決定的なものに変わった。

光太郎の紹介で、リーチは、光太郎の父、高村光雲を頼って、たったひとりで日本へやって来た。

――私は、日本のよさ、日本の美について、この国で学びたいのです。そして、日本に、イギリスの文化を伝えたい。

日本とイギリスのあいだをつなぐ架け橋になりたいと思っているのです。

そんなふうに、リーチは語っていた。

日本へ行ったとて、日本語を話すこともできず、右も左もわからない。

それどころか、いったい何をしたらいいのか、将来どうなるのか。すべてが、まったく五里霧中だった。

それでもリーチは、日本にこだわり、日本へやって来た。自分が究めるべき芸術の真髄が、きっとそこにあるはずだと信じて。

リーチと出会ったときに感じた熱を胸の内によみがえらせながら、亀乃介は言った。

「日本にこだわり、日本で暮らし、日本で努力をされて、その結果、先生は『陶芸』という一生追い続ける道を見出されました。僕は、ずっと先生と一緒にいて、その一部始終をみつめてきました。ときに、僕の存在はお邪魔だったかもしれません。けれど……」

先生は、決して自分を見放すことはなかった。どんなときも、先生は言ってくださった。

――次は、こんな作品を創ってみよう。

――君の助けが必要なんだ。

――手伝ってくれるね、カメちゃん。

――さあ、準備を始めよう。

先生とともに土をこね、ともにろくろを挽き、ともに窯に火を入れる。その瞬間瞬間が、どれほど大きな喜びだったことか。

――いつまでも、リーチ先生と一緒にいたい。これからも、ともに陶芸の道を歩んでいきたい。

それが、亀乃介のたったひとつの願いだった。

黙したままで、亀乃介の告白に耳を傾けていたリーチであったが、やがて、いつにも増してやさしい色をたたえた瞳を弟子に向けて、静かに言った。

「君の気持ちはよくわかっているよ、カメちゃん。けれど……だからこそ、君は、日本に帰らなければいけないと思うんだ」

自分とともに、試行錯誤しつつ、創作に励んでくれた亀乃介。

陶芸という道をともに見出し、手探りで進み続けてきた。

文化も、習慣も、作法も、食べ物ひとつとっても、イギリスとはまったく勝手が違う日本で、自分が戸惑いつつも暮らし、創作に打ち込むことができたのは、亀乃介が献身的に支えてくれたからこそだった。

亀乃介の存在なしに、いまの自分はない。そして、その気持ちは、これからも変わることはない。

同時に、このままではいけない——と、少しまえから思い始めていた。

このままでは、亀乃介はだめになってしまう。

自分が亀乃介に頼り、亀乃介が自分に頼り続ける限り、亀乃介は、独自の表現を——自分だけの芸術を見出すのが難しくなってしまうだろう。

「私だって、いつまでも、君にそばにいてほしい。君に手伝ってもらって、どんどん作品を創っていきたい。でも、それではいけないんだ。君は、君自身の道を、これからは、君ひとりで歩んでいかなければならない。——そして、芸術家として、独り立ちしていかなければならない」

リーチの言葉のひとつひとつが、亀乃介の胸に、深く、静かに響いた。

それは、セント・アイヴスの夕暮れどきに聞こえてくる教会の鐘の音のように、どこまでも澄み渡っていた。

春先に、花がほころびるのを促す慈雨のように。

あるいは、すがすがしい雨上がりの空に現れる虹のように。

「カメちゃん。君はもう、立派な芸術家《アーティスト》だ。陶芸家、オキ・カメノスケなんだよ」

リーチは、そう言って、亀乃介をみつめた。

亀乃介もまた、リーチの鳶色の瞳をみつめ返した。どんなときであれ、亀乃介をあたたかく見守り、励まし続けてくれた師の瞳を。

リーチの言葉が、声が、まなざしが、亀乃介の心に沁み込んできた。

亀乃介の目に、あたたかな涙があふれた。慕ってやまない師の姿が、にじんで見える。

――いけない。こんなところで、泣いちゃあ。

だけど、どうしたらいい？

あふれる涙を、もう、止められない――。

「――リーチ先生」

声に出して、呼んだ。あとは、言葉にならなかった。

涙が、頬を伝ってこぼれ落ちた。亀乃介は、陶土で汚れたシャツの袖で、目をこすった。けれど、あとからあとから、涙があふれた。

リーチは、立ち上がって、いつものように亀乃介の肩をやさしく叩いた。

泣き虫だな、とは言わなかった。ただ、微笑んでいた。

――リーチ先生。

亀乃介は、心の中で語りかけた。

――僕は、先生とともに、ここまで歩んできました。けれど、ここからさきは、それぞれに、それぞれの道を進んでいくのですね。

僕は、きっと自分だけの陶芸をみつけます。そうしたら、また、先生のところへ帰ってきてもいいですか？

リーチが、こくりとうなずいた。

亀乃介の心の声が、聞こえるはずもないのに。


十二月に入って、ようやく柳宗悦からリーチ宛に手紙が届いた。

この状況を、いったいどこから話していいものやら、途方に暮れる——という一文から始まるその手紙には、東京を中心に関東一円で起こった大地震について、つぶさに書かれていた。

家という家は軒並み倒れ、多くの人々が路頭に迷った。

復興にしばらく時間はかかりそうだが、人々は力を合わせて立ち上がろうとしている。

災害後のこのような非常時に、芸術がなんの役に立つのかと、自分も、芸術家たちも、当初は落ち込んだ。

しかし、こんなときだからこそ、すさんだ人の心を豊かにする芸術が必要なのではないかと、思い直した。

濱田と亀ちゃんが帰国するのを心強く思う。セント・アイヴスでの経験を持ち帰り、震災で落ち込んだ人々を勇気づけるためにも、日本で活躍してくれることを願う。

手紙は、大変な状況の中でもけっして希望を忘れない、柳らしい前向きな言葉で締めくくってあった。

その手紙を、リーチは、亀乃介に見せてくれた。

一読して、自分たちが帰国するのは多少なりとも意義があることなんだ、と亀乃介は励まされる思いがした。

濱田とともに帰国する、と決心してすぐ、亀乃介は、シンシアに、自分の正直な気持ちを伝えた。

──僕は、濱田さんとともに日本に帰ると決めた。

僕の決心を促してくれたのは、ほかならぬリーチ先生なんだ。

ほんとうは、いつまでもこの町に留まってリーチ・ポタリーを一緒にもり立てていきたい、と願っていたけれど……。

このままではいけない。このさきは先生に頼らずに、陶芸家として独り立ちできるように努力しなければならないと気づかされたんだ。

シンシアは、日本へ帰るという亀乃介の決心を、静かに受け止めてくれた。

長いまつげの目をしばらく伏せていたが、やがて潤んだ瞳で亀乃介をみつめ、言った。

──いつかこの日がくると、わかっていたわ。

リーチ先生がおっしゃったことは、きっと間違っていない。あなたも、リーチ先生と同じように、日本とイギリスをつなぐ架け橋になる人なんだと──そう信じていたの。

だから、あなたが日本へ帰ると決めたことは、当然のこと。そして、すばらしいことよ。

言いながら、シンシアの青い瞳にみるみる涙があふれた。

亀乃介は、思わず、シンシアの手を取って力いっぱい握りしめた。

ポタリーの仕事と波止場のパブの仕事のかけもちで、かさかさになった手。

出会った頃に握りしめたシンシアの手は、ふっくらとしてやわらかだった。

いまは見る影もなく、筋張ってしまった手。が、それは、まぎれもなく、陶工の手──だった。

そして、亀乃介にとっては、世界でいちばん美しい手だった。

亀乃介は、シンシアの手を、自分の両手で包み込み、その甲にそっとくちびるを押し当てた。

シンシアは、声を殺して泣いていた。

——この手を、忘れまい。

なつかしい土地、ランズ・エンドの土をこね、ポタリーのろくろを挽いてかたち作り、窯に薪をくべ、焼き上がった陶器を取り出し、並べて、出荷した、働き者の陶工の手。

尊く、気高く、美しい手。

愛する人の手。

この手を一生忘れまい——と、心に誓った。


セント・アイヴスで過ごす最後の晩は、リーチとその家族、そしてポタリーの仲間たちと、工房にテーブルを持ち込み、夕食をともにした。しかし、その輪の中に、シンシアの姿はなかった。

波止場のパブの仕事をどうしても休めないの、と言っていたが、きっと泣いてしまって、仲間たちに心配されるだろうから参加しないでおく、というのが本音だったのだろう。

いまではきょうだいのように感じられるようになった職人たち。

年下なのに、まるで兄貴のように頼もしい濱田庄司。

いつもあたたかく見守ってくれたリーチの妻、ミュリエル。おおらかに成長している子供たち。

そして、リーチ先生。

笑顔の花が咲き、会話の音楽が流れる、あたたかくなつかしいリーチ・ポタリー。

そこは、亀乃介にとって、世界でもっとも善き場所であり、楽園そのものだった。

亀乃介は、最後の夕食のテーブルを仲間とともに囲みながら、リーチ・ポタリーでの出来事のひとつひとつを思い出していた。

陶土がなかなかみつからなかったり、工房の建設はできる限り自分たちの手で行いたいと、慣れない大工仕事をしたり。

窯を造成するときには、小川の水が流れ込んで、なかなか作業が進まなかった。

最初の焼成は散々だった。けれど、奇跡的に、一点だけ、光をまとうようにして、窯の室の奥から出てきた水差しがあった。――亀乃介が創ったジャグが。

焼成の出来は、最後の一点を見てみるまでわからない。

だから、陶芸は面白い――と、あのとき、先生は言ってたっけ。


冴え渡った青をたたえた冬空が、セント・アイヴスの町の上に広がっていた。

海からの風が、吹きさらしのプラットホームに吹きつけている。

分厚いコートを着込んだ濱田庄司と亀乃介が、風に背を向けて立っている。

そして、リーチ・ポタリーの仲間たちが、ふたりを囲んでいた。

その中心には、リーチがいた。その隣には、シンシアの姿がある。泣きはらした目をしているが、清々しい笑顔を亀乃介に向けていた。

クリスマス間近のその日。濱田と亀乃介が、ロンドンから日本へ向けて帰国の途につくために、セント・アイヴスを離れる日であった。

「東京も冬はけっこう寒かったが、さすがにここまで寒くはないだろうな」

日本で過ごしたいくつかの冬を思い起こしたのか、ウールのコートの襟を立てて、リーチが言った。

濱田は「ああ、確かに」と応えつつ、

「しかし、ほとんどの家屋が震災でやられてしまったようだから……ことさらに寒い冬だろう。どんな状況になっているか、帰ったらすぐに手紙を書くよ」

と言った。リーチは、黙ってうなずいた。

十二月上旬、ロンドンで二回目となった濱田の個展は、大盛況のうちに、無事終了した。一回目に続いて、今回も、大物コレクターや美術館が作品を買い求め、ほぼすべての作品が完売となった。

日本に作品の山を持ち帰らなくてすんだよ、と濱田は、軽口を叩きつつ、心底ほっとしているようであった。

個展の直前には、昼夜を分かたず準備を手伝った亀乃介も、今回の成功はことさらうれしかった。この土地で、仲間たちと、愛する人と、師とともに過ごしたかけがえのない日々。ひとつひとつ、胸のうちによみがえる思い出を、亀乃介は、やさしく抱きしめていた。

「ハマダさん、カメノスケさん。俺たちのこと、忘れないでくださいとは言いません。でも、ときどき思い出してくださいよ」

職人頭のジョージ・ダンが、濱田と亀乃介、それぞれと握手して言った。

「もちろんだよ、ダン。君には色々と助けられた。ほんとうにありがとう」

濱田は応えて、力強くダンの肩を叩いた。

「日本に帰っても、たくさん作品を創ってください」

「たまには手紙くださいね」

「きっと、またいつか帰ってきてください。俺たち全員、待ってますから」

苦楽をともにしてきた仲間たちが、次々にふたりを囲み、握手を交わした。

誰もがいい笑顔だった。心をこめて送り出してくれている、その気持ちがさわやかな笑顔にあふれていた。

シンシアが、ふたりのそばへと歩み寄った。そして、うるんだ瞳で濱田と亀乃介を交互にみつめた。何か言おうとして、どうしても言葉が出てこないようだった。

濱田が、シンシアに向かって手を差し出した。

「いままでよくがんばってくれたね、シンシア。これからも、リーチ・ポタリーのこと、よろしく頼むよ」

シンシアは、そっと微笑んでうなずいた。そして、濱田のごつごつした大きな手を握った。濱田も微笑んで、ゆっくりとうなずいた。

それから、シンシアは、亀乃介に向き合った。

亀乃介は、黙ってシンシアをみつめた。青い瞳は、風に揺らめく澄んだ湖面のようだった。

濱田とともに日本へ帰る——と決めたのちも、どうにかシンシアを連れて帰れまいかと考えなかったといえば嘘になる。

けれど、シンシアは野に咲く花だった。咲いているところが、その花の生きる場所なのだ。

亀乃介は、花を摘み取ろうと自分の手が伸びてしまいそうになるのをいさめた。

けっして無理に摘み帰ってはいけない。シンシアには、この地、セント・アイヴスにしっかりと根を張り、より美しく咲く花となってほしいのだ。

そしてこの地に種を落とし、色とりどりの花々が咲き乱れる花園となるように。

陶芸という名の花園に——。

泣きはらしたシンシアの目に、新たな涙が浮かんだ。

が、ほんの一瞬、上を向いて、あふれそうな涙をとめると、亀乃介を正面に見て、にっこりと笑いかけた。そして、ひと言、言った。

「いってらっしゃい、カメノスケ」

――いつでも帰ってきてね。ここがあなたの、もうひとつのふるさとなのだから。

そう言いたかったのだろう。きっと待っているわ――と。

言葉にはならなくても、亀乃介は、シンシアの思いのすべてをしっかりと受け止めた。

「――ありがとう。いってくるよ」

そう応えて、亀乃介は、右手を差し出した。シンシアは、その手をそっと握りしめた。

「……元気で」

シンシアは、こくりとうなずいた。その拍子に、がまんしていた涙がひとすじ、頬を伝って流れ落ちた。

「みつけてね。あなただけの……陶芸を」

亀乃介は、細い手をしっかりと握り返した。

「ああ、必ず。……君もだよ」

シンシアは、もう一度うなずいた。

ホームに吹きつける潮風は冷たかった。けれど、ここに集まったリーチ・ポタリーの仲間たちを包んでいたのは、春風のようにあたたかな連帯感だった。

自分たちは、ともにリーチ・ポタリーを創り上げた。陶芸を、この地、セント・アイヴスに根づかせたのだ。

一度点った陶芸の灯を、このさき、けっして絶やすまい。

誰もが、そんな思いを胸に抱いていた。

ひとりひとり、仲間たちの顔をみつめてから、亀乃介は、その真ん中で微笑んでいるリーチを見た。

どんなときも変わらずに、おだやかだったリーチの鳶色の瞳。いつも包み込むように、亀乃介を見守ってくれていた。

亀乃介と目が合うと、リーチは、いつものように、にっこりと笑顔になった。

「カメちゃん。……ほんとうに、今日までありがとう」

そう言って、右手を差し出した。

亀乃介は、その手に視線を移した。

大きな、手。

深い皺が刻まれ、かさかさになって、陶土が染みついているかのようだ。まぎれもない、陶芸家の手であった。

数々の作品を創り出してきた、世にもまれな手。この手にどれほどあこがれ、励まされてきたことだろう。

ああ、僕は――。

こんな手を持つ人に、いつの日かなりたい。

万感の思いを込めて、亀乃介は師の手を握った。

ともに過ごしたなつかしい日々の思い出が、亀乃介の脳裡によみがえる。

一緒に歩いた上野の桜並木。花びらが舞う中、宵空の月を見上げて、リーチは自分の大志を語ってくれた。

リーチが初めて建てた家の書生部屋で、夜、寝るまえに、何度も何度も、紙に筆で写生をした。

エッチング教室では、必死に印刷機のハンドルを回した。

「白樺」の展覧会での柳宗悦との出会い。英語で口論が始まってしまい、すっかりあわててしまった。

柳宗悦、富本憲吉、濱田庄司との出会いは、リーチの生き方を変えるほど大きかった。

そして、富本とともに、リーチと亀乃介は「陶芸」を知った。

陶芸をただひたすら探究し、リーチは、北京、我孫子、東京と拠点を移した。最後には故国へ。

セント・アイヴスへ――日本で見出した陶芸の道をつなげるべく、やって来たのだ。

なんという、すばらしい日々。胸躍る冒険と、希望に満ちた瞬間の連続だったことか。

その日々のすべては、この人とともにあった。

――リーチ先生とともに。

「……先生」

亀乃介は、リーチの手を握りしめたまま、まっすぐにその目をみつめて言った。

「僕は……いままで、先生とともにあったことを誇りに思います。その気持ちを忘れずに、これからは……ひとりで……」

そこまで言って、声が詰まってしまった。

別れのとき、どうしても泣きたくはなかった。笑顔で、この地を去っていきたかった。

亀乃介は、涙をぐっとこらえて、笑顔を作った。

「ひとりで、歩いていきます」

亀乃介をみつめ返すリーチの鳶色の瞳に、うっすらと涙が浮かんだ。リーチもまた、弟子の手を握りしめたまま、言った。

「いいや、カメちゃん。君は、ひとりじゃない。どこに君がいようと、私は、君とともにある」

――これからも、ずっと。

師の言葉が、光となって、亀乃介の胸のうちを静かに照らした。

亀乃介は、目を閉じた。まぶたの裏に、光が見えた。

こらえきれずに、涙が頬を伝った。その涙をすぐさまぬぐうと、亀乃介は顔を上げ、もう一度、リーチを見た。

リーチの頬も、濡れていた。けれど、いつもの微笑みが口もとに浮かんでいた。

「これからも、ともに歩んでいこう。――いいね、カメちゃん？」

亀乃介は、今度こそ、笑顔になってうなずいた。

「――はい、先生」

かたわらに佇んでいた濱田も、シンシアも、涙を浮かべていた。そして、何度もうなずいていた。

汽笛が線路の彼方に聞こえた。黒煙を上げて汽車が近づいてくる。やがて、蒸気を噴き出しながら、黒い車体がプラットホームに停まった。

汽車に乗り込んだ濱田と亀乃介は、乗車口に佇んで、仲間たちに手を振った。

仲間たちも、シンシアも、いまは笑顔でふたりを見送ってくれていた。

そして、リーチも。

発車を知らせる笛の音が、高らかに鳴り響いた。ごとん、と車体が動く。ゆっくり、ゆっくり、速度を上げていく。

亀乃介は、乗車口から体を乗り出した。

遠ざかっていく。セント・アイヴスの町が。仲間たちが。愛する人が。

僕の先生が。

「リーチ先生――――っ！」

亀乃介は、思い切り叫んだ。

その声は、汽笛と重なって、澄み渡った冬空に消えていった。

エピローグ　名もなき花

一九七九年（昭和五十四年）四月

英国航空のジェット機のドアに、タラップが付けられた。

ドアが開いて、次々に乗客が降りてくる。その中に、ソフト帽を被り、ウールの三つ揃いのスーツとトレンチコートを身につけた沖高市の姿があった。

四十歳をひとつ超えた高市にとって、これが初めてのイギリス訪問であった。

「コウイチ先生、こっちです、ここです」

ヒースロー国際空港の到着ロビーへ出てくると、ずらりと並ぶ出迎えの人々の中で、日本語で呼びかける男性がいた。若きイギリス人陶芸家、アントン・カーデューである。

「おお、アントン。出迎えありがとう。会えなかったらどげんしようかと、どきどきして、緊張してしもうたばい」

高市の手荷物を受け取ると、アントンは、

「コウイチ先生でも緊張するのですか」

と、流暢な日本語で面白そうに言った。

「そりゃあそうばい。香港やワシントンには、陶芸家仲間と行ったことがあるばってん、ヨーロッパにひとりで来るのはこれが初めてやからね。君がおってくれて、ほんとうによかったばい」

ふたりは、駐車場まで並んで歩いていった。

「天草《あまくさ》のご家族は、皆さんお元気ですか」

アントンの問いに、高市はうなずいて、

「おかげさまで。ばってん、妻は私の仕事の手伝いと、子供の世話とで大変やろうけど……」

「そうですか。お子さんは、いくつになりましたか」

「長男が中学二年生で、長女が小学四年生たい。長男は、まあ難しい年頃たい」

「お父さんの仕事に興味を持っていますか？」

高市は、苦笑した。

「さあてな。陶芸より、イギリスの若者の音楽に興味があるようで……」

カセットテープに録音したビートルズに聴き入ってばかりでちっとも勉強しない、とぼやいた。

陶芸家・沖高市は、今年の初め、東京の百貨店で大規模な個展を開き、大成功を収めた。

二十代のとき、権威ある工芸の公募展で一席を獲得してのち、数々の賞に入賞、若くして陶芸界で確たる地位を築いていた。

展示会を開けば、作品は即日完売する。美術館で開催されるグループ展への出品の誘いは引きも切らない。

陶芸家として、成功した――といってもいい。

父・亀乃介が、一陶工として、ひっそりと小石原で没したことを思えば、自分の成功は、信じられないほどの飛躍であった。

きっと、天国の父も喜んでくれているだろう。

そう、そして——リーチ先生も、喜んでくれるはずだ。

高市は、父の恩師であり、自分の心の師であるバーナード・リーチに会うため、イギリスへやって来たのだった。

高市は、十五歳でふるさとを後にし、小鹿田で修業を積んでいた。そのときに、小鹿田へ視察と指導のためにやって来たリーチに出会ったのだ。

リーチとともに、人間国宝となった濱田庄司、河井寛次郎が、小鹿田の陶工たちの指導にあたった。

たった三週間だったけれど、人生を変えるほど、すばらしい体験だった。

あのとき、高市は決めたのだ。リーチ先生のように——自分もまた、陶芸の道を究めるのだと。

その決心は、リーチたちに出会ったことによって、高市の中で一気に膨らんだのだが、思えば、子供の頃から、陶芸一途だった父の姿をみつめてきた結果、芽生えたものだったかもしれなかった。

病没した父・亀乃介の遺言——それも、母親経由で聞かされたものだった——に従い、陶工となるべく修業に出た高市であったが、陶芸というのがどういうものなのかよくわからなかったし、正直、自分が陶工に向いているのかどうかもわからなかった。

ただ、ひたむきに父が陶芸に向き合い、こつこつと作品を創り続けているのを、幼い時分から見てきて、それほどまでに父を魅了していた「陶芸」というものに、えもいわれぬ力を感じていたのは確かだった。

そして、はるばるイギリスからやってきた高名な陶芸家、バーナード・リーチが、魔法のように次々に創り出す作品を目の当たりにして、「陶芸」の真実の力を思い知ったのだ。

リーチとともに、登り窯の火番をしていた夜。

ふいに、リーチが尋ねた。

――君のお父さんは、オキ・カメノスケ、という名前ではありませんか。

窯の中でゆらめく炎の熱に包まれながらリーチが高市に教えてくれたのは、信じがたい事実だった。

父・亀乃介は、高市とほぼ同い年の頃、日本へ単身で渡ったリーチと出会い、その助手になったという。

リーチは、香港で生まれ、その後、三歳になるまで日本に滞在し、十代のときに母国イギリスへ戻る。ロンドンの美術学校へ通っている時期に、のちに高名な詩人となる高村光太郎と出会い、日本への憧れを募らせた。「日本とイギリスの架け橋」になろうと決心して、ついに日本への渡航を果たしたのだった。

右も左もわからない、文化も慣習も何もかも違う。もちろん、日本語はひと言も話せない。

それでも、リーチは、この国で「新たな芸術の道」を切り拓こうと思った。

イギリスの文化と芸術を伝え、代わりに日本の文化と芸術を学び、必ず、日英の架け橋となる。

向こう見ずとも思える大志を実現することができたのは、すばらしい日本人の仲間たちを得たからにほかならない。

君のお父さん――カメちゃんは、そのひとりなんだよ。

カメちゃんがいなければ、私は、最後まで志を貫くことはできなかったかもしれない。私が陶芸家として今日あるのは、カメちゃんが支えてくれたからなんだ。

それを忘れたことは、一日たりともないよ――。

リーチの告白を聞いて、高市はどれほど驚いたことだろう。

まさか、自分の父が、世界的に有名な陶芸家であるリーチを支えていただなんて。

リーチは、高市に教えてくれた。

亀乃介が、どんなに献身的に自分を支え、ひたむきに陶芸に向き合ったか。

彼と過ごした、冒険に満ちたかけがえのない日々を。

それは、「陶芸」という名の「冒険」だった、とリーチは言った。

はらはらする局面の連続、そしてたくさんの、わくわく、どきどきするすばらしい出来事。

あの日々を、冒険と呼ばずしてなんと呼ぼうか。

窯の中で燃え盛る炎を丸眼鏡に映して、リーチの瞳は、遠い日々をなつかしむように輝いていた。

――カメちゃんは、亡くなってしまったんだね。

リーチの言葉に、高市は、うつむいて応えた。

――はい……高市も陶工になるように、小鹿田へ修業にいくように、って、亡くなるまえに、おっ母に話したそうです。

リーチは、高市の言葉を、静かに受け止めた。それから、おだやかな声で話してくれた。

――カメちゃんは、私と一緒にイギリスへ渡り、セント・アイヴスで工房を開くために、力を尽くしてくれたんだよ。三年ほどセント・アイヴスにいて、イギリスに日本の陶芸を根づかせるために、ほんとうに一生懸命働いてくれて……日本へ帰ったんだ。

カメちゃんは、ずっと私を手伝ってくれるつもりだったようだが、私は、それではいけない、君はひとりで歩いていきなさい、と言ったんだ。君の気持ちはうれしいけれど、君だけの陶芸をみつけてほしい、ってね。

きっと自分だけの陶芸をみつけます――そう約束して、カメちゃんは帰国したんだよ。

ところが、亀乃介が日本へ帰ってのち、世界を巻き込んだ戦争が起こった――と、リーチは高市に語った。

それまでは、亀乃介とリーチは、途切れることなく文通をしていたが、戦争を境に、亀乃介とふっつり連絡が取れなくなってしまった。

まさか命を落としたのではなかろうかと、リーチはずっと心配していたが、あるとき、ようやく音信があった。

亀乃介の手紙には、流麗な英文で、こう書かれてあった。


――しばらく連絡をせずに申し訳ありませんでした。自分は、元気です。長らく日本各地の窯元を渡り歩いていましたが、福岡県の小石原という場所にやってきました。

そこで人生の伴侶を得、子供も生まれたので、これからは、自分のためではなく、家族のために作陶をしていきたいと思います。

セント・アイヴスを去るときに、先生と約束した「自分だけの陶芸」を、まだみつけられずにいます。家族を得たことは、何よりの喜びですが、これこそが自分だけの陶芸だ、というものをみつけるまで、ずっと修業を続けていこうと思います。

その日まで、先生に連絡を差し上げずにおこうと決めました。不義理をどうかお許しください。先生に連絡してしまうと、つい、甘える気持ちが頭をもたげます。いざとなったら、自分には、リーチ先生がついていてくださるのだ……と。

けれど、その思いは、同時に、励みにもなっているのです。

たとえ連絡しなくても、自分の心はいつも、リーチ先生とともにある。

どんなに困難なことがあっても、どんな壁に突き当たっても、自分には、リーチ先生がついていてくださるのだ。

その気持ちを胸に、僕の、僕だけの陶芸をみつけるために、これからも、この道を進んでゆきます。


陶芸という、ただひとすじの道を――。


それきり、亀乃介は、リーチへの連絡を絶った――ということだった。

父との思い出を、リーチは、まるでチェロの響きのようにおだやかな声で、静かに語ってくれた。

その話に聴き入っていた高市の頬を、いつしか涙が伝っていた。

リーチが教えてくれた父は、高市が知らない父だった。

英語を流暢に操り、高名な芸術家たちとの会話の輪にも堂々と参加したという父。

リーチのために、その頃には珍しかったパンを買いに走ったという父。

一時は北京へ移住したリーチを、毎日毎日、ただひたすらに待ち続けた父。

イギリスへ渡って、リーチや濱田庄司とともに、陶土を探して、西へ東へ、シャベルを担いで走り回った父。

セント・アイヴスに窯を築き、火入れをして、地元の土を使った陶器を創った父。

リーチを慕い、リーチとともに、青春を歩んだ父。

——高市。

降るような星が瞬く夜空。どこからか、父の声が聞こえてくる気がした。若く、はつらつとした父が、高市のすぐそばに立って、ささやきかける。

——そうだよ、高市。いま、お前の隣にいる人こそが、リーチ先生だ。私が一生をかけて追い続けた陶芸を、教えてくださった人なんだ。

リーチ先生に出会わなかったら、私の人生は、きっと、もっと味気ないものだったことだろう。リーチ先生に出会ったから、陶芸を知った。陶芸を究めたいと思ったから、全国の窯元を渡り歩き、最後に小石原にたどり着いた。そしてそこで、お前のお母さんと出会い、お前が生まれた。そのためにこそ、私の人生はあったんだ。

先生に、心からの感謝を——高市、お前から伝えてほしい。

先生がいたからこそ、お前がいるんだよ——。

リーチ先生《しえんしぇー》、と高市は、声に出して言った。

——おっ父《とう》のこと……ありがとうございました。

涙が、とめどもなく頬を伝った。切ない、けれどやわらかな、なんともいえぬ不思議な気持ちが高市を包み込んでいた。

——リーチ先生《しえんしぇー》。

高市は、流れる涙を拭うと、リーチの目を見て、きっぱりと言った。

——もし、できるなら……自分も、陶芸を、本気でやってみたいです。おっ父《とう》が、みつけたくて、みつけられずに終わってしまった、陶芸を……。

リーチは、慈父のようにやさしいまなざしを高市に向けていたが、ゆるやかに首を横に振って、言葉を返した。

――それは違うよ、コウちゃん。君のお父さん――カメちゃんは、自分だけの陶芸を、きっと、もうとっくにみつけたんだと私は思う。

なぜなら……カメちゃんは、みつけたのだから。小石原という場所と、君たちという家族を。

自分だけの陶芸を続ける場所と、続ける理由。このふたつを得て、カメちゃんは、きっと、誰よりも幸せだったに違いない。カメちゃんが創る陶芸は、カメちゃんだけのものだったに違いない。

私は、そう信じている。

再び泣き出しそうな高市のうるんだ目をじっとみつめて、リーチは静かに微笑んだ。

――私がここへ来たのも、ひょっとすると、カメちゃんが、私を君に引き合わせるために、呼んでくれたのかもしれない。君が、自分と同じ道を、しっかりと歩み出すきっかけとなるように……私たちは出会ったのかもしれないね。

登り窯のかたわらに並んで座っていたリーチと高市は、まっすぐに向き合った。

高市は、再びこみ上げてくる涙を必死にこらえながら、リーチに言った。

――先生《しぇんしぇー》。

いつか、自分が陶芸家になったら……自分の創った焼き物を持って、先生《しぇんしぇー》のところへ、訪ねてもいいですか。

どうしてそんな生意気なことを、急に口にしたのかわからない。けれど、ごく自然に、言葉がこぼれ出た。

リーチは、鳶色の瞳に少年・高市の姿を映しながら、にっこりと、大きな笑顔になった。

――ああ、もちろんだとも。それまで、私も元気に仕事を続けよう。

きっと、陶芸家になって、イギリスへ来てほしい。私の工房は、イギリスの西、セント・アイヴスという港町にある。何人もの若い陶工が、一緒に働いてくれているんだ。戦争が始まるまえに、ハマダと、カメちゃんが、私と一緒に日本から何週間もかけて船で渡って……一緒に土地をみつけて、窯を築いて、陶土を探して、たくさん苦労して……泣いたり、笑ったりしながら、一緒に創った工房なんだ。

私の工房は、君のお父さんの工房だ。……つまり、君の工房でもあるんだよ、コウちゃん。

工房のドアは、いつでも気持ちよく開けてある。君は、いつでも、そのドアから入って、私のところへ来ればいい。

待っているよ。

そうして、リーチは、高市の肩を、ぽん、とやさしく叩いた。

高市は、止めていた息を放った。同時に、やっぱり涙がこぼれてしまった。

——ありがとうございます、先生《しぇんしぇー》。

ありがとう……おっ父《とう》。

いつの日か、陶芸家になる。そして、きっと訪ねる。——父の陶芸の故郷、セント・アイヴスを。

あれから、二十五年もの年月が流れた。

リーチとの約束を胸に刻み、父の遺言を心にいつも蘇らせて、高市は、陶芸の道をひたすら邁進《まいしん》した。

二十歳までは小鹿田の師匠、坂上一郎のもとで修業を重ね、そののち、小石原の実家へ戻った。

母に手伝ってもらいながら、三十歳になるまで、父が築いた窯を使い、こつこつと陶器を創り続けた。リーチや濱田庄司、河井寛次郎、富本憲吉の作品集を取り寄せ、その作風を研究しながら、自分だけの表現を探し続けた。

芸術家にとって、もっとも大切なことは、「独自性《ユニークネス》」であること。すなわち、誰にも似ていないこと。

「自分だけの」表現を見つけ出してこそ、ほんとうの芸術家になれる。

高市の父、亀乃介も、生涯を通して「自分だけの」陶芸をみつけようと、命のすべてを注いで生きたのだった。

自分も、そうでありたい。

リーチ先生のように、父のように、誰にも似ていない、これぞ沖高市の作品だ――と、ひと目見ただけでわかるような、そんな作品を創り出したい。

一心にそう願いながら、高市は、日々、創作を続けていた。

そして、二十七歳のとき、これはうまくいった、と感じる一作ができたので、陶芸界の登竜門と呼ばれる日本工芸会の日本伝統工芸展に応募してみたところ、いきなり一席を得た。

まったく無名の地方の一陶工だった高市は、新進気鋭の陶芸家として、一躍その名を知られることとなった。

高市の仕事を地道に手伝い続けてくれた母は、大変な喜びようだった。

小石原の仲間たちも、小鹿田の師匠一家も、それはそれは喜んでくれた。

が、当の高市は、手放しで喜びはしなかった。

これは始まりにすぎない。自分はまだ、自分だけの陶芸をみつけたとは思わないから。

しっかりと気持ちを引き締めて、進んで行かなければ。

それからは、いっそう気持ちを入れて創作に取り組んだ。

三十歳を機に、新天地を求めて、熊本県の天草に移住した。そこに自らの窯を開き、「陽月窯《ようげつがま》」と名付けた。リーチと父に敬意を表し、「東」と「西」を象徴する名前をつけたかったのだ。

高市が自らの窯を開いた天草は、純度の高い天草陶石を使った陶磁器で知られていた。

高市は、この陶石に、地元で採れる赤みがかった粘土を混ぜ込んで陶器を創った。小石原や小鹿田とはまったく違う性質の陶土を使って作品を創るのは、難しさを伴いつつも、それをはるかに上回っておもしろく感じられた。

――おっ父《とう》も、こんなふうに、新しい土、新しい土地を求めて、イギリスへ渡ったんだろうか。

ことあるごとに、高市は、父・亀乃介のありし日に思いをはせた。

父は、帰国してからも、理想の土、おもしろい焼き物を求めて、日本全土を巡ったという。新しい陶土や窯に出会うたび、きっとわくわくして、楽しかったに違いない。

父は、確かに一陶工として没した。高名な陶芸家ではなかった。けれど、創ることの喜びを実感していたはずだ。

そうだ。父は、心底、陶芸を楽しんだ。そして、幸せだったのだ――。

ようやく、そんなふうに思えるようにもなった。

高市は、天草で、仕事を手伝ってくれた陶工見習いの女性と結婚し、ふたりの子供を授かった。あたたかな家庭を得て、高市の仕事は安定し、評価はますます高まっていった。

あるとき、ひとりのイギリス人青年が、天草に高市を訪ねてやってきた。

彼の名前はアントン・カーデューといった。日本の陶芸が大好きで、日本に憧れ、陶芸を学ぶべくやってきたのだという。

来日したい一心で、独学で日本語の勉強もした。片言だったが、意思の疎通はじゅうぶんにできた。

アントンの父も陶芸家で、しばらくのあいだ、セント・アイヴスのリーチ・ポタリーで働いていたという。

父は数年まえに病没したが、亡くなるまえ、アントンに、ぜひ日本へ行くようにと告げた。自分は結局行くことはかなわなかったが、もしもお前も陶芸を志すなら、日本へ行きなさい。そこで陶芸の真髄をしっかりと学びなさい。

私の師であったバーナード・リーチは、日本で陶芸を見出し、イギリスにそれを持ち帰った。日本は陶芸のふるさとなんだよ——と。

ロンドンで美術学校に通っていたアントンは、陶芸家になると心に決め、セント・アイヴスにリーチを訪ねた。そして、日本へ行って陶芸を学びたいのだが、誰を訪ねたらよいか、アドバイスを求めた。

リーチは、九州の天草に沖高市という陶芸家がいるから訪ねるように、と教えてくれたという。きっと君のよき「先生」となることだろう——と。

高市は、喜んでアントンを受け入れた。それまで弟子を一切とらなかった高市だったが、アントンは事実上の「一番弟子」になった。

アントンは、高市が開いた窯元「陽月窯」で、実によく働き、天草になじんで、ユニークな陶器を次々に創るようになった。

五年ほど過ごして、日本語もすっかり話せるようになったのち、イギリスへ帰っていった。今度はイギリスで——できればセント・アイヴスで、日本で学んだ陶芸を広めていきたいとの夢を胸に抱いて。

──コウイチ先生。先生も、いつかきっとセント・アイヴスへいらしてください。リーチ先生とともに、あなたの訪問をお待ちしています。

そう言い残して、アントンは去った。

高市は、一日も早くセント・アイヴスを訪ねられるよう、ひたむきに作品創りに励んだ。はたして、ついに渡英する日を迎えたのだった。

セント・アイヴスをいつ訪ねるべきかと、高市は、ずっと考えていた。

リーチ・ポタリーに勤めているアントンによれば、リーチはもう九十歳。若い陶工たちに支えられて、いまもなお仕事を続けてはいるものの、白内障を病んで、視力が極端に衰えている。触覚と、長年の勘を頼りに、ほそぼそと作陶している──とのことだった。

高市は、すぐにでも飛んでいきたい思いにかられたが、いまではない、まだいまではないのだと、自分をいましめた。

父・亀乃介は、リーチの教え通りに、自分だけの陶芸を追い求め、それがみつかるまでは決してリーチに会いに行ってはならない、と自分に歯止めをかけていたようだが、結局、もう一度、リーチに会うことなく亡くなってしまった。

きびしく自分を律した父を差し置いて、簡単に会いに行ってはいけないのだ。

そんなふうに、自分にブレーキをかけていた。

去年の初め、陶芸家になってからの高市を、やはり遠くから励ましてくれていた濱田庄司が、八十三歳で他界した。日本陶芸界の巨星を失い、高市は気落ちしたが、リーチの悲しみはいかばかりか――と思いをはせた。

富本憲吉も、河井寛次郎も、柳宗悦も――リーチとともに真の芸術とは何かを追い求め、陶芸の道をひた走った仲間たちは、皆、情熱を燃やし、命を燃やして、天界へと旅立った。

ひとり残ったリーチを、今度は自分が励ます番だ――と、高市は、渡英を決意したのだった。


ロンドン、パディントン駅からコーンウォール方面行きの列車が発車した。

サンドウィッチやジュースやフルーツなどを買い込み、高市とアントンは、座席に向き合って座った。

高市は、少年のように心がはやるのを抑え切れない気分だった。

この列車が、セント・アイヴスまで自分たちを連れていってくれる。

リーチ先生に、もうすぐ会えるのだ。

灰色がかったロンドンの街並みが流れ去り、郊外の街を過ぎて、車窓の向こうに牧草地や緑あふれる森が次々と現れては消えていく。

春の光を反射して流れる小川のせせらぎ、のんびりと草を食《は》む茶色い牛の群れ。小さな町の古い教会、赤い屋根の家々――ヨーロッパへの旅行はこれが初めての高市には、何を見てもおもしろく感じられ、いつまでも飽きることなく風景を眺めていた。

列車は、西へ西へとひた走った。何時間か過ぎた頃、ふと、アントンが、思い出したように言った。

「そういえば、去年の一月の寒い時期だったのですが、リーチ先生に頼まれて、ランズ・エンドのほうまで、車でお連れしたんです」

高市は、車窓の外を眺めていたが、アントンのほうを向いて「ランズ・エンド？」と訊き返した。

「地の果て――というような意味かな。ばってん、ほんとうに、そんな感じの場所なのか？」

アントンは、うなずいた。

「イギリスの、いちばん西に位置した場所です。岬があって、その向こうには大西洋が広がっていて……観光地になっていますが、リーチ先生が、ぜひ行きたいとおっしゃったのは、ランズ・エンドの岬ではなくて、なんにもない、そうですね、荒野……のような、名前もない、ただの野原でした」

荒野のごとき、名もない野原。

そんな場所へ行きたいと、突然、リーチが言い出したのは、濱田庄司が他界した――との報を受けた直後のことだったという。

アントンの運転する車で、西の果て、ランズ・エンドに向かったリーチは、何もない荒野の中ほどに差しかかったとき、ふいに、ここで停めてくれ――と言った。

列車の座席で高市と向き合いながら、アントンは、「なんとも、不思議な光景でした」と、そのときのことを思い出しながら、話してくれた。

不思議な――しかし、しみいるように美しい光景。

夕刻だった。彼方に広がる大西洋に、まさに太陽が落ちていく瞬間だった。同時に、東の空に、皓々と輝く満月が昇っていた。

寒いので車の外に出ないほうがいいです、とアントンは止めたのだが、どうしても出たい、とリーチが言うので、アントンは足腰が弱くなった師の体を支えて、一緒に野原の中へと歩み出た。

水平線にオレンジ色の絵の具をにじませるようにして、夕日が落ちていく。反対側の空に、白い月が高々と上がる。

西と東、その真ん中に、バーナード・リーチが立ち尽くしていた。

リーチは、その場にしゃがみこむと、乾いた大地に手をついた。そして、指先で土くれをほんの少し、つまんで、手のひらに載せた。

——名もなき花。

リーチのつぶやきが、風の中に聞こえた。アントンは、耳をそばだてた。

——私たちは、皆、名もなき花だった。

私たちは、この土地に、種を落とした。それは、芽吹いて、そして——。

花を咲かせたんだ。

そうだろう？

なあ、ヤナギ。トミ。ハマダ。

——カメちゃん。

リーチは、小さな声で、なつかしい友の名を呼び、土を載せた手のひらを風の中にかざした。

はるかな潮風が、ぱらぱらと、乾いた土をリーチの手から奪っていった。

まるで、花の種を遠い土地へと運び去るかのように。

若き日、セント・アイヴスで陶芸を始める、そのために、理想の土を探し続け、ついにみつけた場所であった。

名もなき花だと、リーチはつぶやいた。自分たちは、名もなき花なのだと。

「作品を一日も早く世間に認めてもらいたい。有名になって、注目されたい。知らず知らず、私は、そんなふうに思っていたのかもしれません」

アントンは、そう言った。

自分は、自分に名前がないことを恥じていた。けれど、リーチ先生に、名のある陶芸家となることを目的にしてはいけない、ただ喜んで創りなさい——と、教えられた気がしました。

アントンの話を聞きながら、高市は、車窓の外を流れゆく風景を眺めていたが、やがて、そっと目を閉じた。

——名もなき花。

それは、まさしく父のことだった。

ひっそりとつぼみをつけ、せいいっぱい咲いて、静かに散っていった野辺の花。

けれど、父は、種をまいたのだ。東と西の、それぞれの大地に。

そして、自分は、その種から芽を出したのだ。

「ああ、海が見えてきました。——もうすぐですよ、セント・アイヴスは」

アントンの声がした。高市は、ゆっくりとまぶたを開いた。

午後の日差しをきらきらと弾いて、彼方に水平線が横たわっていた。

——もうすぐ、会える。僕の先生。……リーチ先生に。

列車が、少しずつ減速し始めた。高市は、窓を開けて、車内に潮風を呼び込んだ。

風を頬に受けながら、もう一度、目を閉じてみる。土のにおいが、ふと鼻をかすめる。

ようやく故郷に帰り着いたような、おだやかななつかしさが、高市の胸を満たしていた。

高市とアントンを乗せた列車が、セント・アイヴスの駅に到着した。

彼方に海を見渡す場所にある駅。さわやかな青空がどこまでも広がり、カモメが潮風に乗って飛び交っているのが見える。

高市は、頭《こうべ》を巡らせて、駅周辺の風景を眺めながら、遠い昔、自分が生まれるよりもずっとまえに、ここにいたはずの父・亀乃介の姿を思い浮かべた。

父は、若き日、この駅に降り立ったとき、どれほど喜びに胸を高鳴らせたことだろう。

初めて踏む異国の地。初めて訪れる町。これから始まる冒険のような日々を想像して、希望に頬を輝かせていたことだろう。

高市は、アントンとともにタクシーに乗り込んだ。リーチ・ポタリーは、港町、セント・アイヴスを一望する高台にあるということだった。

工房へと向かう車中で、アントンは、あらためて自分も陶工として勤めているリーチ・ポタリーについて話してくれた。

「いま、ポタリーで働いているのは、二十人ほどの陶工です。日常使いの器である『スタンダード・ウェア』を中心に生産していますが、熟練の陶工は、自分自身の作品も制作しています。もう何人もの陶工が、陶芸家として独り立ちしていきました。――私の父も、そのひとりでした」

ポタリーは、開窯以来、五十八年もの長いあいだ、こつこつと、ひたむきに、堅実なものづくりを続けてきた。芸術家と職人がともに働き、アートと工芸が一体化した「善きもの」を創り出そうと尽力してきた。

リーチは、自分の作品づくりに日々精進したのはもちろん、腕のいい陶工を育て、陶芸家として独立できるように助力を惜しまなかった。

けれど、たったひとり、開窯時からいまに至るまで、陶工たちを指導しながら、リーチを助け続けている陶工がいる、とアントンは言った。

「もう八十代のベテランです。とてもやさしくて、とびきり腕がいいんだ」

シンシアという名の女性です、と教えてくれた。


高市とアントンを乗せたタクシーが、高台に建つ白い壁、黒い屋根の建物の前で停まった。

壁には標示《サイン》が出ていた。――THE LEACH POTTERY《ザ・リーチ・ポタリー》。

高市は、星を見上げるようにして、顔を上げ、そのサインを仰いだ。

「さあ、コウイチ先生、こちらです」

建物の入り口のほうへと、アントンが誘った。高市はうなずいて、アントンの後についていった。

――リーチ先生は言っていた。

ポタリーのドアは、いつでも、君のために開けてある。そこから入ってきなさい。

そのときを待っているよ――。

高市は、工房の中へと足を踏み入れた。そのとたん、不思議ななつかしさに全身が包み込まれた。

ああ――この場所は。

まるで、ふるさとの家のようだ。

パチパチとあたたかな火が燃える暖炉。マントルピースの上に並べられた絵皿。

ふくよかなかたちの壺。ひゅっと口笛を吹くような注ぎ口をもった水差し《ジャグ》。

窓辺に並べられた、木べら、木槌、鉄かんな。その上に降り注ぐやわらかな日差し。

この部屋の奥に、仕事場がある。蹴ろくろのある仕事場が。

そこで、リーチ先生が、今日も仕事をしている。リズミカルにろくろを蹴って、陶土にかたちを与え、命を吹き込み、焼き物を創っているのだ。

一歩、一歩、ゆっくりと、高市は部屋の奥へと進んでいった。

突き当たりの部屋、ドアがかすかに開いている。カタ、カタ、カタ、ろくろが回る音が響いてくる。

高市は、ドアのノブに手をかけ、そっと扉を押し開いた。

白いシャツにエプロンをつけた、丸まった背中。

——リーチ先生。

声をかけようとして、やめておいた。

つかの間、みつめていたかった。父の後ろ姿のような、先生の背中を。

主な参考資料（順不同）

『バーナード・リーチ』エマニュエル・クーパー著　西マーヤ訳　ヒュース・テン　二〇一一年
『バーナード・リーチ日本絵日記』バーナード・リーチ著　柳宗悦訳　水尾比呂志補訳　講談社学術文庫　二〇〇二年
『評伝　柳宗悦』水尾比呂志著　ちくま学芸文庫　二〇〇四年
『東と西を超えて』バーナード・リーチ著　福田陸太郎訳　日本経済新聞社　一九八二年
『日本民藝館所蔵　バーナード・リーチ作品集』日本民藝館学芸部編　筑摩書房　二〇一二年
『柳宗悦とバーナード・リーチ往復書簡　日本民藝館資料集』日本民藝館学芸部編　岡村美穂子・鈴木禎宏監修　日本民藝館　二〇一四年
『手仕事の日本』柳宗悦著　岩波文庫　一九八五年
『富本憲吉の絵手紙』辻本勇・海藤隆吉編　二玄社　二〇〇七年
『白樺派の文人たちと手賀沼　その発端から終焉まで』山本鉱太郎著　崙書房　二〇一一年
『魂の壺　セント・アイヴスのバーナード・リーチ』棚橋隆著　新潮社　一九九二年
『小鹿田焼―すこやかな民陶の美　増補版』長田明彦・中川千年・貞包博幸監修・解説　芸艸堂　二〇一二年
『英国ポタリーへようこそ　カントリー・スタイルの器と暮らし』井坂浩一郎著　世界文化社　二〇一四年
季刊「銀花」No.32冬の号　文化出版局　一九七七年
「英国セント・アイヴスへ　東と西　海を越えた絆　バーナード・リーチと濱田庄司」展覧会図録　益子町観光振興公社・アサヒビール大山崎山荘美術館　二〇〇三年
「バーナード・リーチ展」展覧会図録　兵庫陶芸美術館　二〇〇六年
「柳宗悦展―暮らしへの眼差し―」展覧会図録　ＮＨＫプロモーション　二〇一一年
「リーチ工房　スタンダードウェア展」展覧会図録　ギャラリー・セントアイヴス　二〇一四年

※本作の執筆にあたり、その他多数の研究資料を参考にさせていただきました。

協力（順不同・敬称略）

フィリップ・リーチ（スプリングフィールド・ポタリー）
ジョン・ベディング（リーチ・ポタリー）
井坂浩一郎（ギャラリー・セントアイヴス）
杉山享司（日本民藝館）
坂本茂木、黒木力、柳瀬晴夫（小鹿田）
濱田友緒（益子）
野田高巳（日田）

本作は史実に基づいたフィクションです。

初出
学芸通信社配信により、
「信濃毎日新聞」「熊本日日新聞」「高知新聞」「秋田魁新報」
「中国新聞」「北國新聞」「神戸新聞」の各紙にて、
二〇一三年十月二十日〜二〇一五年十一月十日に順次掲載。

装丁・装画　佐藤直樹

原田マハ（はらだ・まは）

一九六二年東京都生まれ。関西学院大学文学部日本文学科および早稲田大学第二文学部美術史科卒業。馬里邑美術館、伊藤忠商事を経て、森ビル森美術館設立準備室に勤める。森ビル在籍時、ニューヨーク近代美術館に派遣され同館にて勤務。その後独立し、フリーのキュレーター、カルチャーライターへ転身。二〇〇五年、「カフーを待ちわびて」で第一回日本ラブストーリー大賞を受賞し作家デビュー。二〇一二年、アンリ・ルソーの代表作「夢」にまつわるアートミステリー『楽園のカンヴァス』で第二十五回山本周五郎賞を受賞。モネ、マティス、ドガ、セザンヌら美の巨匠たちの生涯を描いた『ジヴェルニーの食卓』、ピカソの名画を巡る国際謀略アートサスペンス『暗幕のゲルニカ』など著書多数。

リーチ先生《せんせい》
二〇一六年一〇月三〇日　第一刷発行
二〇一九年 二 月一三日　第六刷発行

著　者　原田《はらだ》 マハ
発行者　徳永 真
発行所　株式会社集英社
〒一〇一 - 八〇五〇　東京都千代田区一ツ橋二 - 五 - 一〇
電話【編集部】〇三 - 三二三〇 - 六一〇〇
【読者係】〇三 - 三二三〇 - 六〇八〇
【販売部】〇三 - 三二三〇 - 六三九三（書店専用）

印刷所　大日本印刷株式会社
製本所　加藤製本株式会社

ISBN978-4-08-771011-3　C0093
定価はカバーに表示してあります。

集英社文庫　原田マハの本

旅屋おかえり

あなたの代わりに、全国どこでも旅に出ます！　売れないアラサータレント〝おかえり〟こと丘えりか。ひょんなきっかけで始めた「旅代理業」で依頼人や出会った人々を笑顔に変えていく。

（解説／吉田伸子）

ジヴェルニーの食卓

モネ、マティス、ドガ、セザンヌ。十九世紀から二十世紀にかけて活躍した美の巨匠たちは何と闘い、何を夢見たのか。彼らとともに生きた女性たちの視点から色鮮やかに描き出す、〝読む美術館〟。

（解説／馬渕明子）